塵之書

三部曲

◆野美人號◆

（I）

The Book of Dust

Volume One

La Belle Sauvage

菲力普・普曼——著 蔡宜容——譯

PHILIP PULLMAN

目錄

主要人物簡介

- 麥爾肯．波斯戴：十一歲男孩，在鱒魚旅店幫忙，是鱒魚旅店經營者瑞格和布蘭達夫妻倆的獨生子。他的精靈名叫阿斯塔。
- 艾莉絲．帕斯洛：十五歲女孩，在鱒魚旅店負責洗碗，能幹俐落。她的精靈名叫班。
- 萊拉：六個月大的嬰兒，在格斯陶修道院接受修女們的照顧。她的精靈名叫潘拉蒙。
- 納君特：前任英格蘭御前大臣，現在的工作是主導一個對抗教會的祕密組織。他的精靈是一頭狐猴。
- 漢娜．瑞芙：聖蘇菲亞學院的學者，負責真理探測儀的符號研究，同時也祕密從事情報工作。她的精靈是隻狨猴，名叫賈斯伯。
- 克朗．范．特塞爾：經常往來極北之地的吉普賽人。他的精靈是隻毛色宛若繽紛秋色的大貓，名叫索芙納克斯。
- 傑若德．波奈維爾：一位來路不明的男子，突然出現在鱒魚旅店裡，引起眾人側目與厭惡。他的精靈是隻土狼。

重要名詞簡介

- 守護精靈：類似靈魂伴侶，人類獨有，性別通常與主人相反。童年時，守護精靈能反映主人的情緒和感情而變換成各種動物；成年後則不再變形，定型為代表主人性格的一種動物。人和守護精靈形影相隨，一同行動，共享思緒感受，兩者一旦相隔超過一定距離，雙方內心都會感受到強烈的「分離痛」。
- 真理探測儀：一種貌似時鐘或羅盤的儀器，以罕見合金製成，藉由指針指向的符號，解讀者可以推測真相或預測未來。
- 塵：一種神祕的基本粒子，各領域專家都尚未掌握其真貌，教誨權威極力反對各種對「塵」的研究。
- 教會風紀法庭：處理異端問題的有力教會機構，又稱「CCD」，影響力滲透平民百姓的日常生活。
- 奧克立街：隸屬政府的特務機構，又稱「特別調查局」，負責捍衛國家民主與言論思想自由，與教會風紀法庭為敵。

世界更瘋狂了，
比我們所想的還更極致，
無可救藥的多元化瘋狂……

——路易斯・麥克尼斯[1]，《雪》

1 路易斯・麥克尼斯（Louis MacNeice, 1907-1963），來自北愛爾蘭的英國詩人、劇作家。

第一章 露台室

沿著泰晤士河上行，距離牛津市中心三英里，比約旦、加百利、貝里奧這些重量級學院，以及其他二十來所學院的划船賽場再遠一些，隔著霧濛濛的渡口草原遠眺，城市的外圍只見鐘樓與尖塔錯落，格斯陶小修道院正坐落此間，和善的修女們在此忙著自家的神聖事務；小修道院的對岸則是一家名為「鱒魚」的旅店。

旅店是一棟石砌老屋，是那種亂得讓人自在的地方。旅店的露台橫在河水上方，孔雀（一隻叫紐曼，另一隻是貝瑞）穿梭在酒客間覓食，絕無半點遲疑，偶爾昂起頭發出凶殘且無意義的嘶鳴。這兒有雅座酒吧，士紳們在此飲用麥芽啤酒、抽菸斗，如果學者也算士紳的話；這兒也有大眾酒吧，船工與農場工人坐在火邊，或者射飛鏢，或者站著聊八卦，或者爭辯，或者就是安安靜靜地把自己灌醉；這兒還有一間廚房，旅店老闆的老婆每天絞動配置複雜的轉輪與鐵鍊，在火上翻轉烤肉叉，烹煮好大一塊帶骨肉；然後，這兒有個打雜小弟叫麥爾肯．波斯戴。

麥爾肯是旅店老闆的兒子，獨生子。他十一歲，生性好奇、和善，身材很結實，頂著一頭紅髮。他在離家一英里的沃夫寇特小學念書，他朋友夠多，不過，他最開心的莫過於跟自己的精靈阿斯塔在獨木舟上玩，麥爾肯在船身上漆了這艘船的名字野美人號（La Belle Sauvage）。一個機伶逗趣的舊識覺得好玩，將V塗改為S，野美人當場成了「香腸美人」（La Belle Sausage），麥爾肯耐著性子，把塗改的字樣粉刷蓋過，來回三次，終於抓狂，直把這蠢貨打進河裡，到了這當口，雙方才宣布停戰。

就跟所有旅店老闆的小孩一樣，麥爾肯必須在店裡幹活，洗盤子洗玻璃杯，端餐送酒，杯碗空了就得收拾。他把這些工作視為理所當然。生活中唯一惹他心煩的，就是一個幫忙洗碗盤，叫艾莉絲的女孩子。她約莫十五歲，又高又瘦，長而直的黑髮往後梳成一把不討人喜歡的馬尾。她的額頭與嘴角已經浮現那種，因為自我感覺不滿而形成的紋路。她從上工第一天就開始逗弄麥爾肯：「你的女朋友是誰呀，麥爾肯？你沒有女朋友嗎？昨晚跟你出去的是誰？你親了她沒？你該不會從來沒被人親過吧？」

他始終不理會，直到阿斯塔撲向艾莉絲那隻瘦巴巴的寒鴉精靈，一把將他撞進洗碗水裡渾身溼透，一直咬一直咬，直到艾莉絲尖叫著求饒。她恨恨地向麥爾肯的母親抱怨，卻得到這樣的回答：「妳活該。我不會同情妳。妳那點賊心思留著自己用，別來煩人。」

從那之後，她果真如此。她跟麥爾肯渾然無視於彼此；他將玻璃杯放上滴水盤，她清洗，他一言不發，也不多想，就是擦乾杯子，然後拿回酒吧。

但是，他喜歡在旅店的生活。他特別喜歡無意中聽到的各種對話，不論是關於河川管理局那些貪贓枉法的流氓作為，或是政府無可救藥的白痴行徑，又或者較具哲學性的問題，像是星星是否與地球同齡。

有時候麥爾肯實在對後者這類對話太感興趣，他會將滿手的玻璃杯擱在桌上，加入討論，不過，他總是先專注傾聽。許多學者與其他客人都認得他，小費給得很大方，但是，「變有錢」從來不是他的目標；他把客人的大方視同老天眷顧，認為自己很幸運，這對他接下來的日子並沒有壞處。如果他是那種有綽號的男孩，人們無疑會喊他「教授」，但他並不是。他是那種，你注意到了就會喜歡他的男孩，但其實不常有人注意到他，這點對他也沒啥壞處。

麥爾肯的另一批顧客在旅店之外，橋的另一頭，在綠色田野中的幾棟灰色石屋裡，在雅致的果園

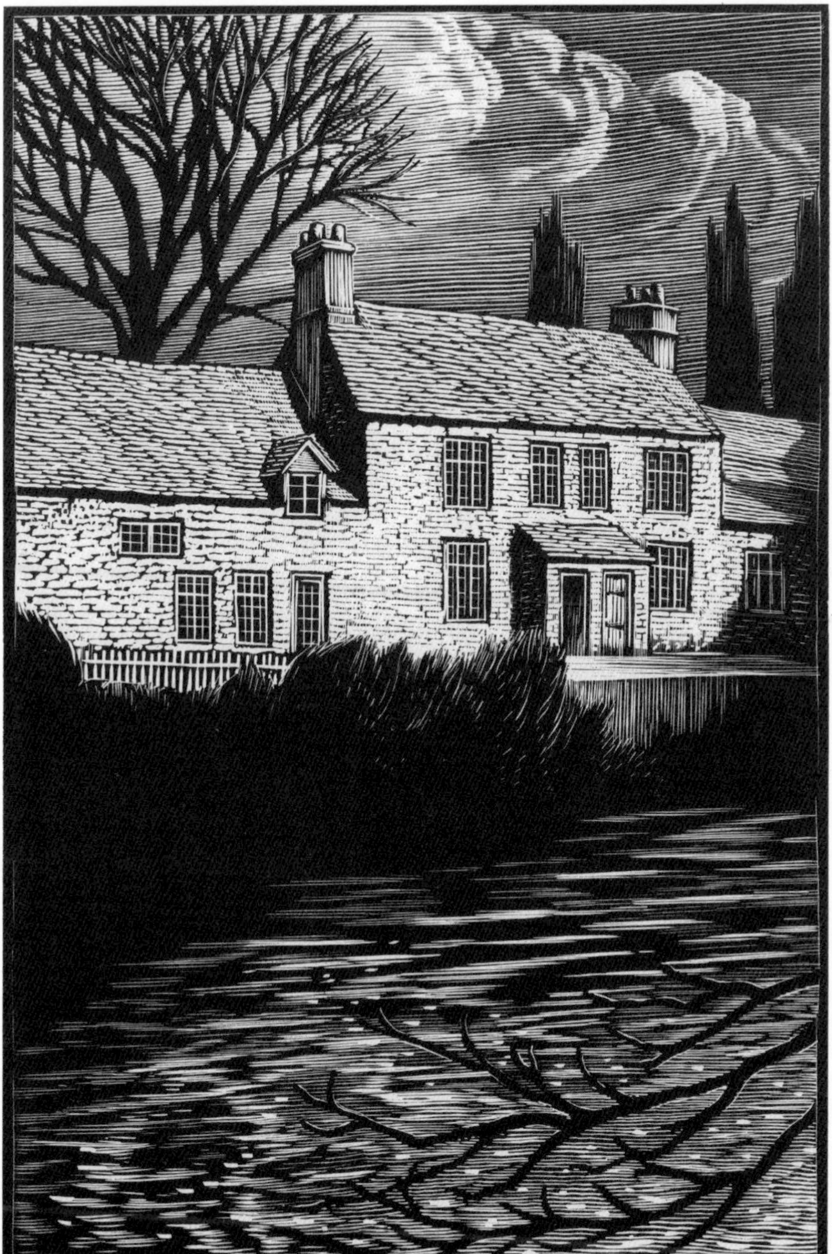

裡，在聖羅莎蒙小修道院的菜園子裡。修女們多半自給自足，她們自己種植蔬果、養蜂、縫製並販售價格被狠砍的優雅祭祀法衣，不過，偶爾總有些差事得找一個伶俐的男孩跑腿，或者總有張梯子得在老木匠泰普浩司先生的督導之下修理，又或者總有些魚貨得到河下游有點遠的麥德里水產鋪子去張羅。這幫善良修女經常雇用野美人號為她們辦事；麥爾肯不止一次載著班尼狄塔修女順流而下，前往皇家郵政飛船站，修女拎著要寄給倫敦主教的珍貴包裹，裡面是聖帶、斗篷長袍或主持彌撒所穿的十字褡，主教的法衣似乎耗損得很厲害，因為總是很快又要替換。在這些悠閒的航程中，麥爾肯長了不少見識。

「班尼狄塔修女，妳是怎麼打包那些東東的？超讚的。」有一天他問道。

「那些『包裹』。」班尼狄塔修女說。

「班尼狄塔修女，妳是怎麼打包那些包裹的？超讚的。」

「打包手法『很讚』，麥爾肯。」

他才不在乎被糾正文法呢；這是他們之間的一種遊戲。

「我以為這樣講也沒關係。」他說。

「這就看你想要以『讚』來形容打包的動作，還是指打包好的包裹。」

「我真的不在乎，」麥爾肯說：「我只是想要知道，妳是怎麼做的。」

「下回有包裹要打包，我一定讓你瞧瞧。」班尼狄塔修女這麼說，她也的確這麼做了。

大致來說，麥爾肯佩服修女們乾淨俐落的行事作風，好比她們沿著果園向陽的牆面搭蓋攀架支撐果樹的方法，以及她們以清揚的聲音唱出教會職分的魅力，還有她們這兒一點、那兒一些，對許多人展現的仁心善意。他很陶醉於和她們談宗教信仰。

「《聖經》裡啊，」一天，他在挑高的廚房裡幫老修女費內拉幹活時這麼說：「妳知道《聖經》裡說上帝用了六天創造世界？」

「沒錯。」費內拉修女說，手裡一面揉著餡餅皮。

「是喔，那怎麼會有幾百萬年歷史的化石？」

「啊，你得明白，那時候的一天可長多了，」好修女這麼說：「大黃切了沒？我看你還沒動手，我麵糰都捏好了。」

「為什麼用這把刀切大黃，幹麼不用那幾把舊的？舊刀比較利。」

「因為大黃內有草酸的關係，」費內拉修女說著，將餡餅皮壓進一只烤盤。「用不鏽鋼切大黃比較好。喏，把糖給我。」

「草酸，」麥爾肯說了一遍，非常喜歡這兩個字。「什麼是十字褡啊，修女？」

「一種法衣。教士穿在他們的白麻布聖職衣外面。」

「為什麼妳不像其他修女一樣做針線活兒？」

費內拉修女的松鼠精靈坐在一旁椅背上，溫和地「嘖」了一聲。

「我們都做自己拿手的工作，」修女這麼說：「我對刺繡從來不在行，瞧瞧我這些胖指頭！不過，其他修女覺得我的餡餅皮還可以。」

「我喜歡妳的餡餅皮。」麥爾肯說。

「謝謝你，親愛的。」

「幾乎跟我媽做的一樣棒。我媽的餅皮比較厚。我想妳可以擀得用力些。」

「我想應該是。」

小修道院的廚房裡任何東西都不會隨意扔棄。費內拉修女修整大黃派餅皮剩下的小麵糰，被捏成造型粗拙的十字架、棕櫚枝、魚，加一點葡萄乾，撒一點糖，另外烘烤。這些造型各有其宗教意義，但是費內拉修女（「我這些胖指頭！」）實在不擅長讓它們看起來有任何差異。麥爾肯手比較巧，不過他得先把手徹底洗乾淨。

「修女，這些東西要給誰啊？」他問。

「噢，最後都會被吃光。有時候訪客喜歡吃點東西配茶。」

小修道院正好就在河與路的交會處，頗受各路旅人歡迎，修女們經常需要接待住宿訪客。鱒魚旅店當然也是如此，通常有兩、三位客人在旅店過夜，麥爾肯就必須服侍他們用早餐，不過這些人多半是漁夫或商人，這是麥爾肯父親對他們的稱呼，實際上他們是菸葉客、五金客，或農機客。小修道院的客人全都來自較高階層：貴族與貴婦，有時候則是主教與較低階的教士，以及那些有地位卻與城裡諸多學院沒有任何往來，因此得不到殷勤款待的人士。有一次，一位公主在小修道院待了六星期，麥爾肯只見過她兩次。她因受懲罰而被送到這兒來。她的精靈是一頭黃鼠狼，見人就齜牙鬼叫。

麥爾肯也幫這些訪客幹活：照顧他們的馬匹，清洗他們的靴子，幫忙傳個信什麼的，偶爾會收到一些打賞。他把收到的小費都存進臥房裡的海象造型錫罐。只要壓壓海象尾巴，它就張開嘴，讓你把銅板從兩支長牙之間投入，其中一支牙斷了又給黏上。麥爾肯不知道自己存了多少錢，不過這頭海象沉甸甸的。他想過，錢存夠了就買一把槍，但他不認為父親會容許他這麼做，所以，還有得等呢。而在這段期間，不論是常見、罕見的旅人百態，他都習以為常了。

他想，這世上恐怕再沒有一個地方像這條小河灣了，河岸這端是旅店，那端是小修道院，人們在此可以得知天下事。他想，等他長大了要在父親酒吧裡幫忙，等父母老得做不動了，就接手這地方。他對這樣的未來挺滿意的。比起其他許多旅店，經營鱒魚旅店好多了，因為外頭廣大的世界在此川流不息，總有學者和重要人士可以與之攀談。但是，麥爾肯想要做的，完全不是這些。如果可以，他希望成為學者，也許是天文學家，或實證神學家，對事物最深層的本質做出了不起的發現。現在，他希望成為哲學家的見習生——這應該是不錯的選擇。不過，可能性微乎其微；沃夫寇特小學的宗旨是讓學生十四歲離開學校、進入社會之前，習得一門技藝，具備工匠或記帳的本事就算了不起了，就麥爾肯所知，獎學金並不開放給一個擁有獨木舟的聰明男孩。

●

隆冬的某一天，鱒魚來了幾位不尋常的訪客。三名男子搭乘琥珀電氣車[2]而來，一下車就直接進入露台室，這是酒館最小的用餐套間，可以俯瞰露台、河水，以及河對岸的小修道院。位置就在走廊盡頭，不論冬天或夏天都很少使用，雖然名為「露台室」，其實房裡只有幾扇小窗子，根本沒有門可以通往露台。

麥爾肯剛做完分量不多的作業（幾何），狂吃了一些烤牛肉與約克夏布丁，外加一個烤蘋果蛋奶凍，這時，他爸爸喊他進酒吧。

「去看看露台室那些老爺需要什麼，」他說：「他們可能是外地來的，不知道要在酒吧裡點喝的。我猜，大概想要有人在一旁伺候吧。」

這倒新鮮，麥爾肯開心地走向小房間，看見三位大爺（他一眼就能看出這幫人的氣質）全都站在窗邊往外瞧。

2　普曼於「黑暗元素」三部曲刻意使用一些古老的、過氣的、有著希臘甚至阿拉伯字源的文字，並據以創造新詞。例如anbaric，這個字在「黑暗元素」三部曲相當於電能（electric energy）。根據牛津大學教授Simon Horobin，這個詞彙源自拉丁文，祖譜可追溯至electrum（琥珀金）、amber（琥珀），因為electric最早是用來形容可以磨擦產生靜電的物品，而琥珀正是最早發現具備此種特色的事物。如果將anbaric car單純翻成「電氣車」，便很難與「琥珀」產生聯想，這似乎有點可惜。

「需要來點喝的嗎，各位大爺？」

他們立刻轉過身。其中兩位點了紅葡萄酒，第三位則是蘭姆酒。麥爾肯送酒進來，他們問是否可以在這裡用晚餐，如果可以，有什麼可吃的。

「烤牛肉，先生，我知道這個真的很棒，因為我剛剛才吃過。」

「喔，le patron mange ici[3]，嗯？」他們拉著椅子朝小桌圍過來，其中最年長的大爺這麼說。他的精靈是一頭黑白相間、漂亮的狐猴，冷靜地坐在他的肩膀上。

「我就住在這裡，先生，老闆是我爸，」麥爾肯說：「廚子是我媽。」

「你叫什麼名字？」訪客中最高最瘦的那位開口了，他一頭濃密灰髮，一臉學者樣，他的精靈是一隻歐金翅雀。

「麥爾肯．波斯戴，先生。」

「河對面是什麼地方，麥爾肯？」第三位訪客問道，他有一雙深色大眼睛，蓄著黑色八字鬍，不論他的精靈是什麼，此刻正蜷縮在他腳邊的地板上。

當然，這時天色已經暗了，他們只能看見河對岸小禮拜堂彩繪玻璃隱隱發亮，以及警衛室上方總是亮著的燈。

「那裡是小修道院，先生。聖羅莎蒙姊妹會。」

「誰是聖羅莎蒙？」

「我從來沒問過她們關於聖羅莎蒙的事蹟。不過，彩繪玻璃上有她的圖像，有點像站在一朵大玫瑰花裡面。我猜這是她命名的由來[4]。我得問問班尼狄塔修女。」

「喔，那麼你跟她們很熟囉？」

「我跟她們天天都說得上話，先生，多多少少啦。我在小修道院打零工，跑跑腿什麼的。」

「修女們接待訪客嗎？」最年長的男子這麼問。

「是的，先生，經常如此。各式各樣的人都有。先生，我不想多事，不過，這裡頭好冷啊。是不是讓我為你們生個火？或者你們想到酒吧包廂，那裡舒適又暖和。」

「不了，我們就待在這兒，謝謝你，麥爾肯，不過我們確實需要生個火。麻煩你。」

麥爾肯擦起火柴，火勢立刻點著。他的父親很會生火；麥爾肯經常看著他做。如果這些人想要待在屋裡，木料足夠燒上一整晚。

「今晚人多嗎？」黑眼睛男子問。

「約莫十來個，先生，就一般般。」

「很好，」最年長的男子說：「那麼，給我們一些烤牛肉吧。」

「先來點湯嗎，先生？今天是辣味歐防風湯。」

「好啊，有何不可？先喝湯，然後享用你們遠近馳名的烤牛肉。再來一瓶紅葡萄酒。」

麥爾肯不認為店裡的烤牛肉稱得上遠近馳名：人家只是說說罷了。於是他先行告退，準備餐具，並到廚房跟媽媽下烤肉訂單。

阿斯塔化成一隻金翅雀在他耳邊說：「他們早就知道那些修女的事。」

「那幹麼還要問？」麥爾肯低聲回應。

「他們在試探我們，看我們有沒有說實話。」

「真搞不懂他們想幹什麼？」

3「老闆在此用餐」，法國老餐館門口經常會掛著這樣的標示，讓消費者用餐更有信心。

4 Rosamund，羅莎蒙，字源演變受到拉丁文rosa munda的影響，意思是「純淨的玫瑰」。

「他們看起來不像學者。」

「像吧，一點點。」

「他們看起來像政客。」她如此堅持著。

「妳怎麼知道政客看起來是什麼樣子？」

「就是有這種感覺。」

麥爾肯沒跟她爭辯；還有其他客人要招呼，他很忙，而且他相信阿斯塔的感覺。他很少對人有這類感覺——只要人們對他好，他就喜歡他們——但是，已經好幾次了，事實證明他的精靈直覺非常可靠。當然，他跟阿斯塔是一體的，反正那也是他的直覺，正如同他的感覺也是她的。

麥爾肯的父親親自為三位客人端來餐點，並為他們開了酒。麥爾肯還沒有學會同時應付三只熱盤子。波斯戴先生回到吧檯，勾勾手指示意麥爾肯近前，輕聲說話。

「那幾位老爺跟你說了什麼？」他說。

「他們問起小修道院。」

「他們還想跟你聊聊，還說你是個聰明的孩子。注意你的規矩啊。你知道他們都是些什麼人？」

麥爾肯瞪大眼睛，搖搖頭。

「納君特爵爺，就是那個老傢伙，他曾經是英格蘭御前大臣。」

「你怎麼知道是他？」

「報上登過他的相片，我認出來了。去吧。回答他們所有問題。」

於是麥爾肯往走廊那頭移動，阿斯塔在一旁低聲說道：「看吧？誰說得對？居然是英格蘭御前大臣，乖乖！」

幾個男人一面狼吞虎嚥他們的烤牛肉（麥爾肯的媽媽各多給了他們一片），一面低聲交談，麥爾肯一走進來，他們隨即噤聲。

「各位老爺，我來看看你們需不需要再點一盞燈，」他說：「如果需要，我可以拿盞石腦油燈來，就擱在桌上。」

「待會兒吧，麥爾肯。這個主意很不錯，」那位御前大臣這麼說：「告訴我，你多大了？」

「十一歲，先生。」

也許他應該說「爵爺」才對，不過，這位前任御前大臣似乎挺滿意「先生」這個稱呼。也許他在旅行途中隱藏真實身分，不願使用正確的稱謂。

「你上哪所學校？」

「沃夫寇特小學，先生，過了渡口草原就是。」

「長大之後打算做什麼呢？你怎麼想？」

「最有可能就是跟我爸一樣，旅店老闆吧，先生。」

「非常有意思的職業，我想是吧。」

「我也這麼認為，先生。」

「人來人往，各式各樣的人都有啊。」

「沒錯，先生。來這兒的有大學裡的學者，還有各地的船工。」

「你們也見識了不少事情，是吧？」

「是，是這樣的，先生。」

「例如這條河的往來運輸。」

「有趣的事主要都是運河上的活動，先生。吉普賽船來來去去，七月還有馬市，那時運河上滿滿都是船隻與旅行者。」

「馬市……吉普賽人的馬市，是吧？」

「他們從各地來到這裡買賣馬匹。」

學者模樣的男人說：「小修道院裡的修女。她們如何維持生計？她們製作香水這一類的活兒嗎？」

「她們種很多菜，」麥爾肯說：「我媽的蔬菜、水果都是向小修道院買的。還有蜂蜜。喔，她們也縫製、刺繡男性神職人員佩戴的物件，例如十字褡。我想這些東西肯定讓她們進帳不少。她們手頭一定有點錢，因為她們都跟河下游的麥德里水產鋪子買魚。」

「小修道院接待的訪客，」前任御前大臣說：「都是些什麼樣的人呢，麥爾肯？」

「喔，有時候是貴族小姐……年輕的小姐……有時候是老修士，或者主教，可能是吧。我想他們來是這裡休養的。」

「休養？」

「班尼狄塔修女是這樣跟我說的。她說古時候，早在有像這樣的旅店、旅館，特別是救濟院之前，人們總是在僧侶院、小修道院之類的地方落腳，不過最近的訪客多半都是神職人員，或者其他地方的修女，他們是來靜修……靜……」

「靜修療癒。」納君特爵爺說。

「沒錯，先生，就是這個詞。就是把身體養好一點。」

最後吃完自己那份烤牛肉的黑眼睛男人，把手中刀叉放在一起擱著。「最近那裡有人住宿嗎？」他問。

「我想是沒有，先生。除非他們總是待在屋子裡。通常訪客喜歡在花園裡走走，不過最近天氣不大好，所以……要不要現在上布丁？各位老爺？」

「什麼布丁？」

「烤蘋果蛋奶凍。蘋果來自小修道院果園。」

「嗯，我們可不能錯過品嘗的機會。」一臉學者樣的男人說：「好啊，給我們來點烤蘋果蛋奶凍。」

麥爾肯開始收拾餐盤與餐具。

「你一直住在這裡嗎，麥爾肯？」納君特爵士說。

「是的，先生。我在這裡出生。」

「那麼，在你跟小修道院打交道的漫長時間裡，你知不知道她們是否曾經照顧過一個幼兒？」

「很小的小孩嗎，先生？」

「是的。年紀太小還無法上學的孩子，就是個小寶寶。知不知道有這麼一回事？」

麥爾肯仔細想了想，然後說：「沒有，先生，從來沒有。只有貴婦與大爺，或者神職人員，從來沒有小寶寶。」

「我明白了。謝謝你，麥爾肯。」

他把酒杯的杯腳握在指間，一口氣收攏三只，連同餐盤一併收拾帶走。

「小寶寶？」阿斯塔在回廚房途中輕聲地說。

「神祕謎團，」麥爾肯愉悅地說：「也許是孤兒。」

「也許更慘。」阿斯塔陰鬱地說。

麥爾肯把餐盤放在滴水板上面，一如往常無視於艾莉絲的存在，然後幫客人點了布丁。

「你爸爸認為，」麥爾肯的媽媽邊說邊將蘋果裝盤，「那些客人當中有一位是以前的御前大臣。」

「那妳最好給她一顆胖大蘋果。」麥爾肯說。

「他們想知道什麼？」她舀起熱騰騰的蛋奶凍淋在蘋果上。

「喔，全都是有關小修道院的事。」

「你要一口氣全端去嗎？很燙。」

「可以啦，反正也不是很大。說真的，我拿得來。」

「你最好可以。如果你摔了御前大臣的蘋果，可是要坐牢的。」

儘管手裡的三個碗愈來愈燙，他倒是捧得牢牢的。那幾位大爺這回沒再問任何問題，只點了咖啡，麥爾肯到廚房準備咖啡之前，先為他們送去一盞石腦油燈。

「媽，妳知道小修道院有時候會有訪客吧？她們曾經照顧過小寶寶嗎？」

「你為什麼想知道這些？」

「他們在問啊。御前大臣跟另外兩位老爺。」

「你怎麼跟他們說的？」

「我說我認為沒有。」

「嗯，這樣回答就對了。幹活去吧，去，多拿點杯子過來。」

酒吧大廳裡鬧哄哄的，在人聲笑語的掩護下，阿斯塔低聲說話：「你問她那回事的時候，她嚇了一跳。我看見凱瑞因醒過來，還豎起耳朵。」

凱瑞因是波斯戴太太的精靈，一頭臭臉卻個性寬容的獾。

「只是因為驚訝吧？」麥爾肯說：「他們問我的時候，我想妳看起來應該也很驚訝。」

「我從來不會那樣。我一臉高深莫測。」

「好吧，我想他們看得出『我』很驚訝。」

「要不要去問問修女？」

「可以喔，」麥爾肯說：「明天去。如果有人到處打探她們的事，她們需要知道。」

第二章
橡實

麥爾肯的父親說對了：納君特爵爺曾經是御前大臣，不過，那是在前一個政府任內，一個比當今政府開明的政體，當時的政治氛圍也比較自由。這些日子以來，對宗教權威曲意奉承、俯首貼耳儼然是當前政界主流風氣，尤其是對日內瓦當局。因此，有些力挺宗教的組織，權力與影響力水漲船高，支持世俗路線的官員與大臣如今均已失寵，若不是另謀他就，就是得暗中行事，還得面對事跡敗露的風險。

湯瑪斯・納君特就是這樣的人。對世界、對新聞媒體、對這個政府來說，他是一位名氣漸衰的退休律師，過氣政客，沒有利害關係可言。事實上，他主導一個組織，運作模式就像特務機構，這個組織在並不很久之前也的確隸屬王室的安全與情報系統。如今，在納君特的主導下，這個組織的主要活動就是阻撓宗教當局的作為，一方面維持組織的隱密與曖昧性，一方面要讓組織看起來人畜無害。這需要謀略、勇氣與運氣，截至目前為止，他們的身分還沒被發現。在一個單純並具誤導性的名稱掩護下，他們執行各種任務，舉凡危險的、複雜的、冗雜的、有時甚至根本是違法的。不過，他們從來不曾經手這樣的案子：守護六個月大的嬰兒，免遭對手追殺。

●

星期六是麥爾肯自己的時間，他一早做完鱒魚的例行差事，過了橋就往小修道院去。

他敲敲門，走進廚房，看見費內拉修女正在削馬鈴薯。他從媽媽那裡知道，有一種更乾淨俐落的手法可以對付馬鈴薯，只要有一把鋒利的刀，他就可以演練給修女瞧瞧，不過，他沒做聲。

「你是來幫我的嗎？麥爾肯？」她問。

「可以啊。不過，我其實是要跟妳說點事情。」

「整理一下芽甘藍，如果你方便的話。」

「好。」麥爾肯說著，在抽屜裡找出最鋒利的刀子，就著二月微弱的天光，從桌上拖過幾莖甘藍。

「別忘了在底部劃個十字。」費內拉修女說。

有一次她告訴麥爾肯，在每一株甘藍劃上救世主的印記，能確保惡魔不進門。麥爾肯當時對此印象深刻，現在他知道了，這麼做是為了讓菜煮透。他媽媽解釋給他聽，然後說：「你可別跑去反駁費內拉修女。她是個好心腸的老小姐，如果她願意這麼想，就別惹她心煩。」

麥爾肯寧可百般忍受，也不願意讓費內拉修女心煩，他喜愛這位修女，對她懷抱深深的、單純的忠誠。

「好啦，你要跟我說什麼？」她這麼說，麥爾肯在她身旁一只老凳子坐了下來。

「你知道昨晚我們鱒魚來了些什麼人？來了三位大爺用晚餐，其中一位是納君特爵爺，英國御前大臣。前任御前大臣。還不止這樣呢。他們朝遠處張望，衝著小修道院這兒猛打量。而且好奇得不得了。他們問了各種問題，包括妳們是什麼樣的修女，妳們這有沒有訪客，都是些什麼樣的人……最後他們問妳們是否曾經收留過小寶寶——」

「幼兒。」阿斯塔插了一句。

「是啊，幼兒，妳見過幼兒待在這裡嗎？」

費內拉修女停止削馬鈴薯皮。「英國御前大臣？」她說：「你確定嗎？」

「我爸確定，他在報上看過他的照片，所以才認出來。他們想要單獨在露台室用餐，就他們三個。」

「御前大臣本人？」

「前任御前大臣。費內拉修女，御前大臣都做些什麼事？」

「噢，這個職務非常高層，非常重要。就算跟法律有點關係我都不覺得奇怪。或者是跟政府。他很自大驕傲嗎？」

「不會。他就是個大老爺，很容易就能看出來，不過，人挺好的，很友善。」

「他想要知道……」

「妳們小修道院是否曾經收留過一名寶寶？我猜他的意思是說待在這兒，接受照顧。」

「你怎麼回答呢？麥爾肯？」

「我說我想應該沒有。有嗎？妳們收留過寶寶嗎？」

「我在這裡的時候沒有。天老爺！真不知道該不該告訴班尼狄塔修女？」

「也許應該。我是這樣想的，他可能想找個地方安頓一個重要的寶寶，為了要靜養療癒，也許啦。也許有個王室寶寶生病了，所以我們從來都不知道有這號人物，也許寶寶被蛇咬——」

「為什麼會被蛇咬？」

「因為育嬰女傭心不在焉，可能在看雜誌，或者跟什麼人說話，然後蛇一路爬過來，突然一陣尖叫，她轉身，寶寶身上掛著一條蛇。這下她麻煩大了，就是那個育嬰女傭，她甚至可能進了監牢。被蛇咬傷的寶寶雖然治好了，仍然需要靜養療癒。所以國王跟首相，還有御前大臣都想找一個能夠讓寶寶靜養療癒的地方。他們當然不會找一個沒有照顧寶寶經驗的地方。」

「好，我懂了。」費內拉修女說：「這樣完全說得通。我想我應該至少告訴班尼狄塔修女。她會知道該怎麼做。」

「我認為，如果他們是認真的，就會找上門，親自詢問。我的意思是，我們在鱒魚確實見過不少事情，不過，真正可以問出名堂的人畢竟在這裡，他們會來，不是嗎？」

「除非他們不想讓我們知道。」費內拉修女說。

「但是，他們問我有沒有跟妳們說過話，我說次數可多了，還解釋我是如何幫妳們幹點活。所以他們應該知道我總會跟妳們說點什麼，也沒有要求我不能這麼做。」

「這樣說也有道理，」費內拉修女說著將最後一顆削好的馬鈴薯扔進大平底鍋。「不過，整件事聽起來真的有點怪。也許他們會寫信給院長，而不是親自拜訪。我懷疑他們其實是要打聽關於庇護的事。」

「庇護？」麥爾肯喜歡它的讀音，在他的想像中，他已經知道怎麼寫出這個字了。「那是什麼意思？」

「如果有人因為違反律法遭當局追捕，他們可以進入祈禱室申請庇護。這意謂著，只要他們待在祈禱室，就可以免於被逮捕。」

「但是，小寶寶不可能做出違法的事。至少還不會吧。」

「當然。不過這也適用於流亡者。人們並非自身犯下過錯，卻陷入險境。只要他們在庇護中，沒有人可以逮捕他們。有些學院以前有能力提供學者庇護，我不知道現在情況如何。」

「那傢伙也不是學者啊，我是說那個寶寶。妳要我把所有甘藍都整理乾淨嗎？」

「留兩支。明天煮。」

費內拉修女把剝掉的甘藍葉收拾起來，將甘藍莖切成幾段扔進裝豬食的桶子。

「你今天要做什麼呢？麥爾肯？」她問。

「我會帶我的獨木舟出去溜溜。河水水位有點高，我可能得小心一些，但是我想要把它清洗乾淨，把它整治得更有一艘船的樣子。」

「你是不是計畫著長途航行？」

「嗯，很想。不過，我不能離開我媽我爸，他們需要我幫忙。」

「他們也會為你掛心操煩。」

「我會寫信回來的。」

「你會去哪裡？」

「順流而下，直達倫敦。也許前進遙遠的大海。雖然我不認為我的船有辦法應付航海。可能一個大浪就掀翻了。我可能得把它綁起來，搭乘另一艘船。但是，總有一天，我會的。」

「你會寄明信片給我們嗎？」

「當然。或者妳可以跟我一起去。」

「那麼誰來幫這些修女煮飯？」

「她們可以野餐。或者到鱒魚旅店用餐。」

她大笑著拍手。微弱的天光從沾滿灰塵的窗戶透進來，麥爾肯看見她手指的皮膚龜裂得多麼厲害，皮翻肉綻，紅通通的。他想，這雙手每次浸入熱水肯定痛死了，但是，他從來沒聽過費內拉修女抱怨。

●

那天下午，麥爾肯進入挨著主屋搭建的小棚子，拉開覆蓋在獨木舟上的防水布。他仔細檢查船身，從船頭到船尾，刮下累積了整個冬天的綠色爛泥，每一個小地方都不放過。孔雀諾曼晃過來，想找找有什麼可吃的，一無所獲，於是抖動羽毛，發出一陣不爽的叫聲。

野美人號的木料還很扎實，只是油漆開始脫落，麥爾肯想著是不是該把之前寫上的名字塗掉，重新粉刷。船名原本是綠色的，紅字可能更顯眼。也許他可以幫麥德里的修船廠打零工，換一小罐紅色油漆。他把獨木舟拖下草坡，停在河邊，有一搭沒一搭地想著，要不這就往下游出發，跟修船廠談條件……想想還是改天吧，於是往上游划了一小段，在公爵河谷右轉，這裡是連結泰晤士河與牛津運河的一條小溪。

他運氣不錯，有一艘運河船正要進入船閘，他從側邊跟著進去。有時候得等上一個鐘頭，他試著說服帕森斯先生單獨為他操作船閘，不過，這位守閘人死守規則，沒得商量，就跟他的工作態度一樣，除非必要，絕不多做。不過如果麥爾肯趁著另一艘船通過時，跟著一起往上游或下游走，他倒是不介意。

「去哪兒啊？麥爾肯？」他大聲問著，水量從閘口另一頭往外湧出，水位漸漸下降。

「去釣魚。」麥爾肯喊回去。

他總是這麼回答，有時候也是真如此。不過，今天他老是記掛著那罐紅色油漆，他想他會繼續往下划，跑一趟杰里科的雜貨鋪，至少先對價格有點概念。當然，他們可能沒賣油漆，那也沒關係，反正他喜歡那間雜貨鋪。

進入運河之後，他穩穩地往下游划，經過菜圃與學校遊樂場，來到杰里科的最北側：幾排小小的紅磚連棟房舍，那裡是報社或老鷹鐵工廠員工與眷屬的住處。這附近已經泰半仕紳化，卻仍然保有一些古老的角落、黑漆漆的巷弄。修船廠與雜貨鋪外側是一座荒廢的墓園與教堂，教堂裡矗立著義大利風格的鐘樓。

河水西側，也就是麥爾肯的右手邊，是一條拉船路，目前非常需要清理。岸邊密密麻麻長滿水生植物，麥爾肯速度慢下來的時候，他看見蘆葦叢裡有動靜。他任由獨木舟浮沉，漸漸停住不動，然後靜靜滑入直挺的草莖中，這時一隻鳳頭鸊鷉倉卒爬上拉船路，又顛又拐，非常不優雅地走向對面，然後落水，掉進一小窟死水。麥爾肯竭盡可能地不弄出聲響，極其緩慢地將獨木舟往蘆葦叢更深處移入，看著這隻鳥甩甩頭，涉水前進，與伴侶會合。

麥爾肯聽說過這附近有鳳頭鸊鷉出沒，他始終半信半疑。現在證實無誤。今年之內他肯定會再來，稍晚一點，看看牠們是否繁殖出下一代。

他坐在獨木舟裡，所以蘆葦叢比他高，如果維持一動也不動，他想恐怕沒有人能看見他。他聽見身後有聲音，一個男人和一個女人的聲音，他靜靜坐著，他們慢慢走，注意力只在彼此身上。他在更早之前曾經見過他們：那是一對手牽手散步的情侶，他們的精靈是兩隻小鳥，在不遠的前方飛啊飛，偶爾停下來竊竊私語，再繼續雙飛。

麥爾肯的精靈阿斯塔這時正好變成一隻翠鳥，停在獨木舟邊上。那對情侶經過之後，她飛上麥爾肯的肩膀低聲說：「那裡有個男人……你看……」

麥爾肯之前沒有看到這傢伙。從蘆葦梗中望出去，正好可以看見拉船路再往前幾碼處，有一個男人，穿著雨衣，戴著灰色呢帽，站在一棵橡樹下。他看起來像是在躲雨，但是根本沒下雨。此時午後近晚，他的外套與帽子幾乎跟天地同色，差不多跟鷺鷥一樣很難看見，事實上，恐怕更難，麥爾肯心想，因為他頭上沒有羽毛。

「他在幹麼？」麥爾肯小聲地說。

阿斯塔變成一隻蒼蠅，飛到她可以離開麥爾肯的最大距離，一感覺痛就停下來，棲息在一株香蒲的最頂端，這樣才能清楚地觀察那個男人。男人努力不想引人注目，卻又因此感覺尷尬且不開心，這麼一來，簡直就是揮舞旗子昭告天下。

阿斯塔看見男人的精靈，是一隻貓，她在橡樹最低的枝幹間走動，男人在樹下，朝著拉船路不斷張望。然後，貓發出細微的叫聲，男人抬起頭，她一躍而下，停在男人肩膀。就在她動作的同時，有個東西從她嘴裡掉出來。

男人驚恐地咕噥一聲，他的精靈隨即跳到地面。他們開始大肆搜尋，從樹下到水邊，包括茂密的草叢。

「她把什麼弄掉了？」麥爾肯輕聲問。

「像是一顆堅果。差不多是一顆堅果的大小。」

「妳有沒有看見它掉在什麼地方？」

「應該有。我想它砸到樹根，彈開之後落入一旁的灌木叢。你瞧，他們裝出一副沒在找東西的樣子……」

他們確實裝得很賣力。小徑上有人走過來，是一名男子與他的狗精靈，穿雨衣的男人假意看看手錶，甩甩手，湊近耳朵聽聽，再甩甩手，取下手錶，上緊發條……等那人與狗走遠，雨衣男重新戴上手錶，回頭尋找他的精靈掉落的物件。他很焦慮，這點很容易看出來，他的精靈則是渾身每道線條都在說「對不起」。他倆看起來就是一幅苦惱的圖像。

「我們可以過去幫忙。」阿斯塔說。

麥爾肯很糾結。他還能看見那兩隻鷺鷥，並且非常想繼續觀察，但是那個男人似乎需要幫忙，他確定阿斯塔的眼力足以找到那樣東西，不論那是什麼。最多花個一分鐘左右吧。

他還沒來得及做出決定，那個男人彎下身子一把抱起他的貓精靈，匆匆沿著拉船路往前走，好像決定去找人幫忙。麥爾肯立刻將獨木舟倒退著划出蘆葦叢，然後加速前進直達橡樹下，男人之前所在的定點。不一會兒，他握著繫船的纜繩跳下船，阿斯塔變成一隻老鼠咻的竄過小徑，鑽進灌木叢。一陣樹葉沙沙嗦嗦的聲音，一陣寂靜，更多沙沙嗦嗦，更多寂靜，麥爾肯看著男人走到那座通往廣場的小小鐵橋，踏上階梯，這時傳來一陣興奮的吱吱叫聲，麥爾肯立刻明白，阿斯塔找到了，她以一隻松鼠的模樣衝回來，直奔上麥爾肯的手臂，一路爬上肩膀，把一樣東西墜進他手裡。

「一定是這個，」她說：「肯定是。」

第一眼看起來是顆橡實，入手卻重得有些古怪，當他更仔細檢視，發現它是由一塊紋理細密的木頭雕成。事實上是兩塊，一塊雕成杯狀的殼斗，跟真正的殼斗根本沒兩樣，連表面重重疊疊的小鱗片也一應俱全，並且著上淡淡的綠色，雕刻堅果的木頭則是刨光上蠟，呈現泛著光澤的淺棕色。這玩意兒真美，而且她說得沒錯，這肯定就是那個男人掉落的東西。

「我們趕在他過橋之前追上去。」說著，他一隻腳跨進獨木舟，但是阿斯塔說：「等一下。你看。」

她變成一隻貓頭鷹，每當她想把什麼看得更清楚，她就會這麼做。她扁平的臉朝向下方的運河，麥爾肯順著她的視線，看見那個男人已經走到人行橋中間，腳步突然有些遲疑，因為另一個男人從橋對面走過來，來人體格矮壯，穿著一身黑，身旁跟著一頭腳步輕盈的雌狐精靈，麥爾肯與阿斯塔都看得出來，黑衣男打算攔阻雨衣男，雨衣男非常害怕。

他們看著他轉身，急巴巴地踏出一、兩步，然後又停下來，因為橋的這一頭出現第三名男子。他同樣穿著一身黑，卻比另一個黑衣男瘦，他的精靈是某種大鳥，棲息在他肩膀上。兩名黑衣男看起來都自信滿滿，一副有得是時間，隨便他們愛幹麼就幹麼的樣子。他們對雨衣男說了什麼，一人一邊架住他的胳膊，他徒勞地掙扎了一會兒，看起來整個人都癱軟了，兩名男子將他往上提，硬架著他過橋，走到教堂塔底下的小廣場，接著就消失了蹤影。他的貓精靈匆匆地跟在後面，一副難堪又著急的樣子。

「把那東西放進你最內層的口袋。」阿斯塔低聲說。

麥爾肯將橡實放進上衣胸口的小袋，然後小心翼翼地坐下來。他渾身直發抖。

「他們逮捕那傢伙。」他低聲說。

「他們不是警察。」

「不是。不過也不是盜匪。他們一副冷靜的樣子，好像得到許可，愛怎麼做就怎麼做。」

「回家吧，」阿斯塔說：「免得被他們看見。」

「他們才懶得看呢。」麥爾肯說，但是他同意，他們應該回家。

他快速划行，往公爵河谷回程。路上他們輕聲交談。

「我打賭那傢伙是間諜。」她說。

「可能吧。至於那些男人——」

「CCD。」

「噓！」

CCD就是教會風紀法庭，是教會處理異端與不信神這類問題的機構。麥爾肯對此所知不多，但是，有一回聽見幾位客人說起一位他們都認識的人，聊及那人可能遭遇的狀況，因此他知道CCD能引發令人噁心的恐懼感。那人是一名記者：他在系列文章中對CCD提出太多質疑，突然就人間蒸發。同間報社的編輯因為發表煽動性言論的罪名而遭逮捕入獄，但從此再也沒有人見過那位記者。

「我們絕對不能對修女們透露任何口風。」阿斯塔說。

「萬萬不可以。」麥爾肯完全同意。

實在很難理解，不過，教會風紀法庭與格斯陶小修道院是同路人，多少算是吧。它們都是教會組織。麥爾肯問過班尼狄塔修女這件事，這是他唯一一次見過修女露出苦惱的樣子。

「有些祕密我們不應該追問，麥爾肯，」她說：「這些祕密對我們來說太深奧。但是，神聖教會知道上帝的意志，以及必得完成之事。我們必須互相友愛，並且不問太多問題。」

最後一句話的前半段對麥爾肯來說很簡單，他對自己認識的事物多半是喜愛的，但是，後半段就比較困難了。總之，他沒有繼續追問關於CCD的問題。

麥爾肯到家的時候天都快黑了。他將野美人號拖離河邊，停放在旅店旁搭出的小棚子底下，快快走進屋內，他的手臂好痛，一溜煙往樓上臥房衝。

他脫下外套往地板一扔，把鞋子踢到床底下，一手扭亮床頭燈，阿斯塔又翻又找地從他上衣內袋裡掏出那只橡實。橡實一入手，麥爾肯立刻翻來轉去，仔細檢查。

「妳瞧它的雕工！」他讚嘆著。

「快看看能不能打開。」

她才開口，他已經動手了，先是輕輕扭動橡實的殼斗，紋風不動。沒轉開，於是他更使勁，試著將它拔開，也沒成功。

「試著往另一個方向扭。」阿斯塔說。

「那只會把它鎖得更緊。」他說，但他還是試了，而且成功了。螺紋的方向是反的。

「我從來沒見過這種東西，」麥爾肯說：「好特別。」

卡榫螺紋雕得如此細膩精緻，他轉了十幾圈才將兩個半邊扭開。裡頭裝了一張紙片，折到不能再小，是那種很薄很薄的聖經紙。

麥爾肯與阿斯塔看著對方。「這是別人的祕密。」他說：「我們不應該看。」

但他終究還是展開紙片，極盡小心之能事，唯恐扯破這麼脆弱的紙，然而這紙一點兒也不脆弱：它可夠韌的。

「任何人都可能撿到它，」阿斯塔說：「落到我們手裡，算那傢伙運氣好。」

「算是吧。」麥爾肯說。

「反正，他運氣好，被逮到的時候這玩意兒不在身上。」

紙片上以很細的筆沾了黑色墨水寫下這段文字：

我們希望你把注意力轉移到另一件事情。亦即，魯薩可夫電場的存在意謂著一種相關粒子的存在，不過，截至目前為止，我們尚未找到這種粒子。當我們嘗試某種測量方式，卻與我們想要尋找的物質失之交臂，似乎另一種方式比較可行，不過，我們改用不同的方法，並未獲致更好的結果。床嶋的建議立刻遭多數官方組織否決，儘管如此，對我們來說似乎仍有一線希望，我們想要你藉著真理探測儀調查魯薩可夫電場，與非正式名稱為「塵」（Dust）的現象，以及兩者之間的所有關聯。如果這項研究引起對方陣營注意，其危險毋需我們多做提醒。不過，請留意，針對這項主題，他們也已經展開一場大型調查計畫。小心行事。

「這是什麼意思？」阿斯塔說。

「跟電場有關的事。我想，大概就像磁場吧。這些人聽起來像是實驗哲學家。」

「你認為他們說的『對方陣營』是什麼意思』？」

「CCD。一定是，因為追那個人的就是他們。」

「那什麼是真理——真力——」

「麥爾肯！」母親的聲音從樓下傳來。

「來囉。」他喊了回去，然後依照原本的折痕將紙片折回原狀，小心地放回橡實，扭轉旋緊。他把它塞進五斗櫃裡一只乾淨的襪子，然後衝下樓開始做傍晚的工作。

星期六晚上總是很忙，當然是這樣，不過，今天店裡的高談闊論卻收斂不少：空氣裡有一種緊張而謹慎的氣氛，站在吧檯或坐在桌邊推骨牌、彈銅板的人們比平常更安靜些。麥爾肯趁空檔問他爸爸這是怎麼回事。

「噓，」他爸爸說著往吧檯上靠。「火爐邊那兩個人是CCD。不要看。靠近他們的時候說話小心一點。」

麥爾肯很害怕，覺得渾身一陣顫抖，強烈得幾乎能聽見哆嗦聲，就像鼓棒尖劃過鐃鈸。

「你怎麼知道他們是什麼人？」

「從他領帶的顏色。總之，就是看得出來。盯著他們四周的客人啊。——是，鮑伯，你想要什麼？」

他爸爸幫一位客人汲了兩品脫啤酒時，麥爾肯以一種恰到好處、不招搖的態度幫忙收拾空酒杯，他很高興看見自己的手穩穩的，不晃不抖。然後他察覺阿斯塔因為恐懼，稍微驚跳一下。此刻她是一隻站在他肩上的老鼠，直接望著火爐邊的兩名男子，正好瞧見他們也眼睜睜盯著她。他們就是橋上的男人。

其中一位勾起手指頭，作勢召喚。

「小伙子。」他衝著麥爾肯喊。

麥爾肯轉過頭，第一次好好地打量他們。說話的人是個身材結實的紅臉漢子，有一對深棕色的眼睛：他是橋上第一位黑衣男。

「是的，先生？」

「過來一下。」

「要不要幫您上點什麼?先生?」

「也許要,也許不要。現在我要問你一個問題,你會告訴我實話,對吧?」

「我一直是這樣的,先生。」

「你才不是呢。沒有總是說實話的男孩。過來——再靠近一點。」

他並沒有大聲嚷嚷,但是麥爾肯知道附近每個人都會豎起耳朵仔細聽,特別是他爸爸。他走向作勢召喚的男人,站在他的椅子旁邊,聞到他身上散發的古龍水氣味。那人穿著深色西裝、白襯衫,打著一條海軍藍與赭黃色條紋領帶。他的雌狐精靈躺在他腳邊,瞪大眼睛看著這一切。

「是的,先生?」

「我想你對大部分來這兒的人都會留意,對吧?」

「我想是吧,先生。」

「你認得常客?」

「是的,先生。」

「看得出誰是生面孔?」

「可能可以,先生。」

「好,幾天前,不知道你有沒有看見這個男人來過鱒魚?」

他舉起一張黑影照片[5]。麥爾肯立刻認出這張臉。是跟著御前大臣來的其中一名男子:那個蓄著黑色八字鬍的男人。

這麼說來,也許跟拉船路上的男人和橡實沒有關係。他儘量不動聲色,面無表情。

---

5 黑影照片(photogram),不需要底片的成像方式,只需使用感光相紙,相紙遇光變黑,其他被遮蓋的地方就會變成白色。

「有，我看過他，先生。」麥爾肯說。

「他跟誰在一起？」

「另外兩個男人，先生。一位有點老，另一位身材高高瘦瘦的。」

「你是否認出他們是誰？像是在報紙上見過他們之類的？」

「沒，我沒認出來，先生，」說著，麥爾肯慢慢地搖頭。「我不知道他們是誰。」

「他們都聊了些什麼？」

「嗯，我不喜歡聽客人聊天，先生。我爸跟我說這麼做很無禮，所以——」

「不過，無意中總會聽到一些吧，難道沒有嗎？」

「對，確實是。」

「所以，你無意中聽見他們說了什麼？」

男人說話的音調愈來愈輕，促使麥爾肯愈挨愈近。附近桌子的談話幾乎全部停止，麥爾肯知道他所說的每一句話，連距離最遠的吧檯都聽得見。

「他們聊起紅葡萄酒，先生，他們說那酒怎麼怎麼的好。他們點了第二瓶搭配晚餐。」

「他們坐在哪兒？」

「露台室，先生。」

「在哪兒？」

「走廊最後一間。因為那兒有點冷，我就問他們是否想要進來酒吧，坐在火爐邊，但他們不要。」

「你覺不覺得這樣有點奇怪？」

「客人百百種，先生。我沒想那麼多。」

「所以他們想要一點隱私囉？」

「可能是吧，先生。」

「之後呢？還見過他們之中任何一位嗎？」

「沒有，先生。」

男人的手指在桌面上點啊點。「你叫什麼名字？」他停了一會兒，又問。

「麥爾肯，先生。麥爾肯．波斯戴。」

「好了，麥爾肯。你走吧。」

「謝謝，先生。」麥爾肯說，試著保持聲音穩定。

然後，男人稍微提高音量，眼光朝四周掃了一圈。他一開始說話，所有人立刻安靜下來，就好像他們一直等著這一刻。

「你們都聽見我剛才問了些什麼，跟你們這位麥爾肯小子。我們急著追查一個人。待會兒我會把他的照片釘在吧檯旁邊的牆上，好讓你們都能看清楚。如果有人知道關於這個人的任何事情，跟我聯繫。我的名字與住址也在告示上。記著我說的話。這件事很重要。你們都明白吧。任何看過照片，想跟我聊聊這個人的，儘管過來。我就坐在這裡。」

另外那個男人拿起紙張，將它釘在軟木板上，跟舞會、拍賣會、惠斯特牌戲[6]等等告示並列。因為嫌空間太擠，他看也不看，一把扯掉好幾張其他告示。

「嘿，」一個站在附近的男人說話了，他那頭大狗精靈身上的毛都豎了起來。「你得把那些告示都釘回去，就是你剛才撕掉的那些。」

那個CCD男子轉過身看著他。他的烏鴉精靈張開翅膀，發出一聲輕柔的嘎叫聲。

6 惠斯特牌戲（whist drives），一種盛行於十八、十九世紀的牌戲。

「你說什麼？」第一位ＣＣＤ男子問，就是待在火爐邊那位。

「我跟你的同伴說，把那些告示都釘回去，就是你剛才撕掉的那些。這是我們這兒的告示板，不是你們的。」

麥爾肯往牆邊退。說話的客人叫喬治．波特瑞，一個好鬥的紅臉船夫，之前有好幾次波斯戴先生必須把他趕出鱒魚；但是，他是個誠實的人，而且從來不曾對麥爾肯大小聲。此刻酒吧陷入全然的安靜，甚至旅店其他角落的客人也都察覺有狀況了，紛紛來到酒吧門口圍觀。

「冷靜，喬治。」波斯戴先生低聲說。

火爐邊的ＣＣＤ男子啜了一口布蘭提溫酒。接著他看著麥爾肯，說：「麥爾肯，那個男人叫什麼名字？」

麥爾肯還沒想到該怎麼回應，波特瑞自己倒開口了，聲音很大，口氣很衝：「喬治．波特瑞是我的名字。別想把那男孩牽扯進來。懦夫才這麼幹。」

「喬治——」波斯戴先生說。

「別，瑞格，讓我自己說，」波特瑞這樣回應：「而且我也會自己動手，」他又補了一句，「你那位臭臉朋友好像沒聽見我說話。」

他伸手搆牆，扯下紙張，揉成一團扔進火裡。然後他站起來，身體稍微有點搖晃，杵在房間正中央，瞪著那位帶頭的ＣＣＤ男子。這一刻，麥爾肯簡直太佩服他了。

ＣＣＤ男子的雌狐精靈優雅地從桌子下快步走出來，站定，身後的尾巴筆直豎起，腦袋一動也不動，定定地望著波特瑞精靈的眼睛。

波特瑞的精靈賽蒂身材高大多了。她是一頭看起來很凶悍的雜種狗，據麥爾肯所知，至少混了史丹佛郡小獵犬、德國牧羊犬與狼種，這時，她看起來像是要撲上去鬥上一場。她挨在波特瑞腳邊，渾身的毛都立了起來，嘴唇往後拉開，尾巴緩緩搖擺，喉嚨裡發出彷彿遠方雷聲似的低沉咆哮。

阿斯塔變成一隻老鼠，鑽進麥爾肯的衣領。成年精靈之間的打鬥不是新聞，不過，波斯戴先生從來不容許旅店裡出現這麼失控的情況。

「喬治，你最好現在就離開，」他說：「走啊，快。等你清醒一點再回來。」

波特瑞迷迷糊糊地轉過頭，麥爾肯沮喪地發現，這男人真的有點醉了，因為他稍微有點站不穩，必須踏出一步才能站直——不過，接著所有人都看見同樣一件事：不是波特瑞的醉意，而是他的精靈的恐懼。

某種東西讓她嚇壞了。那頭殘暴的母狗，那頭牙齒曾經啃咬不少精靈皮肉的母狗，面對慢慢逼近的雌狐，當場怯懦萎頓，顫抖悲鳴。然後，波特瑞的精靈倒在地板上翻身仰躺，波特瑞頓時洩了氣，瑟縮著想要抱住他的精靈，試圖避開雌狐致命的白牙。

ＣＣＤ男子低聲喊了個名字。雌狐站住不動，然後稍稍後退，波特瑞的精靈蜷曲著躺在地板上，不住顫抖，波特瑞看起來很淒慘。事實上，麥爾肯只瞄了一眼，當下寧可自己沒這麼做，就不會看見波特瑞一頭一臉的羞恥。

那頭迷人的雌狐靈巧地跑回桌底，躺下。

「喬治．波特瑞，去外面等著。」ＣＣＤ男子說，此刻他主控權如此強勢，根本沒有人認為波特瑞膽敢違背，趁機偷溜。他一邊撫摩，一邊拉著他的精靈坐起來，反而被咬一口，顫抖的手上滲出血來，波特瑞慘兮兮地走向門口，走進黑漆漆的戶外。

另外那位ＣＣＤ男子從公事包裡取出另一張告示，跟之前那張一樣釘在板子上。這兩人好整以暇喝完各自的酒，拿起外套，然後出去對付他們那位不幸的囚徒。自始至尾，沒有人吭聲。

第三章 萊拉

結果，喬治．波特瑞沒有乖乖在外頭等著ＣＣＤ男子把他帶走，早就跑得不見影蹤。走得好，麥爾肯心想，不過，沒有人談論或者打聽波特瑞後來怎麼了。這就是人們對ＣＣＤ的態度：最好別問，最好連想也別想。

之後好幾天，鱒魚的氣氛仍然壓抑凝重。麥爾肯照常上學、做功課、在旅店裡跑腿幹活、並且一遍又一遍地研讀橡實裡的祕密訊息。這段時間不大好過；周圍似乎籠罩著一股不開心的氣息，充滿猜疑與恐懼，跟平常的日子很不一樣，跟他之前生活的，那個快樂又有趣的地方很不一樣，麥爾肯這麼認為。

此外，那個ＣＣＤ男子追問著御前大臣同伴的種種，而那個人特別關切小修道院是否曾經照顧過一個幼兒；麥爾肯心想，照顧幼兒這種事，通常不是ＣＣＤ會操煩的。包藏祕密訊息的橡實，也許是他們管轄的範圍，不過那些人並未提及任何相關的事情。一切都令人摸不著頭緒。

●

接著幾天，麥爾肯好幾次來到橡樹附近，希望可以遇見什麼人來這裡置放或者收集訊息，他待在那一小段運河裡，假意觀察鳳頭鸊鷉做掩護。此外，他還幹了一件事，就是在雜貨鋪裡晃蕩。這裡是個觀察廣場的好地方；人們總是來來去去，或者停下來在對面咖啡館喝杯咖啡。雜貨鋪裡銷售各式各樣跟船有關的東西，包括紅色油漆，麥爾肯買了一小罐，還買了一把細毛刷子搭配使用。櫃檯後面的女人很快就知道，他感興趣的不只是紅色油漆。

「你還想找什麼？麥爾肯？」她說。她是卡本特太太，打從麥爾肯大到可以單獨駕駛獨木舟外出的年齡就認得他了。

「找些棉繩。」他說。

「我給你看了昨天剛到的貨。」

「是，不過，也許什麼地方還找得到另外一捆……」

「我給你看的那一捆有什麼問題？」

「太細了。我想要做一只收緊索，一定要比那款棉繩更沉一點。」

「你可以用雙倍材料，用兩股繩子打索啊。」

「是啊。我想可以吧。」

「那麼，你想要多少？」

「大概四英尋[7]。」

「雙線打索，還是單線？」

「好吧，那就八英尋。如果雙線打索應該也夠了。」

「我想應該夠了。」她說，然後丈量、剪斷棉繩。

還好麥爾肯的錫海象裡有足夠的錢。他收下整整齊齊包在大紙袋裡的棉線，探頭望向窗外，左右兩邊猛瞧，跟之前十五分鐘內持續做的動作一模一樣。

7 英尋（fathom），一英尋是六英尺。

「別介意我多問啊，」卡本特太太說，她的公鴨精靈咕噥著表示同意，「不過，你到底在找什麼？盯著外頭瞧了這麼久。你要跟人見面嗎？他們沒來？」

「不是！不是啦！事實上……」如果信不過卡本特太太，他想，那就誰都不能信任了。「事實上，我是在找一個人。一個穿灰外套、戴灰帽子的男人。前幾天我看見他掉了一樣東西，想還給他，但之後再也沒見過這個人。」

「你就知道這麼多？灰外套，灰帽子？那人多大年紀？」

「我並沒有看得很清楚。大概跟我爸差不多吧。他有點瘦。」

「他在哪兒掉了你撿到的東西？運河邊？」

「是的。拉船路上，一棵樹下……這不重要。」

「不會是這傢伙吧，是嗎？」

卡本特太太從櫃檯底下取出最新的《牛津時報》，翻到內頁，攤開對折，遞給麥爾肯看。

「沒錯，我想就是他……怎麼回事？怎麼——他溺死了？」

「他們在運河裡發現他。看起來顯然像是失足落水。你也知道這陣子一直下雨，而且拉船路也疏於修護——他不是第一個腳滑跌進去的。不管他掉了什麼，現在想還給他都太遲了。」

麥爾肯張大眼睛閱讀那篇報導，目光急切地掃過每一個字。那個人的名字是羅勃·拉克赫斯特，他是牛津大學莫德林學院的學者，一位歷史學者。他未婚，身後留下一位寡母與一位兄弟。之後將安排驗屍，不過，並無任何跡象顯示該名男子死於他殺。

「他掉了什麼東西？」卡本特太太說。

「只是一樣小裝飾品，」麥爾肯說，儘管心臟怦怦跳，聲音卻四平八穩。「他沿路邊走邊拋接，東西掉了。他找了一會兒，這時下起雨，他就走了。」

「你那時在幹麼？」

「我在看鳳頭鸊鷉。我不認為他看見了我。但是他離開之後，我跑到那兒找了一下，還真被我找到了，所以我一直在找他，想把東西還回去，現在也還不了了。」

「你哪一天見到他？是上個週末嗎？」

「我想……」麥爾肯必須非常用力回想。他再次看看報紙，想知道文章裡是否提到屍體被發現的時間。《牛津時報》是週報，所以可能是過去五、六天之中的任何一天。他心中一驚，赫然明白，自己看見拉克赫斯特被CCD雙人組架走的隔天，他的屍體就被發現了。

他們該不會殺了他吧？會嗎？

「嗯，應該是溺水事件之前幾天，」他態度極其肯定地撒謊。「我想那東西跟他溺水應該無關。有很多人會沿著拉船路走。他很可能每天都走這條路，就像是運動吧。東西掉了他也不是很在乎，因為，一下雨他立刻走人。」

「好吧，」卡本特太太說：「可憐的人。也許他們終於願意多花點精神維護拉船路，現在都太遲了。」

一位客人走進店裡，卡本特太太轉身招呼。麥爾肯但願沒跟她說起那個男人以及他掉落的東西；如果他懂得隨機應變，大可以假裝自己在找朋友。不過，這麼一來，她絕對不會告訴他報上刊登的事情，真是兩難。

「再見，卡本特太太。」他邊走邊說，她正在聽另一位客人說話，隨意揮了揮手。

「但願我們可以要求她什麼都別多說。」麥爾肯掉轉獨木舟時這麼說。

「那她就會認為這件事情更值得注意，而且記得特別牢，」阿斯塔說：「你撒了個好謊。」

「我不知道我可以這樣。儘可能還是少說為妙。」

「而且要確實記得我們每一次說了什麼。」

「又下雨了……」

他穩定划著獨木船向上游行進，阿斯塔貼緊他的耳朵站著，這樣他倆才好說悄悄話。

「他們殺了他？」她說。

「除非他自殺……」

「也有可能是意外。」

「不可能。尤其他們是以那種方法逮住他。」

「還有波特瑞先生……他們什麼都做得出來。折磨，各種手段，肯定是這樣。」

「所以，那張訊息是什麼意思？」

他們一次又一次回到這上頭。麥爾肯將內容抄下來，因此不必一直展開橡實裡的紙片，即便是自己逐字手抄，對理解內容也沒啥幫助。某人要求另一個人去問一個問題，跟測量某樣東西有關，除此之外，很難破解其中含意。而且訊息裡出現「塵」這個字，開頭是大寫，好像不是普通的「灰塵」，而是某種特別的東西。

「你覺得怎麼樣，如果我們去莫德林學院問問其他學者……」

「問什麼？」

「就是那種偵查問題啊。搞清楚他是做什麼的——」

「他是一個歷史學者。報上這樣說。」

「一位歷史學者。我們可以搞清楚他還做了哪些事，他有些什麼朋友。也許跟他的學生們聊聊，或者幾位就好，如果我們找得到的話。我們還可以確認一下，他被人捉住的那天傍晚，後來是否回到學院，或者，是否那就是他最後的身影。」

「就算他們知道也不會告訴我們。我們看起來就不像警探，一臉小學生的樣子。更何況整件事都感覺很危險。」

「那些CCD的人……」

「可不是嗎？如果他們聽說我們在打聽那男人，難道不會起疑心？他們會來搜索鱒魚，然後找到橡實，然後我們就真的糟糕了。」

「有些來到鱒魚的學生戴著學院的領巾。如果我們知道莫德林的領巾是什麼樣子……」

「好主意！那我們就可以卯起來問問題，看起來就只是吃飽沒事幹，或者沒事瞎聊。」

這會兒雨下得更厲害了，麥爾肯連眼前都看不大清楚。阿斯塔變成一隻貓頭鷹棲停在船首，她以某種微妙的手法甩掉羽毛上的水，這是有一次她想要變成某種還不存在的動物時所發現的技巧，先變成一種動物，再加入另一種動物的某一種特色，目前她只能做到這樣，所以囉，她現在成了一隻覆滿鴨子毛的貓頭鷹。這種局部變身法只有在四下無人，僅麥爾肯在場時，她才會施展。靠著阿斯塔一雙大眼睛的引導，麥爾肯拚命往前划，只有當獨木舟裡的雨水淹到腳踝，他才停下來，把水往外舀。終於回到家時，他已經渾身溼透透，而阿斯塔只要甩甩身子，立刻恢復乾爽。

「你去哪裡了？」他媽媽這麼問，並沒有不高興的樣子。

「去看貓頭鷹。晚餐吃什麼？」

「牛排跟牛腰肉餡餅。去洗手。看看你！渾身溼透了！吃過飯給我老實換上乾的衣褲，不要把溼衣服扔在臥房地板。」

麥爾肯在廚房水龍頭洗手、在抹布上隨便擦了兩下子。

「他們找到波特瑞先生了嗎？」他問。

「沒有。為什麼問？」

「大家都在酒吧聊著某件很刺激的事。我知道肯定有點什麼，我感覺得出來，就是沒聽見任何細節。」

「稍早之前來了一位名人。如果你沒去看你那什麼勞什子貓頭鷹，你就能為他服務了。」

「誰啊？」麥爾肯邊說邊給自己一團馬鈴薯泥。

「艾塞列公爵，那位探險家。」

「喔，」麥爾肯說，他沒聽說過這個人。「他去哪裡探險？」

「多半在北極，人們是這樣說啦。不過，你記得那位御前大臣之前來問了什麼？」

「哦，幼兒的事嗎？修女們是否曾經照顧過一個幼兒？」

「沒錯，那竟然是艾塞列公爵的孩子呢。他的私生子，一個小女娃。」

「這是他告訴大家的嗎？」

「當然不是！他一個字也沒說。他可不會在人來人往的酒吧瞎扯這些有的沒有的，不是嗎？」

「我不知道。也許不會吧。那麼妳又是怎麼知道的——」

「噢，把線索拼湊拼湊就很清楚啦！關於艾塞列公爵如何殺了考爾特先生，就是那個政治家——一個月前報上老在報導。」

「如果他殺了人，怎麼沒——」

「吃你的派。他沒進監牢，因為那件事攸關榮譽。考爾特先生的妻子生了個娃兒，是艾塞列公爵的孩子，考爾特先生奔到艾塞列公爵的莊園，威脅要殺了他，於是他們打了起來，艾塞列公爵贏了，結果呢，有一條法律允許男人捍衛自己與血親——就是那個孩子，那個娃兒——所以他才沒被關進監牢，或者被吊死，不過他們把他全部的財產充作罰金，這樣很公平。好好吃你的派，快吃，幫幫忙吧你！」

麥爾肯被這個故事給迷住了，心不在焉地用刀叉來回切割。

「不過，妳怎麼知道他來過這裡，把幼兒託付給修女？」

「我是不知道，不過，肯定就是這樣。下次見到費內拉修女，你可以問問她。還有，別再說她是幼兒了。沒有人這樣說話。她還只是個小寶寶。肯定是——噢，六個月大，我想是吧。也許再大一點點。」

「為什麼不是她的媽媽在照顧她？」

「天哪，我可不知道。有人說她從來不想跟這孩子扯上任何關係，不過，也許只是八卦。」

「如果修女們之前從來沒做過這種差事，應該不知道怎麼照顧她吧。」

「她們從來不缺乏指導建議。盤子給我，還有一些大黃蛋奶凍。」

●

麥爾肯極盡可能地趕早，再早也已經是三天之後，他急急奔向小修道院，想要多打聽一些關於名探險家孩子的事。費內拉修女是他的第一站，他們倆在廚房餐桌旁坐定，開始為小修道院食用的麵包揉捏一些麵糰，這時大雨狠狠打在窗戶上。麥爾肯洗了三次手，看起來跟沒洗也沒什麼兩樣，費內拉修女終於死心，不再要他刷洗。

「你指甲裡是什麼？」她說。

「焦油。我在整修我的獨木舟。」

「好吧，如果只是焦油……人們說它有益健康。」她語帶懷疑。

「還有煤焦油皂呢。」麥爾肯指出這一點。

「是沒錯啦。不過，我不認為是那個顏色。算了，其他指頭也夠乾淨的。揉吧。」

麥爾肯一面拉扯麵糰，一面追問修女問題。那是真的嗎？有關艾塞列公爵小寶寶那件事？

「好吧，關於小寶寶的事，你聽說了些什麼？」

「因為他殺了一個男人，法院拿走他所有的錢，所以孩子交給妳們照顧。這就是為什麼御前大臣那天問起這件事。所以，是真的囉？」

「是，是真的。一個小女娃。」

「她叫什麼名字？」

「萊拉。我不知道他們為什麼不給她一個合適的、聖人的名字。」

「她會在這裡待到長大嗎？」

「噢，我不知道，麥爾肯。再多使點勁兒。讓它知道誰才是老大。」

「妳見過艾塞列公爵嗎？」

「沒有。我試著從走廊偷看，不過，班尼狄塔修女把門關得密密實實。」

「是她負責照顧小寶寶嗎？」

「呃，她是跟艾塞列公爵談話的修女。」

「那麼，誰來照顧小寶寶，餵她吃飯什麼的？」

「我們大家啊。」

「妳們怎麼知道該怎麼做這些事？我就不明白，因為……」

「因為我們都是沒出閣的小姐？」

「總之，這並不是修女平常會做的事。」

「我們懂的事啊，多到包準讓你嚇一跳。」她說，她的松鼠老精靈大笑，阿斯塔也笑，麥爾肯也跟著笑。「不過，知道嗎？麥爾肯，你絕對不可以說出任何關於小寶寶的事。她待在這裡可是天大的祕密。你一個字都不許洩漏。」

「很多人已經知道了。我媽跟我爸，還有客人……大家都在談論這件事。」

「天哪。好吧，那麼，也許無所謂吧。不過，你最好別再多說。這樣也許比較好。」

「費內拉修女，前些天晚上有沒有CCD的人到這兒來？妳知道，就是教會風紀……」

「教會風紀法庭？天主保佑。我們做了什麼？居然惹上這個？」

「我不知道。什麼也沒做吧。前些天晚上在鱒魚，有些人，兩個男人，大家都很怕他們。他們問起御前大臣那幫人當中的一位。波特瑞先生挺身回嗆，他們打算逮捕他，他卻失蹤了，也許是逃走了。他可能住在森林裡。」

「我的天啊！喬治．波特瑞，那個非法捕魚的傢伙？」

「妳認識他？」

「是啊。這會兒他惹麻煩惹上那個……噢天哪，噢天哪。」

「修女，CCD都做些啥呢？」

「我想，他們是行使神的意志吧，」她說：「對我們來說，太難理解了。」

「他們來過這裡嗎？」

「我不會知道的，麥爾肯。班尼狄塔修女可能會見到他們，但不會是我。她也不會告訴我們，她就是這樣一位勇敢的女士，而且從來不給人添麻煩。」

「我只是好奇，那些人跟小寶寶能有什麼關係。」

「我不知道，我也不多問。好啦，麵糰揉夠了。」

她從麥爾肯手中接過麵糰，狠狠地朝石板工作檯上甩，麥爾肯看得出來她很苦惱，心想自己要是沒問起CCD就好了。

離開之前，費內拉修女帶他去看萊拉。小寶寶在修女們的起居間裡熟睡著，這裡是她們接待訪客的地方，費內拉修女說只要麥爾肯保持安靜就沒事。

他踮著腳尖跟著修女走進房間，屋裡很冷，有一股家具上了亮光劑的味道，微弱的天光從雨水澆淋的窗戶透進來，灰濛濛的。地板中央有一座橡木嬰兒床，看起來沉甸甸的，很結實，裡面躺著個熟睡的小寶寶。

麥爾肯從來沒有這麼近距離看過小寶寶，她看起來那麼真實，他瞬間受到震撼。他知道這麼說實在挺蠢的，於是忍著沒說出口，不過他確實有這樣的感覺：這麼一個小東西，居然生得這麼無懈可擊。她就跟那顆橡實一樣完美。她的精靈睡在她身旁，是一隻像燕子的小雛鳥，阿斯塔也化作燕子飛落在嬰兒床邊，小雛鳥立刻醒過來，死命張開黃色的鳥嘴討食。麥爾肯笑了，這一來把小嬰兒給吵醒，她看見眼前的笑臉也跟著笑起來。阿斯塔假裝咬起一隻小蟲子扔進小寶寶精靈張開的嘴，小雛鳥一臉心滿意足，麥爾肯笑得更厲害了，小寶寶更是笑到打嗝，每嗝一下，她的精靈就跳一下。

「好啦，好啦。」費內拉修女說著彎下身子，當她抱起小寶寶，萊拉的臉皺成一團，露出悲傷、驚恐的表情，她扭動身體要找自己的精靈，幾乎掙脫修女的臂膀。阿斯塔手腳更快：她啣起雛鳥，將他放在寶寶的胸膛上，這時，小雛鳥變成一頭微型小老虎，齜牙咧嘴衝著所有人嘶嘶叫。小寶寶的驚慌瞬間消失，她躺在費內拉修女的懷裡四下張望，氣派十足，志得意滿。

麥爾肯為之著迷。小寶寶的一切如此完美，讓他感到快樂。

「甜心，最好還是把妳放下來，」費內拉修女說：「不應該吵醒妳，對不對呀，寶貝？」

修女將小寶寶放回床上，為她蓋妥被子，極盡小心之能事，以免碰到她的精靈。麥爾肯心想，就算對方是小寶寶，依然得遵守禁止觸碰他人精靈的規矩；無論如何，經過短短幾分鐘的接觸，他無法想像自己會做出任何讓那孩子不開心的事，絕不會的。他是她一輩子的僕人。

第四章
烏普薩拉

瑞典烏普薩拉大學一間舒適的書房裡，三個男人坐著聊天，外頭狂雨撲窗，偶爾吹來強風，陣陣煙霧倒灌回煙囪，鐵暖爐裡的火堆跟著翻騰。

主人的名字是岡納．霍爾葛米森，一個單身漢，六十來歲，胖乎乎的，聰明機智，是大學裡教形上學的教授。他的精靈是一隻知更鳥，停在他肩上，不怎麼說話。

其中一位客人是他的大學同事，物理教授艾索．洛夫根。這人瘦而寡言，個性卻是友善的，他的精靈是一頭雪貂。他與霍爾葛米森是老朋友，他們習慣在享用美味晚餐之後，火力全開，互相調侃，不過，今晚比較收斂，因為有第三者在場，一位陌生人。

陌生訪客和霍爾葛米森年齡相仿，看起來卻更老成；比起教授光滑的雙頰和平整無紋的額頭，那人有一張飽經風霜與苦難的臉。他是來自東盎格利亞的吉普賽人[8]，名叫克朗．范．特塞爾，多半往來於極北之地。他身材精瘦，身高中等，一舉一動都很小心，好像一不留神就會打破什麼似的，好像不習慣這些纖細的玻璃杯與精緻的餐具。他的精靈是一頭大貓，毛色宛如混雜了一千種美麗的秋色，她沿著書房角落昂首闊步，然後優雅躍起，跳上克朗的大腿。今晚之後，悠悠十年，以及那之後再過十年，萊拉將會對這隻精靈的毛色讚嘆不已。

他們剛剛用過晚餐。克朗當天才從北方回來，帶著一封由特洛塞德鎮女巫領事所寫的介紹信，他與霍爾葛米森教授是舊識。

「喝點托考伊[9]嗎？」霍爾葛米森說，他望著窗外雨淋淋的街道，緩緩坐下，然後拉起窗簾遮擋時不時竄進的風。

「那可真是難得的享受啊。」克朗說。

教授轉身朝向小桌子，距離他舒服的座椅不過一臂之遙，他將金色的酒倒入三只玻璃杯。

「我的朋友馬丁・蘭塞里可好啊？」教授又說，遞了一杯酒給克朗。「我萬萬沒想到，他居然在女巫的外交界工作。」

「做得有聲有色呢，」克朗說：「身體也很健康。目前正在進行她們的宗教研究。」

「我一向認為女巫部族的信仰體系值得深入調查，」霍爾葛米森說：「不過，我自己做的研究卻朝另一個方向去了。」

「更深入空無之中。」物理學教授說著從主人手中接過酒杯。

「務必原諒我朋友的謬論。敬你的健康，范・特塞爾先生。」霍爾葛米森說，啜了一口酒。

「也敬你，先生。──天哪，這酒真好。」

「很高興你這麼想。布達佩斯[10]一位酒商每年都送一箱給我。」

「我們可沒有經常喝啊，」洛夫根說：「每次他取出新開的酒，怪了，總是比上次對飲時更少。」

「噢，胡說。我們烏普薩拉這兒能為你做些什麼呢？范・特塞爾先生？」

「蘭塞里博士告訴我，你有一只儀器，真理探測儀，」吉普賽人說：「我希望可以利用它進行諮

---

8 吉普賽人（Gyptian），普曼的吉普賽人拼作Gyptian，不同於常見的Gypsy。

9 托考伊（Tokay），托考伊位於匈牙利東北部，是著名的葡萄酒產地。

10 布達佩斯（Buda-Pesth），普曼的布達佩斯拼作Buda-Pesth，不同於常見的Budapest。

詢。」

「啊。告訴我你想要問什麼樣的事情。」

「關於我的族人，」克朗說：「吉普賽人民遭受來自英國不同政治派系的威脅。他們想要限制我們自古以來享有的自由，限制我們能夠參與的活動──比如說，做買賣。我想要知道，這些威脅勢力當中，哪些可以透過對抗進行周旋，哪些可以與之協商，哪些根本無法溝通。這些，是你的儀器可以回答的問題嗎？」

「如果交給適當的人處理，是的。如果時間足夠，甚至我自己都可以試著解讀。」

「你是說，你不是解讀專家？」

「絕對稱不上專家。」

「那麼──」

「我給你看看那儀器，也許你就能了解問題癥結。」

教授打開小桌子的抽屜，取出一個圓形小皮盒，約莫男人手掌大小，厚約三個指幅。洛夫根拖出一張織錦覆面凳子，霍爾葛米森將盒子放在上面，打開盒蓋。

克朗傾身向前。在石腦油柔和的燈光下，有什麼東西閃閃發亮。教授調整燈罩，讓燈光全部落在凳子上，接著從皮盒取出儀器。克朗看著他又粗又短的手指輕觸儀器，那股溫柔勁兒簡直像情人似的，簡直就像他認為它是活生生的。

這是一個亮金色的時鐘形裝置，最上方是一層水晶面板。一開始，克朗看不出所以然，只覺得是個美麗複雜的物件，直到教授逐一指出其中巧妙。

「看見沒有？刻度盤的邊緣，這兒有三十六個圖案，每一個都是單毛細筆在象牙上繪製而成。圓周外側有三個像是轉動手錶發條的旋鈕，每個間距一百二十度。如果我轉動其中一個，結果就像這樣。」

克朗又往前靠近一些，他的精靈跳下他的大腿，站上椅子扶手，這樣才看得見。當教授扭動轉輪，他們看見一根細長的黑色指針，像分針一樣，指針浮懸在複雜的背景上，繞著刻度盤轉動，發出一連串喀嗒喀嗒聲。當它指向一幅太陽的微小圖案，教授停止動作。

「這兒有三根指針，」教授說：「每一根指向一個不同的符號。如果由我負責將你的問題組織整理，我可能會把太陽納入我選擇的三個符號之一，因為它代表王權與權威，也可以聯想到法律。至於其他兩個嘛——」他扭動另外兩個轉輪，對應的指針順服地繞著刻度盤旋轉，「這得看我們首先要處理你問題的哪一個部分。你提到做買賣。指針大致落在獅身鷹首獸的意義區塊，與買賣活動相呼應。怎麼說呢？因為獅身鷹首獸與財富有關聯。同時，我認為第三根指針應該指向海豚，它的主要意義是水，因為你的族人住在水上，不是嗎？」

「沒錯。我開始看出點苗頭了。」

「那麼，我們來試試吧。」

教授將第二根指針撥向獅身鷹首獸，第三根撥向海豚。

「然後就像這樣。」他說。

一根灰色的針，如此纖細，克朗之前完全沒看見，它開始自行運轉，先是慢慢地、不大確定地，接著以極快速度打轉，這裡停一下，那裡停一下，然後繼續轉動。

「這是在做什麼？」克朗說。

「給我們答案。」

「你的速度得夠快才跟得上，對吧？」

「你的全副精神必須平靜但提高警覺。我聽說這就像獵人準備發動襲擊前的狀態，隨時可以扣扳機，但不能有絲毫緊張、興奮感。」

「我明白，」克朗說：「我曾經在日本看過弓箭手進行類似的準備。」

「真的？願聞其詳。不過，心理狀態還只是其中一環。還有一點：每個符號都有一組範圍極其深廣的意義，只有透過解讀之書才能說清楚講明白。」

「有多少種意義？」

「沒有人知道。有些人深入挖掘，探究了百來種，完全沒有『到此為止』的跡象。也許永遠沒完沒了吧。」

「這些意義又是如何被發現？」洛夫根插嘴問道。

克朗看著物理教授；他以為洛夫根也熟悉真理探測儀，就像霍爾葛米森那樣，並且深信它所具有的力量，不過，洛夫根提問的語氣帶著懷疑的意味。

「透過沉思、冥想，透過實驗。」霍爾葛米森說。

「噢，好吧，我相信實驗。」洛夫根說。

「真高興聽見你相信某些事情。」他的朋友這麼說。

「這些意義，以及彼此之間的關聯，如果存在相似之處，並且解釋得通，」克朗說：「意義即可大量衍生，成百上千。若是存心探究，你可以無窮盡地找到各種相似之處。」

他又說：「重要的並非你發揮想像力找到的相似性，而是隱含在圖案中的相似性，兩者不盡然相同。我注意到，想像力愈豐富的解讀者往往愈不靈光。他們一想到什麼，心思立刻往那裡跳，而不是耐心等待。最最重要的是，選出你認為是答案的意義，然後判斷它在整體意義等級架構中的位置，要做到這一步，解讀之書的重要性無可取代。這也就是為什麼現存的幾個真理探測儀，要不就保存在大圖書館，要不就是大圖書館的所有物。」

「那麼，一共有幾個呢？」

「我們認為有六個。目前知道的就有五個：一個在烏普薩拉，一個在波隆那，一個在巴黎，教會訓導當局的那一個在日內瓦，還有一個在牛津。」

「牛津，嗯？」

「在柏德里圖書館。這還有個引人入勝的故事呢。當年教會風紀法庭正在鞏固權力，上個世紀的事了，庭長知道柏德里真理探測儀的存在，要求他們獻出，圖書館長加以拒絕。大學校評會以管理當局的身分要求館長順從。他非但不從，甚且將儀器藏在一本書頁挖空的實驗神學著作中，圖書館裡本來就有好幾本一模一樣的作品，館長又把動了手腳的版本大大方方擺在開放書架上，跟館內上百萬冊藏書並陳，當然無從找起。

「那一回，宗教法庭暫時作罷。不過，他們再次出手。庭長派出一支武裝人馬直奔圖書館威脅館長，如果不交出東西，就得死。圖書館長再度拒絕，他說他可不是為了棄守館藏物品才接下這個職務，為了學術研究，他肩負保存與守護的神聖責任。帶頭的長官命令手下逮捕圖書館長，將他拖到四方形的院子準備槍決。

「圖書館長站在行刑隊前，第一次與帶頭長官面對面，他們之前只有互派信差進行協商，這時才認出彼此竟是大學時代的老朋友。據說，帶頭長官感到羞愧，不願執行命令，他讓武裝人馬退下，跟圖書館長共飲布蘭提溫酒。結果，真理探測儀繼續留在柏德里圖書館，至今仍是如此，圖書館長留任，那位帶頭長官奉命回到日內瓦，不久傳出死訊，顯然死於中毒。」

吉普賽人低聲吹了一記長長的口哨。「現在由誰解讀牛津的真理探測儀？」他說。

「有一個學者小組負責研究。我聽說有一個女人極具天賦，在建立依循準則方面有長足的進展……好像姓拉夫？還是雷夫？總之是類似的發音。」

「了解，」克朗說著啜了一口酒，湊近細看真理探測儀。「教授，你說一共有六個，並且告訴我其中五個的下落。那麼，第六個呢？」

「問得好。沒有人知道。嗯，我敢說肯定有人知道，但是，我不認為有哪一位學者知情。那麼，我們回到你的問題好不好？范・特塞爾先生。你提出的問題頗為複雜，不過，這並不是主要的麻煩。重點是我們最優秀的學者不在這裡。他人在巴黎，整個學期的公休假都待在法國國家圖書館。我理解力太慢、太笨拙，只能摸索著從一個層級進入另一個層級，琢磨其中的關聯，評估接下來應該在書裡查找的方向。只要能力所及，我當然會為你解讀。」

「不顧危險嗎？」克朗說。

教授好一會兒沒作聲，然後他說：「你是指……」

「就地處決的危險。」克朗這麼說，臉上卻掛著微笑。

「可不是嗎？啊哈。我想那樣的時代早就過了，真是萬幸。」

「但願如此。」洛夫根說。

克朗再啜一口金黃色的酒，往椅子深處一靠，顯得滿足又舒服。事實上，儘管真理探測儀很漂亮，他卻提不起多大興趣，他對霍爾葛米森教授提出的問題只是幌子：吉普賽人自己完全有能力解答，而且早就已經這麼做了。克朗另有所圖，這會兒，他必須將對話轉移到另一件事情上。

「我想你們這兒訪客一定很多。」他說。

「我也不清楚，」教授說：「我想，就跟多數大學差不多吧。我們的確在一、兩個領域特別專精，有興趣的學者當然不遠千里。當然，來的也不只是學者。」

「還有探險家吧，我想。」

「不只，不過，沒錯，是有探險家。這裡是往北極的必經之路。」

「不知道你是否見過一位艾塞列公爵？他是我們族人的朋友，是著名的極地探險家。」

「他來過這裡，不過不是最近。我聽說……」有一瞬間，教授露出尷尬的神色，他不大願意往下談，卻抵擋不住熱切想要分享的心情。「我不聽八卦，你知道吧。」

「噢，我也不聽，」克朗說：「不過，有時候無意中多少會聽見。」

「無意中聽見！」洛夫根說：「那敢情好。」

「是啊，不久前我**無意中聽見**一個不得了的故事，跟艾塞列公爵有關，」霍爾葛米森說：「如果你剛從北方來，也許還沒聽說。艾塞列公爵似乎扯進一樁凶殺案件。」

「凶殺？」

「他跟一位已婚婦人生了個孩子，然後殺了那女人的丈夫。」

「天哪！」克朗說，這個事件他早就瞭若指掌。「怎麼發生的？」

他聽著教授的版本，跟他所知道的大同小異，伺機要將談話導向他的問題。

「那孩子怎麼了？」他說：「我猜是跟著媽媽吧？」

「不，我想監護權歸法院所有。無論如何，至少目前是這樣。那位母親擁有驚人的美貌，不過……這麼說吧，她並不是洋溢母性光輝的那種人。」

「說得好像你見過她似的。」

「確實如此，」霍爾葛米森說，真要讓克朗形容，他會說眼前這位學者幾乎有些沾沾自喜。「我們和她一起吃過飯。她來拜訪我們，你知道，就在一個月前。」

「是嗎？她也要去探險嗎？」

「不，她來這裡請教艾索一些事情。考爾特夫人本身就是一位傑出的學者，你知道。」

出手時刻到了。「她來向你請教問題，先生？」克朗對物理學家說。

洛夫根微笑著。克朗注意到，他骨柴柴的臉上綻露一抹淡淡的紅暈。

「我以前都認為我這位老友早就對女性的魅力免疫，」霍爾葛米森說：「如果是過去，范．特塞爾先生，他恐怕壓根沒注意到她是個女人。不過這一次，我想邱比特的箭恐怕真的刺穿了他那一身硬甲。」

「怪不得你啊，先生，」克朗對洛夫根說：「就拿我自己來說吧，我一向覺得聰明的女人極具吸引力。如果可以，我能知道她想要向你請教什麼嗎？」

「噢，你什麼也問不出來的，」霍爾葛米森說：「我試過。人家還以為他簽了保密誓約呢。」

「說了也只是被你拿來當玩笑，你這老活寶，」洛夫根說：「她來問我關於魯薩可夫電場的事。你知道那是什麼嗎？」

「不知道，先生。是什麼呢？」

「你知道電場是什麼吧？就自然哲學領域而言？」

「有一點模糊的概念。那是某種作用力活動的場域，是嗎？」

「這麼解釋也說得通。不過，這個電場與目前已知的截然不同。它的發現者是一位叫魯薩可夫的俄國人，他研究意識的奧祕——人類的意識。也就是說，為什麼人體這種純然血肉的有形物質，當然也包括大腦，卻能夠驅動這種無形的、肉眼無法看見的『覺察』。所以，我們所擁有的這個『意識』，它是物質性的嗎？我們無法秤它的斤兩，或者進行測量。那麼，它是『精神性』的某種玩意兒？一旦我們使用『精神性』這個詞彙，那就毋需多做解釋，因為它歸屬教會所有，沒有人可以質疑。呃，這對一名真正的自然研究者並不是什麼好事。我不打算詳細說明魯薩可夫採取的繁複步驟，總之，他最後得出一個非常了不起的想法，意識之為物，就是一種屬性極為普通的元素，就像質量，或者琥珀電氣荷；也就是說，有這麼一座意識的電場瀰漫整個宇宙，而我們相信，人類是它存在最為顯著的場域。世界各地的科學家迫不及待投入研究，無非想要找出它是『如何運作』的。」

「所謂世界各地，指的是那些允許進行研究調查的地方，」霍爾葛米森說：「所以囉，范．特塞爾先生，你就知道這件事肯定立刻引起宗教法庭的注意。」

「我明白，先生，這必然撼動了教會的根基。那位女士來到這裡就為了問這件事？」

「是啊，」洛夫根說：「以一位並非專業學者的人來說，考爾特夫人關注的事情頗不尋常。針對魯薩可夫電場與人類意識，她提出好些個深具洞見的問題，我給她看我的研究成果，能說的，我言無不盡，她一點就通，全盤吸收理解，然後，她似乎就對我失去興趣，多麼令人感傷啊！她緊接著掉轉方向，開始奉承我這位同事。」

「那麼，她可知道這款葡萄酒，先生？」克朗問。

「呵呵！非關紅酒，那玩意兒也不在我諸多個人魅力之列。她想要諮詢真理探測儀，問些有關她女兒的事，范．特塞爾先生。」

「她的女兒？」克朗說：「你是指她跟別人的那孩子，她跟——？」

「艾塞列公爵，」霍爾葛米森說：「沒錯。正是那孩子。她想要我使用真理探測儀找到那孩子的下落。」

「她自己不知道那孩子的下落？」

「噢，沒有。那孩子——我是說那女娃兒，她目前交由法庭監管，當然啦，她可能在任何地方。基於某種原因，確切地點顯然是個祕密。這會兒呢，范．特塞爾先生，當然你只是正好**無意中聽見**，做母親的發現那孩子竟是一則女巫預言的關鍵角色。她沒告訴我們這件事。我們是——嗯哼——**無意中**從她僕人那兒聽來的。考爾特夫人急著想要挖掘更多細節，特別是找到孩子的下落，她才可以……我原本打算說『就近照顧』，不過，我想實際上她恐怕是想『就近監管』吧。」

「了解，」克朗說：「預言怎麼說？你是否也無意中聽說了？」

「哎呀，沒有。我相信不外乎是那孩子在某些方面具有無與倫比的重要性吧！我們就聽說這麼多。她的母親不知道預言內容。嗯，真是一位出色的女人。這下子，宗教法庭的密探該不會登門拜訪吧，范．特塞爾先生？」

「希望不會，先生。不過，世道艱險啊，教授。」

克朗問夠了，想知道的，都知道了。大夥兒又聊了一會兒，他站起身。

「好啦，兩位，」他說：「不勝感激。多麼美妙的晚餐，那支酒，絕對在我品嘗過的最上等名單之列，況且還見到了那個了不起的儀器。」

「很抱歉，我只能粗略告訴你它的運作方式，」霍爾葛米森教授說著，有點吃力地站起來。「不過，至少你知道難度有多高了。」

「正是如此，先生。不知道雨停了沒有？」

克朗走向窗戶，望著外頭的街道：空無一人，這盞街燈到下一盞街燈之間，黑漆漆的，雨溼的路面瑩瑩反光。

「借你一把傘好不好？」教授說。

「謝謝，不必了。雨勢不大。晚安，兩位，晚安了，再次感謝。」

●

這時，出現第二個問題，克朗得想辦法應付。

雨停了，不過空氣潮溼凝重，而且冷得讓人難受。每盞路燈都頂著一圈光環，看起來就像金絨絨的蒲公英種子頭，克朗與索芙納克斯沿著河濱住宅區緩緩行進，屋簷滴滴答答的，落水不停歇。

「要到我身上來嗎？索芙？」克朗說。不論是不是精靈，索芙納克斯畢竟是一頭貓，而且人行道溼透了。不過她說：「最好不要。」

「他還在？」克朗低聲問。

「看不見人影，不過，還在。」

上星期離開諾夫哥羅德，克朗就知道他們被跟蹤了。該是時候做個了斷。

「同一個人，是吧？」

「他的精靈老是露餡。」索芙說。

克朗來到一處圓環，朝向河邊一座窄小的短租公寓走去，他在那兒租了個房間。來到岸邊，他放慢腳步，石材堤岸旁綁了十來艘平底船。這時已經午夜十二點半。

他立定站住，雙手搭上溼淋淋的鐵欄杆，望穿黑水，遠眺前方，他的精靈挨蹭在腳邊，假意糾纏討拍，其實盯緊身後的每一分動靜。

他們得走過橫跨河面的小鐵橋才能到達短租公寓，不過，克朗沒走這條路線。只等索芙說「就是現在」，他迅速離開河邊，走到馬路對面，轉進兩棟石牆建築物中間的巷子，建築物可能是銀行或者政府辦公樓。稍早沿著河邊走到大學時，他就注意到這條巷子，當時只是過眼一瞥，幾乎是下意識地評估應變可能性。他確認這不是一條死巷，不會進退不得，卻能夠對跟蹤者發動伏擊。一走進暗處，他立刻輕巧地拔腿奔向不遠處的大型垃圾桶，幾只大桶子鎮在暗乎乎巷道右側，幾乎看不見。

他蹲了下來，從外套袖子裡取出一把硬沉沉的癒瘡木短棍，貼身藏在左上臂。他能使出的致命棍法，少說五種。

索芙等他短棍入手握實了，躍上他的肩膀，接著輕巧地就近測試一只垃圾桶頂蓋，確認是否牢靠，她爬了上去，俯身貼平，貓眼圓睜，緊盯巷道入口。克朗注視著另一頭，巷底連接著一條辦公樓林立的狹窄街道。

接下來的發展如何，關鍵在另一個人的精靈身上，就看她有多大的戰鬥能耐了。年輕時，他們曾經制服了一個韃靼人跟他的狼精靈，當時，索芙什麼都不怕，敏捷又強壯；面臨殊死戰，碰觸他人精靈這種極大的禁忌根本不算回事兒。索芙不止一次遭到陌生人可憎可怖的碰觸，為了死裡求生，她怒火狂燒，對著那些人的手又抓又咬，事後則為了去除那種汙濁感，幾近瘋狂地清洗身體。

但這次，這個精靈……

索芙低聲說：「在那裡。」

克朗轉身，小心翼翼，極其緩慢，看見燈火照亮的堤岸上出現一個剪影，那是一頭土狼小小的頭與粗壯的肩膀。她直勾勾地望著他們。克朗從沒見過這樣一頭猛獸：渾身每一道線條都流露著惡意，那張嘴好像可以碎斷骨頭，一如碎斷糕餅。她跟她的人類顯然都受過跟蹤訓練，因為克朗接受的訓練就是要揪出跟蹤者，他佩服他們的技能，不過，正如索芙所說，要這樣一隻精靈不惹人注目並不容易。至於他們圖謀什麼，克朗一無所知，不過，如果他們想要一場惡鬥，肯定如他們所願。

他握緊手中的格鬥棍；索芙幾乎完全俯貼著垃圾頂蓋。那頭土狼精靈稍微往前逼近，全身剪影浮現，她身後的男人也默默往前挪動。男人迅速貼近巷子裡那堵牆，隱身在暗影中，就這麼一下子，克朗與索芙都看見他手裡的槍。

四下無聲，只有雨水從屋頂落下，沒完沒了，滴答滴答。

克朗但願索芙跟他一起躲在垃圾桶後頭，而不是蹲踞在頂蓋上。這讓她成為太顯眼的目標。

有個聲音，像是男人呸一聲吐出核籽。那是一把瓦斯槍，子彈打中垃圾桶，立刻發出「匡噹噹」的巨響，整個桶子倒向克朗，滾到巷子另一頭。同一時間，索芙跳起躍下，站在克朗身旁。瓦斯槍超過一定距離就瞄不準，近距離卻足以致命：他們必須毀掉那玩意兒。他們一動也不動。緩緩的腳步聲

逼近，他們可以聽見那頭獸呼哧呼哧的鼻孔噴氣，還有爪子踩在人行道上的喀答喀答聲，然後，克朗心想：「就是現在！」索芙貓爪全開，朝可能是土狼腦袋的地方縱撲而去，那個男人又擊發兩次瓦斯槍，一顆子彈咻咻掠過克朗的頭皮。

不過，這倒讓他確認了男人所在的位置，他向前撲跳，衝著一片黑暗揮掃短棍，果然砸到什麼了——胳臂？手？肩膀？這一棒子連槍也打飛了。

索芙的爪子，每隻爪子都牢牢地巴緊土狼的頭皮與咽喉。那精靈瘋了似地甩頭，試著甩開擒縛，一次又一次頂著索芙去撞牆、撞地。克朗看見男人的影子似乎想要俯身撿槍，縱身一跳，舉棍狠劈，卻劈歪了，地是溼的，他失足滑倒跌在男人腳邊，立刻就地翻滾，同時對準槍枝落地的方向死命一踢。

他的腳踢中什麼東西，順勢飛掠卵石子路，男人踹中他的肋骨，這一腳可真夠狠，男人與他近身肉搏，想要使出鎖喉功，這傢伙精瘦強悍，不過克朗的短棍還在手裡，朝著男人的腹部，使盡全力往上戳。男人快斷氣似地猛咳，掐頸的力量隨之趨緩，這時土狼幾番狂摔猛撞，終於掙脫索芙，凶殘的利牙撕扯下她一塊皮毛，血盆大口瞬間緊緊扣住索芙的頭。

克朗立刻掙扎著站起來。男人滾到一旁，克朗竭盡渾身每一分力氣，揮著臂膀，撲向土狼。他不知道他打中土狼什麼部位，他只希望千萬別對索芙造成致命的傷害，不過，這一棒打下去何等殘酷：他聽見骨頭斷裂的聲音，昏暗中他看見索芙試圖掙脫那張可怕的嘴。此刻，克朗進入冷血模式，他站穩了，瞄準目標，接二連三揮棍狂打土狼的那隻斷腿。他下手不停歇，因為，一旦讓土狼闔上嘴，緊咬不放，他跟索芙當場就會沒命。

當土狼鬆口哀號，索芙扭著身體竄開，強忍著噁心，一把抓上那男人的手，連皮帶肉撕裂，鮮血淋漓；那男人鬼哭神號起來，他的精靈遭受痛苦，更讓他身心陷入極度折磨，當下拖著土狼，轉身離去。那精靈發出咆哮，極度的痛苦與悲慘讓她嘴巴一開一闔，克朗大可以一路尾隨，打爆那男人，反正那傢伙與他的精靈都受了傷。然而，當他試著站起來，卻再次倒地，昏了過去。

不一會兒他就清醒了。四周一片死寂。巷子裡除了他與索芙，空蕩蕩的。他的頭還像是在打旋。他想要坐起身，但索芙說：「躺下。讓血液回流到大腦。」

「他們走了？」

「連奔帶跑。哼，我是說那傢伙啦。那隻精靈恐怕再也不能奔跑了。男人抱著她，她痛得要死要活。」

「怎麼……」他沒力氣往下說，但是她明白。

「你嚴重失血。」她說。

經她這麼一說，他才開始感到疼痛加劇，突然察覺子彈擦過頭皮的那道傷口，隨著方才慘烈搏鬥的激情逐漸消退，脖子與肩上的溼熱也開始轉為寒涼，他重新躺下，養點力氣。然後，他慢慢坐起身。

「妳傷得嚴重嗎？」他問。

「差一點要了命。如果讓那張嘴死咬住，我想她怎麼也不會鬆口。」

「我們應該要幹掉他，該死的，不過，他們很厲害。妳說他是不是俄國人？」

「不是。別問我為什麼。也許是……法國人？」

克朗扶著牆壁站起來。他朝巷子兩頭望了望，然後說：「走吧。上床休息吧。我們的表現實在不怎麼樣，索芙。」

他的肋骨痛得要死：他想其中一根恐怕斷了。他的頭皮血流如注，彷彿燒紅的鐵塊直接罩頂。他雙手捧起自己的精靈，在走回短租公寓的路上，她為他護理傷口，溫柔地舔舐、予以清潔。

屋裡只有冷水可用，冰涼刺骨，他梳洗後換上乾淨的襯衫，坐在小桌子旁邊。他就著燭光寫了封信，極盡簡短、完整之能事：

納君特爵爺：

那位女士來到烏普薩拉，求教物理教授艾索・洛夫根。她針對魯薩可夫電場與人類意識之間的關係提出「好些個深具洞見的問題」。他懷疑她代表CCD在外走動。此外，她想讓一位霍爾葛米森教授使用真理探測儀查出她女兒的下落。那位教授若非不會，就是不願，總之，他沒有這麼做。那位女士顯然聽說那孩子是一則女巫預言的關鍵角色，卻對預言內容一無所知。您應該記得我們的好友，巴德・雪倫森哲。我們在馬丁・蘭塞里位於特洛塞德的住處聊過。此刻他已深入北方，要向相識的女巫打聽，一旦折返，將盡快與您聯繫。還有一事：一名精靈是土狼的男人，從諾夫哥羅德一路跟蹤我。我沒認出他是誰，不過從他的身手看來，應該是訓練有素的特務。我們交了手，他逃脫，精靈卻受了傷。我對他充滿好奇。

克——范——特

接著，他大費周章地將手稿轉為密碼，裝進尋常信封，寫上地址，收件處是倫敦市中心一處不起眼的區域；他小心地燒掉原稿，然後上床。

第五章
學者

漢娜．瑞芙博士坐正，兩手壓住腰窩，痛苦地直起腰桿。她坐太久了；她好想出門，快走半小時，但是，使用柏德里真理探測儀的時間有限：共有六名學者輪著用，個人配額彌足珍貴，怎麼可以浪費在運動上。她可以晚一點散步。

她側轉身體，放鬆背脊，雙臂高舉過頭，外帶轉動肩膀，終於稍稍緩解僵硬感。此刻她坐在韓夫瑞公爵圖書室，這裡是牛津柏德里圖書館最古老的一區，真理探測儀擱在她面前的書桌上，周圍散放著許多文件與一疊書。

她手邊的工作有三個層面。其一是她分內該做的，這讓她理所當然擁有使用真理探測儀的時間配額，主要是研究沙漏圖像的相關意義。她已經解出兩層意義，目前在跟第三層奮戰，繼續探索深不可測的各階層含義。

其次，她為一個名為「奧克立街」的組織從事情報工作，她猜測這是根據通訊地址所取的名字；不過牛津並沒有這一條街，可能是倫敦的街名吧。兩年前，一位研究拜占庭歷史的教授，喬治．帕帕迪米特里烏吸收她進入組織，並向她保證（她也相信了），他們的工作不但很重要，而且站在解放與自由的一方。她知道「奧克立街」是某種特務機構的分支組織，但是，她只負責為他們解讀真理探測儀，其他幾乎一概不知。不過，她閱讀報紙，對一個聰明人來說，從中了解國家政治現況並非難事。「奧克立街」向她提出的問題不一而足，不過，許多都與最近宗教當局嚴禁觸碰的主題密切相關；她心裡很明白，如果被CCD或者其他類似單位發現，她可就麻煩大了。

再其次，同時也是最緊急的，一整個星期以來，她都在問這個問題：**橡實在哪裡？**她不知道裏藏訊息的小載具是如何自行跑進大學花園，落在石頭後面，總之，她一向是在那裡撿取，而且，那玩意兒幾天前早就該出現了。她開始感到焦慮。

因此她提出這個問題。它不容易界定範圍，因此答案也就不容易解讀，話說回來，解讀從來非易事，儘管比起之前，她對掌握各層級的意義已經愈來愈有把握。

於是，就在這個午後，從韓夫瑞公爵圖書室六百年歷史的窗戶望出去，灰暗的天光漸漸消隱，更顯得書桌上方的琥珀電氣燈暖洋洋地散發光亮，她想，她已經掌握解讀答案的最後關鍵。經過一個星期的勞心勞力，她得到三個極為鮮明的意象：**男孩**、**旅店**、**魚**。如果她真的是熟練的解讀人，上述每一個概念都會環繞著一整圈可能相關的細節，不過，就這樣了：她只能靠這三個意象繼續查下去。

她抽出一張乾淨的紙，畫直線，分出三欄。第一欄，**男孩**，她暫且空著。她不認識什麼男孩，除了姊姊四歲大的兒子，不過，不會是他。**旅店**那一欄她也空著。她知道多少家旅店？其實不多。她喜歡點一杯酒，找一個伴，坐在露天啤酒屋，當然，只限於天氣好的時候。**魚：**也許從這裡開始最簡單吧。她盡可能寫下所有想得到的，魚的名字：鯡魚、鱈魚、魟魚、鮭魚、鯖魚、黑線鱈、鯊魚、鱒魚、鱸魚、狗魚……還有哪些？翻車魚、飛魚、刺魚、梭魚……

「鰷魚。」她的精靈說，他是一隻狨猴。

名單愈來愈長，卻於事無補。她的精靈知道得不比她多，當然是這樣，只是彼此有時候會想起對方忘記的事物。

「丁鱖。」他說。

她正式的工作，也就是發展沙漏的意義範圍，這部分不論進行到什麼地步，她都能夠跟五、六個

學者討論，而她的情報工作則須避人耳目，除了她的精靈，誰都不能透露。這個讓她掛心的問題算是情報工作的延伸，因此也必須遵守封口令。

她打了個呵欠，再次伸伸懶腰，起身，沿著圖書室來回慢慢踱步，因為什麼也想不出來，更是絞盡腦汁思量。還是沒用，不過，當她又坐了下來，腦中浮現一隻孔雀在河岸露台的畫面：她跟一群朋友在一起，孔雀囂張地從鄰座友人手中叼走一支香腸捲，急著想跑，卻被自己可笑的長尾絆住。這是幾年前發生的事，當時她還是大學生。地點在哪裡？那家旅店叫什麼名字？是旅店嗎？還是餐廳？或者其他類似場所？

她抬頭望向工作人員櫃檯。助理正在檢查一些需求單，周圍並沒有其他人。

漢娜毫不猶豫地起身走向她，如果稍有遲疑，她肯定不會這麼做。「安，」她說：「我想我真是糊塗了。那家有河岸露台跟孔雀的酒吧叫什麼名字？在哪裡？」

「是『鱒魚』嗎？」助理說：「在格斯陶。」

「沒錯！謝啦。瞧我蠢的。」

漢娜拍拍額頭，回到她的書桌。她小心翼翼地折起剛剛列表的紙張，放進衣服的內袋，稍晚就會將它銷毀。她的訓練師非常嚴厲要求，手頭上的工作絕對不能留下文字線索，不過，她必須仰賴紙張進行思考，截至目前為止，她始終毫不馬虎地落實事後燒毀。

她又工作了半小時左右，這才將書籍與真理探測儀還回櫃檯。安將書籍放上預約架，按下蜂鳴器，響笛設在資深助理的辦公室。真理探測儀就存放在辦公室的保險櫃中，資深助理必須親自負責歸位，他執行任務時神態莊嚴，漢娜總是看得非常過癮。

不過，這一次她並沒有留下來欣賞。她收拾好文件，放進提袋，然後離開圖書館。

鱒魚，她想。就明天吧。

隔天是星期六，難得陽光乍現的一天。接近中午時分，漢娜找出腳踏車，為輪胎打氣，然後騎上伍斯塔克路，騎到底左轉，朝吳爾夫寇特與格斯陶的方向前進。她輕快地騎著，她的精靈坐在把手前的籃子裡，抵達鱒魚時，她有點喘不過氣，隨即熱得脫下外套。

她點了起司三明治和一杯淡啤酒，坐在外頭的露台，露台上雖然稱不上擁擠，但也不至於空無一人，多數客人擔心天氣變化，保險起見，還是待在室內。

漢娜慢慢吃著她的三明治，讀著她的書，渾然無視於孔雀諾曼（或是貝瑞）的關注。這本書與工作無關：它是一本驚悚小說，她喜歡的那種類型，書裡有神祕的死亡，千鈞一髮的脫逃，以及一位高傲而美麗的女主角，她的功能就是要跟那個陰鬱卻有才智的男主角墜入情網。

她吃光了三明治，這讓諾曼很不爽，正當她將殘存的啤酒一飲而盡，她如願看見一位男孩走過來。

「需不需要幫妳再送上一些吃的或喝的？小姐？」他問。

他的語氣有禮，而且透著關心，彷彿真的想要幫忙，漢娜有一點意外。她猜測他約莫十一歲，是個身材結實，看起來很堅強的男孩，一頭紅髮。是個好孩子，友善、聰明。

「不用，謝謝。不過……」她應該怎麼說才好？明明演練多次，此時聲音聽起來卻微弱又緊張。冷靜，她想，冷靜。

「是的，小姐？」

「你知道關於橡實的事嗎？」

這句話的效果簡直驚人。男孩臉上頓時失去血色，他的眼神中似乎閃爍著理解，接著是恐懼，然後下定決心。他點點頭。

「什麼都別說，」漢娜靜靜地說：「我立刻就要離開，但是我會忘了這本書，將它留在椅子上。你會發現書，然後要找我，不過，我已經走了。我的住址寫在書封內側。如果可以，你明天帶著書送到我杰里科的住處。還有……還有那顆橡實。你能做到嗎？我們可以在那裡聊聊。」

他再次點頭。

「明天下午，」他說：「那時候我可以。午餐時間我要在這裡幫忙，但我下午會過去。」

他的神色已經恢復正常：紅潤，甚至有股獅子的氣概，她這麼想。她笑了，繼續看自己的書，男孩則忙著收拾她的餐盤、杯子，然後她開始演一齣默劇，先是穿上外套，然後找錢包，留了小費，拎起提袋離開，她的書留在椅子上，連書帶椅一起被推進餐桌下。

●

隔天，她做什麼都定不下來。一早，她在小花園裡瞎忙，修剪這個，重新栽種那個，根本心不在焉。一會兒下起雨來，她進到屋裡煮咖啡，接著做了一件這輩子從沒做過的事：玩報上的填字遊戲。

「多麼愚蠢的休閒活動，」五分鐘後，她的精靈這麼說：「字義應該在文本脈絡間流竄，不能像生物標本似地死釘在一處。」

她把報紙扔到一邊，在小壁爐裡起了火，然後發現自己忘了喝咖啡。「為什麼沒有提醒我？」她問她的精靈。

「當然是因為我也忘啦，」賈斯伯說：「冷靜一點，真是夠了。」

「我正在努力，」她說：「我好像忘了該怎麼冷靜。」

「雨停了。去修剪鐵線蓮。」

「會搞得溼答答的。」

「去燙衣服。」

「只有一件襯衫需要燙。」

「寫信啊。」

「不想寫。」

「烤蛋糕，給那男孩一塊。」

「很可能我做到一半他就來了，然後我們就得瞎聊一個半小時等蛋糕烤好。反正還有餅乾。」

「好吧，我沒招了。」他說。

正午時分，她用她媽媽掛在火爐邊，一只黑呼呼的玩意兒烤了起司三明治。接著她又煮了一些咖啡，這回畢竟是喝了，這時才覺得稍微穩定心情，多少看了一個小時左右的書。雨，又下了起來。

「如果雨勢繼續這麼大，他可能就不來了。」她說。

「他會來。他太好奇了，不可能不來。」

「是這樣嗎？」

「我們跟他說話的時候，他的精靈變身四次。」

「嗯，」她說，賈斯伯的觀察的確有點道理。如果兒童的精靈經常變化外形，而且種類呈現極為多元，通常是聰明與好奇心旺盛的指標。「你認為……」她又說。

「他想要知道橡實訊息的意義。」

「他很害怕。臉色都發白了」

「就那麼一下子。然後就恢復血色，妳沒看見嗎？有點紅通通的。」

「啊，我們馬上就能知道。」她看見他站在圍牆門外。「他來了。」

扣門環的聲音還沒響，她已經起身，把書放在小茶几上，撫平裙子，摸了摸頭髮，天哪：到底為什麼要緊張成這樣？呃，事實上，還真不少因素呢。她打開門。

「你一定渾身溼透了。」她說。

「哎，是有一點。」男孩站在外頭，甩了甩防水外套，遞給漢娜。他看了看整潔的地毯，亮晶晶的地板，連同鞋子一併脫掉。

「快進來取暖，」她說：「你怎麼來的？不會是走路吧？」

「坐我的船。」他說。

「你的船？在哪兒？」

「綁在修船場。他們讓我放在那兒。我想最好還是把船帶上岸，倒扣著停放，否則，如果讓水淹滿了，得花好久時間才能舀乾。我的船叫野美人號。」

「為什麼？」

「那是我叔叔酒吧的店名。我爸的兄弟也是旅店老闆，他在里奇蒙有間店，我喜歡這名字。」

「這家店有沒有一塊體面的招牌啊？」

「有，上頭有一位美麗的女士，她做了某件勇敢的事，只是我不知道是什麼事。噢——妳的書。抱歉，有點溼。」

他們分坐在爐火兩側，男孩身子暖起來，熱得簡直頭頂冒煙。

「謝謝。也許把書放在壁爐上比較好。」

「像那樣把書留下來，讓我知道該來什麼地方，真是很棒的點子。」

「特工技能[11]。」她說。

「特工技能，那是什麼？」

「就是……呃，傳遞訊息的專業技術，那一類的事情。對了，你叫什麼名字？」

「麥爾肯．波斯戴。」

「那橡實……在哪？」

「妳怎麼知道要來問我？」他紋風不動地反問。

「有一種方法……有一個儀器……反正，是我自己找到的線索。沒有其他人知道。關於橡實，你又能告訴我什麼？」

他在衣服內袋摸索，接著手一攤，橡實就躺在他的掌心。

漢娜有些忐忑地拿起橡實，心想男孩也許會一把搶回，他卻紋風不動。他只是非常專注地看著她動手扭轉。然後他點點頭。

「我在看，」他說：「看妳是否知道怎麼轉開它。剛開始我真被糊弄了，怎麼也沒想過，居然得順時針方向才能轉開。妳卻一入手就知道，所以我想，這玩意兒肯定是要給妳的。」

當漢娜手中的橡實分成兩半，顯示出裡頭空無一物時，他取出那張折得密實的聖經紙。

「如果我扭轉的方向不對……」她說。

「那麼，我就不會給妳這張紙。」

他遞過紙張，她順手展開，迅速讀過一遍，塞進身上那件開襟羊毛衣的口袋。不知怎麼，男孩似乎掌控全局，這當然非她所願。現在，她必須決定該如何處理這件事。

「你怎麼會碰巧找到橡實？」她問。

他把事情經過一五一十全說了，從阿斯塔看見橡樹下那個男人，直說到雜貨鋪的卡本特太太給他看《牛津時報》，上頭有男人的照片。

---

11 特工技能（Tradecraft），意指成為間諜必備的所有知識與技能。

「天哪，」她說。她臉色發白。「羅勃．拉克赫斯特？」

「沒錯，來自莫德林學院。妳認識他？」

「談不上。我不知道他就是……我們不應該認識彼此，我更加不應該跟你說這些。通常他會把橡實放在一個專收這類不具名、沒有收件人的『死信』投遞處，我會到那兒取件，然後寫好回函，放置在另一處定點。我從來不知道誰是投件人，誰是取件人。」

「很棒的運作系統。」他說。

她懷疑自己說了太多，早已踰越禁令。她原本沒打算告訴男孩任何事，不過，她也沒想到男孩居然知道這麼多。

「你跟其他人說過嗎？」她問。

「沒有。我覺得那麼做不安全。」

「嗯，你想得沒錯。」她猶豫了一會兒。她想向他道謝，然後請他回家，或者……「你要不要喝點熱的？巧克力好嗎？」

「喔，好啊，謝謝。」他說。

她在廚房裡煮熱牛奶，同時又讀了一次那封訊息。信裡涉及什麼見不得人的事嗎？真理探測儀顯然也牽扯其中，研究真理探測儀的牛津學者身分不是祕密。至於「塵」，這意謂著大麻煩。

她在巧克力粉裡加了一點點糖，然後倒入熱牛奶，同時也為自己調了一杯。男孩知道太多，但她只能信任他了。沒有其他選擇。

「妳有好多書，」漢娜帶著熱飲回來時，他這麼說：「妳是學者嗎？」

「是。我是聖蘇菲亞學院的學者。」

「妳是做歷史學者的嗎？」

「算是吧。應該是一位研究思想的歷史學者。確實是做歷史學者的。」她扭開爐邊的落地燈，房裡立刻變得更溫暖，外頭變得更黑、更冷。「麥爾肯，那封訊息……」

「嗯，怎麼樣？」

「你是不是抄寫了一份？」

他臉紅了。「是的。不過，我藏起來了。」他說：「藏在我臥房的一塊地板下面。沒有人知道那裡有個小空間。」

「你願不願意做一件事？你願不願意燒掉那份抄本？」

「好。我一定會的。」

他的精靈此時似乎已經與漢娜的精靈建立交情：賈斯伯坐在裝有飾品古玩的玻璃匣子上，靜靜地解釋關於滾筒印章、羅馬錢幣以及丑角的種種，變成金翅雀的阿斯塔則棲息在一旁傾聽。

「有沒有什麼想問我的？」漢娜對麥爾肯說。

「有。多著呢。橡實是誰做的？」

「這個嘛，我不知道。我想它們是某種標準配備。」

「儀器是什麼？我問妳怎麼知道橡實在我手上，妳提到一個儀器。是不是真力——真離——」

「真理探測儀……對。」她解釋那東西是什麼，以及如何運作，他聽得非常仔細。

「真——理——探——測——儀……這是唯一的一個嗎？」

「不。原本一共有六個。各自分散在其他所大學。其中一個不在此列，遺失了。」

「他們為什麼不重新製造一個？或者乾脆做很多個？」

「他們已經不知道怎麼做了。」

「可以拆開看啊。如果他們不知道怎麼製作時鐘，只要手上正好有一個能夠順利運轉，他們可以將它小心拆開，畫出每一個零件，以及零件組合的方式，然後就能做出更多零件，製作出另一個時鐘。過程很複雜，但是不會太困難。」

這樣就安全了。如果她可以繼續跟男孩聊這個話題，也就用不著擔心了。

「我想，問題應該不只如此，」她說：「我想儀器的零件是由某種無法再生產的合金製成，也許那些金屬非常稀有，我不知道。總之，沒有人有。」

「噢。有意思。希望有一天能親眼瞧瞧。看看它是怎麼組裝起來的。我喜歡觀察這種事情。」

「你念哪所學校，麥爾肯？」

「沃夫寇特小學。就是吳爾夫寇特的舊名。」

「離開那所學校之後你會去哪裡？」

「你的意思是，去哪一所學校嗎？我不知道會不會繼續念書。也許我有機會成為學徒，進入某個行業……也許我爸只希望我在鱒魚工作。」

「那麼，高級中學呢？」

「我不認為我爸媽考慮過這個。」

「你想去嗎？你喜歡學校嗎？」

「喜歡，我可能會想去吧。沒錯，我想去。不過，可能性不大。」

他的精靈在一旁聽得仔細。她飛到他的肩膀上，低聲說了些什麼，他極其輕微地搖搖頭。漢娜假裝沒看見，俯身朝火裡扔了一段木頭。

「那封訊息裡提到的『魯薩可夫電場』是什麼意思？」麥爾肯問。

「啊。其實我並不大清楚。徵詢真理探測儀的時候，我不需要知道事件的所有細節。它似乎知道它需要知道的。」

「因為它提到：『當我們嘗試某種測量方式，卻與我們想要尋找的物質失之交臂，似乎另一種方式比較可行，不過，我們改用不同的方法，並未獲致更好的結果。』」

「你全部背起來了嗎？」

「我不是刻意的。只是讀過太多次，自然而然就記住了。總之，我想說的是，那一段聽起來有點像『測不準原理』[12]。」

她感覺自己好像摸黑走下樓，而且還一腳踩了個空。

「你怎麼知道這個？」

「呃，有很多學者在鱒魚出入，他們告訴我各種事情。就像『測不準原理』，你可以知道關於粒子的某些事，卻無法確認每一件事。如果知道這件事，那件事就不得而知，所以，你永遠處在不確定狀態。聽起來有點像是這樣。訊息中還提到另一樣東西：塵。什麼是塵？」

漢娜慌張地試著回想，哪些是大眾知識，哪些是「奧克立街」的祕密知識，然後說：「它是我們目前所知不多的某種基本粒子。不容易檢測，理由不僅是訊息裡提到的那些，同時也因為教誨權威……你知道我說的教誨權威是指什麼嗎？」

「某種教會的領導組織。」

「沒錯。呃，他們強烈反對以任何形式對『塵』進行調查。他們認為那是罪惡的。我不懂為什麼。這正是我們試圖解決的謎團之一。」

「認識並理解事物，這怎麼會是罪惡的？」

---

12 測不準原理：在量子力學中，海森堡（Heisenberg）的測不準原理陳述，如果確定粒子的位置，將使它的動量不確定性增加；相反的，如果精確測量粒子的動量，將使其位置的不確定性增加。

「問得好。你在學校有跟任何人談論這類事情嗎？」

「只有跟我的朋友羅比。他話不多，但我知道他很感興趣。」

「沒跟老師們提起？」

「我不認為他們會了解。鱒魚不一樣，我在那裡可以跟形形色色的人說得上話。」

「同時也是個很有用的地方，」漢娜說。一個想法在她腦子裡成形，但她試圖將它甩開。

「所以，妳認為當他提到塵，他其實指的是基本粒子？」麥爾肯說。

「我是這麼想。不過，這並非我的專業領域，我不確定。」

他深深地凝望爐火好一會兒。然後他說：「如果拉克赫斯特先生是居中為妳傳送橡實的人，那麼……」

「是啊。那麼，我現在該如何跟其他人聯繫？另有其他方法，而且，這下子勢必要派上用場了。」

「其他人是誰？」

「我無法告訴你，因為我不知道。」

「這一切是怎麼開始的？」

「有人找我幫忙。」

他啜了一口巧克力，似乎陷入深思。「所謂敵人，」他小心翼翼地說：「就是教會風紀法庭，是吧？」

「唉，你見得多了，因此能夠理解，你也見識過他們是多麼危險的機構。答應我，你不會做出任何事情，把我或者運河旁那棵樹給牽扯進去。只要有一丁點可能，就不可以。」

「我保證儘量避免，」他說：「但是，如果這一切如此機密，我根本不會知道自己是不是做出危險的行動。」

「嗯，說得也是。不過，目前你知道的一切，不會告訴任何人吧？」

「好，這個我可以保證。」

「啊，我可鬆了口氣。」儘管如此，那個「想法」仍一直纏著她，擾亂她的思緒。「麥爾肯，」她說：「那兩名CCD男子，他們來到鱒魚，逮捕了那個……」

「波特瑞先生。不過，他逃走了。」

「對，就是他。那些人沒提起這類事情，對吧？」

「沒有。他們問起上星期來鱒魚的一個男人。跟前任御前大臣一起來的。」

「對，我記得你提到過他。你是指英格蘭前任御前大臣？納君特爵爺？不是某個外號『御前大臣』的傢伙吧，就是大夥兒鬧著亂喊的那種？」

「是納君特御前大臣沒錯。我爸後來讓我看了他出現在報紙上的照片。」

「你知道為什麼CCD的人問起他？是不是跟一個小寶寶有關？」

麥爾肯嚇一跳。他一直提高警覺，絕口不提關於萊拉的事，一如費內拉修女的忠告；話說回來，這位老小姐也知道許多人早已有所風聞，所以她當時才會說「也許無所謂吧」。

「呃……妳怎麼知道小寶寶的事？」他問。

「這是祕密嗎？老實說，那天我在鱒魚聽見有人聊起。有人提到修女……我記不清楚，總之，不知怎麼，小寶寶的話題就冒出來了。」

「呃，」他說：「既然妳都已經聽說了這麼多……」於是，他細說從頭，三位客人如何自露台室的窗戶往外探看，他如何與小寶寶萊拉以及她那頭凶巴巴的精靈打了照面。

「啊，這個很有意思。」她說。

「妳知道庇護法規嗎？」麥爾肯說：「費內拉修女告訴我關於申請庇護的事，我猜，也許這正是他們打算把小寶寶安置在那裡的原因。而且，她還說有些學院也可以提供庇護。」

「中世紀時代所有學院都可以。目前，只有一所仍舊保有這項權利。」

「哪一所？」

「約旦學院。他們一直都善加利用，不久之前仍是如此。最近的案例多半是為了政治因素。惹毛政府當局的學者可以申請學術庇護，就像尋求政治收容。整個過程有一定慣例：申請者必須透過一段特定拉丁文向院長申請庇護權。」

「約旦學院是哪一所？」

「在土爾街，院裡有一座非常高的尖塔。」

「噢，我知道……妳認為那些人會申請庇護嗎？我的意思是，為小寶寶申請？」

「不知道。我真的不知道。不過，這倒讓我有了一個想法。我得自打嘴巴了，因為我畢竟還是想跟你保持聯絡，麥爾肯。你喜歡閱讀，是吧？」

「是啊！」他說。

「好，我們假裝這樣吧。我忘了把書帶走，你幫我送過來，這部分完全說得過去。然後，你看見我屋裡的書，我們聊起書與閱讀之類的，接著，我說我可以借你一些書，就像圖書館那樣。你可以借個一、兩本，讀完了就送回來，然後繼續再借。這是一個來我這裡的好理由。我們假裝這麼做，好不好？」

「好，」他立刻回答。他的精靈此時變身松鼠，坐在他的肩上啪啪啪直拍掌。「而且啊，不管我看見或聽見任何事——」

「沒錯。不過，不要主動探聽，千萬別讓自己置身險境，但是，如果你正巧聽說了什麼有趣的消息，大可以告訴我。反正只要你來，我們總是會聊書說書的。怎麼樣？」

「太棒了！這點子妙極了。」

「好。很好！我們不妨現在就開始。喏，這些是我的謀殺懸疑系列藏書，你喜歡這類故事嗎？」

「任何題材我都喜歡。」

「這些是我的歷史藏書。不知道，有些可能有點沉悶吧。總之，其他就是大雜燴了。你自己挑。何不選一本小說，搭配一本其他文類作品？」

麥爾肯急切地起身，檢視書架上的藏書。漢娜朝椅背一靠，靜靜看著，不想硬塞給他任何書籍。當她還是個少女，她生長的村子裡有一位年長的女士也是這麼對待她，她還記得為自己選書的愉悅，那種可以在書架上任意抽取的快樂。牛津有兩、三所會員制圖書館，卻沒有免費借閱的公共圖書館，麥爾肯不會是唯一一個對書的渴望無法滿足的人。

看著麥爾肯如此熱切而快樂地沿著書架一排一排搜尋，抽出書本翻看，閱讀第一頁，然後放回原位，再試試另一本，她因此感到歡喜。她在這個充滿好奇心的男孩身上看見自己。

同時，她也有著極其強烈的罪惡感。她這是在利用他，她讓他陷入險境，她讓他成為間諜。男孩的勇敢與聰明並沒有讓她覺得比較好過；他如此年少，連巧克力沾到唇上都沒有察覺。這根本不是他「自願」就能夠加入的事，儘管她猜想，如果可以，他肯定是急切切地一馬當先；她迫使他去做，或者說，誘使他去做。她擁有較大的權力，而她行使了這樣的權力。

麥爾肯選了書，妥妥當當地塞進背包，以免沾溼，他們敲定他下次再來的時間，然後，他走出門外，走進又溼又黑的傍晚。

漢娜拉上窗簾，坐下。她把臉埋進手裡。

「沒有必要躲起來，」賈斯伯說：「我看得見妳。」

「我錯了嗎？」

「是啊，當然錯了。不過妳別無選擇。」

「肯定是有的。」

「沒有，妳必須這麼做。如果不這麼做，妳會覺得自己很軟弱。」

「這不該與我們的感受有關，無論是罪惡感或軟弱……」

「的確不該，而且根本無關。重點是，怎麼做是錯的，怎麼做可以少錯一點。怎麼做是惡劣的，怎麼做可以不那麼惡劣。重點是，誰來處理都一樣，最好的掩護也不過如此。可以了，別再多想。」

「我知道，」她說：「但感覺還是很糟糕。」

「真是折磨人啊。」他說。

第六章 鑲嵌玻璃釘

麥爾肯決定把歸還書本給學者的經過告訴爸媽，連同她的借書提議一併交代，這麼一來，除了那件最重要的事，其他沒啥需要隱瞞的。媽媽為他端出燉羊肉晚餐時，他給她看了第一次借出來的兩本書。

「《藏書室的陌生人》[13]，」她唸著書名，「還有《時間簡史》[14]。別把書帶進廚房，會沾到油漬、肉汁。人家借你東西，你就得好好保管。」

「我只會在我臥房裡看。」麥爾肯說著將書本塞進背包。

「很好。快吃吧——今天晚上人多，有得忙了。」

麥爾肯坐定，用晚餐。

「媽，」他說：「等我從沃夫寇特小學畢業，我要繼續念高級中學嗎？」

「看你爸怎麼說。」

「你想他會怎麼說？」

「我想他會說吃你的晚餐吧。」

「我可以一邊吃飯，一邊聽人說話。」

13《藏書室的陌生人》（*The Body in the Library*），阿嘉莎・克莉絲蒂的作品。

14《時間簡史》（*A Brief History of Time*），史蒂芬・霍金的作品。

「可惜我沒法子一邊跟人說話，一邊煮飯。」

●

隔天修女們很忙，但是，泰普浩司先生在家，麥爾肯放學後也就沒有往小修道院跑的藉口。於是他躺在自己臥房裡看書，兩本輪著看，不一會兒雨停了，他走到外頭看看天氣狀況，確認是否可以用新買的紅色油漆為他的小船漆上名字，但是，到處溼答答的，還不是時候。他悶悶不樂地回到臥房，取出棉繩編起收緊索。

接近傍晚時間，他跟平常一樣為酒吧的客人端酒水食物，當他正察看著壁爐的火勢，竟然看見令人吃驚的一幕。洗碗工艾莉絲兩手捧滿乾淨的大啤酒杯走進酒吧，俯身將杯子放在吧檯上，這時，坐在附近的一名男子伸手捏了她屁股一把。

麥爾肯屏住呼吸。一開始，艾莉絲不動聲色，確定所有玻璃杯都穩穩地放上吧檯，這才轉過身來。

「是誰捏我的？」她冷靜地說，不過，麥爾肯可以看見她的鼻孔一掀一掀，她的眼睛瞇起來。沒有人移動或說話。捏她的男人是個胖敦敦的中年農夫，叫做阿諾．漢斯利，他的精靈是頭雪貂。艾莉絲的精靈班恩已經變成一條鬥牛犬，麥爾肯聽得到他低聲的咆哮，並且看見雪貂一個勁兒地想躲進男人的衣袖。

「下次再有這種事，」艾莉絲說：「我根本不問也不管是誰幹的，誰離我最近，我就劃破他一道口子。」說完，她拎起一只啤酒杯的握把，照著吧檯狠砸，酒杯握把掛在她瘦伶伶的拳頭上，殘留的杯緣碎成鋸齒狀。玻璃碎片落在石材地板，四下一片寂靜。

「怎麼回事？」麥爾肯的父親說，一路從廚房走出來。

「有人犯了個錯誤。」艾莉絲說著，將碎裂的握把扔向漢斯利的大腿。他驚起閃躲，想要伸手接住，卻割傷了自己。艾莉絲神色漠然地走開。

麥爾肯手裡握著撥火鉗，蹲在壁爐邊，他聽見漢斯利跟幾個朋友咕咕噥噥地交談：「她年紀太輕了，你這該死的蠢貨——她最好小心一點——這麼做真是夠笨的，她還不到那個年紀——根本是故意刺激我——她才沒有，你還搞不清楚狀況啊？——不要招惹她，她是老東尼・帕斯洛的女兒……」

他還沒來得及多聽一點，他爸爸就要他去打掃碎玻璃，不過，反正那些男人很快就停止談論這件事，因為大家真正想要聊的是最近的降雨量，以及它對水位造成的影響。幾座水庫全滿，河川管理局不得不洩出大量的儲水入河，並使閘門保持開放。牛津與亞平頓周邊好幾座草原已經被水淹沒，不過，這稱不上什麼異常現象；麻煩的是，水位遲遲不退，河下游好幾座村莊面臨水患威脅。

麥爾肯猶疑著是否應該將所見所聞筆記下來，以免錯過重要訊息，後來還是決定算了。大英帝國每一條河邊、每一座酒吧都會出現類似的對話。不過，事情還是流露著幾分古怪。

「安斯孔先生？」他向一位船工提問。

「怎麼呢，麥爾肯？」

「以前曾經鬧過這麼厲害的水災嗎？」

「噢，有喔。你看公爵灣守閘人的屋子就知道了。他們在牆上立了一塊板子，顯示當年河水氾濫時的水位高度——那是哪一年的事啊，道基？」

「一八八三。」他同伴說。

「不是，比較近期那一次。」

「一九五二年是嗎？還是五三年？」

「差不多就那前後吧。每四、五十年左右就鬧一次超級大水災。經過這麼一段時間，他們也該解決這個問題了。」

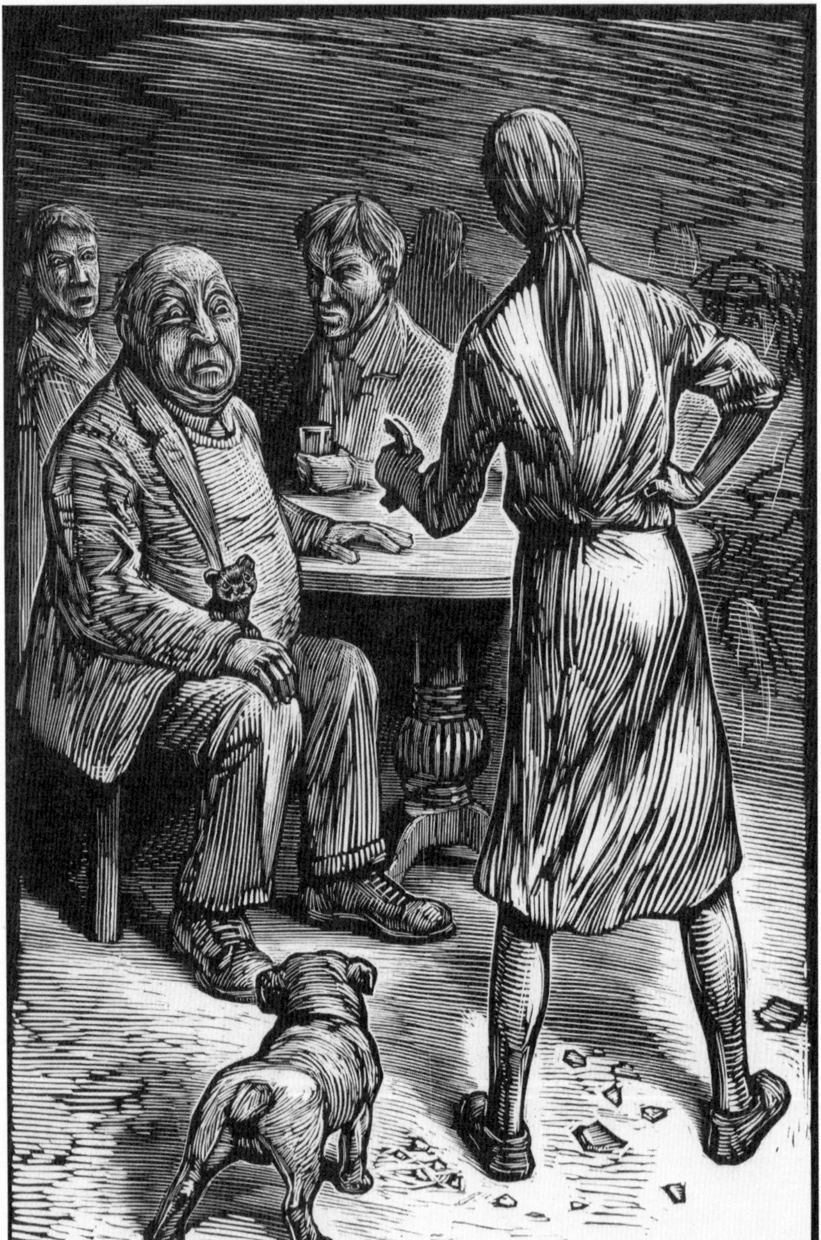

「不過，他們能做什麼呢？」

「挖更多水庫，」道基說：「水的需求從來沒少過。」

「不對，不對，」安斯孔先生說：「問題在河川本身。他們應該要切實進行疏浚。你見過那些在瓦靈福德工作的疏浚工人吧，一群瘦乾巴的傢伙，連個男人樣都沒有，根本不夠格幹這份差事。如果真有大洪水沖下來，他們個個都會被捲走。問題關鍵在於，河床不夠深，一旦大水沖下山坡，水位被墊高，自然就往外淹。」

「如果他們再不針對亞平頓以下流域進行預防措施，可就糟了，」道基說：「該死的，他們得動起來嘛。下游所有村莊，全都有危險，懂了吧，如果他們在高處多挖兩、三座水庫，水也不至於白白浪費。水這玩意兒可是珍貴資源哪。」

「是啦，如果在撒哈拉沙漠，當然珍貴，」安斯孔先生說：「不過你打算怎麼用那些水？寄到沙漠去？英國又不缺水。河流的深度才是問題所在。只要切實進行疏浚，洪水就會乖乖地一路流進大海。」

「奇爾特恩這一邊的地勢太平坦。」另一個人說，並進一步解釋，這時，麥爾肯被叫去跑腿，送些啤酒到陽光室。

●

其實，麥爾肯聽見第一件值得報告的事情並非來自鱒魚，而是沃夫寇特小學。這場綿長不斷的雨簡直讓老師們感到絕望，因為孩子們無法到教室外頭，老師們就得盯著他們在室內玩遊戲，每一個人都變得沮喪又焦躁。

遊戲時間的教室又吵、又擠、又悶，麥爾肯與三個朋友倒併兩張桌子，玩起一種桌上足球，不過，艾瑞克的精靈老想著說出某個神祕又刺激的消息，艾瑞克本人倒也沒有特別想制止的意思。

「什麼？什麼？什麼啦？」羅比說。
「我不應該說出來的。」艾瑞克一副道德良知旺盛的樣子。
「嗯，那就小小聲地說吧。」湯姆這麼回應。
「說出來……不合法。違反法律喔。」
「那麼，是誰告訴你的？」
「我爸。不過他也告訴我不能說出去。」
艾瑞克的父親是郡法院的書記，經常跟兒子說一些特別八卦的案件審理過程，艾瑞克的人氣也因此水漲船高。
「你爸總是這麼說，」麥爾肯直指重點，「反正，最後你總是會告訴我們的。」
「不，這次不一樣。這次這個真的非常機密。」
「那麼他就不該告訴你。」湯姆說。
「他知道他能信任我。」艾瑞克說，惹來一陣奚落。
「你知道你會告訴我們，」麥爾肯說：「何不乾脆在上課鈴響之前說出來。」
艾瑞克裝模作樣，先是四下環顧，然後身子往前湊。其他人也跟著湊近。
「你們知道有個男人掉進運河裡淹死了？」他說。
羅比聽說過這件事，湯姆沒有，麥爾肯只是點點頭。
「呃，星期五開了驗屍庭，」艾瑞克接著說：「每個人都以為他是淹死的，結果居然發現，他是先被勒死，屍體才進了水裡。所以，他不是失足落水。他是被人謀殺，然後，凶手將他扔進運河。」
「哇。」羅比說。
「他們怎麼知道是這樣？」湯姆說。

「他的肺部沒有積水，脖子卻有繩索套過的痕跡。」

「所以，接下來會怎樣？」麥爾肯說。

「嗯，接下來就是警方接手，」艾瑞克說：「我想，逮到凶手，將他送上法庭之前，我們都不會再聽到關於這個案件的任何發展了。」

這時上課鈴響起，他們只得暫停遊戲，將桌子搬回原狀，各自坐定，唉聲嘆氣，開始上法文課。

●

麥爾肯一回到家就翻報紙，但是並沒有報導提到運河裡的屍體。無論如何，《藏書室的陌生人》非常吸引人，他一口氣讀完，直到過了應該熄燈睡覺的時間。雖然書中受害者遭到暴力對待，但是一想到遺落橡實的可憐男人，麥爾肯覺得這本書實在稱不上恐怖；畢竟，那個男人非常不快樂、非常害怕，最後還被勒死。

如果當時他跟阿斯塔立刻伸出援手就好了！也許他們就能找到橡實，也許男人就能很快逃走，也許CCD的人就逮不到他，也許此刻他就還是活著的……麥爾肯發現，這種想法一旦冒出來，就很難擺脫。

另一方面來說，CCD的人也許早就盯上他了。不論後來發生什麼事，也許他們終究是要逮捕他。最讓麥爾肯難過的是，他死時如此孤單。

●

隔天放學後，他到小修道院去看小寶寶過得好不好。得到的回答是：她很好，而且正在睡覺，不過，不行，他不能見她。

「但是我有禮物要送給她。」麥爾肯對在辦公室工作的班尼狄塔修女這麼說。費內拉修女顯然在別處忙著，沒辦法見他。

「哎，麥爾肯你人真好，」修女說：「如果你把東西交給我，我保證她會收到。」

「謝謝，」麥爾肯說：「也許下回吧，到時候我再親手交給她。」

「怎樣都好，隨你的意思。」

「既然都來了，有沒有什麼我可以做的差事？」

「沒有，今天沒有，謝謝你，麥爾肯。沒事兒，一切都很好。」

「班尼狄塔修女，」他又追著問：「當時他們決定把小寶寶安置在這裡，是前任御前大臣做的決定嗎？納君特爵士？」

「是的，他參與了決策過程，」她說：「好啦，如果——」

「御前大臣的工作是什麼？」

「他是王權政府的法律首長之一。他是上議院議長。」

「但是，為什麼安置小寶寶的決定是他的工作？外頭小寶寶可多了。如果他得決定每個寶寶該送去哪裡，他根本不會有時間做其他任何事情。」

「我確信你說得沒錯，」她說：「不過，事情就是這樣。我可要提醒你喔，小寶寶的父母是重要人物。這點也有關係。而且我希望你沒有到處聲張。這應該是機密事件。肯定是別人的隱私。好啦，麥爾肯，我真的必須在晚禱之前整理好這些帳目。你走吧。我們改天再聊。」

她說「一切都很好」，其實不然。費內拉修女這會兒應該在煮飯，有一些他不是很熟的修女匆匆走過長廊，看起來非常焦慮。他一直牽掛著小寶寶，不過，班尼狄塔修女向來不會隨口胡扯；儘管如此，情況依然令人憂心。

傍晚天色暗了，麥爾肯走出去，外頭下著毛毛雨，他看見工作間裡亮著溫暖的光。木匠泰普浩司先生一定還在。他敲敲門，走了進去。

「你在做什麼呢？泰普浩司先生？」他說。

「你覺得它看起來像什麼呢？」

「像是窗戶吧。看起像是廚房窗戶。只不過……不對，那是活動遮板，是嗎？」

「沒錯。感受一下這重量，麥爾肯。」

老人將廚房窗戶形狀的外框立在地板正中央，麥爾肯試著將它抬起來。

「天哪！好重！」

「四邊全是兩英寸厚的橡木框。加上活動遮板本身的重量，你認為這還能是啥？」

麥爾肯想了想。「窗戶強化裝置。這玩意兒肯定非常堅固。要搭在牆裡還是牆外？」

「牆外。」

「那麼只能固定在石塊上……你要怎麼做？」

泰普浩司先生擠擠眼睛，打開壁櫥。麥爾肯看見裡頭有一件新的大型機械，周圍纏繞著好幾圈厚沉沉的軟電線。「用琥珀電氣鑽，」泰普浩司先生說：「想幫忙嗎？打掃一下吧。」他關上壁櫥，遞給麥爾肯一支掃帚。地板上堆滿了刨下來的碎料與鋸木屑。

「為什麼……」麥爾肯才開口，卻讓泰普浩司先生搶了話頭。

「你當然可以追問原因，」他說：「每一扇窗都封成這樣，卻沒有人告訴我為什麼。我也不問。我從來不問。人家怎麼吩咐，我就怎麼做。這並不表示我心裡不納悶。」老人抬起窗框，頂著牆跟其他幾個窗框並排立起來。

「彩繪玻璃窗也要強化嗎？」麥爾肯問。

「還沒說要做。我猜修女們認為彩繪玻璃實在太過珍貴，她們料想不會有人想要動手毀損。」

「所以，這一切都是保護措施？」麥爾肯的聲音裡透著不可置信，他也的確覺得無法置信：到底誰會想要傷害這些修女？或者砸破她們的窗戶？

「我猜是這樣沒錯。」泰普浩司先生說，把一支鑿子放回牆上的工具架。

「但是……」麥爾肯不知道該怎麼說下去。

「但是，誰會想要威脅這些修女？我懂。這正是問題所在。我無法回答。不過，最近的確有點不大對勁，她們對某些事物感到恐懼。」

「剛才我就覺得院裡氣氛有點怪怪的。」麥爾肯說。

「嗯，就是那樣。」

「跟那個小寶寶有關嗎？」

「誰知道？她的父親一輩子都讓教會恨得牙癢癢。」

「艾塞列公爵？」

「就是。不過，你別招惹這類事情。有些事情光是說說都有危險。」

「為什麼？我是說，怎麼個危險法？」

「夠了喔。我說夠了就是夠了。別耍嘴皮子。」

泰普浩司先生的精靈是一隻看起來毛亂亂的啄木鳥，她氣呼呼地咂著鳥喙，發出聲音。麥爾肯沒再多說，只是掃起碎料與鋸木屑，倒入放在邊料旁的垃圾桶，隔天泰普浩司先生會一股腦兒扔進那只老鐵爐。

「晚安，泰普浩司先生。」麥爾肯離開時說。

老人咕噥一聲，什麼也沒說。

麥爾肯讀完《藏書室的陌生人》後，開始讀起《時間簡史》。這本比較不容易進入狀況，卻也在意料之中，即使無法完全理解作者對時間的陳述，該書主題仍然令他感到興奮。他想要在週六之前讀完，果真如期達陣。

麥爾肯到的時候，瑞芙博士正要把後門破損的玻璃嵌板換掉。他立刻起了興致。

「怎麼會這樣？」他說。

「被人砸破了。我家大門上下兩個橫閂，他們反正是進不來的，不過我想他們巴望著我把鑰匙直接留在鎖孔裡呢。」

「妳有沒有油灰？鑲嵌玻璃釘呢？」

「那是什麼？」

「固定玻璃用的無頭釘。」

「我以為有油灰就能搞定。」

「光靠它還不夠。我可以去幫妳買一些。」

沃騰街有一家小五金行，走路約五分鐘就到了，這裡是僅次於雜貨鋪，麥爾肯最喜歡的地方之一。離開前他很快地檢視瑞芙博士現有的工具，該有的都有，所以不多久就帶著一小包鑲嵌玻璃釘回來了。

「我在小修道院有看到，呃，曾經看過泰普浩司先生修玻璃，他是木匠，」麥爾肯解釋：「他的做法是，妳看，就像這樣。」為了避免榔頭敲擊到玻璃，他將鑿子的刃口墊住玻璃釘，再以榔頭輕輕敲打，直到釘死為止。

「噢，這法子真聰明。」瑞芙博士說：「讓我試試吧。」

麥爾肯先確定她不會敲破玻璃，這才讓她接手，自己在一旁加溫、軟化油灰。

「是不是需要一把油灰抹刀？」她問。

「不需要。一般餐刀就可以，圓頭的最好。」

他從來沒親自操作過，不過他記得泰普浩司先生的手法，依樣照做，居然也有模有樣，乾淨俐落。

「太棒了。」她說。

「妳得等油灰乾了，凝出一層皮膜，然後才能上漆，」他說：「然後就能防水什麼的，全部搞定。」

「啊，我想這時候值得來杯巧克力，」她說：「非常謝謝你，麥爾肯。」

「我來收拾，」他說。泰普浩司先生也會希望他這麼做。麥爾肯想像老人在一旁看著，想像當所有東西物歸原處，打掃乾淨，老人神色嚴厲地點點頭。

「我有兩件事要告訴妳。」他說，兩人坐在火爐旁的小小起居間。

「太好了！」

「恐怕不大好。妳知道小修道院吧，就是照顧嬰兒，那個小寶寶的地方？木匠泰普浩司先生做了一些厚重的活動遮板罩住院裡所有窗戶。他不知道原因，他從來不問為什麼。但是，遮板超重的，又特別堅固。那天我在小修道院的時候，修女們像是有點焦慮，接著我就發現他在做遮板。妳這裡也可以做幾個。泰普浩司先生說，修女們可能感到害怕，但他猜不透她們究竟在怕什麼。我不知道自己是不是問對了問題……也許我應該要問是否有窗戶被人砸破，但我當時沒有想到。」

「沒關係。這件事有意思。你認為遮板是為了保護那個小寶寶？」

「肯定是啊，至少是部分原因。院裡有各種需要保護的東西，像是耶穌十字架受難像、雕像、銀器啊什麼的。不過如果她們擔心的只是小毛賊，我不知道他們需不需要這麼大費周章，用到泰普浩司先生製作那種等級的遮板。所以，也許她們主要擔心的還是小寶寶。」

「我想她們應該會擔心。」

「班尼狄塔修女告訴我，納君特爵爺，就是前任御前大臣，是他決定把小寶寶安置在那裡。不過她並沒有說為什麼，如果我繼續追問，有時候她會不高興。她還說小寶寶的事情是機密。不過，已經有那麼多人知道，我想也沒啥關係了吧。」

「我想你說得沒錯。另一件事是什麼？」

「啊，對喔……」

麥爾肯說出艾瑞克的父親，這位法院書記轉述關於那名陳屍運河男子的事。

漢娜聽了之後，臉色發白。「天啊。太可怕了。」她說。

「妳認為真的是這樣嗎？」

「你覺得不是嗎？」

「其實，艾瑞克有點愛誇大其詞。」

「哦？」

「他喜歡賣弄他知道的消息，就是他爸在法院聽到的那些。」

「我懷疑他爸真的會告訴他那種事情？」

「會喔，我想他會。我就聽他說過，案件審判怎麼樣怎麼樣之類的。我想他告訴艾瑞克的消息應該是真的。不過，也許艾瑞克……我不知道。我只是在想那個可憐的人，他當時看起來很不快樂……」

麥爾肯突然覺得非常難堪，因為他的聲音開始顫抖，他的喉嚨收緊，而且他的眼淚湧了上來。他年紀更小一點的時候，如果在家裡有什事情招惹出淚水，他的媽媽總是知道該怎麼做：她會將他擁進懷裡，輕輕搖著晃著，直到哭泣漸漸停歇。麥爾肯這才明白，打從聽到那個男人的死訊，他就想哭了，不過他當然不可能把這一切告訴他的媽媽。

「抱歉。」他說。

「麥爾肯！別這樣。把你捲進來我才覺得抱歉呢。事實上，我認為我們最好就此打住。我沒有權利要求你——」

「我不想就此打住！我想要查清楚！」

「太危險了。如果有人以為你知道些什麼，你就真的——」

「我明白。反正已經是這樣了。我沒辦法停手。這當然不是妳的錯。就算不是為了妳，我終究還是目睹了這一切啊。至少，我還可以跟妳聊聊。我不能跟任何人討論，即使是費內拉修女也不成。她根本不會了解。」

他還是覺得難堪，他看得出來，瑞芙博士也一樣，因為她有點不知如何是好。他可不想要她的擁抱，幸好人家也沒這個打算，儘管如此，畢竟是尷尬的片刻啊。

「好吧，那麼答應我，你不會到處打聽。」她說。

「好喔，沒問題，我可以承諾妳，」他認真地說：「我不會主動問起。不過，如果有人說了什麼……」

「嗯，運用你的判斷力。試著不要露出一副看起來很感興趣的樣子。而且我們最好繼續照著掩護劇本演出，我們討論書吧。你認為這兩本怎麼樣？」

接下來的對話是麥爾肯從來沒有過的經驗。在學校裡，一個四十人的班級，就算課程規畫允許，就算老師們有興趣，也沒有有時間進行這種對話；在家裡更是不會發生這種事，因為他的父母都不是閱讀愛好者；他在酒吧裡是傾聽者，而非參與者；至於羅比與湯姆，他唯二兩個可以認真討論這類事情的朋友，不論是學習的寬度與理解的深度，都跟瑞芙博士的談話沒得比。

稍早他哭泣的時候，阿斯塔變成一隻小雪貂，緊緊貼坐在他的肩膀上；沒多久，她漸漸感覺比較自在，很快就跟一臉和善的猻猴賈斯伯排排坐，交換著屬於自己的悄悄話，讓他們的人類戒慎尊敬地討論《時間簡史》，聊著《藏書室的陌生人》。

「上次妳說妳是研究思想的歷史學者，」麥爾肯說：「妳是指哪種思想？像這本書裡的那些嗎？」

「是啊，主要是這樣，」她說：「對於重大事物的思考方式，像是宇宙，善惡，以及萬物為何會存在。」

「我從來沒有想過它們為什麼會存在，」麥爾肯疑惑地說：「我從來沒有想過可以這樣思考。我以為萬物本來就存在。所以，過去人們對此有不同的想法？」

「噢，是的。有些年代光是對不恰當的事物進行思考都非常危險，要不，至少公開討論是危險的。」

「現在也是如此，算是吧。」

「是啊。你恐怕說對了。不過，只要我們選定已出版的書籍，我想不會有什麼麻煩。」

麥爾肯想要問她涉入的那些祕密事件，以及它們是否也是思想史的一部分，但是，他覺得目前最好還是討論書就好。於是他問起是否還有更多關於實驗神學的書籍，她為他找到一本《量子的故事》[15]，然後讓他瀏覽幾個書櫃的謀殺故事，他選了《藏書室的陌生人》作者的另一本書。

「妳有很多她的作品。」他說。

「沒有她寫得那麼多。」

「妳讀過多少本書啊？」

「幾千本吧。難以估算。」

「妳全都記得嗎？」

15《量子的故事》（*The Strange Story of the Quantum*），班尼希・霍夫曼（Banesh Hoffmann）著，一九四七年出版。

「沒有。我只記得一些非常好的作品。從這個標準來說，大部分的謀殺與恐怖小說都不怎麼樣，所以，如果過一段時間我發現自己忘得差不多了，就可以重讀。」

「這個想法不錯，」他說：「也許我該走了。如果我聽見其他任何消息，我會留到下次見面再告訴妳。如果妳的窗戶又被人砸破，嗯，我已經教妳怎麼使用鑲玻璃的無頭釘，也許妳可以自己修補了。」

「謝謝你，麥爾肯，」她說：「還有，再次拜託，千萬小心。」

●

那天傍晚，漢娜沒有像平常一樣進到她的學院用晚餐。她去了約旦學院，在門房處留下一張便條，接著回家，為自己做了炒蛋。然後她喝了一杯酒，靜靜等候。

九點二十分，敲門聲響起，她立刻應門，讓一名在雨中等候的男子進入屋裡。

「很抱歉，讓你在這樣的夜晚跑一趟。」她說。

「很遺憾，我硬是被人叫來，」他說：「算了。怎麼回事？」

男人的名字是喬治．帕帕迪米特里烏，他是兩年前吸收漢娜進入「奧克立街」的拜占庭歷史教授。他同時也是在鱒魚與納君特爵爺共進晚餐，那位個子很高，一臉學者樣的男人。

她接過他的外套，甩掉大雨留下的水氣，然後晾在暖器上。

「我幹了些蠢事。」她說。

「這不像妳。什麼酒都可以，給我一杯。繼續啊，說吧。」

他的歐金翅雀精靈禮貌性地與賈斯伯碰碰鼻嘴，然後棲息在男人爐邊座椅的椅背上。漢娜又幫自己斟了一杯酒，隨後在另一張椅子坐下。

她深深吸了口氣，告訴男人關於麥爾肯的事：橡實、詢問真理探測儀的結果、鱒魚旅店、書。她非常小心地刪節內容，不過，所有男人必須知道的，她都說了。

他默默聽著，修長黝黑，充滿倦意的臉龐動也不動，顯得嚴肅。

「我讀到運河裡那個男人的報導。」他說：「當然，我不知道他是妳的絕緣者。我也沒有聽說關於勒死的傳聞。有沒有可能只是那孩子的幻想？」

「當然可能，不過，不是麥爾肯的。我相信他。如果是幻想，那也是出自他的朋友。」

「報上當然不會刊登這一段。」

「除非背後主謀不是CCD。報社用不著害怕，報導也不會被查禁。」

他點點頭。沒有浪費時間同意她的確很蠢，沒有浪費時間懲罰她，也沒有浪費時間威脅她做出賠償；他傾注所有非凡的才智因應眼前的狀況，因應那個好奇的男孩，因應此刻漢娜讓他陷入的處境。

「妳知道，他可能派得上用場。」他說。

「我知道他可能派得上用場。我一開始就看出來了。我只是氣我自己讓他擔上風險。」

「只要妳掩護得當，他就不會有太大危險。」

「哎……這件事已經對他造成影響。當他告訴我勒殺事件，他都哭了。」

「當然啊，畢竟是個年輕孩子。」

「他是個容易動感情的孩子……另外有件事。他跟鱒魚旅店對岸，格斯陶小修道院的修女們很親近。他們似乎照顧著那件官司的當事人，就是那孩子，艾塞列公爵的女兒。」

帕帕迪米特里烏點點頭。

「你知道了？」她追問。

「是的。事實上，之前我跟兩位同事在鱒魚的房間討論這件事。服務我們的就是你那位麥爾肯。這倒讓我學了個乖。」

「原來是你，還有納君特爵爺吧？他說對了嗎？」

「他還跟妳說了什麼？」

她簡單敘述一遍。

「多麼觀察入微的男孩。」他說。

「他是個獨生子，我想他對小寶寶著了迷。她大約……我不知道，六個月大左右吧。」

「還有誰知道她在那裡？」

「男孩的父母吧，我想。應該還有一些酒吧的客人、村民、僕傭……我不認為這是個祕密。」

「通常孩子會判給母親照顧，不過，在這個案子裡，那女人不想要孩子，而且擺明了這麼說。監護權理當判給父親，法院卻禁止這麼做，理由是他並不適任。沒錯，這件事不是祕密，不過可能會變得很重要。」

「還有一件事，」漢娜告訴他，CCD的人逮捕了喬治．波特瑞，並且追問起之前出現在鱒魚旅店的客人。「肯定是指你跟納君特爵爺，」她說：「但是，他們還問起另一個男人。」

「我們一行三人。」帕帕迪米特里烏說著將殘酒一飲而盡。

「再來一杯？」她問。

「不了，謝謝。不要再用這種方式找我。約旦的門房是個碎嘴的傢伙。如果妳想要聯絡我，在歷史學院圖書館布告欄留張卡片，只要簡單寫上『蠟燭』兩個字，這就是到威克罕參加下一場晚禱的信號。我會一個人坐著。妳就坐到我旁邊來，我們可以在音樂的掩護下小聲說話。」

「蠟燭。我懂了。那麼，如果你要聯絡我呢？」

「如果我要，妳就會知道。吸收那個男孩……我認為妳幹得不錯。好好照顧他吧。」

第七章 言之過早

有關雇用漢娜．瑞芙的特務總部，旗下特工人員就只知道它叫「奧克立街」，理由很簡單，因為總部距離切爾西區那條同名的大街很遠，總部跟奧克立街八竿子打不著關係。

不過，漢娜並不知道這一層道理。她從來沒去過特務總部，就她的理解，「奧克立街」是一棟位於奧克立街上的建築。除了帕帕迪米特里烏教授，她跟「奧克立街」唯一的接觸就是橡實。她收取夾帶提問內容的橡實，歸還時則附上她的回答，收取與歸還都透過某個隱蔽的地點，這樣的地點有好幾個，「奧克立街」稱之為「行李寄存箱」。留下橡實給她的人會負責取走，死去的拉克赫斯特先生就是一位「絕緣者」：他們彼此並不認識，也就是說，一旦遭到質問，他們誰也無法透露任何訊息。

要跟上級主管交談的另一個方法，就是透過柏德里圖書館的編目人。她必須針對某本書籍目錄號碼提出查詢申請，這就是告訴編目人，她想要傳遞訊息給「奧克立街」。書籍無關緊要，作者的名字才是關鍵：姓氏的第一個字母就是密碼，指涉她想要商議的事情。

因此，她填寫正式表格提出申請，隔天就收到通知，邀請她早上十一點鐘，與編目人哈利．狄伯丁在他的辦公室會面。

狄伯丁身材瘦削，一頭黃棕髮，他的精靈是某種漢娜叫不出名字的熱帶鳥類。他關上門，將一整疊書自訪客座椅挪開，並問漢娜要不要喝咖啡。

「編碼查詢很花時間，」他說：「而且，我們對於來自卓越學者的看法總是極盡關注之能事。」

「既然如此，我就喝點咖啡吧，謝謝。」她說。

他給一個琥珀電氣熱水壺插上插頭，又忙著拿杯子。「在這裡，妳說話儘管放心，」他說：「絕對不會有人聽見。妳想要聯絡奧克立街，有什麼事？」

「我的絕緣者遭到謀殺。CCD下的手，我相當確定。目前我沒有方法聯繫上我的客戶。所謂客戶，她指的是定期向她諮詢的四、五名「奧克立街」高層。

「謀殺？」狄伯丁說：「妳怎麼知道？」

漢娜說出事情原委，狄伯丁倒了一杯咖啡，遞給她。

「如果妳要加牛奶，我就得去找。不過，糖倒是有的。」

「黑咖啡就好。謝謝。」

「妳的客戶趕時間嗎？」說著，他坐下來。他的精靈抖動著熱帶尾羽，停在他的肩膀上。

「如果他們趕時間就不會來諮詢真理探測儀，」她說：「不過，如果我做得了主，這種事我不想以拖待變。」

「那可不。妳確定『奧克立街』不知道妳那位絕緣者的事？」

「我什麼都不確定。只是，當一個運作十八個月的系統出了差錯——」

「妳擔心他們殺害他之前，那人可能洩漏了什麼？」

「當然。他不認識我，不過他知道所有行李寄存箱的位置，萬一真有什麼，對方可以監視那些箱子。」

「妳用了幾個？」

「九個。」

「完全依照順序輪著用？」

「沒有。有個密碼——」

「不要告訴我。不過，意思是妳可以立刻認出正確的箱子，收取並留下訊息？他也一樣？」

「是的。」

「嗯，九個……他們不會有那麼多特務隨時待命，二十四小時全天候監視九個箱子。不過，找些新箱子替代也沒啥壞處。透過我讓奧克立街知道擺放的位置。如果絕緣者不認識妳，妳就不會有危險。」

「所以，現階段……」

「除了找幾個新箱子，什麼也別做。一旦奧克立街安排了新的絕緣者，我會讓妳知道。」

「謝了，」她說：「事實上，還有一件事我覺得挺納悶的。」

「說吧。」

「那位御前大臣，應該說前任御前大臣納君特爵爺，他是不是奧克立街的人？」

狄伯丁眨了眨眼睛，他的精靈挪動著雙腳。「我不知道。」他說。

「不，你知道。而且從你反應看來，我判斷他就是。」

「我沒有這樣說。」

「你不是用嘴說。另一個問題：有個叫艾塞列公爵的男人，有個叫考爾特夫人的女人，他們倆的孩子有什麼重要性？」

他停了好幾秒沒作聲。然後，他磨搓著下巴，他的精靈附在耳邊，低聲對他說話。「關於那孩子，妳知道些什麼？」狄伯丁問。

「那孩子交由格斯陶小修道院的修女照顧。她是個六個月大左右的小寶寶。為什麼納君特爵爺特別關注她？」

「我無從揣測。妳怎麼知道他特別關注她？」

「我想，就是他一手安排，把孩子安置在那裡。」

「也許他是那對父母的朋友。妳知道，不是每一件事情都跟奧克立街有關。」

「當然。也許你是對的。謝謝你的咖啡。」

「樂意服務，」他說，一邊為她開門。「隨時歡迎。」

返回韓夫瑞公爵圖書室的路上，她打定主意絕不對麥爾肯提到「奧克立街」這幾個字。他不需要知道任何相關訊息。這樣的話，她要求他收集情報的罪惡感也能稍減；整件事情都讓人覺得不自在，非常不自在。

●

麥爾肯花了點時間幫泰普浩司先生做遮板。他非常喜歡那把新的琥珀電氣鑽，死纏著泰普浩司先生讓他操作，終於得逞，這下子更是愛死了。他們把泰普浩司先生做好的遮板全都裝上，然後回到工作間，繼續再做。

「光是橡木就值上一大筆錢，」老人嘟囔著。「班尼狄塔修女不想付這麼多，我跟她說，做生意一言九鼎，買橡木百年不爛，最後她總算是聽進去了。」

「一般強化裝置都差不多堅固吧。」麥爾肯說。打從他擔任老人的助手以來，這些牢騷他已經聽多了。

「是啊，不過像這樣的大木頭才撐得住大型強化配備。想用螺絲起子把那些螺絲從牆上卸下來，得花好長時間呢。」

「我在想，」麥爾肯說：「關於那些螺絲，該怎麼說呢……你知道，如果槽頭磨損，就很不容易轉開，是因為螺絲起子咬不住？」

「所以呢？」

「所以，假設我們把螺絲頭剉掉，那不就只能鎖緊，沒辦法轉開？」

「什麼意思？」

麥爾肯將一支螺絲放進虎鉗，剉掉部分螺絲頭，現場操作，向泰普浩司先生說分明。

「瞧，你可以扭著螺絲鎖緊，但是，如果想要轉開，已經沒有槽頭可以讓螺絲起子卡緊施力。」

「噢，是啊。真是個好點子，麥爾肯。非常好的點子。不過，要是班尼狄塔修女改變心意，說不定就明年呢，要是她跟我說，把那些玩意兒全拆下來呢？」

「喔。我倒沒想到這一點。」

「哼，想到了知會我一聲。」老人這麼說。

他的精靈格格笑了起來。麥爾肯並沒有因此不開心；他喜歡這個點子，並且認為自己可以想辦法改進。他把螺絲放進上衣口袋，幫著泰普浩司先生做起另一塊遮板。

「你會塗上亮光漆吧，泰普浩司先生？」他問。

「不。我會塗丹麥油，小子。沒有比這個好用的了。你知道使用丹麥油得留心什麼？」

「不知道。什麼？」

「自發燃燒，」老人非常帶勁地說：「你先拿破布沾油，塗抹結束之後，如果沒把它浸到水裡，然後徹底晾乾，它會自己起火燒起來。」

「你說這叫什麼？自……」

「自發燃燒。」

麥爾肯跟著又唸了一遍，因為這幾個字讀起來真好玩。

老木匠回家之後，麥爾肯去了小修道院廚房跟費內拉修女聊天。老修女正在切甘藍菜，麥爾肯拿了把刀幫忙切。

「你最近都在做什麼呀，麥爾肯？」她說。

「幫泰普浩司先生做事，」他說：「妳知道他正在做的那些遮板嗎？費內拉修女？妳們為什麼要架設遮板？」

「那是警方給的建議，」她說：「他們來到這兒，見了班尼狄塔修女，說起牛津最近發生很多闖空門的案子。他們顧及這裡的銀器、銀盤、珍貴的法衣什麼的，於是建議我們搭建一些額外的保護。」

「不是為了小寶寶？」

「哎呀，當然也可以保護她。」

「她最近怎麼樣？」

「噢，非常活潑。」

「我可以再見到她嗎？」

「如果有時間的話。」

「我為她做了一份禮物。」

「噢，麥爾肯，你真是……」

「我帶在身上。我總是帶著，心想說不定哪天真能見得著。」

「嗯，你真是善良。」

「所以，我能看看她嗎？」

「好吧。甘藍菜切好了嗎？」

「切好了，你看。」

「那就跟我來吧。」

她放下刀子，擦擦手，領著他走過長廊，走向他們之前去過的房間。嬰兒床放在地板中央，房裡唯一的光源是一盞昏暗的油燈，小寶寶就待在這樣半明半暗的空間裡，對著她的精靈發出各式各樣的小寶寶咿嗚聲。她的精靈變成一隻老鼠，以後腳站立，瞪著費內拉修女與麥爾肯，一溜煙竄向枕頭，唧唧吱吱跟萊拉咬耳朵。

「她在教他說話！」麥爾肯說。

費內拉修女極其小心地抱起萊拉，她的老鼠精靈跳上她小小的肩膀，變成一隻鼩鼱。

麥爾肯取出禮物。那是一條他自己編的收緊索，一端繫著山毛櫸木刻成的小球，經他細心打磨拋光，又圓又亮。他問過他媽媽，媽媽說：「只要球夠大，吞不下去，應該是安全的。」

「我本來要漆上顏色，」他告訴費內拉修女，「但是我知道小寶寶拿到什麼都塞進嘴裡啃，油漆裡頭摻了各式各樣的東西，恐怕對她不好。於是我就盡可能把它磨得平滑。她不會被刺傷什麼的。而且，如果她吞了收緊索，妳可以拽著球把繩子拉出來。真的很安全。」

「噢，麥爾肯，這小東西好漂亮。萊拉妳看！這是……這是一塊……什麼來著？」

「山毛櫸。妳看，可以從木頭的紋路分辨。木球真的很平滑。還有這個打結的方式，絕對不會脫落。」

萊拉一把抓住收緊索，立刻往嘴裡塞。

「她喜歡呢！」麥爾肯說。

「可能吧。哎，我不知道，如果她玩著玩著想要吞下那條繩子，她可能會被噎住……」

「是有這個可能啦，」麥爾肯百般不情願地承認。「也許應該晚一點再給她。或者，妳也可以把嬰兒床搬進廚房，如果她發出被噎住的聲音，妳可以即刻救援。如果真的噎著了，她的精靈肯定吵翻

天。他叫什麼名字？」

「潘拉蒙。」

「說不定他可以把繩子拉出來。」

「不安全，」阿斯塔口氣很堅定。「等她大一點再給她。」

「好吧，」麥爾肯說，並試著輕輕地抽回收緊索。萊拉不喜歡這樣，開始拉扯，這時麥爾肯假裝打嗝，她笑得忘了手上的東西，漸漸鬆手。

「我可以抱她嗎？」他問。

「最好先坐下來。」費內拉修女說。

他坐在椅背豎直的椅子上，伸出雙臂，費內拉修女小心翼翼地將萊拉放在他的腿上。萊拉的精靈跳上跳下，避免碰觸到麥爾肯，麥爾肯也特別謹慎，萊拉卻因為視野的改變，好奇心迸發，她冷靜地凝望四周，然後眼神專注地盯著麥爾肯。

「這是麥爾肯，」費內拉修女輕快而溫柔地說：「妳喜歡麥爾肯，是不是啊？」

麥爾肯心想，老修女這麼好的人，跟小寶寶說話的方式卻很不怎麼樣。他低頭看著那張小小的臉，然後說：

「嘿，萊拉妳瞧，我幫妳做了收緊索跟山櫸木球，不過妳還太小了，不能玩。是我的錯。我沒有想到妳可能會被收緊索噎住。呃，說不定不會，不過，總之這會兒是太危險了。所以我先收著，等妳大到可以玩繩子，不會拿著就往嘴裡塞，再給妳啊。等妳夠大了，我會讓妳看看這是怎麼做出來的。只要知道方法，其實很簡單。我用的是棉線，不過妳也可以用麻繩、雙股繩……什麼都可以。等妳再大一點，我會帶妳搭著野美人號去兜風，怎麼樣？那是我的船。我想妳最好先學會游泳。這會是我們的夏日活動，好不好啊？」

「我想她還太小……」費內拉修女突然噤聲，他們都聽見走廊傳來聲音。「快！」她低聲說，並從麥爾肯手中接過小寶寶，這時正好有人推開門。

「噢！這男孩在這裡做什麼？」

說話的女人有一張嚴厲的臉，一頭灰髮緊緥地梳了個髻。她不是修女，不過她身上的深藍色套裝看起來像是某種制服，翻領上別著一只珐瑯小徽章，圖案是金色油燈，中間竄出小小的紅色火焰。

「費內拉修女？」班尼狄塔修女隨後走進。

「麥爾肯，這位是麥爾肯……」

「我認得麥爾肯。你在這裡做什麼？」

「我為小寶寶做了一份禮物，」麥爾肯說：「我問費內拉修女，能不能讓我親手交給她。」

「讓我看看。」那位陌生人說。

她檢視木球，以及那條溼答答的繩子，臉上掛著一抹嫌惡。

「完全不合適。拿走。還有你，小伙子，回家去。這裡沒你的事。」

萊拉聽見她刺耳的聲音，小臉皺成一團，她的精靈把臉塞進她的脖子，然後，萊拉低聲哭了起來。

「再見，萊拉，」麥爾肯緊緊握了一下她的小手。「再見，費內拉修女。」

「謝謝你，麥爾肯。」老修女勉強擠出一句話，麥爾肯注意到她嚇得像什麼似的。

班尼狄塔修女從費內拉修女手中抱走萊拉，麥爾肯離開小修道院時，最後聽見的是小寶寶卯足全力的號啕大哭。

他心想，這是要告訴瑞芙博士的另一件事。

第八章
聖亞歷山大聯盟

週一午餐休息時間，麥爾肯蹲在操場角落，一手拿著「鎖得緊卻轉不開」的螺絲，一手拿著他的瑞士刀，琢磨著有什麼方法可以拆卸。孩子們在他周圍遊戲、奔跑，叫囂與嘶吼的聲音撞擊著學校磚牆，發出嗡嗡的回音，隨著一陣冷風朝渡口草原的方向傳送。

他從眼角餘光瞥見有人悄悄靠近，他不用看都知道是誰。是艾瑞克，他爸爸是法院書記。

「我在忙。」麥爾肯說，他也知道艾瑞克根本只當沒聽見。

「嘿，你知道那個被謀殺的男人？就是被勒死，然後被扔進運河裡的那個人？」

「你不該談論這件事。」

「對啊，不過你知道我爸聽說了啥？」

「啥？」

「他是間諜。」

「他們怎麼知道？」

「我爸不能跟我說，因為官方機密法的關係。」

「那麼他怎麼可以告訴你那個男人是間諜？這難道不是官方機密？」

「不是，如果是，他就不能跟我說了，對吧？」

麥爾肯心想，只要艾瑞克的爸爸願意，他總能找出方法告訴兒子。

「他為誰當間諜？」他問。

「我不知道。我爸也不能跟我說這個。」

「這樣啊，你想會是誰呢？」

「俄國人。他們是敵人，不是嗎？」

「他也有可能是我方間諜，俄國派人殺了他。」麥爾肯指出這種可能性。

「那，那他在暗中刺探什麼？」

「不知道。也許正在度假吧。間諜跟大家一樣，肯定也有假期。你還跟誰說過這件事？」

「沒有，還沒有。」

「嗯，你最好小心一點。希望你爸對**官方機密法**的理解是對的。你知道違反這項規定的懲罰嗎？」

「我會問他。」

「很好。不過呢，這段期間你別跟任何人提起，這樣比較安全。到處都是間諜。」

「學校裡沒有吧！」艾瑞克嘲弄地說。

「老師們可能是間諜。比如戴維斯小姐？」

戴維斯小姐是音樂老師，她是麥爾肯見過脾氣最壞的人。

艾瑞克想了想。「可能喔，」他說：「不過，她太惹人注目了。真正的間諜應該低調一點。更融入一點，跟大家打成一片。」

「不過，也許那才是一種聰明的偽裝。你以為間諜都安安靜靜的，有點像是保護色，所以當你看見戴維斯小姐又吼又叫，猛甩鋼琴蓋，你就想，她不可能是間諜，其實她一直都是。」

「是喔，那麼她要打探什麼情報？」

「她休閒的時間才幹活。她可以去任何地方，暗中調查任何事情。任何人都可能是間諜，這才是重點。」

「好吧，」艾瑞克說：「也許真是這樣。不過，運河裡那男人肯定是間諜。」

艾瑞克的精靈變成老鼠的模樣爬上他的肩膀，開口說話的聲音正好足以讓麥爾肯聽見：「爸從來沒確切地說，那個男人是間諜。他不是那樣說的。」

「意思差不多。」艾瑞克說。

「是，但你太誇張了。」

「他到底怎麼說的？」麥爾肯問。

「他的說法是，就算他是間諜我也不覺得意外。意思完全一樣。」

「不盡然。」

「重點是，他為什麼這麼說？」阿斯塔問，她變成一隻知更鳥，密切注意這場對話，她看看這傢伙，迅速轉頭盯著另一個。

「我就是這個意思。謝謝，」艾瑞克笨拙地解釋：「因為他知道一些事情，所以才會認為有那個可能性。因此也許真的就是吧。」

「你能查出是什麼事情嗎？」麥爾肯問。

「不知道，我可以問他。但是我得走『淤泥路線』。不能直接問。」

「什麼意思，淤泥路線？」

「你知道，就是不要太『突顯』。」

「噢，這樣啊，」麥爾肯說。也許，艾瑞克想說的是「迂迴」路線。還有，剛才他可能是說不要太「顯眼」。

這時上課鐘響起，他們得排隊進教室，迎接漫長而枯燥的下午。依照一般情況，這時操場的值班老師會檢查隊伍，斥責還在交談或到處瞎晃的學生，然後一次解散一個班級。不過，今天的做法卻不大一樣。

值班老師一直等到所有人都站定並且安靜下來，他自己仍一動也不動地站著，目光越過學生，朝校舍方向望去。這讓好幾顆腦袋跟著向後轉，其中包括麥爾肯的，他們看見校長走出來，身上的長袍在風中翻飛。有一個人跟在他身旁。

「看這裡！」值班老師怒喊，於是那幾顆腦袋掉轉過來，麥爾肯還來不及辨認多出來的那個人是誰。

過了一會兒，她跟校長走到各班級列隊前面，麥爾肯立刻認出，她就是那天到小修道院，以刺耳聲音嚇壞了萊拉的那個女人。她穿著同一件深藍色套裝，梳著一樣緊繃繃的髻。

「注意聽，」校長說：「再過一會兒，你們就要進去了，不是進教室，是進大會堂，就像朝會那樣。像平常一樣走進去，安靜坐下等待。任何人只要製造一丁點喧鬧，肯定是自找麻煩。第五班，帶頭走。」

麥爾肯聽見周圍傳來竊竊私語：「她是誰？發生什麼事？誰惹上麻煩了？」

他表面不動聲色，其實一直仔細地觀察那個女人。她審視站在面前的所有班級，不論學生們站著、轉身或移動前進，冷酷的眼神不時橫過來掃過去。當她的頭轉到他的方向，麥爾肯確認自己站在身材略高一些的艾瑞克後面。

大會堂是餐飲女侍擺設桌子，準備學校晚餐的地方，空間裡從下午開始就瀰漫著食物的氣味。這一天，水煮大頭菜是菜單上的重要角色，即使下一道菜是果醬卷，依舊完全無法驅散那股濃濃的氣息。大會堂也是學生們上體育課的地方，因此，在晚餐氣味的深層，還有一股發人思古幽情的香氛，讓人想起好幾個世代的兒童在此揮灑汗水……

等麥爾肯這一班進入大會堂，他望著一整排坐在最後面的教師。他們多數時候面無表情，就好像這一切並沒有任何不尋常，也就是普通的一天，某個相當普通的時刻；只不過，數學老師薩佛瑞先生皺著眉，有一種深惡痛絕的表情固著在他的臉上。麥爾肯坐下的瞬間，他看見音樂老師戴維斯小姐的臉，因為她的臉反光，之所以反光則是因為她的臉頰被淚水沾溼。

麥爾肯注意著所有發生的事情，想像自己將它們記錄下來，一如稍後他會做的那樣，然後等待時機，告訴瑞芙博士。

所有孩子一一入座，一動也不動，一聲不吭，現場甚至比無聲還更安靜，因為每個人都感覺得到發生了某種不尋常的事。校長走進會堂，所有人站起來。那個女人就在他身邊。

「好，坐下。」他說。

等所有聲響停止，他說：「這位是卡米歐爾小姐。我讓她說明她的工作內容。」

他說完坐下，將袍子收攏，他的烏鴉精靈一如往常停在左肩。麥爾肯待會兒又有東西可以寫下來了，因為校長的臉跟薩佛瑞先生一樣怒氣沖沖。那女人看不出來，或者根本視若無睹；等到全場徹底靜默，她才開始說話。

「孩子們，大家都知道，我們神聖教會擁有許多不同團體。整合起來，就是我們所稱的『教誨權威』，各個團體為了教會的利益共同合作，也就等同是為了我們所有人的利益合作。

「我所代表的團體叫做聖亞歷山大聯盟。我想你們當中有些人聽說過聖亞歷山大，不過，也許學校課程還沒有進行到這裡，所以，我要告訴你們關於他的故事。

「很久以前，他跟家人住在北非。當時，神聖教會仍然奮力與異教徒對抗，就是那些崇拜邪神，或者完全不信神的人。小男孩亞歷山大的家人就是邪神的崇拜者。他們不信耶穌基督，他們在屋子的地窖裡設祭壇，向他們崇拜的邪神獻祭，他們嘲笑像我們這樣，崇拜真神的人。

「好啦，有一天亞歷山大聽說有一名男子在市場發表言論。那個人是一位傳教士，他不畏所有陸地與海洋的險阻，將耶穌基督的故事與真實信仰的訊息帶到地中海周邊的土地，就是亞歷山大與家人居住的土地。

「亞歷山大對男人所說的一切產生如此強大的興趣，於是便留下來聽講。他聽了耶穌基督生與死的故事，他如何復活，以及相信他的人如何得到永生，於是他走向那位宣教者，他說：『我想要成為基督徒。』

「他並不是唯一一個。當天許多人受洗，包括地方省長，省長是一個名喚瑞鳩勒斯的智者。瑞鳩勒斯命令所有官員都成為基督徒，他們全數遵從。

「但是，仍然有許多人不是基督徒。許多人喜愛他們舊有的信仰，不願意改變。甚至當瑞鳩勒斯為了他們著想，制定法令禁止舊信仰，強制人們成為基督徒，還是有人堅持他們的邪惡崇拜。

「亞歷山大看見自己可以服務上帝與教會的機會。他知道有些人假裝是基督徒，實際上仍然崇拜他們的神，邪惡的神。比如說，他的家人就是這樣。他們提供自家地窖做掩護，收容一群被當局通緝的異教徒，這些人心思邪惡，拒絕聆聽《聖經》的神聖之道，上帝的神聖旨意。

「於是，亞歷山大知道自己該怎麼做。他非常勇敢地向當局說出家人的作為，也指出了他們庇護的異教徒，然後，士兵們半夜就來了。因為亞歷山大提著油燈爬上屋頂打信號，士兵們才能立刻知道他家的位置。他的家人被逮捕，地窖裡所有異教徒都被關起來，隔天全部在市場公開處死。亞歷山大得到獎賞，從此成為無神論者與異教徒的偉大獵捕者。多年後他死後被封聖。

「聖亞歷山大聯盟就是為了紀念這位勇敢的小男孩而成立，組織的象徵圖案正是他提上屋頂打信號的那盞油燈。

「你們可能以為那樣的年代是很久以前的事，我們的地窖裡再也沒有異教祭壇，我們都信奉真神，我們都珍惜並熱愛教會；這裡是基督教文明之下的基督教國家。

「不過，教會的敵人依舊在，新的敵人與舊的敵人並存。有人公然宣稱沒有上帝，並因此成名。他們之中有些人發表演說、寫作出書，甚至教學。但是，這些人無關緊要。我們知道他們是誰。更重要的是那些不為我們所知的人。你們的鄰居，你們朋友的父母，你們自己的父母，那些你們每天都能看見的成年人。他們之中是否有人曾經拒絕上帝的真理？你們是否曾經聽過任何人嘲笑或者批評教會？你們是否曾經聽過有人散播關於教會的謊言？

「聖亞歷山大的精神長存，活在每一個勇敢以他為榜樣的男孩與女孩身上，任何人只要違抗真實的信仰，他們就會告訴教會當局。這是重要工作。這將是你們所能承擔的，最重要的一件事。這也是每個孩子都應該思考的事情。

「你們今天就可以加入聖亞歷山大聯盟。加入者會得到徽章，就像我別在身上的這一只，戴上它吧，公開宣示你們認為什麼才是重要的。不需要任何花費。我們活在一個腐敗的世界，而你們可以成為神聖教會的耳目。誰想要加入？」

有人舉手，很多人舉手，麥爾肯看見周圍同學們的臉上那種興奮之情；至於老師們，除了少數一、兩位，其他要不低頭死盯著地板，要不面無表情看著窗外。

艾瑞克立刻舉手，羅比也是，不過他們同時望向麥爾肯，看他打算怎麼做。事實上，如果可以，麥爾肯非常想要那個徽章。它看起來非常漂亮；不過，他還是寧可不加入聯盟。所以他沒有舉手，他兩位朋友見狀也遲疑了。艾瑞克的手放下，接著又怯怯舉起。羅比的手放下之後，沒有再改變心意。

「我感到非常開心，」卡米歐爾小姐說：「這麼多男孩與女孩熱切想要做正確的事，上帝知道了也會非常高興。成為無上權威的耳目吧！不論是街道與田野，房舍、操場與教室，一群小亞歷山大們為了神聖的目的張大眼睛看，拉長耳朵聽。」

說到這裡，她停下來，轉向一旁的桌子，拿起一只徽章與一張紙。

「你們待會兒回到教室，老師們手上都有這樣的表格。他們會告訴你們如何填寫。填寫完畢，他們就會分發徽章，你們就成為聖亞歷山大聯盟的一員！噢，同時還會發給你們另一樣東西。這本小冊子。」她舉起手上的樣本，繼續說：「它非常重要，裡面寫著亞歷山大的故事，還有一份聯盟的規則清單，以及一個聯絡地址，如果你們看見任何不對的事、罪惡的事、可疑的事，任何你們認為神聖教會應該要知道的事……寫下來，寄過來。

「現在，合掌，閉上眼睛。親愛的上帝，讓受祢祝福的聖亞歷山大精神進入我們的心，讓我們可以因此擁有清明的眼光覺察邪惡，有勇氣舉發它，並且有力量忍受為此做見證，儘管這似乎是最痛苦、最艱難的。以主耶穌基督之名，阿們。」

多數學生跟著低聲說「阿們」。麥爾肯抬起頭看著那女人，她似乎也正面迎視，有那麼一會兒，麥爾肯覺得渾身不自在；不過，她接著就轉身跟校長說話。

「謝謝你，校長，」她說：「交給你處理了。」

她走出大會堂。校長站起來，混身僵硬，一臉倦容。

「第五班，帶頭走。」他只說了這兩句話。

第九章 逆時針

星期六那天，麥爾肯有許多消息要告訴漢娜。他告訴她，艾瑞克的父親猜測被謀殺的男人是間諜；他告訴她，出現在小修道院那個女人，以及那個詭異的下午，女人在學校大會堂所說的每一件事，他還說了班上很多同學加入聖亞歷山大聯盟。

「隔天，那些人全都戴著徽章到學校，校長在集會時談到他們。他說校方從來不曾允許在校佩戴徽章這種事，他也不打算破例。所有佩戴徽章的人都必須取下。他們在家怎麼做是他們自己的事，不過，在學校就是不准。他說他們簽署的表格沒有法律什麼的，好像是法律效力吧，總之，沒有任何意義。有些人試圖跟他爭辯，卻遭到處罰，徽章還是被拔除。

「有些加入聯盟的孩子說他們要舉發校長，他們肯定真的這麼做了，因為校長星期四不在學校，昨天也不在。支持聯盟的副校長霍金斯先生昨天召開集會，他說校長威利斯先生犯了一個錯誤，如果人們想要佩戴徽章，他們就可以這麼做。他在校長的研究室發現一盒徽章，全數物歸原主。」

「其他老師對這個聯盟有什麼想法？」

「有些喜歡，有些不喜歡，數學老師薩佛瑞先生就很討厭它。有人在課堂上問他的看法，這些人肯定一聽就知道他持反對態度，因為他說這整件事情令人感到噁心，根本就是在頌揚一個害自己父母被殺的卑鄙告密者。我想，有一、兩個人聽了之後改變想法，趁沒有人注意的時候拔下徽章，假裝遺失了。沒有人真的表明同意薩佛瑞先生，否則他們自己也會被舉發。」

「你還沒有加入？」

「沒有。我想，加入與沒加入的孩子各占一半。我不喜歡她，這是原因之一。另一個原因是，我不……怎麼說呢，如果我的父母做了什麼不對的事情，我不會想要告發他們。而且，我想……我認為這個聯盟跟CCD有點關係。」

麥爾肯之前曾經想過，此刻這個念頭再次浮現：其實他跟瑞芙博士談話這件事，跟聖亞歷山大聯盟稱許的行為非常相像。兩者有什麼不同？唯一的差別是他喜歡，並且信任瑞芙博士。不管怎麼說，他做的就是間諜工作。

他覺得不安，她也注意到了。

「你是不是在想——」

「我在想，我正在向妳密告別人，真的是這樣。」

「嗯，某種層面來說，的確如此，不過，我不會說這是告密。我必須向上級報告我查到的線索，所以，我也在做同一類的事情。差別在於，我認為我服務的對象是好人。我相信他們的作為。我想，他們是站在對的這一方。」

「反抗CCD？」

「當然。反抗那些殺人，並將屍體扔進運河的傢伙。」

「反抗聖亞歷山大聯盟？」

「百分之百反抗。我認為那是一個令人憎惡的點子。不過，你說孩子們必須簽署的表格是怎麼回事？難道不用帶回家讓家長過目嗎？」

「不用，因為那個女人說這件事情只跟小孩子有關係，如果當時聖亞歷山大得先問過父母，他們肯定不准。有些老師不喜歡這種做法，但也只能接受。」

「我一定要查出這個聯盟的底細。聽起來很不妙。」

「我不知道她為什麼要到小修道院看萊拉。她參加什麼組織都嫌太小。」

「不過，這件事有點意思，」說著，瑞芙博士起身沖泡熱巧克力。「不過，我們還是要討論書啊。你跟那本量子書相處得怎麼樣？」

●

過去幾天，漢娜一直忙著尋找行李寄存箱的新據點。她找到六個，然後去拜訪柏德里圖書館的哈利·狄伯丁，提出另一個目錄編碼的查詢申請。

「很高興妳來了。」他說：「他們為妳找到另一位**絕緣者**。」

「動作很快嘛。」

「嗯，情勢愈來愈緊張。妳一定注意到了。」

「的確，我注意到了。總之，如果**絕緣者**就定位，我就可以立刻使用新的收發據點。哈利……你有孩子在學校念書，對吧？」

「兩個。怎麼呢？」

「他們是否聽說過聖亞歷山大聯盟？」

「經妳這麼一說，有喔。我說不准參加。」

「他們回家問你同不同意？」

「他們簡直滔滔不絕。我告訴他們，那是個可怕的點子。」

「你知道那個聯盟從哪裡冒出來？誰在背後主導？」

「我想，源頭不外乎就是**那裡**吧。怎麼呢？」

「這次不一樣，全新出擊。我只是覺得好奇。你說情勢愈來愈緊張，應該包括這件事。你小孩的學校裡，有沒有一個叫卡米歐爾的女人牽涉在內？」

「我不知道。他們只說學校宣布了這件事，沒跟我說細節。」

她告訴他沃夫寇特小學發生的一切。

「妳的小特務提出的報告？」他問。

「他很棒。不過，他擔心自己跟那幫人沒兩樣：他告訴我，自己也暗中刺探別人，然後向我告密。」

「是啊，他是這樣沒錯。」

「他還年輕，哈利。他有良知。」

「妳必須密切注意他。照顧他。」

「我知道，」她說：「沒有人可以告訴我該怎麼做，我卻得為他提出忠告、建議。別，不必送了。這張清單是行李寄存箱的新據點。走囉，哈利。」

●

她的報告長達四張特殊聖經紙，這還是用了極細硬鉛筆、整張紙寫得沒半處空白的結果。想要把紙張折疊塞進橡實都不容易，但她總算搞定，然後就到皇家植物園散步。第一個行李寄存箱的據點設在植物園裡一座暖房，暖房裡有一段特別肥厚的根莖，根莖底下有個小空洞；就是這裡。

接著，她回到自己早該繼續進行的真理探測儀研究。她的進度落後；看起來似乎遇到障礙，或者失去了跟儀器的共感聯繫。早知道她就會小心一點。真理探測儀研究小組月會快到了，當大家開始比較成果、討論進展的方向，到時候如果什麼都說不出來，她的研究特權可能會被取消。

星期一，麥爾肯的校長威利斯先生仍然缺席。星期二，副校長霍金斯先生宣布威利斯先生不會回來了，從此由他本人接手管理。學生們紛紛倒抽一口氣，他們都知道原因：威利斯先生公然反抗聖亞歷山大聯盟，因此遭到懲罰。這讓那幫徽章佩戴者嘗到讓人暈陶陶的權力滋味。他們憑自己的力量鬥垮權威，扳倒校長。沒有一個老師是安全的。霍金斯先生宣布的時候，麥爾肯看著教職員的表情變化：薩佛瑞先生把臉埋進手裡，戴維斯小姐咬著嘴唇，木工老師寇洛克先生看起來很生氣。有些老師隱隱露出得意的笑容；多數還是面無表情。

徽章佩戴者之間漸漸形成一種耀武揚威的氛圍。傳出高年級某一班上課時，經文教師提到《聖經》上的奇蹟，說明何以其中有些可以做出合乎現實的詮釋，比如摩西分開紅海。他告訴班上學生，可能那裡正好是淺灘，有時狂風將海水吹開，因此有可能讓人行走穿越。一個男孩挑戰他的說法，並高舉徽章，警告他小心一點，那位老師立刻退縮，說自己只是做個示範，告訴大家什麼是邪惡的謊言，《聖經》是對的：整座深海一分為二，好讓以色列人通過。

其他老師也乖乖聽話。他們教起書來比較沒勁，說的故事變少了，課程愈來愈單調，愈來愈小心翼翼，然而這似乎正中徽章佩戴者的下懷。影響所及，老師們彷彿接受嚴厲督學的檢驗，每一堂課都是折磨，每一堂課受到試煉的不是學生，卻是老師。

徽章佩戴者開始對其他孩子施壓。

「你們為什麼不佩戴徽章？」

「為什麼還不加入聯盟？」

「你是無神論者嗎？」

當麥爾肯被質疑，他只是聳聳肩，說：「不知道。我會考慮。」有些孩子說他們的父母不讓他們加入，然而，當徽章佩戴者露出得意的笑容，寫下他們的名字與住址，他們就害怕了，馬上遵照指示，接受徽章。

少數幾位老師堅守立場。一天，麥爾肯木工課結束後留在教室；他想要問寇洛克先生關於他那個「只進不出」螺絲釘的點子。寇洛克先生耐心聽著，然後環視四周，確定木工教室只有他們兩個人，這才說：「我注意到你沒有佩戴徽章，麥爾肯。」

「沒有，先生。」

「理由呢？」

「我不喜歡他們，先生。我不喜歡她，那位卡米歐爾小姐。而且我喜歡威利斯先生。他怎麼了，先生？」

「沒有人告訴我們。」

「他會回來嗎？」

「希望如此。」

寇洛克先生的精靈是一隻綠色啄木鳥，機關槍似地對著一截廢松木猛啄。麥爾肯想要多聊一點關於徽章的事，不過他可不想讓寇洛克先生惹上麻煩。

「那個螺絲，先生——」

「噢是的。你自己想出來的點子，是吧？」

「是的，先生。不過我想不出來該怎麼把它拆下來。」

「嗯，有人比你技高一籌，麥爾肯。你看……」

寇洛克先生打開抽屜，找出一個裝滿螺絲的小硬紙盒，每個螺絲頭都已經剉掉一半，就像麥爾肯在泰普浩司先生工作間做的那樣，只是更精巧些。

「天哪，」麥爾肯說：「我還以為我是第一個想到的呢。不過你要怎麼把它轉開、拆掉？」

「這個嘛，你需要一把特殊工具。等一下。」

寇洛克先生在抽屜裡一陣摸索，取出一只錫盒，裡頭有六支短短的鋼條。鋼條一端往下收窄，尖端刻有螺紋，另一端正好可以卡進木匠專用手搖支架。每支粗細不同，正好對應各種尺寸的螺絲。

麥爾肯拿起最大的一支，看出螺紋的玄機。

「噢，它的紋路是逆向的！」

「正是如此。你在想要拔掉的螺絲正中央鑽個洞，不要鑽太深，然後把這玩意兒擰進去，接著依照一般鬆轉的方式，只要螺紋對準卡緊，就會順勢把原本那支螺絲咬出來。」

麥爾肯佩服得五體投地。「太厲害了！真是天才，真的是！」

他感動到差一點把橡實的事情告訴寇洛克先生，因為橡實也得向左轉才能鬆開。話都到嘴邊了，他硬是吞了回去。

「好吧，麥爾肯，」寇洛克先生說：「我永遠用不著這些。你是個很棒的工匠，拿去吧，那些螺絲也給你。拿去，全是你的了。」

「噢，謝謝你，先生。」麥爾肯說：「你真慷慨。謝謝。」

「不客氣。我不知道還能在這裡待多久。我只希望這些工具能夠託付給懂得欣賞的人。好啦，滾吧你。」

●

到了週末，寇洛克先生也不知去向。戴維斯小姐亦然。學校陷入了某種困境，因為很難在這麼短時間內找到頂替的老師，新校長霍金斯先生在集會時談到這種情況，遣詞用字非常小心。

「男孩女孩們，你們將會發現，有些老師已經不在了。學校教職人員每隔一陣子應該換血，為學校風氣帶來自然的轉變，這當然是正確而且合乎體制的，不過，這也的確為學校帶來暫時性的困難。如果這種轉變稍微暫停一下，也許會是個好主意，這樣我們也能在正常的模式中安頓下來，繼續運作。」

每個人都知道，這是對徽章佩戴者發出的請求，霍金斯先生當然不會直接向他們乞憐。麥爾肯懷疑這會有用。他接下來整個星期都在觀察、傾聽，很快就看出不同派系開始集結。有一組人馬非常強勢激進，公開宣稱要舉報霍金斯先生的發言。另一組則認為他們應該見好就收，提醒老師們誰才是真正當家作主的人，發布系列公開警告予以規範，藉此確立第一場偉大的成功。

最後，第二組人馬似乎取得優勢。不再有老師被舉報，不過，還是有兩、三位在集會時被揪出來，為這件或那件錯誤行為道歉。

「真的非常抱歉，我忘了上課前先禱告。」

「我竟然對聖亞歷山大的故事存疑。讓我向學校全體師生道歉。」

「在此聲明我錯了，我不該在課堂上責備三位聯盟成員，所謂不良行為只是我自己的理解。我知道那根本不是不良行為，而是對重要議題展開一場理由充分的討論。請原諒我。」

麥爾肯把這些不尋常的事件告訴他的父母，他們很憤怒，但是怒火不夠旺，又或者是太忙了，以致無法像某些父母一樣，親自到學校提出抱怨。一天傍晚，有些人在酒吧裡聊起這件事，麥爾肯被爸爸叫進來，向大家說明他在沃夫寇特小學所見所聞，因為，類似的事件似乎也在城裡其他學校發生。

「我倒想知道，是誰在背後主導。」一個男人說，他的孩子在牛津西區小學就讀。

「你有沒有聽說誰是藏鏡人啊，麥爾肯？」屠夫帕特里吉先生說。

「沒有，」麥爾肯說：「徽章佩戴者想舉報誰就舉報誰，然後那些人就出事了。有些父母跟老師們一樣，也被抓走。」

「但是，他們向誰舉報呢？」

「我問過，除非我也戴上徽章，否則他們不會告訴我。」

事實上，他不止一次想過加入聖亞歷山大聯盟，那麼就可以知道更多內情，也才有更多訊息告訴瑞芙博士。最後沒有這麼做的理由是，徽章佩戴者似乎必須放棄許多課餘的時間參加教會集會，這當然也是不能告訴外人的祕密，總之，麥爾肯不願意這麼做。

不過，倒是有一個方法可以追查真相。艾瑞克幾經猶豫，終於加入聯盟，成天驕傲地佩戴著徽章。他並沒有太大改變，麥爾肯發現，只要問對問題，艾瑞克就會說出那些本來應該是祕密的事情，因為，擁有祕密的快樂會隨著告訴別人而加倍。麥爾肯先說自己有興趣加入聯盟，不過還沒確定。艾瑞克很快就告訴他許多線索。

「如果你要告發強森先生，」麥爾肯舉了一個虔誠狂熱，最不可能的人當做例子，「如果是這樣，你要去跟誰說？」

「噢，這個啊。有一套完整的程序。你不能隨便舉報一個你不喜歡的人。那就不對了。如果你有充分的理由，並且掌握不正確、或者不當行為的確實消息，」他敘述的方式好像在背誦方程式，「你就把他們的名字寫在紙上，然後寄給**主教**。」

「什麼主教？牛津主教？」

「不是。大家都稱他**主教**。我想他也許是倫敦主教吧。或者其他什麼地方。反正你就寫下他們的名字，然後寄給他。」

「每個人都可以這麼做。我也可以因為布朗察太太罰我放學後留校，就去告發她。」

「不可以，因為那並非不當行為，也就是說，不是罪惡的。不過，如果她要教你無神論，那就不正當了。你可以因為這樣舉報她。」

麥爾肯當下沒有繼續追問。這就像釣魚；你得走淤泥路線，艾瑞克會這麼說吧。

「那位卡米歐爾小姐，」麥爾肯隔天提起這件事，「她來學校之前我就見過她。那時候她在小修道院跟修女說話。」

「也許她希望他們接待一些老師，或者需要再教育的人。」艾瑞克說。

「什麼是再教育？」

「噢，接受教導，知道什麼才是對的。」

「喔。她是聯盟的老闆嗎？」

「不，她是執事。她可以擔任執事，卻不能成為教士，因為她是女人。我猜她的老闆是主教。」

「主教是聯盟的頭頭嗎？」

「哎，這個我可不應該告訴你，」艾瑞克說，意思就是他也不知道。「事實上，除非我要說服你加入聯盟，否則我根本不應該跟你說話。」

「你的確是啊，」麥爾肯說：「你說的每一件事都是在說服我。」

「那麼，你會戴上徽章囉？」

「也不盡然。也許快了。」

●

麥爾肯沒跟修女談過之前，是不會知道那個女人到小修道院幹什麼的，因此週四傍晚他冒雨跑去那裡，敲廚房的門。一進入室內，就聞到濃濃的油漆味。

「噢！麥爾肯！你嚇了我一跳。」費內拉修女說。

自從費內拉修女說過自己心臟衰弱，麥爾肯一直很小心不去驚嚇她。他年紀更小的時候，以為修女的心很早以前就碎了，少女時代的往事，所以她才來當修女。她告訴麥爾肯，是個年輕人把它弄碎了。麥爾肯如今知道，「心碎」並不是字面上的意思，不過，這位可憐的老小姐的確很容易受驚嚇，這會兒她坐下來，呼吸急促，臉色發白。

「對不起，」他說：「我真的不知道會嚇到妳。我很抱歉。」

「好啦，好啦，親愛的，沒事的。沒啥大礙。你來幫我削馬鈴薯？」

「好，我會的，」他拾起她掉落的刀。「萊拉怎麼樣？」

「噢，整天唧哩呱啦。無時無刻都在跟她的精靈瞎說，他也瞎回應，像一對燕子。我不知道他們能跟彼此說些什麼，我也不認為他們真的在說話，不過，聽起來真溫馨。」

「他們自創私密語言。」

「是嗎，如果沒有轉變成像樣的英語，他們倆很快就說不下去了。」

「真的會這樣？」

「不，親愛的，我想不至於，不會啦。小寶寶都是這樣。這是他們學習成長的一部分。」

「喔……」

馬鈴薯很老，而且布滿黑色斑塊。費內拉修女根本不管，就這麼扔進鍋裡，麥爾肯卻會把最噁爛的周圍都切掉。接著，費內拉修女開始刨起司。

「費內拉修女，前幾週在這裡的那位女士是誰？」

「我也不清楚，麥爾肯。她來見班尼狄塔修女，她們並沒有告訴我原因。我想她跟兒童服務組織有關。」

「那些人在做什麼？」

「他們是確保兒童受到妥善照顧的一群人。我想她來是來查核的，確認我們做事合乎規矩。」

「她到過我們學校。」麥爾肯說，然後把所有經過告訴費內拉修女。這位老小姐聽得如此專注，起司也不刨了。「妳聽過聖亞歷山大嗎？」麥爾肯說完之後，問了這個問題。

「哎呀，聖人那麼多，很難全部都記得。他們都以不同的方式做神的工。」

「但是他告自己父母的密，讓他們被處死。」

「噢，這種事不會再發生了。而且有些事情很難理解，親愛的。就算聽起來不對，並不代表不會結出善果。這些事情太深了，我們無法理解。」

「所有馬鈴薯都切好了。要不要我再多削一點？」

「不用，夠了，親愛的。如果你想要擦那些銀……」

這時廚房門被打開，班尼狄塔修女走進來。「我聽見你的聲音，麥爾肯，」她說：「可不可以把麥爾肯借我一下，費內拉修女？」

「當然，修女，好的，只管帶走他。謝謝你，麥爾肯。」

「妳好，班尼狄塔修女。」麥爾肯跟著修女走過長廊，來到她的小起居間。他豎起耳朵，期待著萊拉咿咿呀呀的聲音，卻什麼也沒聽見。

「坐下，麥爾肯。別擔心，你沒惹上麻煩。我想請你告訴我，關於前幾週在這裡那個女人的事。我知道她去過你們學校。她想做什麼？」

這天傍晚，麥爾肯第二次敘述聖亞歷山大聯盟的事，還有校長，以及在這次事件中失蹤的其他老師。

班尼狄塔修女靜靜聽著，沒有出言打斷，她的表情很嚴肅。

「所以，她在這裡做什麼，班尼狄塔修女？」麥爾肯說完之後問道：「她是不是問起萊拉？她還太小，根本不能加入任何組織。」

「是啊。卡米歐爾小姐跟我們的事情已經結束了，希望如此。不過，聽說那些孩子們受到鼓勵做出惡劣的行為，我很擔心。為什麼沒有人把這件事告訴報社？」

「不瞭。也許——」

「不『知道』才對。」

「我不知道，修女。也許報社被禁止刊登相關消息。」

「沒錯，可能是這樣。謝謝你，麥爾肯。好啦，你該回家了。」

「我可以見萊拉嗎？」

「現在不行。她睡著了。不過——跟我來。」

她帶著他折返長廊，停在萊拉之前休息的房間門口。

「你覺得怎麼樣？」她說。

她打開門，扭亮燈。奇蹟般的變化發生了：四面牆粉刷著明亮、愉悅的奶油色，取代之前灰暗的牆板，地板上還鋪了幾張溫暖的毛氈。

「我就想，我明明聞到油漆味！好漂亮。」他說：「所以，這是她永久的房間嗎？」

「之前那樣對小小孩不好。太暗了。這樣好多了，你不覺得嗎？你認為這裡還需要些什麼？」

「一套小桌椅，等她大一點就能用。幾張好圖畫。還要一個書架，我打賭她會喜歡看書。她可以教她的精靈讀書。要個玩具箱，要一匹木馬，還要——」

「這樣吧，你可不可以跟泰普浩司先生討論，做出幾件東西？」

「好！今天晚上就動手。他有一些很棒的橡木。」

「他已經回家了。也許明天吧。」

「好的，我們會做的。我完完全全清楚她需要什麼。」

「我相信你一定清楚。」

「班尼狄塔修女，」他在修女關燈之前又問：「為什麼泰普浩司先生要做遮板？」

「保全措施，」她只是這樣回應：「晚安，麥爾肯。」

●

到了星期六，他有很多消息要告訴瑞芙博士。不過有那麼一會兒，他以為這下子恐怕去不了，因為河水暴漲，水流又急，划到公爵河谷都很困難，又因為連續幾星期豪大雨帶來的水量，運河水位全滿，不堪負荷。

他看見瑞芙博士在填沙包。她小小的前院花園裡填了個沙堆，上頭扔了幾個麻袋，她試了又試，第一個沙包怎麼也裝不妥當。

「如果妳拉著麻袋，」麥爾肯說：「我就可以把沙裝進去。自己一個人幾乎做不來。我想，如果妳做一個框架撐住……」

「沒時間搞那個。」瑞芙博士說。

「有洪水警報嗎？」

「昨天晚上警察親自來通知。好像很快就會淹大水。我找了建築工人送沙子過來，我想這樣比較保險。不過，你是對的，一雙手做不來，難度太高。」

「這裡淹過水嗎？」

「沒有，不過我在這裡也還沒住多久。我想，前一位屋主遇到過。」

「河水漲超高。」

「你坐那條船，安全嗎？」

「安全喔。比在陸地安全。只要浮在水面上就不會有事。」

「我想是吧。不過，千萬小心。」

「我一直是這樣的。妳應該把這些袋口縫起來。妳需要縫帆布針。」

「現成有什麼，只能將就著用。來吧，這是最後一袋了。」

這時下起傾盆大雨，他們將沙包整齊落在門邊，趕緊進入屋裡。像往常一樣，他們喝了熱巧克力，然後，準備充分的麥爾肯開始報告最新進展。

「我的確有點好奇，」他說：「想知道加入那個聯盟是不是個好主意，那樣的話，我就有更多消息可以告訴妳，不過——」

「不，別這麼做，」她立刻說：「記住，我只想知道，你在一般正常發展的事情裡可以查出些什麼。不要特別去搜尋任何消息。而且我想，一旦你跟這些人扯上關係，他們不會讓你離開的。偶爾跟艾瑞克聊聊就好。我倒是有些消息要告訴你，麥爾肯。聖亞歷山大聯盟背後的主導人是萊拉的母親。」

「什麼？」

「沒錯。就是那個不要女兒的母親，考爾特夫人，這是她的名字。」

「也許這就是為什麼卡米歐爾小姐出現在小修道院，她要看看她們有沒有好好照顧萊拉，才能向她的母親報告……天哪。」

「我覺得有點奇怪。無論如何，考爾特夫人聽起來並不特別關心這個孩子。也許卡米歐爾小姐為了某種理由想要得到萊拉。」

「反正，班尼狄塔修女已經擺脫她了。」

「太好了。CCD的人呢？有什麼消息嗎？還有沒有看過他們在這附近出沒？」

「沒，我沒有，鱒魚裡也沒人看見過，喬治．波特瑞先生逃走之後就再沒看過他們。」

「不知道他怎麼樣了。」

「我猜大概溼透了，」麥爾肯說：「如果他躲在威薩姆森林，他恐怕溼透了也凍僵了。」

「我想應該是吧。好，你覺得那些書怎麼樣啊，麥爾肯？」

第十章
艾塞列公爵

麥爾肯拿寇洛克先生送的新工具給泰普浩司先生瞧，他們拿出電琥珀氣鑽輔助，當場試用起來，老人顯然對這個點子頗為佩服，他讓麥爾肯剉掉好幾顆螺絲頭，打算用在正要安裝的幾個遮板上。

「這下子他們可進不來了。」他說，儼然一副這是他自己想出來的點子。

「誰是『他們』？」麥爾肯說。

「那些作惡多端的傢伙。」

「什麼是『作惡多端』？」

「專幹壞事。學校裡難道都沒教嗎？」

「沒教過這樣的句子。那些人專幹哪一類的壞事？」

「別問了。繼續再剉個一打螺絲，好不好？」

麥爾肯先數好數量，然後將第一個螺絲卡進虎鉗，泰普浩司先生則為完成的遮板漆上第一層丹麥油，防止天候的侵蝕。

「不過，專幹壞事的也不只是人類而已。」老人這麼說。

「是嗎？」

「噢當然。還有惡靈這種玩意兒呢。光靠遮板是擋不住的。」

「你說的惡靈是指什麼？鬼？」

「鬼是其中最不可怕的，孩子。夜魅、幽靈、幻影啊……這些東西最多突然蹦出來，嚇嚇你。」

「你見過鬼嗎？泰普浩司先生。」

「見過。三次。一次在吳爾夫寇特聖彼得教堂的墓園。另一次在城裡的老監獄。」

「你為什麼會在監獄裡？」

「我不是在監獄裡，你這蠢貨。蓋了新監獄之後，那棟建築就被稱為老監獄。某個冬日，我在那兒工作，拆掉一些舊房門，好讓他們可以重新粉刷，改造成辦公室。就有這麼一個房間，非常寬大，天花板挑高，屋裡只有一扇窗，位置也是半天高，而且布滿蜘蛛網，透進來的光線陰沉又黯淡。那天，我得拆掉一座大平台，四周橫豎著幾支橡木樑柱，重得跟什麼似的，我不知道那是啥玩意兒。平台中央還有個活門。總之呢，我正準備在地板上架起鋸木架，突然聽見背後碰的一聲巨響，就是從平台那裡傳來。我跳了起來，轉身查看，乖乖我的天，千真萬確一條繩子從活門垂吊下來，尾端還纏著一個死人。那地方是行刑室，懂了吧？那平台是絞刑架。」

「那你怎麼反應？」

「我跪下來，瘋了似地祈禱。等我張開眼睛，一切都不見了。沒有繩索，沒有死人，活門是關著的。」

「我的天！」

「我徹頭徹尾被那玩意兒嚇壞了。」

「你根本沒有跪下來禱告，你立刻昏死。」老人的啄木鳥精靈站在工作台上做出回應。

「嗯，也許你是對的。」他說。

「我記得，因為我從鋸木架上摔下來。」她說。

「太可怕了！」麥爾肯說，對整起事件感受非常強烈。然後，他非常務實地問：「那些木頭你怎麼處理？」

「全部燒光……怎麼能用呢。那玩意兒浸泡著多少悲慘與不幸啊。」

「是啊，絕對是……你第三次見鬼是在什麼地方？」

「就在這兒。啊我想起來了，就是你現在站著的地方。那是我這輩子看過最恐怖的東西。言語無法形容。你看我像幾歲的人，啊？」

「七十？」麥爾肯其實很清楚，泰普浩司先生去年秋天剛過七十五歲生日。

「看吧，恐懼就能把人折騰成這副德性。孩子，我三十九。直到我看見那個亡靈之前，我都還是個年輕人，真的，就在你現在站著的地方。一夜白了頭啊。」

「我不相信。」麥爾肯說，其實半信半疑。

「隨便你。不跟你說了。你螺絲的進度如何？」

「我覺得你根本在瞎編。已經做好四個。」

「那就繼續——」

他話還沒說完，突然響起激烈的敲門聲，接著有人急切地轉動門把。麥爾肯嚇壞了，感覺渾身寒毛直豎，肚子一陣翻攪。他跟老人互相看著對方，還沒來得及說話就聽見費內拉修女大喊：

「泰普浩司先生！快點！請快來幫忙！」

泰普浩司先生從容地抄起一把結實的榔頭，然後打開門，費內拉修女踉蹌撲進工作間，一把抓住他的手臂。

「快點！」她的聲音很尖，而且在發抖，手腳哆嗦，臉色刷白。

她沒看見麥爾肯站在他背後，手裡還拿著剉刀。他默默地跟著他們兩人走出去。

「出了什麼事？」老人這麼問，一路被她催著走向小修道院的廚房。

麥爾肯第一個念頭是水管爆裂，但果真如此，老修女不至於嚇成這樣。然後他想一定是失火了，卻又沒有煙味，也沒有火光。她霹哩啪啦跟泰普浩司先生說了些什麼，老先生顯然也沒聽懂，因為他說：「慢一點，修女，慢一點。深呼吸，然後慢慢說。」

「有幾個人——穿著制服——他們闖進來而且他們想要帶走萊拉——」

麥爾肯險些沒叫出聲。就算喊出來，那兩人恐怕也聽不見，因為他們走在碎石路上的腳步聲已經夠大，而且，費內拉修女又處於緊張狀態，泰普浩司先生的聽力本來就不怎麼好。不過，沒有任何事情可以阻擋麥爾肯一路尾隨。他但願自己跟老先生一樣，隨手也帶上一把榔頭。

「他們有沒有說自己什麼來頭？」泰普浩司先生問。

「沒有，或者有，反正我聽不懂，總之像是軍人，或者警察之類的。喔天哪——」

她說到這裡，正好也踏進廚房。她一手抓著自己胸口，一手到處摸索，麥爾肯一個箭步為她拖了張椅子，她立刻坐下，呼吸淺而急促。麥爾肯心想她恐怕會死，他想要立即有所反應，保她一命，卻束手無策；更何況，還有萊拉……

費內拉修女以顫抖的手指著走廊。她一句話也說不出來。

泰普浩司先生往外走，腳步緩慢而穩定，而且他似乎一點也不在意麥爾肯跟著。萊拉房間門口的走廊上簇擁著一群修女，每一個都跟麥爾肯很熟，她們緊張地擠在門外，門是關著的。

「怎麼回事，克萊拉修女？」泰普浩司先生問。

克萊拉修女身材圓滾滾，臉色紅通通，為人通情達理。她略受驚嚇，轉身輕聲地說：「來了三個穿制服的男人，他們說要把小寶寶帶走。班尼狄塔修女正在跟他們談……」

門後傳來一個男人低沉的聲音。泰普浩司先生朝門口走去，所有修女立刻倒退著往兩邊讓路。麥爾肯一直跟著他。

老木匠用力敲門，敲了三次，然後推開門。麥爾肯聽見一個男人的聲音說：「……不過，我們具備所有該有的職權——」

泰普浩司先生說：「班尼狄塔修女，妳需要我幫忙嗎？」

「他是——」那個男人一開口，班尼狄塔修女立刻搶著說：

「謝謝你，泰普浩司先生。請你待在外面，麻煩你了。不過，就讓門開著，因為這幾位老爺馬上就要離開了。」

「我不認為妳充分了解目前的情況。」另一個男人說，聲音聽起來有教養又討人喜歡。

「我完全了解，」她說：「你們馬上就要走了，而我不希望你們再來。」

麥爾肯讚嘆著她聲音裡那股清澈與冷靜。

「讓我再解釋一次，」第二個男人說：「我們手上有兒童保護所的授權令——」

「噢是的，那張授權令，」班尼狄塔修女說：「給我看看。」

「我已經給妳看過了。」

「我想要再看一次。你沒讓我有時間讀個仔細。」

門內傳出打開紙張的聲音，接著是幾秒鐘的沉默。

「這是個什麼所，我從來沒聽過？」她說。

「它隸屬教會風紀法庭管轄，這個主管機關，我想妳總該聽過吧。」

麥爾肯挨在門邊死命往屋裡瞧，他看見班尼狄塔修女將那張紙撕成幾片，扔進火裡。一、兩位修女倒抽一口氣。男人們瞇起眼睛，只是看著。他們身上的制服是黑色的，其中兩人沒脫帽子，別的不說，麥爾肯知道光這件事就是沒禮貌的行為。

接著，班尼狄塔修女極其小心翼翼地抱起萊拉。「你們當真以為，」她說，聲音聽起來非常憤怒，「我會讓這個交給我們照顧的小寶寶，被三個拿著破紙頭當令箭的陌生人帶走？三個根本不請自來，強行闖入這座神聖建築的男人？是誰仗著威脅與武器，嚇壞了我們這裡年紀最大、身體最不好的修女？沒錯，武器都亮出來了；你們以為你們是誰？你們以為這是什麼地方？八百年來，修女們在此付出關懷與善意，想想這代表了什麼。難道我會放棄我們神聖的義務，只因為三個穿制服的惡霸大搖大擺地闖進來恐嚇我們？還想要帶走一個不到六個月大、無助的小寶寶？現在就離開。出去，不要再回來。」

「妳還沒聽——」

「噢是的，說下去啊，告訴我，告訴我這件事情還沒結束呢。出去，你這惡霸。帶著你那兩個流氓回家去。也許你會想要對天主祈禱，並乞求原諒。」

過程中，麥爾肯一直聽見萊拉與她的小精靈嘰嘰呱呱，說著只有他們自己明白的話語。這時，因為某種原因，他們突然停止交談，萊拉開始發出細細的、不大清楚的啜泣聲。班尼狄塔修女將她抱緊，起身面對那些男人，他們別無選擇，臭著臉往門邊走去。泰普浩司先生往後站，給那幫人讓出一條路，麥爾肯與修女們紛紛跟進，簡直是歡送那三個無恥傢伙的另類儀隊。

他們一離開，所有修女全湧進小寶寶的房間，將班尼狄塔修女團團圍住，表達贊同與讚嘆，並且撫摸萊拉的頭。萊拉停止哭泣，麥爾肯看見她露出笑容，然後咯咯笑出聲來，顧盼自得，好像她做了什麼了不起的事。

泰普浩司先生搭住他的肩膀，輕輕拉著他離開。走回工作間的路上，麥爾肯說：「他們是作惡多端的人嗎？」

「是的，他們是，」老人說：「該打掃了。下次再處理螺絲。」

他不願再多說，於是麥爾肯幫著打掃、整理，還提來了一桶水；之前泰普浩司先生用破布沾抹丹麥油，得用水徹底浸泡清洗，以免自燃。接著，麥爾肯就回家了。

●

麥爾肯一口接一口吃著香腸與薯泥，還利用空檔告訴他媽媽剛才發生的事。他媽媽已經看過萊拉，甚至還親手抱過她，所以能夠了解如果有人想奪走孩子，修女們作何感想。

「真邪惡，」她說：「費內拉修女怎麼樣？」

「我們回來的時候她不在廚房。可能上床了吧。她可嚇壞了。」

「可憐的老小姐。明天我會帶點甜酒過去給她。」

「班尼狄塔修女一點也不退縮。她一把撕掉授權令時，妳真該看看那幫作惡多端的人。」

「你說他們是什麼人？」

「作惡多端的人。泰普浩司先生告訴我這句成語。」

「嗯。」是她唯一的回應。

麥爾肯跟他的媽媽說話時，艾莉絲跟平常一樣臭著臉、悶不吭聲在一旁洗碗，她跟麥爾肯刻意無視對方的存在，這也跟平常一樣。不過，讓麥爾肯大出意外的事情發生了：波斯戴太太離開廚房去地窖拿些東西時，艾莉絲的精靈低吼起來。

麥爾肯驚訝地抬起頭。那精靈變成一隻渾身粗毛的雜種狗，坐在艾莉絲腳邊。他脖子上的毛豎了起來，仰著頭看艾莉絲，艾莉絲把溼答答沾滿肥皂的手在衣服上抹了抹，然後撫摸他的頭。

艾莉絲說：「我知道兒童保護所是什麼。」

「媽，什麼是兒童保護所？」

「從來沒聽過。吃你的晚餐。」

麥爾肯嘴裡塞滿食物，但他還是問出話來：「是什麼？」

她的精靈說：「一群雜碎爛人。」說完又發出低吼。

他不知道該如何回答，那精靈也沒再說什麼。這時麥爾肯的媽媽回來了，那精靈躺了下來，麥爾肯與艾莉絲重返沉默，彼此不再說話。

●

那天傍晚沒有多少客人，所以麥爾肯幾乎沒什麼事情可做。他回到自己房間寫地理作業，列了一張英國主要河川表，並將它們標註在地圖上。河川數目比他原先想的還要多。如果到處都和南方一樣下大雨，他認為，所有河川水位應該都漲到頂了，就跟泰晤士河一樣。果真如此，大海更是滿上加滿。他很好奇野美人號在海上會是什麼樣子。它能夠飄洋過海，一路划到法國嗎？他翻開地圖集標示英吉利海峽那一頁，並試著以兩腳規與附在頁尾的比例尺測量，不過，圖像太小，量不出所以然。

等等，不是，不是圖像太小，而是有東西擋著。某個極小的東西就在他目光聚焦的定點上閃爍、游移，所以才會擋住視線，除此之外，周圍一切都看得很清楚，反正，只要他目光往哪裡移動，那個閃爍的東西就跟著動。它永遠擋在中間，讓他看不到後面的圖示。

他拂了拂書頁，上面並沒有東西。他揉揉眼睛，小亮點依舊揮之不去。事實上，它變得更奇怪了，甚至連閉上眼睛都能看得見。

它以很慢的速度漸漸變大。終於不再是一個小點點，它成了一條線：一條曲線，像一個隨手塗寫的字母C，接著它以鋸齒狀規律閃爍著黑、白、銀三段顏色。

阿斯塔問：「這是什麼？」

「妳看得見？」

「我可以感覺到某種東西。你可以看見什麼？」

他盡可能敘述清楚。「妳呢？妳可以感覺到什麼？」他補問一句。

「很奇怪，像是某種遙遠的感覺……就好像我們相隔很遠，而我可以看到很遠的地方，一切都非常明淨、安祥……我完全不覺得害怕，只覺得平靜……現在它在幹麼？」

「持續變大中。我現在可以看透它了。它離我愈來愈近，我可以從它中間看穿過去，看見書頁上的字以及所有東西。這讓我覺得頭暈，有一點啦。如果我想要直接看著它，它就一溜煙閃掉。現在大概有這麼大了。」他舉起左手，拇指與食指曲起，缺口約與拇指長度同寬。

「我們是不是快瞎啦？」阿斯塔說。

「我不認為如此，因為我可以清清楚楚地看穿過去。只是它變得愈來愈近，愈來愈大，同時又好像有點偏離正軌，朝我視野邊緣靠近……就好像要從我側邊飄過，飄到腦袋後面。」

他們坐在這安靜的小房間裡，在這溫暖的燈光下，等著那條閃閃發亮的線飄啊飄，距離他視線的邊緣愈來愈近，終於穿越，終於消失。從開始到結束，這個體驗總共持續約二十分鐘。

「真的好奇怪，」他說：「那種感覺像是燦爛。像那首讚美詩，你記得吧，祂使新月照黑夜，星光燦爛放光明[16]。它就是燦爛的。」

「它是真實的嗎？」

「當然是真的。我看見了。」

「但是我看不見。它不在外面。它在你裡面。」

「是啊……不過它是真實的。妳感覺到了，這也是真實的。這種感覺一定也是它的一部分。」

---

16 Let us, with a gladsome mind，〈慈悲穩定歌〉，這是英國詩人約翰・密爾頓（1608-1674）十五歲時寫的讚美詩。

「是吧……不知道它代表什麼意思？」

「也許……不知道。也許根本沒有意思。」

「不，它一定意謂著什麼。」阿斯塔肯定地說。

就算它意謂什麼，他們也想不透。還沒來得及多傷腦筋，有人敲了一下門，隨即轉開門把。是他爸爸。

「麥爾肯，你還沒睡，很好。到樓下來一會兒。有位大爺想跟你說點話。」

「是那位御前大臣嗎？」麥爾肯急切地問，跳下床跟著爸爸走出房間。

「說話小點聲。不是御前大臣，不是。如果人家想說，自然會告訴你他是誰。」

「他在哪裡？」

「露台室。帶一杯托考伊過去給他。」

「那是什麼？」

「匈牙利紅酒。好啦，快點。」

「是店裡突然忙起來，還是怎樣？」

「沒有。大爺想見你，就這樣。注意禮貌，要說實話。」

「我一直都是這樣啊。」麥爾肯不假思索地說。

「這倒稀奇。」他爸爸揉了揉他的頭髮，然後父子倆走進酒吧。

托考伊有著濃豔的金色，聞起來甜而有深度，鱒魚裡賣的酒很少讓麥爾肯心動；啤酒苦苦的，紅酒通常酸酸的，威士忌則是令人厭惡。不過，如果待會可以找到一瓶這玩意兒，只要他爸爸沒注意，他會想要啜上一口。

麥爾肯停在露台室外頭的走廊上，他得稍微站一會兒，好讓自己恢復現實感。他的心思還沉浸在那個燦爛的光圈裡。他深深吸口氣，然後走進去。

他被在屋裡等候的男人嚇一跳，而那人只是靜靜坐在爐火熄滅的壁爐旁。也許是因為他的精靈，一頭美麗的黑斑銀毛雪豹，也許是因為男人臉上陰沉憂鬱的神色；總之，麥爾肯覺得有些膽怯，覺得自己非常年輕，非常渺小。阿斯塔變成一隻蛾。

「您好，先生，」他說：「這是你點的托考伊。要不要我把火生起來？這裡頭好冷。」

「你叫做麥爾肯？」男人的聲音嚴厲且低沉。

「是的，先生。麥爾肯・波斯戴。」

「我是瑞芙博士的朋友，」男人說：「我的名字是艾塞列。」

「噢。呃，她沒有跟我提過你。」麥爾肯這麼回答。

「為什麼這麼說？」

「如果她說過，我就會知道你說的是真的。」

雪豹低吼起來，麥爾肯往後退一步。但是，他想起班尼狄塔修女如何以一擋三，於是又往前跨一步。

艾塞列笑了。「我懂，」他說：「你還要另一樣證明？我是小修道院那個小寶寶的父親。」

「噢！你是艾塞列公爵！」

「沒錯。不過，你要如何證實我所言屬實？」

「小寶寶叫什麼名字？」

「萊拉。」

「她的精靈呢？」

「潘拉蒙。」

「好吧。」麥爾肯說。

「這樣就好了？你能確定？」

「不，我不確定。不過，已經比剛才確定一點。」

「很好。你能不能告訴我稍早發生的事？」

麥爾肯儘可能完整敘述整個過程。

「兒童保護所？」

「那些人是這麼稱呼自己的，先生。」

「他們看起來是什麼樣子？」

麥爾肯描述他們的制服。「脫掉帽子的那個人看起來像是帶頭的。他比其他人客氣，像是比較圓滑，笑瞇瞇的。不過，那笑容是真的，不是假的。如果他以客人的身分到店裡來，我想我說不定會喜歡他呢，就是這樣的感覺。其他兩個就很無聊，動不動就威脅人。多數人可能嚇都嚇死了，班尼狄塔修女並沒有。她一個人獨力對抗那夥人。」

男人啜了一口托考伊。他的精靈趴在一旁，頭抬得高高的，兩隻前腳向前伸展，像麥爾肯百科全書裡的人面獅身像。有那麼一下子，她背上的黑色、銀色斑紋似乎閃爍著光澤，令麥爾肯感覺就像是那個燦爛光圈改變形狀，變成精靈；這時艾塞列公爵突然開口。

「你知道為什麼我一直沒去看我的女兒？」

「我以為你在忙。你可能有重要的事情要做。」

「我一直沒去看她，因為如果我去了，她會被帶走，然後被安置在一個比起這裡環境惡劣很多的地方。那裡可沒有班尼狄塔修女為她挺身而出。但是，他們現在還是打算要把她帶走……漢娜還告訴我另一件什麼事來著？聖亞歷山大聯盟？」

麥爾肯一併告訴他。

「真是可憎。」艾塞列說。

「我的學校裡有很多孩子加入。他們喜歡戴上徽章那種感覺，可以告訴老師們該做些什麼。抱歉，先生，這些我都跟瑞芙博士說過，她沒有告訴你嗎？」

「你對我還是心存疑慮？」

「嗯……是的。」麥爾肯說。

「我不怪你。你會繼續跟瑞芙博士見面嗎？」

「對。因為她會借書給我，並且聽我說發生了哪些事情。」

「是嗎？她做得不錯。不過，告訴我，那孩子有沒有受到妥善的照顧？」

「噢，當然。費內拉修女很愛她，就像──」他本來要說「就像我一樣」，想想還是改口。「她非常愛她。她們都是。她很快樂，我是說萊拉。她無時無刻不跟她的精靈說話，嘰哩呱拉嘰哩呱拉，他也嘰哩呱拉回應。費內拉修女說他們在教彼此說話。」

「她有沒有好好吃飯？她會笑嗎？她是不是活潑又好奇？」

「噢是的。修女們對她真的很好。」

「但是她們現在遭到恐嚇……」艾塞列起身走向窗戶，望著河對岸小修道院亮著的幾盞燈光。

「看來是這樣，先生。我應該說，**爵爺閣下**。」

「**先生**就可以了。你認為她們會讓我見她嗎？」

「你是指修女們？除非御前大臣不讓她們這麼做。」

「但他是這麼吩咐的，對吧？」

「我不確定，先生。我只是想，她們會盡一切可能保護她。特別是班尼狄塔修女。如果她們認為任何人，或任何事情可能對她造成危險，她們會……我想她們會盡一切可能阻止，就像我之前說過的。」

「所以你跟她們很熟是吧？那些修女。」

「我從小就認識她們，先生。」

「你的話，她們聽得進去？」

「我想是吧，是的。」

「你能不能告訴她們我在這裡，我想見我的女兒？」

「什麼時候？」

「現在。我被人追捕。高等法院強制我不得出現在她周圍五十英里之內，一旦發現我違規，他們就會把她帶走，安置在行事沒那麼謹慎的地方。」

麥爾肯內心很糾結，他一方面想要說：「那麼，你就不該讓她承擔這種風險。」一方面則懷抱著單純的仰慕與理解：這個男人當然想要見自己的女兒，若意圖阻止他這麼做，簡直太缺德。

「這個嘛……」麥爾肯想了想，然後說：「我不認為你可以立刻見到她，先生。她們超早就上床休息。這會兒就算都睡沉了也不出奇。不過，她們也都超早起床。也許——」

「我沒有那麼多時間。她們把哪個房間當成育嬰室？」

「在另外一頭，先生，面對果園。」

「在幾樓？」

「所有房間都在一樓，她的也是。」

「你知道是哪一間？」

「是的，我知道，不過——」

「那好，你可以幫我指認。走吧。」

這個男人根本讓人無從拒絕。趁著爸爸發現之前，麥爾肯帶著他走出露台室，穿過走廊，走上外頭的露台。他輕輕把門關上，一抬頭，竟是幾個月以來都不曾見過的皎潔滿月，灑在院子裡的月光如此明亮，簡直像是泛光燈打出來的效果。

「你說，有人追捕你？」麥爾肯輕聲問。

「是的。有一個人在橋上監視。還有沒有其他方法到河對岸？」

「可以用我的獨木舟。從這裡下去，先生。我們先走下露台，免得被人看見。」

艾塞列公爵跟在他身旁，兩人穿過草地，走進挨著主屋搭建的小棚子，獨木舟就放在這裡。

「啊，真的是一艘獨木舟。」艾塞列公爵說，好像原本以為會看見一艘玩具。作為野美人號的代表，麥爾肯覺得受到侮辱，他一言不發地將她翻面，讓她靜靜地滑下草坡，停在水面上。

「首先，」他說：「我們往下游走一小段，這樣就沒有人可以從橋上看見我們。另一邊有一條路可以通往小修道院的庭園。你先上船，先生。」

艾塞列照做，身手遠比麥爾肯預期的更靈活，他的雪豹精靈跟著上船，彷彿跟影子一樣毫無重量。獨木舟幾乎沒有晃動，艾塞列輕巧地坐下，一動也不動，接著麥爾肯也上了船。

「你以前坐過獨木舟。」麥爾肯輕聲說。

「是。這一艘很棒。」

「安靜……」

麥爾肯用力一撐，開始划槳，他挨著岸邊的樹下行進，沒有發出一點聲音。如果有一件事情是他擅長的，就是這個了。等到他們離開橋上的視線範圍，他立刻將船身向右掉轉，朝對岸前進。

「我要挨著一塊柳樹墩上岸，」他輕輕說：「這裡的草很密。我們把船綁在這裡，然後折回頭穿過田野，就在那片樹籬後面。」

艾塞列公爵下船跟上船一樣輕手輕腳。麥爾肯沒法想像比他更靈活的乘客了。他把船綁在一段結實的柳樹枝上，那是從被砍掉的樹墩裡長出來的；很快的，他們已經隱身在樹籬的陰影下，沿著草坡邊緣行進。

麥爾肯知道樹叢缺口的位置，並且找到了，他頂著刺藤硬擠過去。這對那個身材較高大的男人來說無疑更困難，但他一聲也沒吭。他們來到小修道院的果園；月光下站著一排排的梅子樹、蘋果樹、梨樹與西洋李子樹，一棵棵毫無防備，長得那麼好，睡得那麼沉。

麥爾肯帶路，他們走到小修道院後面，再繞到側邊，找到萊拉育嬰房窗戶應該在的地方，只不過它被新做好的遮板擋住了。那些遮板看起來真是異常堅固。

他又數了一次，確定沒搞錯房間，然後用一塊石頭輕輕敲打遮板。

艾塞列公爵就站在他身旁。月光照在建築物靠窗的這一面，他們倆的身影大老遠都能看得一清二楚。

麥爾肯低聲說：「我不想把其他修女都吵起來，我也不想驚嚇費內拉修女，她心臟有問題。我們一定要小心。」

「全聽你的。」艾塞列公爵說。

麥爾肯這回敲得稍微用力一些。

「費內拉修女。」他低聲喊。

沒有回應。他再敲第三次。

「費內拉修女，是我，麥爾肯。」他輕聲說。

當然，他真正擔心的是班尼狄塔修女。他不敢想，如果把她吵醒了會發生什麼事，所以他一面極力保持安靜，一面試著叫醒費內拉修女，要二者兼顧可不容易。

艾塞列站著沒動，只是看著，一言不發。

終於，麥爾肯聽見房間裡有一點點動靜。萊拉發出細微的咪嗚聲，接著似乎是費內拉修女在地板上拖動椅子或小桌子的聲音。她上了年紀、輕柔的聲音似乎咕噥著什麼，像是安撫小寶寶的隻字片語。

他再試一次，音量再提高一點。「費內拉修女……」

小小的驚呼聲。

「是我，麥爾肯。」他說。

一陣輕軟的聲響，像是赤腳踩在地板上的動作，接著是窗勾的喀答聲。

「費內拉修女——」

「麥爾肯？你在做什麼？」她也跟他一樣，壓低聲音說話。她的聲音裡透著驚恐與剛睡醒的沙啞鼻音。她還沒打開遮板。

「修女，我很抱歉，真的，」他很快地說：「但是萊拉的父親在這裡，而且他被——被他的敵人追捕，他真的必須見萊拉一面，在他……在他去其他地方之前。他必須跟她——跟她道別，」他最後補了一句。

「噢，胡說，麥爾肯！你知道我們不能讓他——」

「修女，拜託！他是一片至誠。」麥爾肯不知道從哪裡冒出這句成語。

「不可能。你現在就得離開，麥爾肯。提出這樣的要求很惡劣。在她醒過來之前快走吧。我不敢想如果班尼狄塔修女——」

麥爾肯也不敢想。這時他感覺艾塞列公爵把手搭在他的肩膀上，然後那個男人說：「讓我跟費內拉修女說話。你幫忙把風，麥爾肯。」

麥爾肯移動到建築物的角落。他從這裡可以看見橋，以及大部分的庭園內部，同時也能看見艾塞列公爵貼近遮板，輕聲說話。那真是喃喃低語，麥爾肯什麼也聽不見。他也不知道艾塞列公爵跟費內拉修女說了多久，不過，肯定很久，就在他凍得渾身發抖的時候，他驚訝地看見，沉重的遮板緩緩移動。艾塞列公爵後退，方便它打開，然後又往前靠近，攤開雙手證明自己手上沒有武器，接著稍微轉頭，讓月光清楚地照在自己臉上。

他再次低語。也許過了一分鐘或兩分鐘，沒有任何動靜，然後，費內拉修女瘦弱的雙臂遞出一包小裹毯，艾塞列以最最優雅的姿態接過。他的雪豹精靈站起來，前腳搭在他的腰間，艾塞列把小寶寶抱低一點，好讓他的精靈能夠跟萊拉的精靈輕聲細語。

他是怎麼說服費內拉修女的？麥爾肯只能嘆服。他看著那個男人抱著小寶寶，在花床之間的草地上來回走動，只見他把懷裡的裹毯往上蹭高一些，貼著小寶寶的耳朵說話，雙臂溫柔地搖啊搖，在這美麗的月光下漫步。有那麼一刻，他把裹毯舉高，像是指著月亮給萊拉看，又像讓月亮瞧瞧萊拉；無論如何，他看起來就像在自己領土上的王，無所畏懼，全心全意享受這個銀色的夜晚。

他與他的孩子來回漫步。麥爾肯想著費內拉修女在恐懼中等待：萬一艾塞列公爵沒把孩子送回來、萬一他的敵人發動攻擊、萬一班尼狄塔修女起了疑心……那該怎麼辦？不過，小修道院裡悄然無聲，外頭路上悄然無聲，月光下男人與他的小女兒也悄然無聲。

有那麼一刻，雪豹精靈似乎聽見了什麼。她的尾巴甩了一下，她的耳朵支了起來，她的頭轉往橋的方向。麥爾肯與阿斯塔立刻轉身，全神貫注在橋上，黑色的夜，銀色的月光，清楚映襯出橋身每一塊石頭的輪廓；四下沒有動靜，悄然無聲，只有半英里外一隻追捕獵物的貓頭鷹聲聲啼叫。

這時，雪豹精靈打破雕像般的定靜，再次輕盈無聲地挪動身軀。麥爾肯突然明白，這正是那男人的本能。這趟旅程中，不論是渡河、穿過草坡、進入果園、走到小修道院的圍牆邊，他沒聽見那男人發出一點腳步聲。就製造聲響的角度來判斷，艾塞列有資格當鬼。

小徑盡頭的男人開始折返，回到費內拉修女的窗邊。麥爾肯專心盯著橋，盯著庭園，盯著他視線所及的道路，沒有察覺任何異狀；當他轉過頭，正好看見艾塞列將小寶寶從窗口遞回，低聲說了幾句話，然後順勢一推，將遮板關上。

他招手示意，麥爾肯跟著他一起離開。行走之際很難完全不發出聲音，即使踩在草地上也一樣，麥爾肯注意這男人如何移動步伐，舉手投足間的確有某種雪豹的特質，總之，是麥爾肯要練習掌握的特質。

他們循原路穿過果園，回到矮樹叢，擠過那圈刺藤回到草坡，穿過草坡回到柳樹墩——這時一道比月光更強烈、更暈黃的光線劃破天空。橋上有人打出探照燈，麥爾肯聽見燃氣引擎的聲音。

「他們來了，」艾塞列靜靜地說：「我留下來，你走吧，麥爾肯。」

「不！我有更好的主意。坐我的獨木舟，往下游去。先讓我在對岸下船。」麥爾肯不假思索，脫口說出這個點子。

「你確定？」

「你可以往下游走遠一點。他們怎麼也想不到這一招。快！」

他踏上船，解開纜繩，穩住船身讓艾塞列也上來，然後，麥爾肯動作敏捷，能划多快划多快，朝旅店庭院前進，水流湍急，幾次差點將船拽往開放水域，果真如此，從橋上就能清楚看見他們。

艾塞列抓住防波堤上的固定索，先讓麥爾肯下船，接著換麥爾肯扶穩船身，讓他移到船尾坐好，拿起船槳，伸手與麥爾肯握別。

「我會把船還給你。」說完，他加速離開，每一槳狠狠打進強勢的水流，每一槳都划得又深又有力，雪豹精靈像是船首的雕像。野美人號從來沒有飆得這麼快過，麥爾肯心想。

第十一章 環境保護局

接下來幾天，麥爾肯老是想著月光下的小修道院庭園，想著他與艾塞列公爵共處的半小時奇妙時光。他跟阿斯塔沒完沒了地討論。除了自己的精靈，這種事可不能跟任何人提起，當然更不能告訴爸爸媽媽。他們總是忙著打理旅店，沒怎麼花心思在他身上，只會盯著他是不是該洗澡啦，或者有沒有做功課；比方說，他知道他們根本不會注意到獨木舟不在了。這件事他只跟瑞芙博士說。直到艾塞列公爵有辦法歸還野美人號之前，到瑞芙博士位於杰里科的家都只能走陸路，因此，星期六那天，當他敲著那扇熟悉的大門，時間比平常約定的晚了一些。

「你把船借給他？真是慷慨。」她聽了事情經過之後這麼說。

「我信任他。因為他對萊拉很好。他指月亮給她看，不讓她受涼，也沒讓她哭，而且，顯然費內拉修女是信任他的，才會讓他抱萊拉。起初我還沒辦法相信呢。」

「聽起來他很有說服力。我相信你做了正確的事。」

「他也知道怎麼划獨木舟。」

「你覺得他的敵人跟想把萊拉從小修道院帶走的，是同一批人？保護法庭還是什麼的？」

「是兒童保護所。我覺得不是。我覺得他自己想要帶走萊拉，免得落入那些人手裡，不過，他一定是考慮萊拉待在小修道院比跟著他安全。所以，他一定是面臨極大的危險。希望野美人號身上可別多了幾個彈孔。」

「我相信他會照顧她的。好啦，再借幾本新書，如何？」

麥爾肯帶著一本關於符號圖像的書回家，因為瑞芙博士說了關於真理探測儀的種種，實在讓他太有興趣一探究竟；他還借了一本名為《絲綢之路》的書。不知怎麼，原先他以為會是一個謀殺故事，結果卻是一位現代旅行者穿越中亞商道，從韃靼利亞[17]直到黎凡特[18]的紀實敘述。書中提到的那些地方都得回家查地圖，當然，他很快就發現自己需要一本更好的地圖集。

「媽，我過生日的時候可不可以送我一本大地圖集？」

「你要那個做什麼？」

她正在炸馬鈴薯，麥爾肯正在吃米布丁；這是個忙碌的夜晚，待會兒他就得到酒吧幫忙。

「就，就是要查東西啊。」他說。

「我想也是，」她說：「我會跟你爸說。好啦，把它吃乾淨。」

對麥爾肯來說，這個蒸氣瀰漫、鬧哄哄的廚房似乎是世界上最安全的地方。以前，「安全」這件事他從來不需要多想；根本就是理所當然的事，就像他媽媽取之不盡，彷彿毫不費力地大碗供應的食物，總之，永遠都有熱騰騰的餐盤等著盛菜、上菜。

所以他知道他是安全的，萊拉在小修道院裡是安全的，擺脫獵捕者追蹤的艾塞列公爵是安全的；然而，危機四伏，情況並沒有改變。

●

隔天是星期日，大雨狂洩，雨勢之大前所未見。漢娜．瑞芙檢查了堆在前門的沙包，接著走到街底看看運河水位上漲的情況。她看了簡直又驚又怕，運河後面那一整片土地，也就是被稱為渡口草原，連綿幾英畝的平地，如今渾然不見影蹤，只剩下一片灰色的，大雨不斷沖刷而下的滾滾惡水。陣風吹過水面，河水看起來似乎正在流動，但她知道根本不是這麼回事，真正的情況是：大量的水無可阻擋地湧向杰里科，湧向她身後的房舍與店家。

這景象太荒涼、太令人沮喪，根本無法駐足久看，而且大雨狂洩，雨勢之大前所未見；於是她折返，打算關起房門，在壁爐裡添段柴火，然後坐下來，跟她的研究資料與咖啡為伴。

但是，這時有一輛廂型車停在她家外面，這輛車並沒有任何特殊標記，然而灰色無窗的金屬車身每一道線條都擺明了這是一輛「公務車」。

「走到對面馬路，」她的精靈說：「只管自然地往前走，走過這輛車。」

「他們在做什麼？」她低聲問。

「敲門。不要看。」

她試著保持穩定步伐。她完全不需要害怕警察，或者任何執行政府權力的組織，但是，正如同其他每一位公民，她徹頭徹尾必須感到畏懼。他們可以不帶搜索令就直接將她監禁，可以不經起訴就將她留置在牢裡；舊有的人身保護令遭撤銷，理當守護英國自由的國會連抗議也只是虛晃一招，如今，人們聽多了關於祕密逮捕與未審先關的故事，卻無從證明它們究竟是謠傳抑或真實。她跟「奧克立街」的關係派不上什麼用場；事實上，如果被人發現，情況可能更糟糕。這些當權組織與半隱藏的勢力處於極度對立的關係。

但是，她又不能整個下午都在雨中行走。這太荒謬。而且，她有朋友。她是備受尊重的大牛津學

---

17 韃靼利亞（Tartary），歐洲人對中亞的裏海至東北亞韃靼海峽一帶的稱呼。

18 黎凡特（Levant），一個模糊的地理名稱，廣義指中東托魯斯山脈以南、地中海東岸、阿拉伯沙漠以北和上美索不達米亞以西之地。

院成員。會有人惦記著她；會有人追問出了什麼事；她認識一些律師，不管哪一所牢房遲早都有辦法把她弄出來。

她轉身，直接走向自己的家。人行道上積水已經有一、兩英寸深，每踩一步都水花噴濺，她等走得夠近了才喊出聲：

「有事嗎？你們想做什麼？」

正在敲門的男人聞聲回頭。她站在矮門邊，試著表現出不害怕的樣子。

「這是妳家嗎？女士？」

「是。你想幹麼？」

「我們來自環境保護局，夫人。只是來拜訪這條街上和其他街道的每一戶人家，萬一真碰上河水氾濫，得看看你們的防範是否周全。」

說話的男人約莫四十來歲，他的精靈是一隻看起來髒兮兮的知更鳥。另一個男人比較年輕，他的精靈是一頭水獺，此刻正站在漢娜大門外的沙包上。漢娜說話的時候，她朝年輕人挪近，年輕人一把將她抱起。

「我——」漢娜才開口。

「妳的沙包堆有漏縫，女士，」年輕男人說：「水會從那個角落淹進來。」

「噢。這樣啊，謝謝你讓我知道。」

「後面沒事吧？」另一個男人問。

「沒事，那裡也放了沙包。」

「介意讓我們看一下嗎？」

「好啊，我想可以吧……從這裡走。」

她領著他們走過自家與隔鄰圍欄之間的狹窄空間，並在他們查看檢視堆在後門的沙包時往後站一些。年紀較輕的男人檢視門板與門框之間的縫隙，年紀較長的男人指著隔壁人家問：

「妳知道誰住在這兒嗎？小姐？」

現在就改口叫小姐啦？她心想。

「一位霍普金斯先生，」她說：「他年紀很大了。我想他不在，住到他女兒那兒去了。」

男人隔著圍欄探頭探腦。屋裡很暗，靜悄悄的。

「沒堆沙包，」他說：「查理，我們最好放幾個在這裡，前後門都要。」

「好喔。」查理說。

「所以，河水要氾濫了嗎？」漢娜問。

「說不準，真的。天氣預報……」他聳聳肩。「最好有萬全的準備，我總是這樣想。」

「沒錯，」她說：「謝謝你們過來查看。」

「沒事兒，小姐。走囉。」

他們一路濺起水花走回那輛廂型車。漢娜衝著他們指出有漏縫的角落又拉又扯又踢，重新調整沙子錯落的位置，然後走進屋裡，把門鎖上。

●

麥爾肯一心要跟費內拉修女說話，想要問問那天晚上艾塞列公爵跟她說了些什麼，但他星期四放學後過去時，她絕口不談。

「如果你想幫忙，那就削蘋果吧。」她只這麼說。

他從來不知道這位老小姐這麼頑固。她甚至對麥爾肯提出的問題充耳不聞。最後，麥爾肯自己都覺得失禮，打一開始就應該知道會是這樣的結果，於是他不再吭聲，為那些長得歪七扭八、布滿褐斑的布拉姆利蘋果[19]削皮、挖核。修女們把最漂亮的果子賣掉，賣相不好的就留下來自己吃，但是，麥爾肯認為不管蘋果外觀如何，費內拉修女做出來的派都挺美味的。通常她都會留一小片給他。

幹了好一陣子活之後，麥爾肯這才開口：「不知道波特瑞先生現在怎麼樣了。」

「如果還沒被他們逮著，我想他應該躲在森林裡。」費內拉修女說。

「他可能會變裝打扮。」

「你想他會把自己偽裝成什麼樣子？」

「扮成……我不知道。他的精靈應該也得跟著偽裝。」

「這對小孩子來說，容易多了。」修女的松鼠精靈說。

「妳們小時候都玩哪些遊戲？」麥爾肯問。

「我們最愛的遊戲就是亞瑟王。」老小姐說著放下她手裡的擀麵棍。

「妳們怎麼玩？」

「把劍從石頭裡拔出來。你記得吧，沒有人拔得出來，根本不可能，亞瑟不知道這回事，他只是把手搭上劍柄，就這麼把劍拔了出來……」

她從抽屜裡拿出一把乾淨的刀，猛地刺進一大塊還沒揉過的麵糰。

「來，你假裝沒辦法拔出來。」她說，於是麥爾肯展開一連串默劇表演，彷彿使盡渾身力氣地拉扯、咕噥、咬牙切齒，卻完全無法撼動刀子。阿斯塔加入演出陣容，變成一隻猴子，握著麥爾肯的手腕使勁跟著拉拔。

「然後，亞瑟男孩回家拿他哥哥的劍。」費內拉修女的精靈說。

「這時他看見有一把劍插在石頭裡，於是他想，噢，我就拿這把吧！」費內拉修女說，她的精靈接著把故事說完：「然後他手搭上劍柄，就這麼把劍拔了出來！」

費內拉修女拔出刀，並在空中揮舞。

「於是，亞瑟就成為國王了。」她說。

麥爾肯大笑。這位老小姐五官擠成一團，皺出一個她自認高貴威嚴的眉頭，她的松鼠精靈竄上她的手臂，凱旋式地站上她的肩膀。

「妳總是扮亞瑟王嗎？」麥爾肯問。

「不是。但我總是想要扮他。通常我都是隨扈，或者地位較低的角色。」

「不過，我們倆自己也玩啊，」她的精靈說：「這種時候妳永遠都是亞瑟王。」

「是的，永遠都是。」她把刀子擦乾淨，放回抽屜。「你都玩些什麼呢，麥爾肯？」

「噢，大概就是探險遊戲吧。發現失落的文明之類的。」

「乘著你的獨木舟一路前進亞馬遜河？」

「呃，是啊。就是這類的事情。」

「你的船怎麼樣？有沒有撐過這個冬天？」

「嗯……我把她借給艾塞列公爵。就是他來看萊拉那時候。」

她沒說什麼，繼續擀麵糰。然後她說：「我相信他一定非常感激。」以她的溫和性格來說，此時的語氣幾乎稱得上嚴厲。

●

19 布拉姆利蘋果（Bramley apples），產於英國的一種蘋果，肉質硬、口感偏酸，通常不直接食用，適合拿來做派。

離開廚房之後，阿斯塔說：「她感到羞愧。她知道自己做錯事情，因此很難為情。」

「不知道班尼狄塔修女有沒有發現。」

「她可能乾脆不再讓費內拉修女照顧萊拉。」

「可能。但也有可能她還沒發現。」

「費內拉修女會坦承一切。」

「沒錯，」麥爾肯說：「也許她真會這麼做。」

他們沒去找泰普浩司先生，因為工作間裡沒亮燈。他可能提早回家了。

「不對，等等，」阿斯塔突然說：「那裡有人。」

此時已然黃昏；雨濛濛的灰色天空即將迎來無邊漆黑，黑暗會累積將近一個小時，天色才會真正暗下來。麥爾肯在走向小橋的路上停下來，回頭凝望黑漆漆的工作間。

「哪裡？」他低聲問。

「跑到後頭去了。我看見一道陰影……」

「到處都是陰影。」

「不，看起來像是個男人——」

他們距離工作間約莫一百碼。就著灰色暮光與小修道院窗戶透出來的點點黃光，這條碎石路上的動靜無所遁形。看不出有什麼東西在移動。這時，工作間後面有什麼一跛一跛走出來，身形看起來是一條大型狗，但厚實的肩膀高高隆起，那玩意兒站定，直勾勾瞪著他們。

「是個精靈。」阿斯塔輕聲說。

「是條狗嗎？那是——」

「不是狗。是土狼。」

「她有……她只有三條腿。」

土狼一動也不動，但她背後有個男人的身形從建築物暗處悄悄冒出來。他直視著麥爾肯，然後又遁入黑暗中，不過麥爾肯完全看不見他的臉。

男人的精靈留在原地，接著張開兩條後腿，路正當中，就地撒尿，她眼睜睜瞪著麥爾肯，那張有著結實下顎的臉自始至終都不曾轉開；微光映照下，麥爾肯只看見她眼底兩簇光閃耀。她歪拐著往前跨出一步，身體的重量都靠一條前腿撐著，又盯著麥爾肯好一會兒，這才轉身，笨拙地邁開步伐，重返陰影之中。

這段小插曲讓麥爾肯深感驚駭。他從來沒有見過殘廢的精靈、從來沒有見過土狼，更從來不曾感受到如此潮湧而來的惡意。然而……

「我們得趕緊……」阿斯塔說。

「我知道。變成貓頭鷹吧。」

她立刻變身，坐在麥爾肯肩膀上，全神貫注地盯著工作間漆黑的形影。

「我看不見他們。」她低聲說。

「盯緊那片陰影……」

他折回碎石路，或者應該說，沿著碎石路旁的草地折回廚房門口，慌亂地摸索著門把，跨進屋裡時差一點摔跤。

「麥爾肯，」費內拉修女說：「你忘了什麼了嗎？」

「我有點事得告訴班尼狄塔修女。她在辦公室嗎？」

「我想是吧，親愛的。一切都還好嗎？」

「還好，還好。」麥爾肯急忙衝到走廊。萊拉的嬰兒房附近仍然有著淡淡的、揮之不去的油漆味。他敲了敲班尼狄塔修女的門。

「進來，」她說，一看見他，頓時驚訝地猛眨眼睛。「怎麼了，麥爾肯？」

「我看見——我剛才——我們在回家的路上經過泰普浩司先生的工作間，然後我們看見一個男人——他的精靈是一隻三條腿的土狼——他們——」

「慢一點，」她說：「你有沒有看清楚他們的樣子？」

「只有那隻土狼。她、她只有三條腿，而且她……我不認為他們應該出現在這裡，所以，我的意思是，我想妳應該要知道，這樣妳就會更加更加小心，確認遮板都上了鎖。」

他無法告訴她土狼做了什麼。就算可以訴諸語言，他也沒有辦法將包藏在那個舉動裡的輕蔑與恨意說清楚。他覺得被那樣的舉動玷汙，被貶得很低很低。

修女一定從麥爾肯臉上瞧出某種端倪，因為她放下手中的筆，起身，一手扶在他的肩上。麥爾肯不記得修女曾經觸碰過他。

「但是，你仍然回來提醒我們小心警戒。麥爾肯啊，這真是善行。我們走吧，我得讓你平安回家。」

「妳不可以跟我一起回去！」

「你不希望我這麼做嗎？很好，我就在門口看著你離開。這樣可以嗎？」

「小心哪，修女！他——我不知道該怎麼說，妳聽說過身邊跟著這樣一隻精靈的男人嗎？」

「人們聽說的事情可多了。重點是，它們是否真的攸關緊要。跟我來。」

「我不想嚇到費內拉修女。」

「你真善良。」

「萊拉是不是——」

「她睡著了。你明天可以看她。她在泰普浩司先生的遮板後頭，安全得很。」

他們穿過廚房往外走，費內拉修女看著他們，一臉困惑，然後，班尼狄塔修女走到門邊。

「你需要不要一盞提燈，麥爾肯？」

「噢不必了，謝謝，真的不用。這樣夠亮了……阿斯塔可以變成貓頭鷹。」

「我會在這裡看著，直到你上了橋。」

「謝謝妳，修女。晚安。妳最好把所有門都鎖上。」

「我會的。晚安，麥爾肯。」

麥爾肯不知道，如果那個男人跳出來攻擊他，修女是否真能做些什麼，不過，因為修女的關注，他感覺備受保護，而且他知道，直到踏上那座橋，修女的目光一刻也不會離開自己。當他走上橋，他轉身、揮手。班尼狄塔修女揮手回應，然後走進屋裡，關上門。

麥爾肯一路跑回家，阿斯塔飛在他前面。他們倆跌成一團，摔進廚房。

「也該回來了。」他媽媽說。

「爸爸在哪裡？」

「在屋頂，對著火星打信號。不然咧？」

麥爾肯一路衝進酒吧，突然停下腳步，宛如瞬間急凍。一個麥爾肯從沒見過的男人坐在凳子上，單肘撐在吧檯上，腳邊躺著他的土狼精靈，只有一隻前腳。

男人正在跟麥爾肯的爸爸說話。酒吧裡還有其他六位酒客，沒半個坐在他倆附近；事實上，有幾個一向站在吧檯邊的客人，這會兒圍著一張桌子，坐在遠遠的角落，其他人也就近待著，就好像大家都想儘可能離那位陌生人遠遠的。

麥爾肯立刻心中有譜，接著看見他父親臉上的表情。陌生人看著麥爾肯，他父親在陌生人背後，眼神低迴，充滿疲倦，以及掩不住的嫌惡。陌生人轉過身，波斯戴先生才抬起頭，擠出一個開朗的微笑。

「你去哪兒啦，麥爾肯？」他問。

「老地方。」麥爾肯含糊地說，然後轉個方向。那隻土狼精靈喀滋喀滋磨著牙，又大又尖的黃牙塞在小小的頭顱裡。她真是醜得驚人。不管是什麼玩意兒扯掉她的右前腿，下場恐怕都挺慘的，如果筋肉讓那些牙齒給咬上了……

麥爾肯走到房間對面的幾張桌子。「需要什麼嗎？各位老爺？」他說，意識到自己的聲音在安靜的房間裡聽起來微微顫抖。

有人加點啤酒，一共兩品脫，他還沒離開，一位酒客就偷偷拽住他的袖子。

「要提防他，」桌邊傳來一陣低語。「跟那個男人往來時，一切小心。」

然後那人鬆手，麥爾肯拿起空酒杯走到酒吧另一頭。阿斯塔當然從頭到尾只盯著一個地方，這時她變成了瓢蟲，目光凝視的方向不那麼明顯。

「我到露台室看看。」麥爾肯說，他的父親隨意點了點頭。

露台室並沒有人，桌上卻有兩只空玻璃杯。他收拾杯子，低聲問阿斯塔：「他長得什麼樣子？」

「事實上，他看起來挺和善，對什麼都很感興趣，他聽人說話的樣子就好像……你說的正是他想要知道的。他沒什麼不對勁的。她才是……」

「他們是一體的，不是嗎？我們就是！」

「是啦，當然，不過……」

酒吧裡其他地方還有空酒杯，然而麥爾肯只管慢慢收拾。

「幾乎沒什麼客人。」他對阿斯塔說。

「那麼，我們不一定要待在酒吧。上樓，寫下來。這件事可以告訴瑞芙博士。」

他捧著酒杯走進廚房，開始清洗。「媽，」他說：「酒吧裡有個男人……」他告訴她離開小修道院時發生的事，並且再一次省略那隻精靈在碎石路上的舉動。「現在他就在這裡！爸看起來簡直受夠了。根本沒有人想要靠近他。」

「你折回去告訴班尼狄塔修女？她會確認門窗都關得緊緊的，大家都平平安安的。」

「但是，他是誰啊？他是做什麼的？」

「天曉得。如果你不喜歡他那副樣子，離他遠一點。」

這就是跟媽媽相處麻煩的地方。她總以為命令就是解釋。好吧，待會兒他會問他爸爸。

「今晚幾乎沒什麼人，」他說：「連艾莉絲也不在。」

「我跟她說早點走算了，反正店裡冷清清。如果那個男人變成常客，天天晚上都會像今天這樣。你爸就得叫他走人。」

「但是，為什麼——」

「別管為什麼。有功課嗎？」

「有一些幾何作業。」

「那麼你就吃你的晚餐吧，並且別再管這些事情。」

晚餐是乾酪花菜。阿斯塔這時變成一隻松鼠，挨在桌上玩堅果。麥爾肯狼吞虎嚥還燙了嘴，趕緊塞了一片涼掉的奶油李子派緩解。

剛才清洗的酒杯已經晾乾，於是他上樓之前將它們帶回酒吧。客人比剛才多了一些，那個有著土狼精靈的男人還是坐在吧檯的凳子上，稍晚進來的客人們坐在吧檯另一頭，無視他的存在。

「除了我們，」阿斯塔語帶不滿。「每個人似乎都認得他。」

那隻土狼精靈不曾移動位置。她趴在那裡，巴著那條殘肢又啃又舔，男人靜靜坐著，單肘架在吧檯上，左顧右盼，對周遭事物帶著一種淡淡的、心照不宣的興味。

然後，令人驚異的事情發生了。麥爾肯的爸爸跟剛來的客人在吧檯另一頭聊天，幾桌客人正在玩骨牌，他確定沒有人注意他在做什麼。在好奇心的驅使下，麥爾肯忍不住看著那個男人，男人也盯著他看回去。他約莫四十歲，麥爾肯心想，有著一頭黑髮與明亮的棕色眼睛，他的五官分明，容易辨認，簡直就像一張充分感光的黑影照片。他穿著那種旅行者可能會穿的衣服，也許稱得上英俊，但是他身上有一種活力與粗野胡鬧的氣質，卻又不是這兩個詞足以說明。麥爾肯無法不喜歡他。

那男人看見麥爾肯瞧著自己，露出笑容，還擠了一下眼睛。

那是一個彼此有所同謀的溫暖笑容。那笑容似乎在說：「我們知道一些事情喔，就我們倆……」指的是他跟麥爾肯。他的神情裡彷彿知道些什麼，也帶著胡鬧惡搞的況味。他以這樣的神情召喚麥爾肯加入一個小小的陣線同謀，跟全世界對著幹，麥爾肯忍不住微笑以對。正常情況下，阿斯塔基於禮貌應該會立刻衝下來跟那隻精靈交談，儘管她實在又醜又嚇人。不過，目前這種情況並不正常，所以，就只有一個好奇的男孩與臉上展露複雜吸引力的男人，而麥爾肯必須回應他的微笑。

然後，一切就結束了。麥爾肯把乾淨的酒杯放在吧檯，轉身上樓。

「我甚至不記得他穿了什麼。」臥房門一關上，他立刻這麼說。

「好像是深色衣服，」阿斯塔說。

「你認為他是罪犯嗎？」

「肯定是。不過她……」

「她好可怕。我從來沒見過任何精靈跟他們的人類差別這麼大。」

「不曉得瑞芙博士知不知道他是誰？」

「多半不知道吧。她認識教授、學者那一類的人。那傢伙不一樣。」

「還有間諜。她認識間諜。」

「我不覺得他是間諜。他太顯眼。每個人都會注意到那樣一隻精靈。」

麥爾肯開始做功課，拿起尺與圓規畫出圖形，通常他挺喜歡這份作業，此時卻完全無法專心。那個微笑仍然讓他心神迷惑。

●

瑞芙博士從來沒聽說過什麼人的精靈是這樣形式的傷殘。

「肯定有這樣的事，偶爾會發生吧。」她說。

麥爾肯告訴她那隻精靈在碎石路上的舉動，這更讓她感到困惑。精靈跟人類一樣非常注重隱私，當然啦，他們也是人類。

「嗯，是個謎呢。」她說。

「妳認為這個動作有什麼意義？」

「沒錯，麥爾肯。把它當成對真理探測儀提出的問題。看看我們能不能解釋這個問題指涉的所有符號。她在碎石路上的舉動是一種輕蔑的展現，對吧？」

「是啊，我認為是。」

「展現對你的輕蔑，對你這個觀看者，同時也是對她所在之處的蔑視，那就是小修道院囉。也許是衝著修女以及她們所代表的一切。那麼……土狼是吃腐肉的清道夫。它吃其他動物吃剩的腐肉與屍體，牠也會捕殺獵物。」

「所以牠很噁心，但是也有用處。」麥爾肯說。

「的確如此。我沒想到這點。而且牠還會笑。」

「是嗎？」

「斑點土狼又稱笑土狼。不是真的笑聲，而是牠的號叫聽起來像是笑聲。」

「就像鱷魚落淚，其實並不是真的在哭。」

「『偽善』，你是這個意思嗎？」

「偽善。」麥爾肯說，享受著這兩個字讀音的滋味。

「你說那個男人一直沒露面。」

「總之是躲在陰影裡。」

「形容看看他的笑容。」

「噢沒錯，這是他最奇怪的行為。他微笑，並且還擠眼睛。沒有其他人看見。就好像他要讓我知道，他知道我知道一些沒有人知道的事情。這是我們之間的祕密。但又不是……妳知道就是那種會讓你覺得恐怖、齷齪，或者有罪惡感的事情……」

「不是那種祕密？」

「感覺像是讓人開心的事。非常溫和、友善。雖然我自己都難以相信，但我實在忍不住有點喜歡他。」

「不過他的精靈一直在啃自己的腳，」阿斯塔說：「我都看著呢。傷口還翻著肉，我是說剩下的那截腿。有點血淋淋的。」

「這又意謂什麼？」麥爾肯說。

「她，他，他們是脆弱的，也許有這個意涵？」瑞芙博士說：「如果她失去另一條腿，她就完全不能行走。多麼悽慘的情況啊。」

「不過，他看起來並沒有發愁的樣子，好像從來不曾為了什麼事情煩惱或害怕。」

「你為他的精靈感到難過嗎？」

「不，」麥爾肯堅定地說：「我覺得挺慶幸的。如果那精靈不是傷成這樣，她的危險性就會更強大。」

「所以你對那個男人的看法猶豫不決。」

「就是這樣。」

「但你的父母……」

「我媽叫我離那人遠一點，卻沒說為什麼。我爸顯然討厭他出現在酒吧，卻沒有理由叫他離開，其他客人也討厭他在那兒。稍晚我問了我爸，他只說那人是個壞傢伙，他不會再讓他走進酒吧。不過，他沒告訴我那人做了什麼，或者為什麼是個壞傢伙，什麼也沒說。我想，可能只是他的感覺吧。」

「之後呢，你有沒有再見到他？」

「也不過就是前天的事。不過，沒有。」

「我看看能不能查出點什麼，」瑞芙博士說：「現在，聊聊你這星期讀的書吧。」

「符號圖片那本很難，」麥爾肯說：「大部分我都不懂。」

「你懂了些什麼？」

「事物……事物可以代表其他事物。」

「這就是重點。很好。其餘都是細節問題。沒有人記得住真理探測儀所有圖象的意義，所以需要書籍才能解讀。」

「像是祕密語言。」

「是，它就是。」

「意義是某人編造出來的？還是……」

「還是人們探究出來的？你是不是要問這個？」

「是，沒錯，」他有一點驚訝。「所以，答案是哪一個？」

「幾乎不可能確定。我們另外想個例子吧，找個不相關的事情。你知道畢氏定理嗎？」

「直角三角形的斜邊平方等於兩個直角邊的平方和。」

「完全正確。以上敘述是否每次運算都為真？」

「是。」

「那麼，在畢達哥拉斯搞清楚之前，這個定理是真實的嗎？」

麥爾肯想了想。「是的，」他說：「一定是真的。」

「所以，他並沒有發明這個定理，他是發現了這個定理。」

「對。」

「讓我們舉一個真理探測儀的符號為例。就拿蜂巢當例子吧，周圍環繞著蜜蜂。它的意義之一是甜美，另一個是光明。你看得出其中關聯嗎？」

「蜂蜜代表甜美。另一個……」

「蠟燭是什麼做的？」

「蠟！蜂蠟！」

「對。第一個明白這些意義的存在的人是誰，我們無從得知，但是，意義之間的相似性與連結性，是否在人們理解之前就已經存在，或者理解之後才發生？人們發明意義，還是發現意義？」

麥爾肯認真思考。「這兩個例子不盡相同，」他慢慢地說：「因為妳可以證明畢氏定理，所以妳知道定理為真。但是蜂巢無從證明。妳看見關聯性，卻無法證明……」

「好，這麼說吧。假定製造真理探測儀的人要尋找能夠傳達甜美與光明概念的符號。他們可能選擇任何事物嗎？比如說，他們可能選擇劍，或者海豚嗎？」

麥爾肯試著思考這樣的可行性。「不會，」他說：「妳可以卯起來扭曲意義，硬是把它們扯在一起，但是……」

「這就是了。甜美、光明與蜂巢之間存在某種自然的連結，跟劍與海豚卻沒有。」

「是喔。是這樣。」

「所以，意義是被發明，還是被發現？」

麥爾肯再度陷入苦思，然後他笑了。「被發現。」他說。

「好。現在試試這個。你能想像另一個世界嗎？」

「可以吧。」

「一個畢達哥拉斯不存在的世界。」

「好的。」

「那麼，他的定理在那個世界是否仍然為真？」

「是的。定理放諸四海皆準。」

「現在，想像那個世界裡住著像我們這樣的人，只是沒有蜜蜂。他們也會有甜美與光明的體驗，但是，他們要如何將這種概念符號化？」

「這個嘛，他們……他們會找到其他事物。也許糖象徵甜美什麼的，也許太陽象徵光明。」

「現在，想像另一個世界，又是一個不一樣的世界，那裡只有蜜蜂，沒有人類。那麼，蜂巢與甜美、光明之間還會有連結嗎？」

「嗯，這個連結就在……這裡，在我們的腦子裡。不在外面的世界。如果我們可以對另一個世界進行思考，我們就能看出某種連結，即使那裡沒有人可看出連結。」

「很好。儘管如此，我們還是無法肯定，你剛才提到的那種語言，那種符號語言，究竟是被發明，還是被發現的，不過，看起來比較像是——」

「比較像是被發現，」麥爾肯說：「不過，這跟畢氏定理還是不一樣。妳無法證明這種關聯。它取決於……取決於……」

「什麼呢？」

「取決於有人在那兒，可以看見關聯。定理則不需要。」

「沒錯！」

「這樣也有點算是被發明。如果沒有人看見，所謂關聯不過就是……可能根本就不會存在。所以，這有點像是量子理論，只有當你看見了，事情才會發生。我們有點像是，自身跟事情夾纏在一起了。」

他往後靠，微微感到頭暈。這個熟悉的房間很溫暖，椅子很舒服，一整盤餅乾就在手邊。如果說他媽媽的廚房是讓他感覺安全的地方，這個小房間就是讓他感覺世界有多大的地方，而且他知道，除了阿斯塔，他不會把這種感覺告訴任何人。

「我再一會兒就得走了。」他說。

「你很努力工作。」

「這是工作嗎？」

「是啊，我想是的。你不認為嗎？」

「我想是吧。我可以看看真理探測儀嗎？」

「它不能離開圖書館。我們手上只有一個。不過，這裡有張圖片，你可以留著。」

她從櫃子裡的抽屜取出一張折疊的紙，遞給麥爾肯。他將紙張攤開，畫面上是一個周邊分成三十六小格的大圓環。每一個小格裡有一張圖像，其中有螞蟻、樹、錨、沙漏……

「這裡有蜂巢。」他說。

「留著吧，」她告訴他。「我就是利用這張圖認識那些符號，現在我已經都記住了。」

「謝謝！我也會努力全背起來。」

「記憶是有竅門的，下次我會告訴你。目前與其記住所有符號，不如選定一個去思考，想想它代表什麼概念？它可以象徵什麼？」

「好，我會這麼做。那個——」他停下來。圖表裡的圓環、畫分出來的小格子，這讓他想起某樣東西。

「那個什麼？」

「它有點像我看到的某樣東西……」

於是他形容艾塞列公爵到鱒魚那天晚上，他看見的那個燦爛圓環。她立刻顯露出興趣。

「聽起來像是偏頭痛前兆，」她說：「你會嚴重頭痛嗎？」

「不會，從來沒有。」

「那就只是前兆。過些時候，也許你還會再看見那景象。你喜歡另一本書嗎？關於絲路那一本？」

「全世界我最想去的地方就是那裡。」

「總有一天，也許你真的會去。」

●

那天傍晚，有人把野美人號送回來了。

第十二章
艾莉絲開口了

麥爾肯吃完晚餐，正把布丁碗放進水槽，這時有人敲廚房的門，就是通往庭院的那一扇。沒有人從這裡進出，這就像規定一樣。麥爾肯望向他媽媽，但是她在爐灶旁忙著，而他距離門邊又近，於是就把門推開一道小縫。

外頭站著一個他不認識的男人，穿著皮夾克，戴著一頂寬邊帽，脖子上圍著一條藍白點點的手帕。也許是他穿著的某種風格，或者站立的姿態，總之令麥爾肯想到吉普賽人。

「你是麥爾肯？」男人問。

「是的。」麥爾肯回答，他的媽媽同一時間也問：「誰啊？」

那人往前跨一步，站到亮處，同時脫下帽子。他大約五十歲，身材精瘦，一身棕膚。他的神情冷靜，謙恭有禮，他的精靈是一隻非常大、非常美麗的貓。

「我是克朗．范．特塞爾，夫人，」他說：「我有東西要交給麥爾肯，如果您能允許他離開一會兒。」

「有東西？什麼東西？進來，就在屋裡交給他。」她說。

「那東西挺大的，不方便拿進屋裡，」吉普賽人說：「只要一會兒工夫。我得說明幾件事情。」

他媽媽的獾精靈從角落走到門邊，跟那隻貓精靈碰碰鼻子，低聲說了些什麼。然後，波斯戴太太點點頭。

「那就去吧。」她說。

麥爾肯把手擦乾，跟著陌生人走到外面。雨停了，但是空氣中浸潤著溼意，從窗子透出來的燈光照在露台與草地上，觸目所及一片霧濛濛，到處隱隱發亮，好像在水底似的。

陌生人步下露台，往河邊走。麥爾肯看見他剛才踏著溼透的草地而來，沿途留下的足印。

「你記得艾塞列公爵吧。」陌生人問。

「記得。是他——」

「他吩咐我將你的船帶回來，他說對你致上誠摯的謝意，並且希望你會滿意船隻目前的狀況。」

他們繼續往前走，窗戶裡透出來的燈光照不了那麼遠，男人擦起火柴點亮提燈。他調整油芯，關上玻璃燈罩。一束光落在前方的草地上，光線延伸直到小碼頭，野美人號就綁在那兒。

麥爾肯奔過去。河水滿漲，他心愛的獨木舟被托得比平常高一些，因此，他立刻就能看見外觀的改變。

「名字——噢，謝謝！」他說。

她的名字被漆成紅色，並以奶油白勾出細緻的輪廓線，手法之老練，這是他永遠也做不到的程度。白邊紅字在綠色船身映襯下，顯得那麼精神抖擻，那麼清晰明顯，說到船身……麥爾肯不顧草地溼答答的，跪下來仔細查看。有些地方不大一樣了。

「她被送到英國水域最好的造船匠手裡，」克朗．范．特塞爾說：「渾身每一吋都經過檢查與強化，塗上了特殊抗腐蝕的油漆，這款油漆還有另一個厲害的功能。除了真正的吉普賽船，她將是泰晤士河上速度最快的船，渡水行舟就像熱刀子切過奶油。」

麥爾肯滿懷驚嘆地輕撫獨木舟。

「給你瞧點其他東西，」那位訪客說：「看見舷牆上那排托架了嗎？」

「它們是做什麼用的？」

男人探手伸進獨木舟，抽出滿滿一把細長的榛木枝。他拿了一根，其餘的都交給麥爾肯，接著俯身將樹枝的一頭塞進獨木舟外側托架，然後使勁將樹枝朝內側彎曲，塞進靠近身體這一側的托架。如此，在獨木舟上方形成一個漂亮的箍圈。

「另一個由你來試試。」說著，他把提燈對準下一個托架。麥爾肯試了幾次總算搞定。他發現要把樹枝扯彎不必費什麼力，但是一旦兩端塞好固定，樹枝就變得非常穩固，不鬆不動。

「它們是做什麼用的？」他問。

「我就不示範了，不過，船中央的橫梁座底下有一塊防水布。那是炭絲織成的特殊布料。你把所有木條都裝好，把防水布給鋪上，哪怕外頭雨下得再大，你都能在船上儘管過你的小日子。船邊有固定裝置，你摸索摸索就知道怎麼做了。」

「謝謝你！」麥爾肯說：「這真是——噢，這真是太棒了！」

「你真該感謝的是艾塞列公爵。不過，這是他對你的感謝，所以，你們扯平了。麥爾肯，現在我得問你一、兩個問題。我知道你會拜訪一位叫做瑞芙博士的女士，我也知道原因。你可以告訴她這件事，也可以提到我，如果她還需要知道更多，你就跟她說奧克立街這四個字。」

「奧克立街。」

「沒錯。這會解除她的疑慮。那四個字別對其他任何人說，記得啊。你告訴她的每一件事情最終都會回覆到我這裡，不過，時間緊迫，有一件事我急著知道。我想，多數來到鱒魚的人你都見過吧？」

「是，的確如此。」

「你知道很多人的名字吧？」

「嗯，我認識一些人。」

「你認識一位傑若德．波奈維爾嗎？」

麥爾肯還沒來得及回答，他身後的廚房門打開了，他媽媽的聲音喊著：「麥爾肯！麥爾肯！你在哪兒？」

「我在這裡，」他喊回去：「再一分鐘就好。」

「好，只給你一分鐘。」她又喊，然後回到廚房。

麥爾肯等她把門關上，接著才說：「范．特塞爾先生，究竟怎麼回事？」

「提醒你小心兩件事，然後我就要離開。」

這時麥爾肯才注意到水上還有另一艘船，一艘長而扁，有船艙的汽船，馬達輕巧無聲地轉動，穩住船身不隨波逐流。船上沒有燈光，依稀可以看出舵輪旁另一個男人的身影。

「首先，」范．特塞爾說：「未來幾天，天氣會好轉。陽光、暖風。別被糊弄了。還會下雨，雨勢甚至更大，接著就是百年來前所未見的大洪水來襲。而且不是普通的大洪水。每一條河都濱臨氾濫，許多水壩即將崩垮。河川保護局根本不管事。水底有些什麼被驚擾了，天上的情況也是如此，對他們來說，兩者都清楚而鮮明，因為他們都能夠解讀那些符號。跟你爸媽說，做好準備。」

「我會的。」

「其次，記得我說過的這個名字：傑若德．波奈維爾。這傢伙你一看見就會認得，因為他的精靈是一隻土狼。」

「噢！對！他來過這裡，幾天前的事。他的精靈只有三條腿。」

「現在只剩三條啦？他跟你說了什麼沒有？」

「沒有。我不認為有人想跟他說話。他自己一個人喝酒，看起來人挺好的。」

「嗯，他可能會對你示好，你別接近他。落單的時候千萬別讓他堵著。不要跟他有任何牽扯。」

「謝謝，」麥爾肯說：「我不會的。范．特塞爾先生，你是吉普賽人嗎？」

「是，我是。」

「那麼，吉普賽人反對CCD囉？」

「不是人人一個樣啊，麥爾肯。有些反對，有些則不。」他朝河面低聲吹了一記口哨，汽船立刻掉頭，悄悄朝防波堤駛近。

范．特塞爾協助麥爾肯將野美人號拖上草地。「記住我說過關於洪水的事，」他說：「還有波奈維爾。」

他們握手，然後吉普賽人走上汽艇。不一會兒，馬達聲稍稍增強，那艘船快速往上游離去，消失在黑暗中。

●

「剛才是怎麼一回事？」兩分鐘之後他媽媽開口了。

「我把獨木舟借給某人，剛才那個人把船帶回來。」

「噢。這樣啊。把這幾份晚餐送過去。大壁爐旁邊那一桌。」

一共是四份烤豬肉佐蔬菜。盤子很燙，他一次只能拿兩份，不過他已經儘可能地快了，接著還為用餐的客人送來三品脫獾啤酒與一瓶淡艾[20]，這時已經是傍晚，忙碌週六夜，幾個星期以來都是這樣。麥爾肯留意著精靈是三腳土狼的男人，卻沒看見他們的身影。他勤奮工作，收了很多小費，待會兒全都要餵海象。

忙進忙出的過程中，他聽見幾位常客討論起河水水位，於是停下來聽他們聊，他自有方法，也一直都這麼做，幾乎沒有人注意。

「好幾天沒再漲了。」有人說。

「現在他們知道怎麼控制水位了，」另一個人說：「記得當年河川管理局還歸老巴利負責的時候嗎？他每下一場陣雨都要陷入恐慌。」

「不過，那時候從來沒淹過水，」第三個人接腔。「這陣子的雨，不尋常。」

「停了嘛。氣象局——」

其他人發出鼓譟嘲笑。

「氣象局！他們知道啥？」

「他們擁有最新的科學儀器，當然知道大氣裡頭發生什麼事情。」

「那麼，他們怎麼說啊？」

「他們說好天氣就要來了。」

「哎呦，他們也許就說對了這麼一次。風向變了，是吧？北方的乾空氣一路吹下來。等著瞧，天一亮就放晴，接下來一個月都不會下雨。整整一個月的陽光呢，各位。」

「我可沒那麼有把握。我祖母說——」

「你祖母？她懂得比氣象局還多？」

「如果海陸軍都聽我祖母的，而不是氣象局，他們日子可就好過多了。她說——」

「你知道河水為啥沒淹過河岸？水資源科學化管理，靠的是這個。他們知道該怎麼做，怎麼把水留住，什麼時候該調節；他們幹得比老巴利時代好。」

「水都淹到格洛斯特來了——」

---

20 獾啤酒（Badger），成立於一七七七年的英國酒廠旗下產品。淡艾（IPA），印度淡色艾爾啤酒（India Pale Ale）。

「水草甸[21]吸收的水量還不到應有的十分之一。我見過更嚴重的——」

「水資源科學化管理——」

「一切取決於大氣的狀況——」

「水位在退了，你看著吧——」

「我祖母——」

「不對，最壞的部分已經過了。」

「給我們再來一品脫獾啤酒好嗎，麥爾肯？」

麥爾肯上床的時候，阿斯塔說：「范．特塞爾先生知道得可比他們多多了。」

「就算我們提出警告，他們也不會聽。」他說。

「別忘記查那個單字……」

「啊對喔！」

麥爾肯衝進起居間，找出家用字典。他告訴瑞芙博士關於燦爛圓環的景象時，博士說了一個字，他想要確認。他知道「偏頭痛」的意思，他媽媽有時候會來這麼一下，只是她說那是「半邊疼」。不過，另一個字……

「找到了。應該是吧。」

知更鳥阿斯塔站在他的胳臂上盯著書頁，然後讀出來：「『極光：極地區域一種電子能量在天空發光的現象，伴隨震顫移動與光幕，有時也稱北極光……』你確定是這個字？聽起來更像『萊拉』，兩個音節。」[22]

「是，」麥爾肯堅定地說：「就是這個。就是北極光，就在我腦袋裡。」

「不過，這裡並沒有提到燦爛。」

「也許每一次的情況都不同。但是，震顫與發光都有啊。不論是什麼原因形成北極光，一定也同樣形成那個燦爛圓環。我確定！」

他的腦袋裡面與北極的遙遠天空有某種直接聯繫……這種想法讓他覺得無上尊榮，甚至心生敬畏。阿斯塔並沒有完全被說服，但是麥爾肯非常興奮。

●

隔天早上，他幾乎等不及要到外面，他要在日光下看看他的獨木舟，但是，經過前一晚的忙碌，他爸爸需要人手幫忙打掃酒吧。野美人號只能先擱著。

於是他在餐桌與廚房之間奔走，手指極盡可能多勾住幾個啤酒杯把手，或單手拿四個玻璃杯：中間三指卡三個，姆指、小指夾住第四個。當他把杯盤送進廚房清洗槽交給艾莉絲，通常都是把東西往流理台一放，二話不說轉身走人，這天卻有什麼讓他不禁停下來看著她。艾莉絲似乎非常心不在焉，像是有心事。她不斷四下張望，清清喉嚨好像要說話，轉過身面向水槽，瞥了麥爾肯一眼。麥爾肯很想問：「幹麼？怎麼了？」但是他憋住沒開口。

然後有那麼一時半刻，他媽媽離開廚房。艾莉絲直勾勾望著麥爾肯，壓低聲音說：「嘿，你認識那些修女？」

麥爾肯太驚訝，一下子無法回應。他剛剛收拾了六只乾淨的玻璃杯準備帶回酒吧，這會兒又全部擱下，然後說：「小修道院裡的？」

21 水草甸（water-meadows），十六至二十世紀之間，主要應用於歐洲，用來控制灌溉、提升農產量的特定草原區域。

22 極光（aurora），麥爾肯將瑞芙博士所說的偏頭痛前兆（aura），誤聽為極光（aurora）。

「當然。只有那裡才有修女，不是嗎？」

「不是。其他地方也有。她們怎麼了？」

「她們是不是照顧著一個小寶寶？」

「是啊。」

「你知道那是誰的孩子？」

「知道啊。怎樣？」

「有一個男人——嗯，晚點跟你說。」

麥爾肯的媽媽回來了。艾莉絲頭一低，雙手刷的浸入水裡。麥爾肯拎著玻璃杯走回酒吧，看見他爸爸正在讀報。

「爸，」他說：「你覺得會鬧水災嗎？」

「昨晚他們聊的就是這個吧？」他爸爸說，順手翻開體育版。「是啊。艾迪森先生認為不會，因為從北方吹來的風是乾的，接下來一整個月都會出太陽，不過特威格先生說他祖母——」

「噢，別理他們。你的獨木舟怎麼回事？你媽說昨晚有個吉普賽人把它送回來。」

「記得艾塞列公爵嗎？我把船借給他，那個男人把它送回來。」

「我不知道他跟吉普賽人有交情。他為什麼要跟你借獨木舟？」

「因為他喜歡划獨木舟，而且想要趁著月光往上游去。」

「有些人就是無法以常情理解。你的船回來了，運氣算不錯。船況還好嗎？」

「從來沒有這麼厲害過。而且爸，那個吉普賽人說，就這幾天稍微放晴，之後雨會下得更厲害，然後會發生百年一見的大洪水。」

「他這樣說？」

「他要我提醒你小心。因為吉普賽人能判斷水裡和天上的徵兆。」

「你有沒有提醒昨晚那些老傢伙？」

「沒有。他們已經有點醉了，而且我不認為他們聽得進去。不過，他確實要我提醒你。」

「嗯，他們在水上過日子，這些吉普賽人……這麼說來，他的意見的確值得留意。不過也不需要太當一回事。」

「他可是嚴肅看待這件事喔。預先做好準備也沒什麼不好。」

波斯戴先生想了想。「說得也是，」他說：「就像諾亞。你想我跟你媽，我們三個人擠得進野美人號嗎？」

「沒辦法，」麥爾肯非常確定。「但是你應該要把平底船修好。也許媽媽應該把她的麵粉啊有的沒有的放到樓上這裡，而不是堆在地窖。」

「好主意，」他爸爸說，注意力重新回到體育版。「你去跟她說。露台室收拾了沒？」

「我正要去。」

麥爾肯看見他媽媽走進酒吧，跟他爸爸說起蔬菜什麼的，於是趕緊帶著露台室的玻璃杯回到廚房。

「妳說有一個男人，然後呢？」他對艾莉絲說。

「我不知道該不該說。」

「如果跟小寶寶有關……妳說了一些關於小寶寶的事，接著提到一個男人。什麼男人？」

「這個嘛，我不知道。也許我說太多了。」

「不，妳說得不夠多。什麼男人？」

她四下張望。「我不想惹麻煩。」她說。

「跟我說就好。我不會出賣妳。」

「好吧……這個男人，他的精靈缺了一條腿。她是一隻土狼，還是什麼的。醜得不得了。不過那個人很好，或者說，好像還可以吧。」

「是啊，我看過他。這麼說，妳跟他見過面？」

「算是吧。」她說，而且她臉紅了，於是轉過身子。站在她肩膀上的寒鴉精靈眼神朝下，頭別到一邊，不看麥爾肯。然後她接著說：「我跟他說了一會兒話。」

「什麼時候？」

「昨天晚上。在杰里科。他問起小修道院的小寶寶、修女，這一切……」

「什麼意思，這一切？他還說了什麼？」

「他說他是小寶寶的父親。」

「才不是！那孩子的父親是艾塞列公爵。我知道的。」

「反正，他說他是，他想知道她在小修道院裡是不是被照顧得好好的，她們晚上有沒有把門鎖好——」

「什麼？」

「還有，那裡總共有多少位修女，就這樣。」

「他有沒有告訴妳他的名字？」

「傑若德。傑若德．波奈維爾。」

「他有沒有說為什麼他想要知道修女跟小寶寶的事？」

「沒有。我們也不是只談這件事。不過……不知道啦……就是有一種詭異的感覺。他的精靈一直在啃那條血淋淋的腿……不過，他人很好。他給我買了炸魚薯條。」

「他自己一個人？」

「嗯，是啊。」

「妳呢？有沒有朋友跟著妳？」

「如果有呢？」

「他說的話也許就有不同的解釋。」

「我自己一個人。」

麥爾肯不知道還能問什麼。想辦法查出任何蛛絲馬跡顯然是當務之急，但是，這時候的他，想像力是有限的：他無法想像一個成年男子跟一個孤身少女深夜獨處，圖的是什麼，或者這兩個人之間可能有什麼往來。他也不明白她為什麼會臉紅。

「妳的精靈有沒有跟那隻土狼說話？」他停了一會兒，又問。

「他試著想聊聊，但她什麼也沒說。」

她面向水槽，垂下頭，兩手用力泡進水裡。麥爾肯的媽媽從酒吧回到廚房。麥爾肯帶著乾淨的玻璃杯走出去。說話的時機過了。

艾莉絲做完早上的活兒，穿上外套正準備離開，麥爾肯看見了追上去，在門廊叫住她。

「艾莉絲——等等……」

「你想幹麼？」

「那個男人，帶著土狼精靈——」

「別提了。我什麼都不該說的。」

「有人要我小心他。」

「誰？」

「一個吉普賽人。他說別接近那個人。」

「為什麼？」

「我不知道。不過他是認真的。總之，如果妳再見到他，我是說波奈維爾，妳可以告訴我他說了什麼嗎？」

「不關你的事。我不該告訴你的。」

「因為我擔心那些修女，妳懂吧。我知道她們為了安全問題之類的事很憂慮，是她們跟我說的。所以她們才會裝上那些新的遮板。如果那個波奈維爾想要打聽關於她們的事情……」

「他人很好。我跟你說過了。也許他想幫助她們。」

「事實上，有一天晚上他在酒吧裡，沒有人願意接近他。大家好像都很害怕。我爸說如果他再出現，他不會讓他進門，因為他讓其他客人不來了。大家都知道關於他的某些事情，就好像他坐過牢似的。還有那個吉普賽男人也提醒我小心他。」

「他沒讓我覺得擔心害怕。」

「總之，如果妳再跟他見面，可以告訴我嗎？」

「應該可以吧。」

「特別是如果他問起關於小寶寶的事。」

「你為什麼這麼擔心那個小寶寶？」

「因為她還是個小寶寶。除了修女，沒有人在那兒保護她。」

「而你認為你可以？是這樣嗎？你打算從大壞蛋手裡救出小寶寶？」

「妳到底可不可以告訴我？」

「我說我會。不要一直鬼打牆。」

她轉身，走進淡淡的陽光裡，步伐踩得又重又急。

●

那天下午，麥爾肯來到挨著主屋搭建的小棚子，細細查看野美人號全面進化後的模樣。如范·特塞爾先生所說，炭絲織成的防水布又輕又不透水（他測試過），用來扣緊兩側舷牆的夾子簡單好用又牢固。防水布跟船身一樣，都是水綠色，等一切都裝置妥當，他想，他的船與水色交融，簡直像隱形了一般。

水流很強，所以，他決定不帶她出去測試新油漆的滑順程度，不過，他的指尖已經告訴他差別有多大：多麼棒的一份禮物！

獨木舟裡沒有其他驚喜了，麥爾肯拉出舊防水布整個覆蓋住，確定四角都以木樁釘牢。

「可能會再下雨。」他這麼對阿斯塔說。

不過，完全沒有這樣的跡象。一整天都是乾冷的陽光普照，太陽下山時天空全是紅的，這意謂明天陽光更盛。紅雲漸漸散盡，傍晚變得非常冷，鱒魚裡只有寥寥可數的幾個客人，這還是幾個星期以來頭一遭。他媽媽決定不烤帶骨的大塊豬肉，也不烤派了，因為做多了也沒人吃。晚餐就用火腿蛋伺候吧，再搭配炸薯塊，這還得來得早；如果來晚了，你就只有麵包跟奶油。

因為客人這麼少，也因為助理酒保法蘭克還是很負責地坐檯當班，這會兒，麥爾肯跟他的爸爸媽媽才能在廚房裡共進晚餐。

「乾脆把這些冷薯塊都解決了。你還能再吃一些嗎？瑞格？」

「那還用說。全部都炸了吧。」

「麥爾肯呢？」

「好啊，麻煩妳。」

於是薯塊全都下了鍋，滋滋滋的噴油，讓麥爾肯口水直流。他開心地跟父母同桌而坐，什麼也不想，滿足於屋裡的暖意與炸物的香氣。

然後，他意識到他媽媽正在問他話。

「說啥？」

「再來一次，要有禮貌。」她說。

「噢。不好意思，您剛才說什麼？」

「這樣好多了。」

「這孩子在作夢。」他爸爸說。

「我說，之前你跟艾莉絲在聊些什麼？」

「他跟艾莉絲聊天？」波斯戴先生說：「我以為這兩個人之間有個互不往來條約呢。」

「沒什麼。」麥爾肯說。

「仔細想想，艾莉絲要離開的時候，他跟人家在前廊瞎扯了五分鐘，」他爸爸說：「一定是很重要的事吧。」

「不是啦。」麥爾肯開始覺得不自在。他並不想特意隱瞞父母什麼，不過，他們通常也不會有時間追問任何事情一次以上。往往一個模稜兩可的答案就能把他們搞定。但是，這個傍晚沒其他可忙的，麥爾肯跟艾莉絲說話這件事便成為關注焦點。

「我回到廚房的時候你正在跟她說話。」他媽媽說：「我簡直不敢相信我的眼睛。難道她變友善啦？」

「沒有，不是那樣，」麥爾肯百般不情願地回答：「她只是問起那個身邊跟著三條腿精靈的男人。」

「為什麼？」他爸爸說：「那天晚上她又不在，怎麼知道那男人來過？」

「我說了她才知道。因為那男人向她問起關於修女的事，所以她就來告訴我。」

「那人問起修女的事？什麼時候？」他媽媽說，一面將炸薯塊端上桌。

「前幾天晚上，在杰里科。他跟艾莉絲聊天，然後問起修女跟小寶寶。」

「那人為什麼找艾莉絲講話？」

「不知道。」

「艾莉絲就自己一個人嗎？」

麥爾肯聳聳肩。他剛往嘴裡塞進一叉子的熱薯塊沒法說話。不過，他確實看見父母親交換了一個眼神，那意謂無聲的警戒。

當他把滿嘴的食物吞進去，他說：「那個男人是怎樣？為什麼酒吧裡每個人都遠遠地避著他？還有，如果他跟艾莉絲聊天又怎樣？她說他人很好。」

「問題是，麥爾肯，」他爸爸說：「他以使用暴力著稱，還會……還會攻擊女人。人們不喜歡他。那天晚上在酒吧裡你也看見了。那隻精靈，她會讓周遭的人覺得怪怪的。」

「那個人也沒辦法呀，」麥爾肯說：「我們沒辦法改變自己精靈最後定下來的樣子，不是嗎？」

「你有所不知呢。」地板上傳來一個沙啞、渾厚又沉緩的聲音。她媽媽的獾精靈很少說話，一旦開口，麥爾肯總是全神貫注地豎起耳朵聽。

「你的意思是，我們可以選擇？」他說，感到非常驚訝。

「你剛才並不是說**無法選擇**，你是說**沒辦法改變**。事實上是可以的，只是我們不知道自己正在進行改變。」

「但是怎麼做呢——你怎麼——」

「吃你的飯，有一天自然就會搞清楚了。」說著，他慢慢走回角落的床墊。

「嗯。」麥爾肯說。

他們沒再提起傑若德．波奈維爾。麥爾肯的媽媽說她擔心自己的媽媽，老太太最近身體不大好，又說隔天要回吳爾夫寇特的娘家探視。

「她那裡有沒有足夠的沙包？」麥爾肯問。

「用不著了啦。」他媽媽說。

「范．特塞爾先生說，大家都以為雨停了，不過，還會再下，而且會有大洪水。」

「是嗎，真的？」

「他說要妳提高警覺。」

「妳見到他了，布蘭達？」他爸爸說。

「那個吉普賽人？是啊，打了個照面。非常客氣，輕聲細語的。」

「他們確實很了解河川。」

「所以外婆也許需要多一點沙包，」麥爾肯說：「如果真的需要，我來幫她。」

「我會把這件事放在心上，」他媽媽說：「你跟修女們說了嗎？」

「到時候她們都必須待在這裡，」麥爾肯說：「還得帶著萊拉。」

「誰是萊拉？」他爸爸問。

「當然是那個小寶寶啊。她們幫艾塞列公爵照顧的那孩子。」

「噢。不過，這裡無法容納所有修女。而且我們恐怕也不夠聖潔。」

「別傻了，」波斯戴太太說：「聖潔這種事交給她們就好。人家只是需要個乾爽的地方落腳。」

「也許不會待太久。」麥爾肯說。

「這樣行不通。不過你最好還是提醒她們一聲，就像你媽說的。布丁是什麼口味？」

「燉蘋果，吃到算你賺到。」她說。

麥爾肯擦乾餐盤，道了晚安，然後上樓。沒有作業，於是他取出瑞芙博士給他的圖表，就是列有真理探測儀各種象徵符號的那一張。

「要很有系統地學習。」阿斯塔說。

他不認為這句話值得回應，因為他向來都是條理分明。他們就著燈光細看，逐一寫下圖表中呈現，或者企圖呈現的三十六個圖案；不過，圖案太小，無法全部辨認。

「我們得要問她。」阿斯塔說。

「有些倒是很容易看出來。像是骷髏頭，還有沙漏。」

這是一項費力的工作，他把所有認得的全部列出來，其餘的就留白，至此，他跟阿斯塔都覺得花在這上頭的時間也夠了。

他們還不想睡，卻也不想看書，於是麥爾肯拎起燈，他們倆就在這棟老宅子的客房裡穿梭，遠眺河對岸。他自己的臥房在另一面，沒辦法經常盯著小修道院的動靜，所有的客房則是都面向河邊，視野比較好；而且這時正好沒有客人留宿，他可以隨意出入任何一間。

位置最高的一間客房緊挨在屋簷下，他走進，捻熄了燈，倚在窗台上。

「變成貓頭鷹。」他低聲說。

「已經是了。」

「我看不見妳嘛。盯著那邊。」

「已經盯著了！」

「看得見什麼嗎？」

一陣安靜。然後她說：「有一扇遮板是開著的。」

「哪一扇？」

「頂樓，往前數第二扇。」

麥爾肯只看得出窗戶的樣子，因為大門的燈光在這宅子另一面，半圓月也照在另一面；他好不容易才看出所以然。

「嗯，明天我們得告訴泰普浩司先生。」他說。

「水流聲音很吵。」

「是啊……不知道她們有沒有經歷過河水氾濫？」

「小修道院在這裡這麼久了，她們一定經歷過。」

「應該會有個故事。彩繪玻璃上應該會有相關圖案什麼的。我來問問費內拉修女。」

麥爾肯胡亂想著，不知道什麼圖案夠小又夠清楚，可以塞進真理探測儀刻度盤上的格子裡，並且可以象徵洪水。也許需要有兩張圖像混搭，也許它本身就是另一個圖像的底層意義。他會問問瑞芙博士。他也會把吉普賽人的洪水示警告訴博士。他非這麼做不可，如果博士的房子淹水，光是想到那些書就令人煩惱……也許他可以幫忙把書搬到樓上。

「那是什麼？」阿斯塔問。

「什麼？哪裡？」

麥爾肯的眼睛這時已經適應了黑暗，或者最多也就是這種程度了，總之，他只能看見那棟石造建築與顏色較淺、裝上遮板的窗戶外形。

「那裡！就在牆角！」

麥爾肯瞪大眼睛使勁瞧。是不是有什麼東西在動？他無法確定。

接著，他真的看見有個什麼在牆底下：只是一團比建築物稍微暗一點的影子。約莫一個人大小，卻又不成人形。原本應該是肩膀的地方有一大塊隆起，而且沒有頭，這團陰影像螃蟹一樣橫著移動……麥爾肯感到一波龐大的恐懼湧過他的心臟，嘩的直灌進胃裡。然後，陰影消失了。

「那是什麼？」他悄聲問。

「一個男人？」

「沒有頭——」

「是個男人扛著什麼東西？」

麥爾肯想了想。可能是。「他在做什麼？」他說。

「把遮板關起來？也許是泰普浩司先生？」

「他扛著什麼？」

「一袋工具……？我不知道。」

「我不認為那是泰普浩司先生。」

「其實我也覺得不是，」阿斯塔說：「動作姿態不像是他。」

「是那個男人——」

「傑若德．波奈維爾。」

「沒錯。但是，他扛著什麼？」

「工具？」

「噢！我知道了！他的精靈！」如果是她趴在他肩膀上，那團隆起就說得過去，也解釋了為什麼看不見那人的頭。

「他在幹麼？」阿斯塔說。

「是不是想要爬上——」

「他有梯子嗎？」

「沒辦法看見。」

他們倆再度卯起來盯著看。如果那是波奈維爾，而且想要爬進遮板後頭的窗戶，他勢必得扛著他的精靈；他不能把她留在地面。每一位修屋頂的工人、磚瓦匠、尖塔建築工的精靈都是能飛的，要不就是小到可以放進口袋裡帶上高處。

「我們應該要告訴爸爸。」麥爾肯說。

「除非我們可以確定。」

「我們是確定啊，不是嗎？」

「這個嘛……」她替他說出了心中的猶豫。

「他的目標是萊拉，」他說：「絕對是。」

「你覺得他是個殺人魔？」

「不過，他為什麼會想要殺害一個小寶寶？」

「我認為他是殺人魔，」阿斯塔說：「甚至連艾莉絲也怕他。」

「我還以為她喜歡他。」

「你實在沒看出多少苗頭，是吧？我從她的精靈就看得出來，她也被嚇壞了。所以才會來問我們關於那傢伙的事。」

「也許，他想要帶走萊拉是因為他真的是她的父親。」

「你看——」

那團陰影再度出現在建築物旁邊。那男人搖搖晃晃走著，他扛在肩上的東西好像蠕動著落到地面；然後，他們聽見一陣駭人的高八度狂笑。

那男人與他的精靈似乎繞著圈圈跳起瘋狂的舞步。那陣詭異的笑聲折磨著麥爾肯的耳朵；聽起來就像不斷從喉嚨嗝嗝湧出，極其痛苦的嘶吼。

「他在打她……」阿斯塔低聲地說，簡直無法置信。

她說話的同時，麥爾肯也看清楚了。那男人手上有一根棍子，他逼著那隻土狼精靈退到牆邊，然後暴怒地抽打再抽打，她根本逃不掉。

麥爾肯與阿斯塔嚇壞了。她變成一隻貓鑽進他懷裡，他把臉埋進她的毛裡。他們從來沒有想到居然會有這麼邪惡的事。

這聲音鬧得連小修道院裡也聽見了。一道微光跳動著照向遮板破了的窗戶，接著就定在那兒，光點旁出現一張蒼白的臉孔往下探看。麥爾肯認不出那是哪一位修女，跟著，又冒出一張臉湊近前，窗戶猛地被推開，敞向黑暗，迎入一陣又一陣痛苦的笑聲。

兩顆腦袋伸長了往下看。麥爾肯聽見什麼人威嚴的叫喊，認出那是班尼狄塔修女的聲音，卻聽不出詳細內容。就著上頭微弱的提燈光線，麥爾肯看見那個男人抬頭往上看，說時遲那時快，土狼精靈拚命打斜一跳，腳步蹣跚地離開，當她走到人類與精靈之間無形牽絆所能容忍的極限距離，男人無可避免地感到來自內心深處的撕扯力道，只得踉蹌追上。

她拖著身體往前走，一跛一跛儘可能地快，那個失控暴怒的男人追了上來，揮著手裡的棍子又抽又打，瘋狂笑聲似的痛苦號叫縈繞不去。麥爾肯看見兩位修女目睹這一幕，畏懼地縮回窗裡，她們拉上遮板，光線隨之隱沒。

號叫聲漸漸消失。麥爾肯與阿斯塔在極度恐懼中緊緊擁住彼此。

「從來沒……」她低聲說。

「……從來沒想到，我們居然會看見這種事情。」他替她把話說完。

「是什麼讓他做出這樣的事？」

「這肯定也會傷害到他自己。他一定是失心瘋了。」

他們緊緊相擁，直到那噪亂的笑聲完全消失。

「他一定恨透她了，」他說：「我沒辦法想像……」

「你想，修女們看見他做的事了吧？」

「是啊，她們第一次探頭出來就看見了。但那人聽見班尼狄塔修女喊叫時停了一秒，他的精靈趁機逃走。」

「如果出聲喊叫的人確實是班尼狄塔修女，我們可以問……」

「她不會說的。有些事情她們不想讓我們知道。」

「如果她知道我們也看見了，也許……」

「也許。反正我不會告訴費內拉修女。」

「不可以，不能說。」

那個男人跟他飽受折磨的精靈已經走遠，四周只剩下一片黑暗與河水的聲音；又過了一分鐘，麥爾肯與阿斯塔悄悄溜出客房，他們把燈吹熄，摸黑回到床上。他們睡著之後，他夢見野狗，一大群野狗，五十或六十隻，各種品種都有，在廢棄城市的街道上狂奔，他看著牠們，感到一股奇妙的、狂野的興奮；直到早晨睡醒，那感覺都還在。

第十三章
波隆那的探測儀

在鱘魚裡受到部分酒客高度推崇，同時也備受部分人輕蔑的氣象局，其科學儀器如常發揮作用，同時也如實向操作員展現他們光是觀測天空就能得到的結果。天氣晴朗而寒冷，日與夜的天空都很清澈；沒有下雨的徵兆。在大西洋更遙遠的深處，在人們無法探知的所在，那兒也許有著各種惡劣的天候；也許存在所有低氣壓的源頭，也許它挾帶著克朗·范·特塞爾向麥爾肯預測的那種大洪水，一路朝英國而來；然而，沒有儀器能夠預見這一切，也許，除了真理探測儀之外。

於是，牛津的居民閱讀報上的天氣預測，享受著灑在他們臉上的微弱陽光，然後把沙包收起來。河水依然湍急，波特利鎮有一條狗落水，很快被捲走、溺死，牠的主人根本來不及搶救；水位下降的跡象微乎其微，不過，河床並未塌陷，路面都是乾的，所以人們認為最糟的時刻已經過了。

那個星期一，漢娜·瑞芙坐在家裡，她在沙漏於真理探測儀的意義層次研究上有最新進展，正忙著寫下來。她全神貫注，做了許多筆記。

她終日辛勤工作，直到下午時分，一陣敲門聲打斷她的思緒時，她正想著喝茶。她把椅子往後一推，對這及時的打斷感到開心，於是走下樓開門。

「麥爾肯！你做什麼——？快進來，進來吧。」

「我知道今天不是例行見面的日子，」他渾身打哆嗦，「但是我認為這件事很重要，所以……」

「我正要泡茶。你來得正是時候。」

「我下了課直接過來的。」

「我們去起居室，我來生火。好冷啊。」

她一直在樓上工作，腿上蓋著毯子，腳邊放著一座石腦油小火爐，因此起居室裡整天都沒生火，冷颼颼的。她鋪好報紙與引火木，劃了一支火柴，麥爾肯有些不自在地站在爐邊地毯上。

「我必須來一趟，因為——」

「不急，不急。先喝茶。或者你想喝巧克力？」

「我覺得我不應該待在這裡。我只是來向妳提出警告。」

「警告我？」

「有一個男人，一個吉普賽人——」

「到廚房來。怎麼能讓你不喝一杯熱的就離開？天氣太冷了。你可以在我準備的時候提出警告。」

她幫他倆泡茶，麥爾肯說了范．特塞爾先生與獨木舟的事，以及洪水警告。

「我以為天氣漸漸轉好了。」

「沒有，他就是知道。吉普賽人知道有關河流與運河的大小事，他們知道往格洛斯特沿途的水壩狀況。洪水要來了，而且是好久好久以來最大一波氾濫。他說水底和天上有東西被驚擾了，除了會解讀符號的人以外，沒人看得出來，因此我想到妳和真理探測儀……所以覺得應該來告訴妳，而且我想到那些書。也許，我可以幫忙把書搬到樓上。」

「你真好。不過，不是現在。這個吉普賽人的警告，你還跟誰說了？」

「我媽跟我爸。噢，而且他還說，就是那個吉普賽人，他說他知道妳這個人。」

「他叫什麼名字？」

「克朗．范．特塞爾。他要我跟你說奧克立街這幾個字，就這樣，那麼妳就會相信他了。」

「天哪。」漢娜說。

「奧克立街在哪裡？我不知道牛津有這麼一條街。」

「它不在牛津。它只是代表──嗯，它是一種暗號。他還說了什麼嗎？我們到起居室吧，讓爐火繼續燒。帶著你的茶。」

麥爾肯坐在火邊，能挨多近就挨多近，他告訴她傑若德・波奈維爾這個人，還有從客房窗戶看見小修道院發生的事。

她張大眼睛聽著。然後她說：「傑若德・波奈維爾……多奇怪啊。我昨天才聽說了這個名字。我在學院用晚餐，跟一位律師訪客聊了幾句。波奈維爾顯然剛出獄不久，我想罪名是施暴，或者重傷害之類的，而且還是一件挺有名的案子，因為檢方主要證人是考爾特夫人。對──就是萊拉的母親。波奈維爾在被告席誓言報復。」

「萊拉，」麥爾肯立刻說：「他想要傷害萊拉。或者綁架她。」

「那也不出奇。聽起來他是個瘋狂失控的人。」

「他跟艾莉絲說，他是萊拉的父親。」

「艾莉絲是誰？噢，我想起來了。他真的這麼說？」

「稍晚我會把這件事告訴修女。她們得把那塊遮板修好。我會幫忙泰普浩司先生修理。」

「當時，奈波維爾打算爬上去？他有梯子嗎？」

「我們沒看見。不過這只是合理推測。」

「她們需要的不止是遮板，」漢娜翻攪爐火。「如果警察讓人信得過就好了！」

「總之我會告訴修女。班尼狄塔修女可以對抗一切，保護萊拉。瑞芙博士，妳聽說過有人傷害自己的精靈嗎？」

「正常人不會做出這種事。」

「這讓我們懷疑，也許那隻精靈的腿就是他自己砍斷的。」

「是啊，我也覺得有可能。太可怕了。」

他倆坐著，凝望爐火。

「我相信范．特塞爾先生關於洪水的預測是對的，」麥爾肯說：「儘管現在看起來並不是那麼回事。」

「我會做一些預防措施。如同你所建議，我會從那些書開始。如果有必要，我就在樓上活動，直到水退了為止。倒是小修道院那裡怎麼辦？」

「我也會告訴她們，不過，就算我說了奧克立街，對她們也沒有太大意義。」

「沒有用的。你只能發揮說服力。而且，除了我，你萬萬不可以對任何人說出這幾個字。」

「他也是這麼說。」

「那麼已經有兩個人對你這麼說了。」

「妳見過他嗎？那位范．特塞爾先生。」

「沒有，從沒見過。麥爾肯，如果你的茶喝完了，我就得催你離開。待會兒我要出去。謝謝你的警告。我會很認真地處理因應。」

「謝謝妳的茶。我星期六會來，跟平常一樣。」

●

漢娜不知道麥爾肯是否跟他的父母說過那個男人跟精靈在小修道院外面的事。生性敏感的孩子應該會對這種事情感到憂慮，她的確看得出來，麥爾肯為此深受困擾。她想要聽到更多訊息，特別是那個知道奧克立街的吉普賽人。他會不會也是特務？這也不是全然不可能。

今天傍晚的約會很神祕。問題是，她不知道自己的目的地。前些日子她跟帕帕迪米特里烏教授見面，教授告訴她聯絡的方法：「如果我需要聯絡妳，」他說：「妳就會知道。」

一張卡片於今晨送達。那是一張簡單的白色卡片，裝在空白信封裡，卡片上只寫著「傍晚時分，過來用餐。喬治．帕帕迪米特里烏。」

這稱不上晚餐邀約，其實更像是下達命令。她想晚餐地點應該是在教授的學院，他說過，那裡的門房是個嘴碎的傢伙。話說回來，約旦學院的門房當然不止一個。無論如何，這張邀請卡讓人摸不著頭緒。

當她正從為數不多的洋裝裡挑選赴約的穿著，並決定待會兒表達意見時應保持嚴肅與冷靜，這時她的信箱發出喀答的響聲。她的精靈從樓梯平台往下看。

「又一張白色信封。」他說。

卡片上寫著：「斯泰弗頓路二十八號。晚上七點。」

「這次的線索夠簡單的，賈斯伯。」她說。

●

天氣乾爽寒冷，她走了一段路，七點零一分抵達目的地，這是位於杰里科北側一棟看起來很大、很舒適的別墅；她按了門鈴。庭院深深，密密長滿了矮樹叢與林木，從路上很難看見裡面的情況。她好奇這是不是帕帕迪米特里烏自己的房子，如果是，瞧瞧這位謎樣人物如何生活倒是挺有趣的。屋子裡還有什麼人？

「這不是社交邀約，」她的精靈咕噥道：「這是談公事。」

一位五官討喜的女人來應門，約莫四十歲左右，看起來是北非裔。

「瑞芙博士，妳能來真是太好了！我是亞思敏·阿凱西。凍死人了，是不是？請把外套放在椅子上……這邊走。」

溫暖的會客室裡有三個男人。一位是帕帕迪米特里烏教授，看起來似乎是主事者，不過他一向是這副姿態。房間很大，天花板很低，茶几上有石腦油燈，扶手椅旁立著兩、三盞落地琥珀電氣燈。屋裡圖畫非常多：素描、版畫、一、兩張水彩，就漢娜的眼光判斷，都不是泛泛之作。家具既不走古董風也非現代風，看起來非常舒適。

帕帕迪米特里烏從暖洋洋的燈光中走上前與漢娜握手。「首先，讓我介紹我們的主人：阿德南·阿凱西博士與亞思敏·阿凱西太太。」他說。

漢娜向那位前來應門的女士微笑，此刻她站在放置飲料的桌子旁；漢娜又與那位男士握手，他生得高大、瘦削而黝黑，有著明亮的眼睛與黑色小鬍子，他的精靈是某種沙漠狐。

「這位是納君特爵爺，」帕帕迪米特里烏繼續介紹室內的第三個男人。「這位則是我們的客人，漢娜·瑞芙博士。」

漢娜從來沒有見過這些人，但如果麥爾肯在場，他會認出這三個男人就是曾經到鱒魚打聽小修道院的三人小組。

「妳想喝點什麼呢，瑞芙博士？」亞思敏·阿凱西問。

「酒，謝謝。白酒。」

「我們很快就會用餐，」帕帕迪米特里烏說：「我不想浪費時間。關於今晚聚會的目的，漢娜，這就是**奧克立街**。納君特爵爺是局長，阿德南是副局長。在座每一位都是奧克立街的成員，而且都知道妳這個人。我們必須要做的是，說明一個複雜的狀況，並且要求妳做某件事。」

「我懂了，」她說：「我會全神貫注，洗耳恭聽。」

「我們到餐廳就座吧？」阿凱西博士說：「這樣一來，待會兒就不用為了換位置中斷談話。」

「好主意。」帕帕迪米特里烏說。

「往這裡。」阿凱西太太引領他們走進一間較小的餐廳。桌上已經擺好了冷盤肉與沙拉，大家就不用到廚房端取菜餚。「我知道天氣很冷，」阿凱西太太說：「不過，這些食物比較省事，而且有人還得趕火車呢。大家請用。」

「由於這是奧克立街，」帕帕迪米特里烏說：「我建議納君特爵爺先發言。漢娜，妳一定知道他是御前大臣吧。」

「在這裡，我就是奧克立街的局長。」納君特爵爺說。他非常高、非常瘦、聲音非常低沉。他說話的時候，他的狐猴精靈躍上一旁的空椅子，「瑞芙博士，兩年來我們一直仰賴妳對真理探測儀的解讀。對此，我們心存感激。妳想必知道還有其他真理探測儀學者為我們工作吧？」

「不，我不知道，」漢娜說：「我知道得很少。」

「烏普薩拉與波隆那的解讀者也提供了他們的專業報告。日內瓦的探測儀在教誨權威手裡，巴黎方面對此表示支持。我們只知道還有一個牛津探測儀。」

「既然這裡沒有外人，」漢娜說：「我能不能請問，牛津解讀者當中，還有沒有其他奧克立街的特務？」

「沒有。其他的牛津解讀者都是最正直的學者，使用探測儀都具有充分的學術理由。」

「除非他們當中有人是教誨權威的特務。」亞思敏・阿凱西說。

她臉上沒有笑容，納君特爵爺卻笑了。

「除非，當然啦，」他說：「截至目前為止，事情處於某種平衡狀態。不過，波隆那的解讀者上星期遭人殺害，她的真理探測儀被偷。我們只能假設，原本它很快就會被送往日內瓦。」

「原本？」

「我們一位非常機智的探員處理了那個凶手，並奪回探測儀。它在那盞燈下面的盒子裡。」

漢娜轉過頭看。茶几上的石腦油燈座下有一只破損的木盒，大小正好裝得下她所知道的那種探測儀。她非常想要立刻起身檢視，帕帕迪米特里烏全都看在眼裡。

「妳可以晚餐之後看，」他說：「就我們的觀察，它歷劫歸來倒也沒受到損傷，不過，妳可以幫我們再作確認。」

她有點喘不氣來。她怕這時候開口說話會洩漏情緒，因此抿了一口酒，望向納君特爵爺。

「我們希望是這樣，瑞芙博士，」他說：「希望妳能夠同意一項提議。這是需要付出代價的，所以，也許妳得慎重考慮。如果妳有任何問題，我們自當知無不言。聽著，如果妳願意擱置學術工作，全職為我們解讀真理探測儀，我們將會非常高興。這個探測儀就讓妳使用，交由妳保管。當然，沒有人會知道這件事。妳一定要告訴我們，這會為妳造成哪些問題，最終決定權當然還是在妳，不過，我先讓阿德南交代一下背景資訊，以及為什麼這件事攸關重大。」

「阿凱西博士，在你開始說明之前，」漢娜說：「我想問一個問題，也許你本來就打算說，總之我就問了。納君特爵爺剛才的話中已經很清楚地表明，教誨權威是敵人，我知道教會風紀法庭主導了各種……呃嗯……不友善事件，比如說殺害了我那位不幸的**絕緣者**。還有一個名為聖亞歷山大聯盟的討厭組織，在學校裡生事，敗壞兒童與老師之間的關係。我認為這些事情都有關聯，我很樂意與他們抗爭。但是，**我們**是誰？奧克立街是**什麼**的一部分？一直以來我為奧克立街工作，是為了達成什麼樣的目標？這樣問聽起來實在是幼稚、愚蠢得無可救藥，但我一直……唉，過去幾年我居然一直盲目地工作著。我以為自己站在對的這一方。怎麼有人這麼無知？哈，我就是囉。我發現人要無知也挺容易的。我希望你可以說清楚講明白，阿凱西博士。也許，你本來就打算這麼做了。」

「我希望我是，」他說：「不過，現在我得更加小心措辭。」他的精靈，那頭沙漠狐移到他椅子的另一側，輕巧地安頓好自己，這樣她才能看見漢娜。「奧克立街是政府的特務機構。我們設立的目的就是為了打擊剛才妳提到的，以及其他幾個特定組織的行動。我們於一九三三年創立，就在瑞士戰爭爆發之前，當時，英國似乎可能被教誨權威的武裝部隊打敗。結果並沒有，這場倖存戰的功勞簿必須記上特別調查局一筆，它後來在圈內有個非正式名稱，就是奧克立街。它的首要目的就是捍衛這個國家的民主。其次是要捍衛思想與表達的自由。我必須說，我們在這個王權統治下是幸運的。理查王強力支持我們的行動；奧克立街的局長一直是由樞密院官員擔任，老國王對我們的作為與背後的理由有著極為熱情的關注，米迦勒王也許沒那麼積極……不過現任國王似乎與他的祖父有著同樣的熱情，而且一直是我們很大的助力，只是從來不曾公諸於世。」

「國會對奧克立街知道多少？」

「非常有限。我們靠贊助財源運作，情況不是很理想，主要透過內閣府，從一般國防基金撥款。有一群力挺教誨權威的政府普通議員，他們當中有些人的名字我相信妳是知道的，這些人懷疑類似奧克立街這樣的組織存在，且一心想要揭露並予以摧毀，中斷我們進行的所有事務。這是一個盤根錯節，令人不安的悖論，妳應該能夠理解，也就是說，我們必須透過非民主的手段捍衛民主。每一位特務人員都明白這個悖論。有些人調適得比其他人好一點。」

「是的，」漢娜說：「這是一個悖論。著實令人感到不安。話題稍微回到波隆那的探測儀，想來，它其實是波隆那大學的所有物？」

「沒錯。」納君特爵爺說。

「現在還是吧？就法律層面來說？還是道德層面？」

「我認為，」納君特爵爺說：「正如阿德南的民主悖論，這是另一個道德悖論。目前該大學的管理部門操縱在一群親日內瓦派的手裡。我們的解讀者跟妳一樣，祕密為我們工作，我們懷疑，她行跡敗露遇害，就是這派人馬下的命令。他們發現她的作為，並且殺了她，如果我們的探員沒有立刻介入，這個探測儀此時應該在日內瓦，為敵人所用。」

「天哪。」漢娜說。她啜了一口酒，仔細觀看在座另外四個人：納君特清瘦而內斂；亞思敏・阿凱西優雅而不失溫暖；深色眼珠的阿德南・阿凱西富於同情心；至於帕帕迪米特里烏，冷靜、好奇、殘酷。

「所以，現在波隆那探測儀算是戰利品。」阿凱西博士停了一會兒之後說道。

「那麼，這是戰爭囉？我們在打仗？」漢娜說：「一場祕密戰爭？」

「是的，它就是，」納君特說：「我們要求妳擔起更重要的任務。我們相當清楚隨之而來的所有牽連。」

「所有牽連……」

「有關妳的人身安全，諸如此類。我們想讓妳做一些事，而上一個承擔這項任務的人已經遇害。是的，這點我們想得很清楚，就跟妳一樣。不過，比起妳來，她所處的環境更容易暴露身分。她根本就是深入敵人的大本營。我們可以保證，妳會受到保護。」

「你們需要我──怎麼樣，全職做這件事？」

「提醒一下我的同事們，妳手頭上正在處理的工作。」帕帕迪米特里烏說。

阿凱西太太在每個人面前放了一只盛了香氛冰淇淋的玻璃碗。

「謝謝，」漢娜說：「看起來很可口。嗯，我做兩件事。在我能夠跟柏德里探測儀獨處的一點點時間裡，我負責解讀探測儀上其中一個圖像，其他小組成員應該也是做同樣的工作。我專攻的圖像是沙漏。小組共有十二人，每個人各自從三十六個符號裡挑出一個來鑽研，我們定期聚會比較筆記、掌握彼此進度之類的。我每週可以使用探測儀五個小時。

「這麼說吧，那是我表面上的工作。公務。如你們所知，我同時也為奧克立街做事。當他們——你們——送來特定問題尋求解答，我就開始研究，從我那五個小時裡分出時間來。但如果我的表面工作完全沒有進度，他們會要我離開小組，讓別人接管我使用真理探測儀的時段。由於還要為你們工作，我現在已經是小組中進度最慢的。這真是……挺讓人難堪的。」

「那肯定是，」阿凱西博士說：「既然如此，我是說，大家都知道妳是進度最慢的一個，那麼，如果妳自願放棄那五小時使用柏德里探測儀的時間……」

「你的意思是，就說這太困難，然後放棄我的研究？」漢娜把湯匙放在玻璃碗旁邊。「這個，嗯，也不是不可能。至於羞辱嘛，嗯，沒問題，我可以吞得下去。只是，我的前途……」

她拾起湯匙，又放下。她望著帕帕迪米特里烏。

「教授，你知道這意謂什麼吧！」她說，賈斯伯渾身的毛都豎了起來，充分展現她的憤怒。「你們要求我做一些已經讓我的前任送命的事。同一時間，你們又希望我以太困難為由，放棄研究計畫，從而毀壞我的前途。這……這，兩件事加在一起……這太不合理，不是嗎？」

帕帕迪米特里烏推開他的冰淇淋，一口也沒動過。「是的，正是如此，」他說：「戰爭要求許多人去做不合理的事。請不要搞錯，這是戰爭，我們在打仗。漢娜，沒有其他人可以做這件事。我認得牛津探測儀團隊的所有成員。坦白說，嗯，關起門來說，我一直盯著這個團隊的報告內容。妳的同事們都很勤奮，學識豐富，而且技巧熟練，但是，唯一在解讀圖像時展現真正洞察力的，就是妳。妳的進度也許最慢；但妳的表現卻也遠遠勝過其他人。不要擔心前途。」

當然，漢娜立刻覺得很不好意思。不過，她也想不出該說什麼。她吃了一匙冰淇淋。

「至於危險，」納君特爵爺說：「我不否認。如果妳正在做的事情被人知道，特別是知道妳手上握有波隆那探測儀，妳將面臨一定程度的危險。我保證一定有人監看守護。我們就有人看著那位波隆那解讀者，所以才能及時處理，以免為時——以免為時太晚。但**那裡**鞭長莫及，反應起來綁手綁腳，**這裡**則不然。妳不會察覺貼身保護，但是一定隨時都有人在。」

「而且妳會知道，」阿凱西博士說：「妳對這場戰爭的進展做出偉大的貢獻，這場祕密戰爭。妳知道敵人是誰，就知道我們為何而戰。想想看，是什麼面臨了存亡關頭？我們必須擁有的自由言論與思考的權利，深入探究世間每一件事的權利，這些都將被摧毀。值得為此一戰，難道妳不認為嗎？」

「我當然這麼認為，」漢娜激昂地說：「這麼顯而易見的事，不需要你們來說服。我還能相信什麼？我當然相信這些價值。」她一把推開自己的冰淇淋。

「這點我們非常清楚，」納君特說：「我們的確讓妳陷入極度不快的處境。何不讓我們吃完這美味的甜點，然後妳可以看看來自波隆那的探測儀。我很想知道妳對它有什麼想法。」

「一共有幾個真理探測儀？」亞思敏．阿凱西說：「我想我應該要知道，但我並不知道。」

漢娜拿起冰淇淋，吃了一勺。帕帕迪米特里烏替她回答：「目前我們知道的有五個。謠傳還有第六個，不過……」

「為什麼我們不另外製作一個？」

「漢娜可以為我們說明得更完整，不過我想與製造指針的合金有關；然而，探測儀本身只是一部分原因。每一個探測儀與它的解讀者合為一體。操作的時候，缺一則不完整，少了哪一方都不成。」

「這正是我們必須解決的關鍵謎團。」阿凱西說。

納君特爵爺離開座位，取回那個四角破爛的小木盒，遞給漢娜。盒子看起來像是紫檀木，盒面上繪有圖案，勉強認得出是個盾形徽章。

她掀開盒蓋，仔細打量這個真理探測儀，接著將它從褐紅色絲絨內襯取出，放在白色桌巾上。它的顏色比柏德里探測儀深，兩者的金色外殼都因為長期觸摸而磨損，在燈光下宛如火焰般熠熠生輝。三十六個圖案繞著刻度盤各自就定位，圖案皆以黑色顏料、較簡單的筆法畫在白色琺瑯材質上，柏德里探測儀則是象牙材質，用色鮮豔；不過，這看起來比較不像是為了裝飾目的，反而像是探測儀基本特質。它的指針後面、刻度盤中央雕刻著絢爛奪目的太陽。

漢娜感覺自己的手緩緩向它接近，就像即將撫上愛人的臉。柏德里探測儀很美，紋飾華麗，她對它懷抱極大的敬意，甚至是敬畏。眼前這一個探測儀是工匠風格，卻以一種無法言喻的方式與她相匹配。她的手輕撫金色外殼，立刻感受到一股熟悉的觸感，彷彿這正是幾個世紀以來撫平轉軸滾紋那雙手。一旦有了這種體會，她只想與它獨處，她想要花上許許多多時間與它為伴，她不想跟它分開，她要它隨時伸手可及。

她讓她的心思進入從容而專注的狀態，在這種狀態下她可以感受到每一個圖案前十層，或者十二層的意義，然後把第一個轉軸轉到小寶寶，這個圖案的初階功能之一就是代表詢問者自己。她將第二個轉軸轉到蜂巢，在此代表具有生產力的工作。第三個則是蘋果，將意義鎖定在某個特定層次，通常代表一般性的各種詢問。如果手邊有書，她可以讓問題更明確，不過這樣應該足以回答眼前的問題：她應該接受這個挑戰？或者不應該？

指針立刻開始轉動，漢娜數了數，一共轉了六圈才穩穩地停在牽線木偶的圖像上。牽線木偶系列的第六層，這是簡單的判讀，代表肯定的意思：是的，她應該接受。

她抬起頭，深深吸了口氣，眨眨眼睛，脫離無聲的出神狀態。所有人的眼睛都盯著她看。

「好，我接受。」她說。

眾人的臉上浮現的寬慰與喜悅，無論如何是不會被看錯的。就連帕帕迪米特里烏都像收到禮物的小男孩般露出微笑。她沒有告訴他們，當她的手一碰到探測儀，歸屬感油然而生，而且彼此的互動立刻展開，這是她使用牛津探測儀時不曾有過的經驗。

而幾乎也在同一時間，她看見了問題。

「但是……」她說。

「怎麼呢？」帕帕迪米特里烏說。

「我之所以能夠運作柏德里探測儀，是因為圖書館裡有探究系列圖案深層意義的所有書籍。光憑記憶，我只能探究十二層左右，沒辦法更深入了。如果離開那個團隊，卻又再使用那些書籍，就很明顯表示我還能接觸到另一個真理探測儀；而沒有那些書籍，我對你們一點用處也沒有。」

其他人都看著帕帕迪米特里烏。從某處冒出陣陣咖啡香。

帕帕迪米特里烏說：「從表面看來，這的確是個問題。不過，書籍比真理探測儀容易複製。交給我，妳需要多少書，我都會找給妳。」

「如果市場上傳出你在找這樣的書，」亞思敏．阿凱西說：「人們就會開始串連線索，推敲出點什麼。這兒有一個下落不明的真理探測儀，那兒有一個急著想得到特定書籍的學者……」

「那兒不會這麼明顯，」帕帕迪米特里烏說：「那兒會有好幾個。別擔心。」

「我們可以發一些綠皮書出去，」納君特說，順手從阿凱西太太那兒接過咖啡。

「綠皮書？」漢娜說。

「指的是不實傳聞。早期在奧克立街，關於那種事情的計畫總是擬在綠色紙張上。我們至今仍然沿用這個術語。我們可以放出風聲，就說我們找到一個失落的探測儀。或者我們成功製造出另一個，或者好幾個。綠皮書有時候很有用。」

「是，我明白，」漢娜說：「我可不可以再次提出一個很現實的問題？」

「請。」

「我需要收入。如果我回去教書，當然也是可以，只是這樣我就沒有多少時間為奧克立街工作了。」

「交給我，」納君特爵爺說：「有那麼一位妳並不大熟悉的叔叔，有那麼一筆遺產，這類的事情。我們並沒有很多錢，但是我們可以讓妳不至於挨餓。」

「希望你可以，」漢娜說。她發現，自己的手從碰到探測儀的那刻起就沒再離開過。她自覺地鬆手，喝了一口咖啡。

「務實的安排，」亞思敏．阿凱西說：「還需要更務實的安排。妳家裡有保險箱嗎？」

「沒有，」她說，忍不住輕笑出聲：「我沒有值錢的東西。」

「妳現在有了。我們會安排一樣居家設備，比如說中央暖氣鍋爐之類的，這兩、三天運送、安裝。它不會是鍋爐，而是保險箱。妳不用真理探測儀的時候請把它收好。」

「當然。」她心想，這玩意兒最好安裝在樓上，以防遇上洪水來襲。這倒讓她想起麥爾肯的警告，於是她說：「納君特爵爺，奧克立街有沒有一位特務叫作克朗．范．特塞爾？」

「沒有。」他說。

她想：有意思。他們其中一定有一個人說謊，我認為那個人是納君特。反正，我可以詢問真理探測儀。她又問：「或是一個叫傑若德．波奈維爾的男人呢？他跟奧克立街有任何關係嗎？」

「物理學家波奈維爾？」

「他是物理學家？我不知道。他有一隻三條腿的土狼精靈。」

「他是魯薩可夫那檔子事的主要研究員有關塵那類東西。然後他犯傻了，因為一樁性侵案坐牢六個月，我想。妳怎麼會碰上他？」

「他顯然在牛津。他去過麥爾肯父親的酒吧。麥爾肯前兩天提起這個人。還有一件事，我們怎麼聯絡彼此？跟以前一樣？」

「不，」帕帕迪米特里烏說：「妳跟我要重新安排定期會面。從妳獨立學者的新角色來思考，這樣吧，妳想要寫一本書，因此請我提供建議。我們見面、討論妳的研究。就是這類事情。例如說，妳這個星期六下午要做什麼？」

「我通常會在家工作。」

「六點到約旦學院來。」

「好的。」

「不曉得妳可不可以立即展開行動。」納君特說。

「可以，我想可以，」她說：「我現在有這個了。」

「這件事與一個在小修道院的小寶寶有關。基於某種我們不明白的理由，她對敵對陣營來說非常重要。妳能不能做一般性的詢問，或者非得要是特別聚焦的問題？」

「兩者皆可，不過，問題愈聚焦，所花的時間就愈長。」

「那就一般性詢問吧。我們迫切想要知道那孩子為什麼如此重要。如果妳能夠建構出問題，指引並得到相關答案，對我們將會非常有幫助。」

「我盡力而為。」

「還有一件事，」納君特繼續說：「妳那位年輕朋友，那位旅店的男孩，馬修，是嗎？」

「麥爾肯．波斯戴。」

「麥爾肯。我們不會讓他置身險境，不過，他可能在許多方面都很有用。跟他保持聯絡。如果他能守口如瓶，就把妳的想法告訴他。妳可以從中挑選有用資訊。」

有什麼事情發生了。房間裡的氛圍非常突然地發生變化。有一股氣，她不知道那是什麼，總之有個東西告訴她，其他人都知道某件事，她卻不知道，而且他們都不想看著她。不可能是納君特剛才說的話，那些話人畜無害；或者是她沒聽出話裡的玄機？

那個片刻過去了。大家起身，互道再見，取回各自的外套，交換道謝的言語；然後漢娜把真理探測儀放進紫檀木盒，再放進一只棉布購物袋，準備回家。

「賈斯伯，剛才怎麼回事？」她等到轉進伍斯塔克路時才開口。

「他們知道他話中有話，而且他們不喜歡這樣。」

「嗯，我也只猜到那麼多。不知道是什麼事？」

第十四章 帶著猴子的女士

隔天，麥爾肯發現修女們忙著準備「聖女思嘉的盛宴[23]」。其實，這一天並不是真的要辦一場盛宴，之前舉辦這個典禮的時候，費內拉修女已經對他解釋過，這是進行頌讚的一日，不過，那意謂祈禱室裡長時間的禮拜，而非用餐室裡豐盛的擺桌。

無論如何，顯然沒有人指望萊拉會跟著修女們唱歌、禱告，當然也沒有人認為可以置她於不顧，專心把讚美詩與聖歌與禱告上傳至永恆的天國，因此，費內拉修女獲准免去頌讚死去聖女的義務，她的責任是一邊準備晚餐，一邊照顧小寶寶。

麥爾肯走進廚房，這位老小姐正好把燉羊肉送進烤箱。寶寶精靈潘拉蒙吱喳作聲，一派精力旺盛，麥爾肯往前靠近一些，方便阿斯塔棲停在搖籃邊上，使盡渾身解數，一次又一次變成各種小鳥，逗得萊拉與她的精靈又叫又笑，好像這是世界上最有趣的事情。

「這兩天都不見你啊，麥爾肯，」費內拉修女說：「你都在忙什麼呢？」

「很多事喔，費內拉修女，禮拜結束之後，班尼狄塔修女有沒有空可以見我？」

23 聖女思嘉的盛宴（Feast of St Scholastica），思嘉（480-542）和兄長聖本篤都虔誠事主，因為聖本篤的修院禁止女性進入，聖女思嘉每年探望兄長都約在附近村莊見面，最後一次會面時，聖女預知死之將至，要求兄長留下，竟夜長談，兄長不願違規，聖女掩面祈禱，頓時風雨大作，溪水氾濫……天主允許聖女死前的願望，成全她的手足情分。

「恐怕不成，親愛的。今天很忙。能不能由我轉達你的訊息就好？」

「嗯……我得向她示警，不過，跟妳說也可以，因為跟妳們所有人有關。」

「天哪。有什麼事情要跟我們示警啊？」

她在凳子上坐定，就近從桌上拿起一顆甘藍菜。她手操一把舊刀子，剝片切絲，不疾不徐，外層的葉片與菜心放在一旁另外儲存，切好一個又拿起第二個，麥爾肯靜靜看著。

「妳知道河水水位一直很高嗎？」他說：「大家都以為雨停了，水應該會退，但是，雨還會再下，河水會氾濫，情況會比之前都更嚴重。」

「真的？」

「真的。一個吉普賽人告訴我的。他們懂得這條河的水性，是吉普賽人啊，他們懂得英國所有河流的水性。我只是想讓班尼狄塔修女切實知道這件事，這樣她才能確保一切安全，特別是萊拉。因為這兒靠河岸，地勢又低，我也告訴我爸了，他說妳們到時可以都待在鱒魚，就怕那裡不夠神聖。」

她大笑，一雙紅通通的老手鼓起掌來。

「我也告訴了其他人，」麥爾肯繼續說：「沒有人相信吧，我想。如果妳們這裡有幾艘船就好了。如果能在洪水上漂流就不會有事，不過……」

「我們都會被大水沖走，」費內拉修女說：「不過，我不需要太擔心。我們……噢，五十年前遇過一次大洪水，當時我還是見習修女，整座庭院都被淹沒，大水直衝進一樓，少說三、四英寸深。我覺得這簡直太讓人興奮了，不過老修女們非常煩惱，所以我什麼也沒說。當然啦，那時候什麼也還輪不到我管。水很快就退了。所以，麥爾肯，我不需要太擔心，現今許多事情早就已經發生過了，因著上帝的恩典，我們都還在這裡。」

「我還有別的事情要告訴班尼狄塔修女，」麥爾肯說：「也許明天再說吧。泰普浩司先生今天有來嗎？」

「沒見到他。聽說他身體不大舒服。」

「噢……我也想跟他說點事。也許可以去他家找他，但我不知道他住在哪兒。」

「我也不知道。」

「那麼，我還是得去見班尼狄塔修女。敬拜儀式什麼時候結束？」

結果，這場長時間的禮拜二十分鐘就結束了，修女們因此在用餐前多出一個小時可以休閒、運動，或者繼續園子裡的工作和針線活之類的。麥爾肯決定利用這段時間教萊拉說話。

「好，萊拉，我是麥爾肯。這很簡單。說吧，試試看。麥—爾—肯。」

她一派莊嚴瞪著他。潘拉蒙變成鼴鼠鑽進毯子裡，阿斯塔笑了。

「別、別笑，」麥爾肯說：「試試看，萊拉。麥—爾—肯。」

她皺眉，並且開始流口水。

「好吧，妳總有一天學得會，」他說，一面用抹布輕輕拭掉她頰上的口水。「試試『阿斯塔』，來，阿—斯—塔。」

她審慎地看著他，一言不發。

「嗯，反正以她的年齡來說，她已經非常厲害了。」麥爾肯說：「她的精靈會變成鼴鼠真的很聰明。他們是怎麼知道鼴鼠的？」

「這是個謎，」老修女說：「只有慈善的主知道答案，這也不出奇，畢竟是祂創造了萬物。」

「我記得自己變鼴鼠的樣子，」傑蘭特說，他是修女的老精靈，通常默不作聲，只是側著頭把什麼都看在眼裡。「以前當我覺得害怕的時候，我就會變成鼴鼠。」

「但是，你是怎麼知道鼴鼠這種生物的？」麥爾肯說。

「你就是覺得渾身有一種鼬鼠的感覺。」阿斯塔說。

「嗯哼……」麥爾肯說：「看，他又鑽出來了。」

潘拉蒙不再頂著鼬鼠的腦袋，這會兒換上了兔子頭從毯子裡冒出來，他緊貼著萊拉尋求安全感，一方面卻又充滿好奇心。

「這樣吧，萊拉，」麥爾肯說：「妳可以教潘怎麼說『麥爾肯』。」

小寶寶與精靈煞有介事地嘰咕嘰咕說起話來。然後阿斯塔變成猴子站到她手上，大家都笑了。

「好吧，就算你們不會說話至少也會笑，」麥爾肯說：「我想妳很快就能學會了。『費內拉修女』怎麼樣？妳能說說看嗎？費—內—拉—修女？」

小女娃把頭轉向費內拉修女，露出一個又大又快樂的笑容，她的精靈變成和傑蘭特一樣的松鼠，開心地吱吱叫。

「她真的很聰明。」麥爾肯說，口氣充滿讚嘆。

這時他聽見走廊傳來一陣交談聲，廚房門被打開，班尼狄塔修女走進來。

「啊，麥爾肯！我正想找你呢。真高興你就在這兒。沒事吧，修女？」

她的意思是「萊拉沒事吧？」不過她並沒真的要聽到答案。凱特莉娜修女接手照顧小寶寶，如此費內拉修女才能到祈禱室進行個別禮拜，麥爾肯猜想應該是這麼回事。凱特莉娜修女年輕又漂亮，有一雙深色大眼睛，不過她很緊張，這讓萊拉也跟著緊張。這孩子只有跟費內拉修女在一起才會打心底感到快樂。

「來吧，麥爾肯，」班尼狄塔修女說：「我想很快跟你說幾句話。」

聽起來不像是他惹了什麼麻煩。不是那種召喚。

「我也想告訴妳一些事情，修女。」他說，班尼狄塔修女順手關上辦公室的門。

「等一下。記得你跟我提過的那個男人？精靈只有三條腿的那位？」

「我前幾天晚上看見他了，」麥爾肯說：「我在家裡樓上的客房找東西，然後……」

他說出自己看見的景象。她皺著眉頭聽得入神。

「壞了的遮板？不，遮板沒壞。有人忘了關緊。別管這個。麥爾肯，你看見那個男人對自己精靈做的事，他顯然精神有問題。我想要告訴你的是：離他遠遠的。不管你在那裡見到他，只管掉頭走人。別跟他牽扯交談。我知道你對每個人都很和善，這是美德，不過你也得運用判斷力，這是另一種美德。這個男人無法理性思考，可憐哪，他的執念會傷害別人，而且已經傷害了他自己的精靈。好，你要跟我說什麼？跟他有關嗎？」

「部分跟他有關。另外就是即將會有大洪水。一個吉普賽人告訴我的。」

「噢，胡說！天氣已經改變。恐怕我們還沒察覺，春天就要來了。感謝慈善的主，這會兒雨都停了。」

「但是，他說——」

「麥爾肯，吉普賽人的話，很多都是迷信。禮貌性聽聽就好，但是，我說過，運用你的判斷力。所有來自氣象局的天氣預報都這麼說：豪雨已經結束，沒有氾濫的危險。」

「但是吉普賽人懂得河流水性跟天氣——」

「謝謝你來示警。不過，我想我們都會安全無虞的。好啦，還有沒有別的事？」

「泰普浩司先生還好嗎？」

「他身體有點不舒服。現在所有遮板都裝上了，我要他休息幾天。回去吧，麥爾肯。關於那個男人的事，記住我跟你說過的話。」

她很難接受別人的爭辯。倒不是麥爾肯想要爭辯什麼；他也只是想來示警，正如范．特塞爾先生要求他去做的那樣。

●

那天晚上，他做了另一個關於野狗的夢。又或者，根本是同一個夢：一群野狗，各種品種都有，這回牠們飆速奔過空曠的平原，一心一意要獵殺某種他無法看見的東西。他如此樂在其中。這感覺令人害怕同時也令人興奮，他渾身汗溼，呼吸急促地醒來，躺在床上緊緊摟著阿斯塔，這精靈當然也做了同樣的夢。又過了很久，他們起床準備上學時，麥爾肯還在想著那個夢。

●

對修女們的洪水示警徒勞無功，麥爾肯把目標轉向老師。結果並無二致——一派胡言。那是迷信。吉普賽人什麼也不懂，要不就是他們別有圖謀，要不就是他們不可信賴。

「我不懂，」麥爾肯在操場對羅比、艾瑞克與湯姆說：「有些人就是不願意接受警告。」

「但是，這洪水看起來不太可能啊。」羅比說。

「水位還是很高，」湯姆說，無論麥爾肯說什麼，他都是忠實的追隨者。「要不了多少雨就會……」

「我爸說吉普賽人說的任何事情都不能相信，」艾瑞克如此宣稱。「他們背地裡總是另有盤算。」

「另有什麼？」羅比問。

「他們有不為人知的祕密計畫。」

「別耍笨了吧，」麥爾肯說：「會是什麼祕密計畫呢？」

「我哪知道，」艾瑞克理所當然地說：「所以才叫做祕密啊。」

「你沒有佩戴聯盟徽章了，」羅比說：「我打賭這背後肯定也有個祕密盤算。」

艾瑞克的回應就是慢慢舉手觸碰夾克衣領，以食指與拇指翻開一角，聖亞歷山大聯盟的琺瑯小提燈就別在衣領背面。

「為什麼要把它藏起來？」麥爾肯問。

「我們這些進入第二階層的人就會這樣佩戴徽章。」艾瑞克說：「我們這一階層在學校裡人數不多，只有幾個。」

「如果別在外面，至少人們可以看見你隸屬於聯盟，」羅比說：「藏起來也太奸詐了。」

「為什麼？」艾瑞克問，他真的很驚訝。

「因為，如果你看見某人佩戴徽章，你可以只說一些不會讓人打小報告的話，」麥爾肯說：「不過，如果他們把徽章藏起來，你可能惹禍上身都還搞不清楚怎麼回事。」

「不過，第二階層到底是什麼？」羅比問。

「我不能告訴你。」

「我賭你還是會說，」麥爾肯說：「賭你這星期就會告訴我們。」

「我不會。」艾瑞克說。

「你就會。」羅比與湯姆異口同聲。

艾瑞克被激怒了，憤而離開。

自從一開始取得巨大的勝利，聯盟的影響力就此鞏固。副校長霍金斯先生毫不遲疑地向聯盟妥協，確定成為失蹤老校長的繼任者，艾瑞克說威利斯先生在某個特別訓練營，由於他說話的可信度就跟平常一樣，因此沒有人能夠確定真有其事。有些因為抗爭而離開，或者遭勒令離開的老師重新回到校園，不是變得鬱鬱寡歡就是壓抑收斂；至於那些人間蒸發的師長，他們的職務也都被遞補。真正掌控學校的權力掌握在一群無以名之、未曾說明、從沒在檯面上公開承認運作的高年級學生手中，他們是聯盟最早期、最具影響力的成員。他們每日與霍金斯先生面會，他們的決定或指令就在隔天校內集會時布達。不知怎麼，這樣的公告被賦予某種含意，暗指它們就是神的直接旨意，但凡違背或抗議均屬褻瀆。許多學生沒搞清楚這樣的狀況，因此招惹禍端。如今，已經沒有人在狀況外了。

這個半祕密團體裡的學生由兩、三位成人負責協助與指導，傳言他們是校方特別董事。他們從未在集會中發言，從未教授任何課程，幾乎不與學生交談；他們在走廊上巡邏、筆記，教職員對他們曲意奉承，不過，沒有人告訴孩子們這些人的名字，或者職務內容。總之，大家漸漸就心裡有數了。

學校裡約有一半的人加入聯盟；當然啦，其中有些人與組織漸行漸遠，至於另一半，也有人不再堅持，選擇加入。當初最早來到學校告訴大家關於聯盟事宜的女人，始終沒有再現身，報紙上也沒有任何相關報導。你可能在學校待上半天也沒聽人提起聯盟長短；不過，所有人依然感受到它的存在。就好像，它一直都在，就好像，如果學校裡沒有這團有些迷人、有些駭人的迷霧瘴氣，反而會很奇怪。課程恢復正常，只是，現在每堂課之前大家都要唸一段祈禱文。原本走廊與教室裡懸掛的圖像——多半是知名畫作的複製畫，或者歷史場景繪圖——如今都被取下，寫著《聖經》摘句的海報取而代之，字體顏色霸氣張狂。幾乎不再有學生公然調皮搗蛋，比如說，操場上打架惹事的更少了，每個人看起來卻比以前背負更多罪咎。

●

星期六，麥爾肯帶著野美人號來一段長途航行，這是范．特塞爾先生把她送回來後的首航。正如那位吉普賽人所說，這艘小東西感覺更堅固，反應更敏銳，在水中行進從來不曾如此快速滑順。麥爾肯非常開心；他覺得自己可以連續划上幾英里也不累，而且可以隨處停泊，幾乎不被看見，簡直就是以一種全新的方式完全掌握這片水域。

「等我們需要一艘大船的時候，」他對挨在身邊，坐在舷牆上的魚狗阿斯塔說：「我們就去找那位吉普賽造船人，他可以幫我們打造一艘。」

「我們要怎麼找到他？那得花多少錢？」

「不知道。我們可以問范．特塞爾先生。」

「我們上哪兒找他？」

「一樣不知道。我懷疑他是不是間諜啊。」麥爾肯過了一會兒又說：「我是說，奧克立街……」

阿斯塔沒有回答。她盯著一條小魚。他們已經駛進運河，這裡水位仍然很高，但是，水流當然比河水穩定。麥爾肯感覺得到他的精靈急巴巴地想要縱入水中抓魚，於是無聲地催她動手；她倒收手了。

他們把獨木舟綁在平常暫泊的地方，雜貨店的人答應幫忙看著，於是很快的，他們倆來到奎瑞南街。

「那是什麼？」一轉進街角，阿斯塔立刻問道。

一輛豪華的氣動車停在瑞芙博士家正門口。麥爾肯停下來，看著那輛車。

「她有訪客。」阿斯塔說，這時她變成一隻寒鴉。

「也許我們應該等一等。」

「你不想知道來人是誰嗎？」

「有點想。不過，我不想礙人家的事。」

「是他們礙了我們的事，」阿斯塔說：「她在等我們來呢。我們總是這個時間到的。」

「不對，我有一種感覺……」

那輛車的豪華讓他覺得不安。這種風格跟他所認識的瑞芙博士不相襯，阿斯塔說得沒錯：畢竟，博士正等著他倆到訪。

「好吧，我們只要保持禮貌，把罩子放亮，」他說：「就像真正的間諜。」

「我們本來就是真正的間諜。」阿斯塔說。

有個司機嘴裡叼著短菸斗，閒散地靠在車邊。麥爾肯按門鈴的時候，他漠不關心地瞄了一眼。

瑞芙博士來應門，看起來有點困擾不安。

「我們可以晚一點再來，如果——」麥爾肯正要往下說，她堅定地搖搖頭。

「別，麥爾肯，進來，」她說，這時賈斯伯低聲說：「要小心喔，」那是僅僅讓他們能夠聽見的音量。然後，博士以較大的聲音說：「我的訪客就要走了。」

麥爾肯跨過沙袋，阿斯塔變成一隻知更鳥，接著又變回寒鴉。麥爾肯跟她一樣充滿不確定，不過，看著阿斯塔一身灰黑色的羽毛，他想，**就維持這樣吧**。麥爾肯裝出一副頭腦遲鈍、溫和友善的樣子，這是僅次於隱形的最佳偽裝了。

他這麼做是對的。就在起居室裡，瑞芙博士說：「考爾特夫人，這位是我的學生麥爾肯。麥爾肯，跟考爾特夫人打招呼。」

這個女人的名字像子彈一樣擊中麥爾肯。是萊拉的母親。她是麥爾肯見過最美麗的女士：年輕，金髮，甜美的臉龐，一襲灰絲衣衫，她搽了香水，僅僅一抹淡香，似有若無，依稀帶來溫暖與陽光，還有南方的想像。她對他綻開如此友善的笑容，讓他想起與傑若德．波奈維爾面對面的詭異時刻。這就是那個不想跟自己的孩子有任何瓜葛的女人！不過，他不應該知道這些的，而且，說什麼他也不會承認自己知道任何關於小寶寶的事。

「哈囉，麥爾肯，」她說，並且與男孩握了握手。「瑞芙博士教你什麼呢？」

「思想史。」麥爾肯淡淡地說。

「你找不到更好的老師了。」

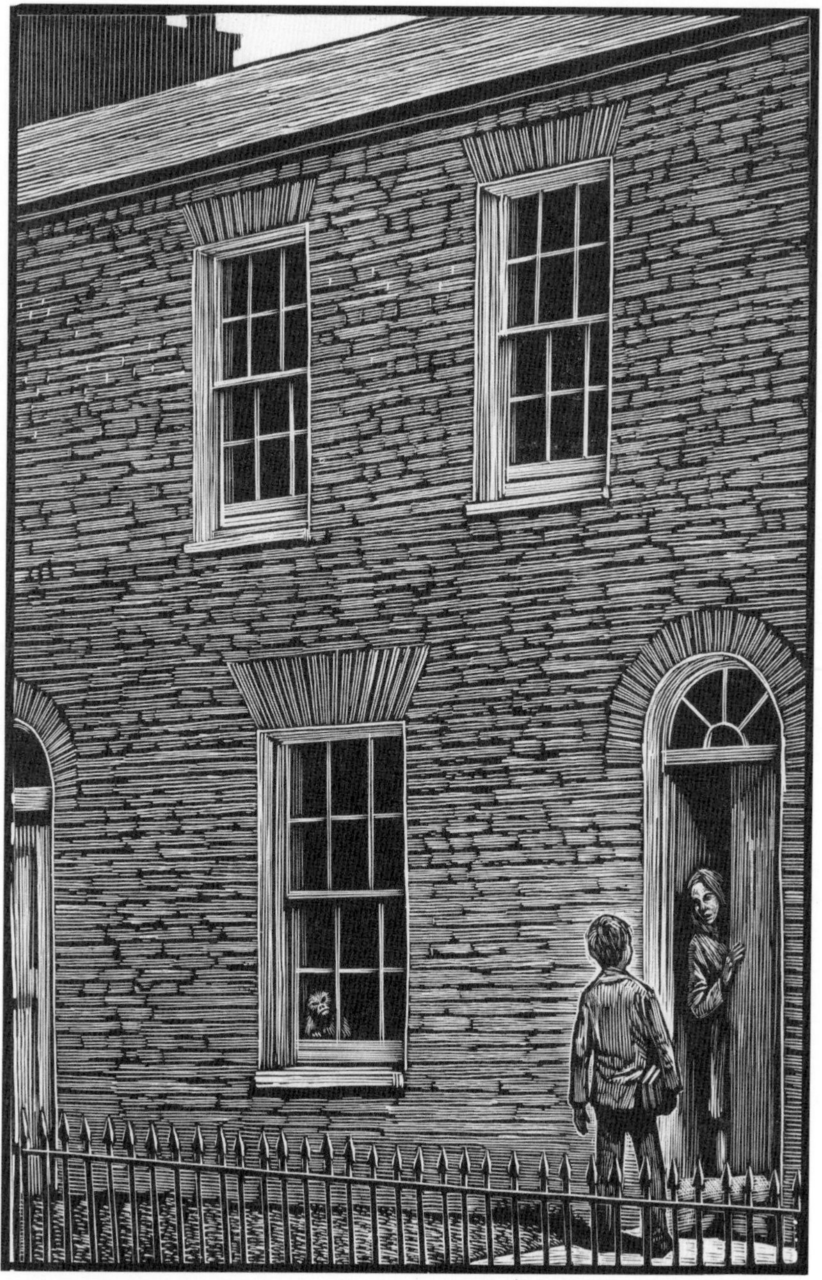

她的精靈令人感到不安。他是一隻渾身覆蓋金色長毛的猴子，如果他的黑眼珠裡有表情的話，那就是莫測高深。他直挺挺坐在她扶手椅的椅背上，通常，阿斯塔基於禮貌會飛過去問個好，此時卻感到厭惡又恐懼，因此停留在麥爾肯肩膀上。

「妳也是學者嗎，考爾特夫人？」麥爾肯說。

「只是業餘愛好者。你是怎麼找到瑞芙博士這樣一位老師？」

「我撿到她遺落的書，送還回來。現在，我跟她借書，然後我們會一起討論。」他說話的語氣就像在鱒魚應付那些不大熟的客人。他希望她可別問起住在哪裡的問題，萬一她知道萊拉的下落，說不定就做出連結；不過，他們不是說她對那孩子沒興趣？也許她不知道，也不在乎。

「你住在哪裡？」她問。

「聖艾比教堂再過去一點，」他隨口說出城南某區，對自己冷靜的態度感到驚訝。

金色猴子動了動，沒說什麼。

「你長大之後想做什麼呢？」

每個人都這樣問，不知怎麼，他以為她會提出比較有趣的問題。

「還不知道，」他說：「也許在船上或者鐵道工作吧。」

「那麼，我想思想史會很有用處囉。」她說，笑容好甜美。

話中帶刺。他不喜歡這樣，於是他想要挫挫她的銳氣。

「考爾特夫人，」他說：「前幾天我遇見一位妳的朋友。」

阿斯塔看見賈斯伯的眼睛一下子張大。考爾特夫人再次露出笑容，但這回不大一樣了。

「不知道會是誰呢？」她說。

「我不知道他的名字。他來到我們酒吧。他聊起了妳。他的精靈是一隻三條腿的土狼。」

她這一驚簡直非同小可。麥爾肯看出來了，阿斯塔看出來了，瑞芙博士與賈斯伯也看出來了。但是，形之於外的只是金色猴子向前傾，兩隻手爪搭住她的肩膀，她雙頰的淡粉色漸漸消失。

「多麼特別啊，」她說，是那種全世界最冷靜的語氣。「我確定我不認識那樣的人。是哪一間酒吧？」

「船夫酒館。」麥爾肯說，確定城裡沒有一座酒吧叫這個名字。

「他說了些什麼？」

「就說他是妳的朋友，很快會跟妳見面。我不認為有很多人相信他，因為他之前從沒來過，沒有人真正認識他。」

「你花很多時間在酒吧裡跟陌生人聊天嗎？」

她臉上恢復血色，之前是淡淡嫣紅，現在是頰上兩團豔色小點點。

「不，我只有傍晚在店裡幫忙，」麥爾肯以最平和的語調說著。「我聽到許多人說著各種各樣的事情。如果那個人又來了，我要不要跟他說我見過妳，而妳並不認識他？」

「你最好什麼也別說。你最好也別聽那些胡扯八道。我相信瑞芙博士同意我的說法。」

麥爾肯望向瑞芙博士，她只顧著聽，眼睛張得好大。不過她眨眨眼，恢復正常，然後說：「還有什麼可以幫得上忙嗎？考爾特夫人？」

「暫時沒有。」考爾特夫人說。金毛猴坐到她的腿上，把臉埋進她的頭髮裡，好像低聲說著什麼。她不自覺地輕撫那身金毛，然後，他轉過頭，那雙莫測高深的眼睛直瞪著麥爾肯。麥爾肯冷靜地迎視這道目光，儘管他內心毫不冷靜，想著：如果這隻猴子有名字，可能就叫「惡意」吧。

考爾特夫人抱起她的精靈，起身，低聲跟他說了幾句話。然後，她向瑞芙博士伸出手。

「您容忍我突然造訪，真是非常寬容。」她說，然後轉向麥爾肯。「再見，麥爾肯。」她只說了這句話。她沒有向麥爾肯伸出手。

瑞芙博士陪她走到門口，為她穿上溫暖的毛皮外套，送她出去。麥爾肯從窗戶往外看，正好看見司機站直了身子，忙著團團轉，讓自己派得上用場。

「好啊，你為什麼要說那些話？」豪華車開走之後，瑞芙博士問道。

「我不想告訴她我住在哪裡。」

「但是，你提到帶著土狼精靈的男人！到底為什麼？」

「我想要看看會有什麼反應。」

「麥爾肯，這太魯莽了。」

「沒錯。不過，我不信任她。我想要稍微擾亂她一下，我想那樣應該行得通。」

「肯定有用。但是……提醒我一下，他真的說了什麼跟她有關的事嗎？他說他們是朋友？」

麥爾肯把艾莉絲所說，關於波奈維爾的事全部告知。「我只是想，」他又說：「如果她想要傷害萊拉，這麼做也許可以稍微嚇嚇她。」

「倒是嚇到我了，」瑞芙博士說：「我需要喝杯茶。到廚房來吧。」

「她來這裡做什麼？」麥爾肯說著，坐在廚房凳子上。

「啊，」她說：「問萊拉的事。」

「真的？妳跟她說了什麼？」

「很奇怪。她似乎認為我跟那孩子有某種聯繫。也沒錯啦，我想，透過你，間接的關係。就像……」她停下來，水壺拎在半空中，似乎突然閃過某種念頭。「沒錯，就好像她是透過真理探測儀知道的。我就覺得奇怪！這完全就是匆匆詢問之下得到的不完整訊息，要不就是非專業解讀者的手筆。她顯然熱烈關切那孩子的下落，而某種東西告訴她，我可能知道。」

「但妳沒有……」

「當然沒有。當然沒有！她先從牛津探測儀團隊問起，問了……各種事情。不過很有禮貌，一副她其實並不是很有興趣的樣子。接著她問起有個孩子被留置在牛津，或是靠近牛津的地方，好像這件事挺有意思，但不怎麼重要，但顯然並非如此。賈斯伯一直盯著她的精靈，他緊緊抓著椅背……」

她把水壺放到爐子上，手裡忙著處理茶罐，她想事情想得很入神。麥爾肯看在眼裡，沒說什麼。直到他們進了起居室，坐在火邊，她才開口。她深深吸了口氣。「麥爾肯，」她說：「我要擔著風險告訴你一件我不該說的事情。你不會說出去吧？你知道這有多重要，是吧？」

「嗯，當然。」

「是，你當然明白。我只是很害怕讓你置身險境，對你來說，知道這些事情比較危險，還是不知道比較危險，我拿不定主意。」

「也許不知道比較危險。」

「是啊，我也這麼想。好吧，事實上，我已經離開真理探測儀小組了。」

「為什麼？」

「有人給我機會去做其他的事情。研究另一個真理探測儀，就我一個人。」

「我以為總共也沒幾個。」

「這一個現在流落在外。意料之外的狀況。」

「真幸運。」

「我不知道。也許是吧。我想這是考爾特夫人想要查清楚的事情之一。也就是，我手上到底有沒有那個探測儀。」

「所以，她是間諜囉。」

「我想是吧。對手陣營派來的。」

「妳對她隱瞞這件事嗎？我是說，隱瞞妳正在研究那個探測儀？」

「希望是這樣。那隻精靈……從他臉上根本什麼也看不出來。」

「當我提到傑若德．波奈維爾，他有點被嚇到。」

「是，是這樣沒錯。而且考爾特夫人很震驚。我還是不確定你該不該那麼做。」

「不做怎麼會知道。」

「知道什麼？」

「知道她認識波奈維爾啊。噢，你記得我跟妳說過我們看見他毆打自己精靈那天，小修道院窗戶的遮板壞了？」

「記得。」

「遮板沒壞。班尼狄塔修女告訴我，有人忘了把它關起來。」

「這可有意思。我想會不會是有人故意讓它開著。」

「我們也是這麼想，」麥爾肯說：「但我不知道有誰會這麼做。」

瑞芙博士把她的茶杯放在壁爐架上。「麥爾肯，你不會把真理探測儀的事情告訴任何人，對吧？」

「絕對不會。」他說，對她現在居然還會問這種問題感到驚訝。

「我不認為你會說出去。不過，這真的極機密。」

「我當然不會。」他說。

他吃了一片餅乾。她走到窗邊。

「不過，瑞芙博士，」他說：「我可不可以請問，妳用那個新探測儀來做什麼？跟妳在之前那個小組做的事情一樣嗎？」

「不，不一樣。給我探測儀的那些人除了其他問題，還想問有關萊拉的事。」

「他們想知道關於萊拉的什麼事？」

「從某個方面來說，她很重要，但是他們不知道原因。此外，他們希望我分析研究關於塵的一些問題。」

她背對著麥爾肯，麥爾肯覺得她因為回答太多問題有些不開心，但是，他必須再問一個。

「他們是奧克立街？」

她轉過身。她背後的天色漸漸暗下來，房裡唯一的光線來自壁爐裡的炭火，麥爾肯看不清她臉上的表情。

「是，他們就是，」她語氣沉重地說：「不過，這也是不能說的，記得吧。」

「是，不能說。好。我不會再問任何問題了。」

她又轉身面向窗外。「看來，你那位吉普賽人是對的，又要下雨了，」她說：「我們趕緊結束吧，不然你會渾身溼透的。過來選兩本書。」

他看得出來她很憂慮，因此不想瞎混時間省得惹惱她，於是很快選了一本謀殺故事，一本關於中國的書，然後道別離開。

●

保險箱裝好、離開真理探測儀小組的程序走完，漢娜立刻問帕帕迪米特里烏教授，關於那天晚餐結束前的怪異時刻，當時沒有人有辦法注視著她，氣氛改變得也太突然。

帕帕迪米特里烏是這樣解釋的。奧克立街與其他特務機構有時候似乎會以勒索為手段，策反對手陣營的特務，譬如說，他們現在正以一個特務為目標，而那位特務正好對年輕男孩有興趣。

他話一說出口，她才看清自己落入一個什麼樣的圈套，驚駭又焦慮地大喊出聲。「不可以！你的意思該不會是……不可以是麥爾肯！」

「漢娜……」

「我不會這麼做的！你們想把他送出去，我不知道……當成誘餌是嗎？然後呢？怎麼樣？你們打算突然衝進房間活逮那個正在辦事的男人？或者更惡劣？你們會安裝祕密攝影鏡頭，然後拍黑影照片？你們想把麥爾肯推到那樣的情境裡？多麼卑鄙！納君特還說不會讓他陷入危險，而我還相信他。天哪，我怎麼會這麼蠢！」

「漢娜，他不會遭遇一丁點危險。事情很快就會結束，他甚至不知道發生什麼事。我們可以拍胸脯保證。他太有價值了，不能讓他擔這個風險。」

「我不會讓這種事情發生。絕不。我會儘快歸還真理探測儀，我會忘掉所有相關——」

「哎哎，這可就——」

「你等到我承諾加入了才告訴我。好啊，這下我可看清楚我要承擔的是哪一種事了。」

「等妳冷靜了再回來。」他只說了這句話。

不可以，當然她絕對不會讓這種事情發生。這也讓她以一種不同的角度看待納君特。在貴族魅力與和善氣質背後，他是心狠手辣的。她所能做的也只有詢問真理探測儀，從銀色指針的搖擺與靜止中理解她能感受到的訊息。一如往常，她鑽得愈深，就看到愈多問題。

●

那天傍晚，雨勢一發不可收拾。

第十五章
盆栽棚

那天傍晚麥爾肯去了小修道院，想要看看泰普浩司先生有沒有好一點，工作間卻黑漆漆的，還上了鎖；不過，他進了廚房卻有意外發現，因為艾莉絲在那兒揉麵糰。

「噢。」他說，實在也想不出什麼可說的。

她一副什麼都看不上眼的樣子，就老樣子，而且也沒吭聲。

「哈囉，麥爾肯。」費內拉修女說。這位老小姐坐在火爐邊，輕晃著萊拉的搖籃，她看起來似乎很不舒服。「艾莉絲這陣子會來幫忙。」修女繼續說，她的聲音微弱，有點上氣不接下氣。

「噢，是喔，」他說：「萊拉怎麼樣？」

「睡熟了。過來看看。」

萊拉的臉埋進她小貓精靈的絨毛裡，但也就那麼一會兒，當阿斯塔一飛落在搖籃上，潘拉蒙就醒了，惡狠狠地吐口水。這下當然把萊拉也吵醒了，然後小傢伙竭盡她小小的肺活量開始哭鬧。

「沒事兒，萊拉，」麥爾肯說：「妳認得我們。好吵喔！我想妳這麼喊可以一路貫穿河對岸，直達鱒魚。」

阿斯塔變成一隻貓跳進搖籃，小心翼翼不碰到萊拉，然後叼起小貓潘拉蒙，稍微甩了甩。潘拉蒙驚呆了，萊拉立刻停止哭叫，張望著發生什麼事，這讓麥爾肯大笑起來，惹得萊拉也跟著笑，她的眼睛含著淚，好漂亮。

麥爾肯很開心能夠引起這樣的效果。艾莉絲湊過來看。

「這小騷貨。」艾莉絲說，然後繼續回去做她的麵包。

「噢不，」費內拉修女說：「她認得麥爾肯，是不是啊？我的甜心？我們認得麥爾肯跟阿斯塔，是不是啊？」

「我能不能抱她？」麥爾肯問。

「餵她吃飯的時間快到了——好吧，來啊。你能不能先把她抱出來？」

「這很容易，」麥爾肯探身抱起小寶寶，阿斯塔跟小貓打打鬧鬧沒停過。他們現在習慣了，不像第一次那樣受到驚嚇，又哭又叫的。麥爾肯用腳拖來一張凳子，並讓萊拉坐在自己膝蓋上，費內拉修女就在一旁。小寶寶東張西望，小手摸索著找到小嘴巴，當下將拇指塞了進去。

「她餓到吃起自己來了。」麥爾肯說。

費內拉修女翻攪著爐灶上長柄鍋裡的牛奶，並以小指頭試溫度。「好啦，這樣剛剛好，」她說：「親愛的麥爾肯，能不能幫我把奶瓶裝滿？」

麥爾肯把萊拉交給她，非常小心地將牛奶倒入一只乾淨的奶瓶。他想要告訴艾莉絲當天下午稍早見到考爾特夫人的事，不過，費內拉修女在場，更何況那個女孩又高傲又冷漠，麥爾肯連開口跟她說話都覺得不容易。

奶瓶裝滿之後，費內拉修女將萊拉抱在臂彎，身體往椅背靠，開始餵食。麥爾肯有點擔心，這位老小姐跟平常一樣貼心又善良，但是她的臉色發灰，眼睛布滿紅絲，看起來好疲倦。

「我過來是想看泰普浩司先生有沒有好一點。」說著，他又坐回那張凳子。

「我們好幾天沒看見他了。希望他沒事。如果他情況不好，我相信泰普浩司太太會讓我們知道。」

「也許他度假去了。反正他把遮板都做好啦，不是嗎？」

「噢，他是一位非常棒的工人。」

「如果還需要做些什麼，讓我來。」

艾莉絲噗哧笑了一聲。麥爾肯決定不理她。

有一會兒，廚房裡只聽見艾莉絲的手拍打麵糰發出節奏性的啪啪聲，爐灶裡的火舌嗶嗶啵啵，萊拉的嘴唇吸吮橡皮奶嘴發出滿意的欶欶欶……還有另一種聲音，麥爾肯本來聽不出所以然，後來才明白那是費內拉修女呼吸時伴隨著幾不可聞、好像很費力的聲音。這位老小姐的眼睛閉著，眉頭皺起，雙眉擠成一團。

然後，麥爾肯眼看著奶瓶以很慢的速度從她手中滑落，接著是她臂彎裡的萊拉，以甚至更慢的速度往外掉落，所以他有時間來得及大喊：「艾莉絲！」並在費內拉修女倒進壁爐之前，一把攫住小寶寶。

萊拉抗議似地放聲大哭，不過，麥爾肯守護了她的安全，連奶瓶也一併撈獲。同時，艾莉絲抓著費內拉修女的肩膀，輕輕將她扶正，但是老小姐已經失去意識。她的松鼠精靈傑蘭特昏倒在她的胸口。

「我們應該怎麼──」艾莉絲說。

「妳扶著別讓她倒下去，我去叫──」

「知道了，去吧──」

麥爾肯抱著萊拉站起來。目前的狀況有趣到足以讓這孩子停止號叫，不過，他還是把奶瓶硬塞進她嘴裡，貓形阿斯塔叼著小貓潘拉蒙緊跟在旁，麥爾肯往走廊那頭走去，目標是班尼狄塔修女的辦公室。

果然，辦公室空無一人。他四下張望，好像修女會躲起來一般，然後他搖搖頭。「她不在這裡，萊拉，」他說：「我們需要她的時候，她永遠不在，是吧？」

他走出去，看見不遠的走廊上出現一個修長的身影。

「凱特莉娜修女？」他大喊。

那位年輕修女回過頭。她受驚嚇的程度超出麥爾肯的預期。「怎麼了？怎麼回事？」

「費內拉修女昏倒了，我們需要幫忙，她當時正在餵萊拉，而且——」

「噢！噢！天哪！怎麼會——」

「請班尼狄塔修女過來，然後再到廚房幫忙。」

「好的！好的！當然！」她轉身匆匆離開，去找班尼狄塔修女。

「那是凱特莉娜修女，萊拉，」麥爾肯說：「她去找班尼狄塔修女了。妳繼續大吃大喝吧，丫頭，別擔心。我們這就回廚房。外頭冷死了，是吧？」

艾莉絲已經將費內拉修女拖回她的扶手椅，不過老修女還沒醒過來，她呼吸困難，而且聲音很大。

「肺炎，」艾莉絲還是扶著修女，讓她坐正。「我祖母染病的時候也像這樣。」

「她死了嗎？」

「這個嘛，她終究是死了，卻不是因為染上這個病。該死的，她得換尿布了。」她看著萊拉，那孩子一心一意要吸乾整瓶牛奶。

「啊，這我可做不來。」麥爾肯說。

「想也知道。」

「那是因為從來沒有人告訴我該怎麼做。」

「**如果還需要做些什麼，讓我來。**」她戲弄著學他說話。

「她們才不會派木匠去做這件事，」麥爾肯特別指出這一點。「長柄鍋裡還有牛奶嗎？」

「有啊，還有一些。把她舉起來，來，給我抱，我來換吧。你把牛奶倒進去。」

「妳會做這些照顧奶娃的事?」

「我有兩個小妹妹，當然會囉。」

她接手抱過萊拉的樣子的確穩健又能幹，她幫小寶寶拍背，拍出好大一聲奶嗝，嚇得小精靈變成一隻小火雞。麥爾肯把長柄鍋放回爐灶上加熱。

「不要太燙。」艾莉絲說。

「不會，不會。我看過修女怎麼做。」

麥爾肯的小指頭不怎麼乾淨，於是他先塞進嘴裡用力吸了吸，放進鍋裡測溫，直到牛奶差不多夠熱，再斜斜倒入瓶中。然後，他將費內拉修女扶正，在她的腦袋後面放了一塊靠枕，這時班尼狄塔修女與凱特莉娜修女走進來。

「照顧小寶寶，」班尼狄塔修女說，凱特莉娜修女想要把萊拉抱過來，但艾莉絲不放手。

「她在我這兒待得好好的，」她說：「我就這樣抱著，等她把奶喝完。」

「噢，如果妳確定要這樣……」

艾莉絲看著她。麥爾肯知道那種眼神，而且很想知道那種眼神對別人會造成什麼樣的影響。凱特莉娜修女緊張兮兮地移開目光，然後把凳子稍微往前推進，讓艾莉絲坐下。年輕修女的巴哥犬精靈躲在她的腿後頭。

班尼狄塔修女忙著照料費內拉修女。她取出嗅鹽在老小姐的鼻下晃了晃，老小姐躲了一下，發出呻吟，但仍然沒有醒過來。

「要不要我去請醫生過來?」麥爾肯說。

「謝謝你，麥爾肯，不過，今天晚上還不必，」班尼狄塔修女說：「可憐的費內拉修女最需要的莫過於休息。我們會送她上床。做得好，你們兩個。艾莉絲，可以把萊拉交給凱特莉娜修女了。妳最好繼續做妳的麵糰。麥爾肯，今晚這樣已經夠了，謝謝你。回家去吧。」

「如果妳需要任何——」

「好，我會立刻找你。晚安。」

她很擔心費內拉修女，麥爾肯也是。不過，倒是不需要為萊拉擔心，他這麼想。

●

隔天是星期日，麥爾肯早上有空在獨木舟上存放一些緊急備用物品，正如阿斯塔所說，預防萬一。最重要的就是他的小工具箱，他也從廚房拿了一只舊餅乾盒，裝了好些零碎東西在裡面。他想到要放進一些急救小物，卻因為手邊沒有只好作罷，改天弄來一些也不錯。

等他弄完了，艾莉絲跟平常一樣，在午餐時間到鱒魚的廚房幫忙兩小時。一等到麥爾肯與她獨處，她說：「今天早上有沒有看見費內拉修女？」

「沒有。不過，如果她們需要醫生，會差人叫我跑腿。」

波斯戴太太在場的時候，他們什麼也沒說，好像說好了保守祕密，其實也沒這個必要。麥爾肯已經把昨天發生的事情告訴父母，他們聽說艾莉絲在小修道院廚房工作都覺得意外，正如同麥爾肯當時的感覺。

「如果她會做麵包，我說不定還能讓她多打幾小時工。」他媽媽說。

「看不出來，她挺有本事呢。」他爸爸說。

等他媽媽一走出去，麥爾肯與艾莉絲立刻開始交談。

「妳記得妳說過——」麥爾肯說。「另外那個修女——」艾莉絲也說，然後又說：「好吧，你先。」

「妳記得妳提過，傑若德·波奈維爾說他是萊拉的父親？」

「你沒告訴別人吧？」

「妳先聽我說。」麥爾肯告訴艾莉絲關於他去拜訪瑞芙博士，發現考爾特夫人也在那裡，以及他對那女人說的話。

「你沒告訴那女人，他說他是——」

「沒有，當然沒有。我只說那人說他認識她，就這樣。那就夠了，她嚇得半死，所以我相信是真的——她知道他是誰。」

「那女人去那裡做什麼？」

「她去問瑞芙博士關於萊拉的下落。」

「她說了？」

「瑞芙博士？沒有！她絕對不會說。」他本來要補一句「她是間諜」，後來又收了口。他不能露出半點口風，不過，跟艾莉絲交談變得愈來愈容易，所以他得非常小心才行。他接著說：「她說她也不清楚，我是指瑞芙博士。她也很意外。考爾特夫人可能是為了真理探測儀來的。」

「那是什麼？」

他開始解釋，這時他媽媽又走了進來，如果突然停止交談反而顯得尷尬，於是他繼續說明真理探測儀及其用途。他媽媽停下腳步跟著聽。

「你到杰里科就為了忙這玩意兒？」她問。

「不是，是她在柏德里圖書館就為了忙這玩意兒。」

「哼，最好是。聽著，艾莉絲，妳覺得多給我們廚房一點時間怎麼樣？不是洗碗，我是說準備食物之類的。」

「我不確定，」艾莉絲說：「也許可以。」

「好吧，等妳確認過妳的社交行事曆，跟我說一聲。」

「我現在在小修道院廚房工作。如果費內拉修女病了，她們可能會更需要我。」

「看看妳什麼時間方便。如果妳願意，這兒總有工作要做。」

「好。」艾莉絲說，眼睛只是瞪著洗碗的熱水。

麥爾肯的媽媽鼓著腮幫子，忍著不多說什麼，翻翻白眼往儲藏室去了。

「妳剛才提到凱特莉娜修女。」麥爾肯說。

「是啊。就是她讓遮板打開著。她為了那個人才這麼幹。」

「真的？」

「是啊，當然是真的。你不相信我？」

「是啊，我相信妳。不過，她怎麼會認識他？」

「我讓你親眼瞧瞧。」就這樣，艾莉絲沒再多說什麼。

麥爾肯離開之前，艾莉絲的精靈跟阿斯塔說話，這時兩隻都變成了貓。這種情況從來沒有發生過，麥爾肯非常驚訝，卻也只是等兩隻精靈結束簡短的交談，這才往外走。

「他說什麼？」走向酒吧途中，他低聲問阿斯塔。

「他說我們應該八點左右去小修道院廚房。就這樣。他沒有說為什麼。」

●

就麥爾肯所知，八點是晚禱時間。所有修女都會在祈禱室進行每日最後一場禮拜，費內拉修女除外，他想，還有凱特莉娜修女，如果她得照顧萊拉的話。

大雨滂沱。從天而降的不是雨滴，是成片成片的雨幕，地面水勢滾滾，放眼望去沒有什麼東西是固定不動的，只有惡水滔滔，洶湧而來。麥爾肯以作業為藉口，七點半就上樓，然後再躡手躡腳走下樓，就算不這樣，雨水打雷似地砸落屋頂、門板、窗戶，任誰也聽不見他偷溜出去。

他在儲物間穿上高筒靴和油布雨衣、防水帽，然後他去小棚屋，用炭絲防水布罩住野美人號。只是以防萬一，他想。

接著，他把阿斯塔揣進懷裡，一面頂著風奮力走上橋，一面看著下頭湍急的河水。他想起克朗·范·特塞爾曾經說過：「水底有些什麼被驚擾了，天上的情況也是如此……」他舉手遮住眼睛，向上凝望。幾乎在此瞬間，突如其來的一道閃電讓他睜不開眼睛，像是一道銘刻的訊息，劈劃在他私密的極光天空中，耳邊轟然雷響，震得他發昏，險些沒摔倒，嚇得抓緊石砌欄杆。

阿斯塔說：「祂的震怒，宛如雷雲車駕奔騰——」

麥爾肯接著唸完詩句：「祂乘風暴之翼，行經黑暗之徑[24]。」

他站的地方毫無遮蔽，令他害怕不已，於是他趕緊過了橋，走進小修道院的牆壁庇護內。誦唱的歌聲隱約從祈禱室傳出來。

他拿了一塊石頭敲敲廚房窗戶，好讓屋裡的人比較容易聽見，過了一會兒，艾莉絲開門走出來，一邊把薄薄的大衣披在肩上。雨水直落在她身上，溼透了的頭髮平貼在臉頰上。

「你知道盆栽棚吧？」她低聲說。

「小修道院的？」

「當然，笨蛋。最左邊有一間，裡頭亮著燈。你進到它隔壁那一間，從那裡看過去。去瞧瞧。」

---

24 這兩句詩來自英國讚美詩作者羅伯·葛蘭特（Robert Grant, 1785-1838）的〈榮耀大君王〉（O Worship the King all glorious above）。

他們得挨得很近說話，她吐出暖暖的氣息，噴在他臉上。

「有什麼——」

「去就是了。我不能待在這裡。我在照顧萊拉。」

「她上哪兒去了？凱特——」

她搖搖頭。她的精靈班恩與阿斯塔急切地低聲交談。艾莉絲轉身開門，班恩跳上她的手臂，模樣是一頭雪貂。這時，麥爾肯感覺阿斯塔躍上他的肩膀，門關上了，只剩下他倆在外頭。

「他說什麼？」這是他今天第二次這麼問了。

「他說我們務必小心，而且不能發出聲響。絕對不可以。」

麥爾肯點頭，阿斯塔鑽進他的油布雨衣，縮成一團，一面從他下巴往外探看。他們繞著小修道院外牆，往遠離橋的方向走去，走向艾塞列公爵在月光下抱著女兒漫步的庭園。麥爾肯必須很仔細地盯著地面，雨勢實在太大，而且他感覺有一股激流從河裡湧來，衝擊他的靴子。河水淹過河岸了嗎？他看不見，但肯定是的。

他們走到菜園子，阿斯塔說：「棚子，最後一個，有燈亮著，跟她說的一樣。」

錯不了的，如果他抹掉眼皮子上的水，舉手遮眉，只要幾秒鐘就能看見窗子後頭有一抹微弱的閃光。這個方向正好背對小修道院。

他知道這些棚子的位置，他好幾次幫著瑪莎修女在園子裡幹活。最後兩間其實是同一座棚架，中間隔著一面薄牆。兩邊的門都只上了簡單的鐵門。瑪莎修女索性也不鎖了，反正沒有什麼值得偷的工具，她這樣說，而且也省得每次都要花時間找鑰匙。

麥爾肯竭盡小心之能事，拔開鐵門打開門，隔壁就是亮著燈的棚子，阿斯塔已經變成貓頭鷹，這樣才好看得更清楚些，因為瑪莎修女在這棚裡存放花盆，只要麥爾肯隨便撞倒一落，發出的聲響就連這場雨都壓不過。

他踮著腳走過黑暗，其實也沒那麼黑啦，兩個棚子之間的木板隔間有好幾處扭曲變形，隔壁昏黃的燭光隨著強烈的過堂風閃爍穿透。薄薄的屋頂在大雨中發出震盪迴響，人在屋裡彷彿置身大鼓之中，鼓手瘋狂進擊，這張鼓很可能隨時都會崩裂。

麥爾肯小心翼翼跨過花盆，雙手搭在木板牆上。他凝神傾聽，感覺好像聽見一個聲音——兩個聲音——然後是一陣難聽極了的高八度咯咯大笑，笑聲突然又被掩住。波奈維爾在那裡，僅僅數呎之遙。阿斯塔變成一隻蛾，就近停在牆上一處裂縫，當她看見某種景象，麥爾肯同時感受到一陣驚嚇。他往前貼近，透過裂縫看見傑若德．波奈維爾與凱特莉娜修女以一種很彆扭的姿勢互相擁抱。她往後仰靠著一堆空麻袋，兩條光溜溜的腿在燭光中閃閃發亮，那條土狼舔著她的巴哥犬精靈，那條狗仰躺著，歡愉地扭動身軀——

麥爾肯倒退一步，但他很小心，他的心思足夠冷靜，可以做到這種程度，但也已經到達他承受的極限了。他離開牆邊，走到棚子的另一頭，坐在一只倒扣的木箱上。

「看見了？」阿斯塔低聲說。

「她應該要照顧——」

「這就是為什麼那傢伙跟她在一起！他想要她交出萊拉！」

麥爾肯覺得腦子裡轟轟旋轉，彷彿樹葉在風中打滾。他無法定下心，也無法清楚思考任何事情。

「我們該怎麼做？」阿斯塔問。

「如果我們告訴班尼狄塔修女，她不會相信的。她會追問凱特莉娜修女，而她會說沒這回事，全是我們捏造出來的——」

「她知道是凱特莉娜修女讓遮板敞開著。」

「她也知道波奈維爾在附近出沒。但是，她永遠不會相信這個。而且也沒有任何證據。」

「只是還沒有。」阿斯塔說。

「什麼意思？」

「我們都知道孩子是怎麼生出來的，對吧？」

「噢！噢！所以——」

「他們做的就是那種事啊，如果她懷孕了，就算是班尼狄塔修女，這個證據也綽綽有餘了。」

「但是，又不能證明定是那傢伙讓她懷孕。」麥爾肯說。

「嗯，不能。」

「而且那時候他可能早就跑了。」

「而且帶著萊拉。」

「妳認為他的目標是她？」

「當然。你不認為嗎？」

這個想法太可怕了。

「是啊，我也是這麼想的。」麥爾肯說：「妳說得沒錯。他想要萊拉。我只是不明白為什麼。」

「為什麼並不重要。報復。他可能想要殺了她，或者當成人質。要求贖金。」

修女發出某種麥爾肯無法理解，情緒性的，高亢且長久的呻吟。那聲音穿牆而來，超越雨聲，超越風聲。他覺得她的喊叫聲穿透夜空，讓月亮都別過頭，讓飛行中的貓頭鷹戰慄。

他發現自己握緊了拳頭。

「嗯，我們必須……」他說。

「是啊，我們必須，」她說：「必須做點什麼。」

「想想看，假設我們什麼也不做，萊拉因此落在他手裡……」

接著傳來男子低沉渾厚的笑聲，完全不像土狼那種笑聲，也不像因為什麼好玩的事情而發笑，而是一陣迸發式的心滿意足。

「是他！」阿斯塔說。

麥爾肯說：「如果我們告訴班尼狄塔修女，也許她會認為這兩個人都做了錯事，但她只能懲罰凱特莉娜修女。她不能懲罰他。」

「如果她相信我們。但是她也可能不相信。」

「這是犯罪吧？他們做的事情？」

「如果凱特莉娜修女不願意，那就是犯罪吧，我想。」

「不過，我認為她是願意的。」

「是啊，我也這麼想。所以警察也拿他沒轍，就算他們相信我們說的，就算他們逮住他了，就算……就算……」

「不過，比起確保萊拉的安全，讓他接受懲罰並沒有那麼重要。萊拉的安全才是最重要的。」

「我想是吧……」

小修道院方向傳來一陣轟隆隆的撞擊聲，比雷聲更低沉，持續得也更久。起初不像某種噪音，反而像是一陣土地移動，就連花盆也喀郎喀啦晃了起來，有些掉到地上，轟隆聲持續不斷，地面持續震顫。

凱特莉娜修女大喊：「不！不要！放手——拜託——我得走了——」

波奈維爾低沉的聲音喃喃說了什麼。

「好，」她喘息著說：「我保證——但我必須——」

麥爾肯突然跳了起來，腦袋裡電光火石閃過一個念頭：萊拉！他奪門而出，門板被甩得撞上木牆，他不顧直往身上澆灌的暴雨，拔腿朝小修道院狂奔，大片大片的水湧過路面，身後傳來男人的咆哮，還有那隻土狼精靈瘋了似的「哈！哈！哈！」喘氣聲。

阿斯塔變成獵犬跟著他一起往前衝。當他們抵達小修道院，麥爾肯繞過轉角處時赫然發現，腳下的水愈來愈深，流速愈來愈急，門房的燈光已經熄滅……

……因為整座門房都不在了。只剩下一堆石頭、木條、瓦礫、木板、屋瓦，被小修道院裡透出的閃爍亮光照亮。麥爾肯嚇傻了，這時一波水浪湧過瓦礫堆：河水已經漲破河岸。水勢一下子淹到他這裡，瞬間水深已經及膝，他幾乎站不住腳。

「艾莉絲！」麥爾肯大喊。

他背後傳來凱特莉娜修女恐懼的哭號。

「廚房！」阿斯塔大叫，麥爾肯掙扎著走到廚房。水不斷湧向門腳下，麥爾肯把門推開，發現裡面已經淹得一塌糊塗，爐灶的火冒著煙嘶嘶作響，地板整個泡在水底。

萊拉的搖籃漂浮著——貨真價實在水上搖啊搖——艾莉絲僵躺在廚房餐桌上，身體有一半被天花板落下的灰泥與橫梁壓著。

「艾莉絲！」他大吼，她清醒過來，哼哎了幾聲，一下子太快坐起身，立刻又歪倒下去。

麥爾肯一把抱起搖籃裡的萊拉，阿斯塔跳進去照顧潘。接著麥爾肯拖出搖籃裡的毛毯，全往萊拉身上裹。他只能就著灶上的橙色火光視物。毛毯全都拿出來了嗎？這樣她夠不夠暖和？

艾莉絲摸索著牆壁，試著站起來，突然又被一股力道給震倒，那是波奈維爾破門而入，渾然無視於淹到門腳下的水，他一看見麥爾肯就嘶吼著撲上去，那聲音聽起來比他的精靈更邪門。

麥爾肯抱緊萊拉——她嚇得大哭——

接著波奈維爾往前一摔，濺起好大的水花……是艾莉絲，她掄起椅子從他後腦勺砸了下去。波奈維爾攀住桌子想站起來卻抓不穩，反而掀翻了桌子，重重濺起水花。艾莉絲再次舉高椅子往男人身上砸。

「快！快！」艾莉絲叫著，麥爾肯試著涉水跑過去，腳步卻慢得驚人，這時波奈維爾的手掌、手臂，最後是他鮮血直流的腦袋隨著桌子浮出水面，這男人腳下一滑又往後摔，然後又冒出來，半邊腦袋浸在血水裡。

「麥爾肯！」艾莉絲大叫。

他抱緊萊拉，往門邊衝去。小寶寶憤怒嘶吼，又蹬又踢，揮舞著一雙小拳頭。

「給我——」男人咆哮著，又滑倒了，這時麥爾肯已經離開廚房，跟艾莉絲一起往橋的方向跑去，淹水卻讓他們的速度慢下來，簡直比噩夢還更像噩夢。

凱特莉娜修女不見蹤影，其他修女也不見影蹤，該不會都淹死了吧？或者被壓在門房底下動彈不得？在場唯一還活著的就是血淋淋的波奈維爾，還有他跛著腳、踉踉蹌蹌的精靈，他們走出廚房，緊追在後。

外頭很暗，幾乎沒有光線可以看見任何東西，惡水翻騰的聲音在空氣中洶湧。憑藉著直覺與記憶，麥爾肯跌跌絆絆沿著小徑前行，一面放聲呼叫：「艾莉絲！艾莉絲！」

然後他撞上她，兩個人都差點兒摔倒。

「抓住！別鬆手！」他大吼。

他們緊握著彼此冰冷的手，拚命逆水前行，走上橋面。鱒魚裡還亮著一盞燈，透過這道光線，可以看見矮牆、一半的路面都坍垮了。

「小心！」艾莉絲大喊。

「別鬆手！」

他們拖著腳步，橫著走過殘留的路面，感到土地在腳下搖晃、震動。萊拉已經停止哭泣，把拇指塞進嘴裡，挺快樂地躺在麥爾肯扣緊緊的臂彎，對周遭一切充滿興味。

「這座橋，快不行了，」艾莉絲大叫，回頭看見麥爾肯背後，又喊：「他在那裡！快點！」

「他怎麼還能——」

「快啊！」

他們跌跌撞撞走下通往鱒魚露台的階梯，赫然發現他們必須往回走，河水洶洶，淹過露台達到桌面高度，隨時都可能把他們捲走。

「在哪兒？往哪兒走？」艾莉絲大吼。

「繞到另一邊——也許那扇門——」

麥爾肯不知道自己要說什麼，因為從他背後很近的地方傳來那陣可怕的笑聲：「哈哈！哈！哈哈哈！」就著旅店門口灑落的閃爍燈光，波奈維爾的臉清晰可見，臉上雨水與血水齊流。艾莉絲從鬆垮的矮牆上撿起一塊拳頭大小的石塊，直直朝男人丟過去，那人再度應聲倒地。

「快！快！」麥爾肯喊著，帶頭跑下斜坡，繞到旅店另一頭，跑向大門，跑向安全的所在。

然而那扇門卻是鎖住的。

噢，當然，他想，他們以為我在樓上……

「媽！爸！」他大喊，但是，這風這雨這滔滔的河水，像捲走一張衛生紙一樣，捲走他的呼叫聲。

他一手緊抱著萊拉，另一手握著艾莉絲的手，挨著酒吧牆壁，一腳高一腳低走到後門。還是鎖著。

他把萊拉塞進艾莉絲懷裡，拾起一塊大石頭狠狠往門上敲。但是，滾滾河水呼嘯，枝葉在狂風中翻飛的聲音都太大了，連他自己都聽不見敲打聲。他一次又一次地砸擊，直到再也握不住石頭為止。

完全沒有回應，波奈維爾卻節節逼近，他們可不能傻站在這兒等他找上來。

「來吧，」他踩著水花往園子裡走，走向儲物間，艾莉絲跟在後面，來到置放獨木舟的棚架。樓梯間的窗戶透出微弱的燈光，他們看見一隻溺死的孔雀掛在矮樹叢上。

棚架裡的野美人號好端端的，一派怡然自得，多虧了那片炭絲遮雨篷。

「進去。坐好，抱著萊拉。不要動。」他說，然後稍微捲起遮雨篷，讓艾莉絲看見船頭、該從什麼地方站穩腳步上下船、該坐在哪兒。他把萊拉塞過去，艾莉絲穩穩接住，麥爾肯拉好遮雨篷，自己也上了船。流水深深淹過草地，他很確定這條「路上」可以行舟，事實上，固定船身的繫繩已經快要綁不住野美人號，彷彿她已經察覺麥爾肯的意圖。

麥爾肯用力一拽，繩結鬆開，野美人號開始搖晃，他拿起船槳，利用它穩定船身，移動速度剛開始很慢，然後愈來愈快，滑下草坡，往河邊去。

然而，不等他們到達，河水迎面湧來，小船瞬間遠離草地，水漲船高，隨波逐流。

他們只能朝一個方向前進。野美人號飛鏢似地急馳於怒水之上，一路直下渡口草原，奔進席捲牛津的滔滔河水，奔進未知的遠方。

第十六章 藥房

麥爾肯幾乎什麼也看不見。遮雨篷阻絕了暗沉的天空、狂落的雨，同時也阻絕了前方的視線。而且它招風，惹得獨木舟左右不定地傾斜，就算麥爾肯真能看見什麼，他的目光也沒辦法固定在那玩意上頭。有那麼幾分鐘，他以為登上這艘獨木舟是個可怕的錯誤，大夥兒肯定是要淹死的；但是，他們還能怎樣？如果留在原地，就會被波奈維爾逮住，他會搶走萊拉，殺了她……

他專心地讓船身儘量保持平衡，穩定掌舵，而不是拚命划槳。他不必使力，洪水的力道推著他們一路飆，他不知道此刻身在何處，也不知道下一刻會撞上什麼：一棵樹、一座橋、一棟房子……麥爾肯努力甩開這個念頭。

還有一個問題。麥爾肯坐在船尾，為了要讓船槳留在水中，隨時方便行進，這一頭就不能蓋上炭絲防水布，而雨又沒停過，船上的積水很快就淹過他的腳丫子。

「一找到牢靠的東西，我們就把船繫上，」他衝著艾莉絲喊：「然後把水舀出去。」

「好。」她只回了這麼一句。

他側身向右，試著繞過遮雨篷往前看，試著想讓防水帽的帽簷別老擋著眼睛，試著想在這片濃密的黑暗中辨認出什麼來。某種高大、深色的東西快速飄過——一棵樹？阿斯塔變成貓頭鷹的樣子站在最後面的弧圈上向前方凝視，豆大的雨滴卻直往她的大眼睛撲射，幾乎不可能看見任何東西。

突然間，「往左邊！往左邊！」她尖聲叫道，麥爾肯把槳往水裡深深一按，再使盡全力撐轉方

向，這時遮雨篷已經啪答答刷過一棵歪倒半懸在空中的樹，還差一點打落他頭上的防水帽。

「還有好多樹！」艾莉絲喊著。

麥爾肯使勁把槳往深處划，拚命逆流上行，搞得獨木舟滴溜溜打旋，撞上大大小小的樹枝，一段布滿小刺的樹枝刷過他的臉，痛得他大叫，也把萊拉嚇得號啕大哭。

「怎麼了？」艾莉絲高聲問道。

「沒什麼。沒事喔，萊拉。」他吼了回去，其實他痛到淚水在眼睛裡打轉，幾乎無法思考。不過，他仍然牢牢握著槳，一回神突然發現好大一段樹枝就要撞上阿斯塔棲停的弧圈，他抓住樹枝，順勢讓獨木舟有個倚靠，暫時停駐。

他把槳放在腳邊，另一手摸索著找出繫船索，用力拋出套住樹枝，草草地打了個單套結，他的手指頭又溼又冷，抖個不停。

「妳腳下應該有個提桶。」他喊著，趁著艾莉絲在尋找的時候，他把遮雨篷往後拉，蓋住最後一個弧圈，固定在舷邊，只留下一處沒有扣死。

「喏，給你。」艾莉絲把東西遞過去，萊拉還是哭鬧不休。

他接過提桶開始舀船上的積水，並從遮雨篷掀開的那一側往外倒。這並沒有花太久時間。他發現自己的靴子也裝滿水，所以他費力地脫下靴子把水倒掉。接著他重新綁好防水布，筋疲力竭地往後一靠，阿斯塔伸出小狗狗柔軟乾淨的舌頭，舔著他臉上的刮痕。這比受傷的時候更痛，但他忍著不叫出聲。

至少，此刻他待在遮雨篷裡，不必忍受暴雨的折磨。天上來的水狠狠敲擊炭絲防水布，卻連一滴也沒有滲進來。「妳座位底下有一個錫罐，」他說：「我用膠帶封住，應該不會進水。妳找到了拿給我，我來打開。裡面有些餅乾。」

艾莉絲四下摸索著找到錫罐。麥爾肯又摳又抓找到膠帶頭，刷的撕開。罐子裡乾得什麼似的。他都忘了，原來自己還放了一把瑞士軍刀在裡面，另外還有一把小手電筒！他打開開關，亮得簡直扎眼。這一來，萊拉竟不哭了。

「給她一塊餅乾吸。」他說。

艾莉絲拿了兩塊，一塊給自己，一塊給萊拉，那孩子拿著餅乾揮啊轉的，似乎頗為猶疑，然後塞進嘴裡，吸得不知道有多開心。

麥爾肯從眼角餘光看到什麼——還是那東西在他眼睛裡面？在獨木舟地板上有一小塊白色的東西。突然，在毫無預警的情況下，他又看見那一點閃爍的微光，在他眼前的黑暗中飄浮。他眨眨眼，甩甩頭：這可不是燦爛光環出現的好時機，但它就是不消失。它飄浮在半空中忽明忽暗，閃閃爍爍，團團轉繞圈子。

「你怎麼了？」艾莉絲問。她一定是察覺到麥爾肯在甩頭，或者感覺到他的注意力飄走了，又或者她在黑暗中還是可以看見一點動靜。

「眼睛裡有東西。我得靜止不動。」

他一動也不動坐著，渾身溼答答很不舒服，卻努力感受平靜。他確實感受到了什麼，就是寫地理作業那天傍晚，那景象第一次出現時，阿斯塔形容的感覺：一種脫離肉體、寧靜平和的漂浮，彷彿置身在無限、甚至永恆的空間裡全方位的漂浮。跟上次一樣，燦爛光環愈來愈大，同時也跟上次一樣，他感覺很無助，當那玩意兒愈靠愈近，終於占滿視野，他整個人都僵住，不過，他從來不覺得害怕；那玩意兒不會讓人驚嚇，某種程度來說它甚至讓人挺安心的，彷彿在大海裡平靜地漂啊漂。這是他的北極光，它是在告訴他，他仍然是有序萬物的一部分，而且這點永遠不會改變。

他任由光環自行變化，自己也恢復神智，他簡直累癱了，彷彿這樣的體驗很費力氣，很耗精神。

他眨眨眼、甩甩頭，但地板上那塊白色小東西還在。他彎腰摸索，找到了它：那是一張卡片，紳士淑女會在上頭印上自己名字的那種。他的眼睛還是太花了，暫時沒辦法讀它，他沒對艾莉絲解釋，只把卡片放進上衣口袋。

一旦回到遮雨篷底下真實的封閉空間，他立刻察覺艾莉絲稍早之前已經發現的狀況：萊拉需要換尿布。只是啊，這會兒他們完全束手無策。

「現在怎麼辦？」艾莉絲問。

「保持清醒，這是最重要的。如果水退了，獨木舟還綁在樹枝上，我們都會被摔出去，船身整個倒栽蔥卡在樹上。」

「是喔，那可真夠蠢的。」

萊拉在哼歌，或是對潘拉蒙說什麼，或單純只是表達溼答答的餅乾讓她多麼愉快。

「啊，要討她歡心還真簡單。」麥爾肯說。

「我們得儘快幫她換尿布。要不然她皮膚會紅腫發痛。」

「方向都摸不清楚，只能等看得見再說。而且要等到我們有辦法弄到熱水替她清洗。天一亮我看看能不能划回家。」

「他還在附近。」她說。

這是最不需要擔心的，麥爾肯心想。洪水的力道可能擋著他們根本沒辦法往回走；到頭來，他們可能就這麼一路狂漂，穿過牛津直到……直到哪兒呢？

「我們的目標是找一棟房子，或商店什麼的，總之就是可以弄到所有她需要的東西，那樣的地方。」他說。

「對啊，」艾莉絲說：「好喔。」

「如果妳覺得冷，那底下有一條毯子。妳倆一起裹著。」

一陣摸索，然後她找到了。

「整條都溼透了。」她說。

「啊，至少可以擋風。」

「你打算一直醒著？」

「是啊，守夜。反正我儘量。」

「嗯，如果撐不住就叫醒我。」

他關掉手電筒。獨木舟顯然不是為了讓人睡覺而製造的。就算他想躺平吧，船底總還積著一英寸左右冷死人的水，提桶硬是撈不起來；就算舀乾了吧，他的頭也只能靠在木頭坐墩上；就算就算了吧，阿斯塔之前早就說過了。

事實上，可以抱怨的事情多著呢，不過，艾莉絲一次也不曾開口。他挺感動的，發誓絕口不提臉上被樹刺劃破皮的疼痛。

他感覺艾莉絲在船的另一頭安頓下來。多虧了那塊餅乾，萊拉不哭了，這會兒在艾莉絲懷裡睡著了。艾莉絲整個人縮著坐進船頭，膝蓋頂著木桿前座，身體與手背圈成搖籃護著萊拉。她的精靈縮成一團擠在她身邊。

阿斯塔變成雪貂，蜷繞在麥爾肯脖子上。「你覺得我們現在在哪裡？」她低聲問。

「已經過了渡口草原了吧。右手邊是那座小禮拜堂，周圍有一片樹林……」

「距離河邊很遠呢。」

「我想，整條河都不在了。從來沒有淹得這麼嚴重過。到處都是水。」

「可能很快就會退了。」

「還早。雨下得跟倒水似的。」

「是啊……你想我們的船會不會被水捲走？」

「不會。就算在黑暗中，我們還是把它給綁住了，不是嗎？等到天亮，能看得見了，我們就能找到回家的路。簡單啦。」

「不過，水勢真的好急。」

「那麼，我們就綁在這兒，等雨停了再說。」

「不行。我們得幫萊拉找一些乾淨換洗的東西。」

她沉默了一會兒，不過，麥爾肯知道她不是睡著了；他可以感覺到她在想事情。

「要是雨永遠下不停呢？」她低聲說。

「吉普賽人沒說會這樣。只說會有洪水。」

「感覺這雨好像下個沒完沒了。」

「世界上沒有那麼多水可以下個沒完沒了。終究會停的，然後太陽會露臉。每一場洪水到頭來都停了，然後退了。」

「也許這一次不一樣。」

「不會。」

「那張卡片上寫什麼？」過了一會兒她說：「你撿起來的那張。」

「對喔……」

他從口袋摸出卡片，用手遮住手電筒的光以免驚醒萊拉，他讀道：

艾塞列公爵
十月屋
切爾西區
倫敦

背面還有一排字：非常感謝。任何時候，只要需要我的幫忙，儘管開口。艾塞列。

他突然想到一個點子，靈光乍現，閃閃發亮，簡直太棒了。阿斯塔立刻知道怎麼回事，小聲地說：「別告訴艾莉絲。」那個點子就是：跟著洪水，隨波逐流，一路直下泰晤士河，找到艾塞列公爵，把孩子交到他手裡。艾塞列公爵付錢整修野美人號簡直就像是為了這一刻所做的準備，彷彿他知道洪水要來，因此必須先為他的女兒找一艘安全的船，彷彿獨木舟忠心地把訊息轉達給麥爾肯。這個想法讓麥爾肯打心底覺得溫暖，暖進心坎裡。

他們達成無聲的共識：不要告訴艾莉絲，暫時還不要。他把卡片塞回口袋，關掉手電筒。雨水暴烈地打在防水布上，雨勢跟剛開始的時候一樣瘋狂，麥爾肯小心撫摸著繫船繩，心想，真要說的話，獨木舟靠在樹邊的位置好像比之前高了一些。如果水退了，把人從船裡抖出來……這夠慘的，更慘的是，水勢上漲，把人拽進河底。

但是，單套結很好用，如果情況緊急，他照樣可以在黑暗中把它解開。

「告訴妳吧，」他低聲說：「半船首結更好用。只要輕輕一抽……」

「早知道應該多練習。」阿斯塔低聲回答。

又是一陣沉默。麥爾肯感覺自己搖頭晃腦昏昏欲睡，趕緊直起脖子。

「別睡著了。」阿斯塔輕輕說。

「我又不睏。」

「你就是睏了。」

麥爾肯以為自己回答了，不過，等他回過神，他被樹刺劃傷的臉頰已經貼上舷牆。原來，他的身體一點一點往下滑，幾乎整個躺平了。

「妳怎麼不叫醒我？」他低聲問阿斯塔。

「我也睡著了。」

他掙扎著起身，眨眼打呵欠猛揉左眼，因為右眼皮被劃傷了。

「你還好吧？」艾莉絲輕聲問道。

「還好。我只是往側邊滑了一下。」

「我以為你要保持清醒。」

「我是醒著啊。只是滑了一下。」

「是喔。」

他挺胸坐正，檢查樹枝。船身似乎沒有再往上浮或往下沉，不過大雨還是狠狠敲打著防水布。

「妳冷嗎？」他問艾莉絲。

「嗯。你呢？」

「有一點。我們需要多幾條毯子。」

「乾毯子。還要坐墊之類的。該死，有夠不舒服。」

「明天早上就可以弄到手。只要看清楚我們所在的位置，我會試著划回家，」他說：「不過，我們要先幫萊拉找點東西。」

他們安靜了一會兒。然後她說：「如果我們回不去了呢？」

「我們可以。」

「你希望可以。」

「又不是很遠……」

「水勢又快又急。你根本沒辦法逆著划。」

「那我們就把船綁緊了，等雨停。」

「但是她需要……」

「這裡又不是荒郊野地。過了渡口草原就有商店之類的。天一亮，能看得見了，我們就出發。」

「你爸媽會擔心。」

「現在想這個也沒用。妳家裡呢？」

「我家沒有爸爸。只有我媽跟兩個妹妹。」

「我連妳住哪兒都不知道。」

「吳爾夫寇特。我媽會以為我淹死了。」

「那些修女也是。她們會以為萊拉被帶走……」

「她確實是被帶走了啊。」

「妳知道我的意思。」

「如果她們當中有人躲過這一劫，才需要傷這個腦筋。」

如此又過了一會兒。麥爾肯聽見艾莉絲的精靈在跟她咬耳朵，也聽見她低聲回應。

然後她說：「你有沒有依照我說的，去了盆栽棚？」

麥爾肯感覺自己臉紅了，突然很開心四下一片黑暗。他說：「有。他跟凱特莉娜修女在一起。」

「他們在幹麼？」

「我……我其實看不大清楚。」

「我知道他們在幹麼。混蛋。我本來想要殺了他，就是我拿東西砸他的時候，那個波奈維爾。」

「為什麼？」

「因為他曾經對我很好。你不會懂的。」

「我是不懂。不過，如果妳殺了他，我不會告訴任何人。」

「你認為他真的是衝著萊拉？」

「是妳告訴我的啊。」

「你覺得他可能是萊拉的父親嗎？」

「不是，我跟萊拉的父親說過話。真正的父親。」

「什麼時候？」

於是他告訴艾莉絲，那天晚上發生在小修道院的奇妙會面，還有把獨木舟借給艾塞列公爵的事。他以為她會嗤之以鼻，但是並沒有。

「他對萊拉做了什麼？」

「我說過了。他抱著她來來回回走著，輕聲跟她說話。」

他們倆實際上也就是這樣輕聲細語著，頂著偌大的雨聲，儘可能悄悄說話。艾莉絲約莫一分鐘沒接腔。

然後她說：「你聽見他說了什麼？」

「沒有，我在小修道院的牆邊把風。」

「他看起來像是很愛萊拉吧？」

「是啊。當然。」

又過了一分鐘。

「如果我們回不去，」她說：「如果我們就被洪水捲著走，對吧……」

「然後呢？」

「我們該拿她怎麼辦？」

「也許……也許看看能不能到約旦學院。」

「為什麼？」

「因為學術庇護。」

「那是什麼？」

他儘可能解釋清楚。

「你想他們會收留她？她又不是學者那類人物。」

「我想，如果有人要求庇護，他們就必須收容。」

「但是，他們怎麼會照顧小寶寶？那些學院裡全是一些老男人。他們根本不知道怎麼做。」

「他們會付錢找人來做吧，也許。也許他們可以寫信請艾塞列公爵付錢，他會付的，甚至會親自來接萊拉。」

「那所學院在哪裡？」艾莉絲問。

「特爾街。就在市中心。」

「你怎麼知道關於庇護的事？」

「瑞芙博士告訴我的。」他說，接著說明博士如何把一本書遺落在鱒魚，書裡正好有地址，於是他據此物歸原主。關於橡實或者間諜的種種，他隻字不提。在黑暗中跟艾莉絲說話容易多了。他牽牽扯扯，拉長故事，心想這樣可以幫艾莉絲保持清醒，卻一點兒也不知道這正是那女孩對他的心思。

「你說她住在哪裡？」

「杰里科。奎瑞南街。現在應該也淹在水裡了，至少樓下吧。我希望她有依照我說的，把所有書都搬到樓上。」

如果隔天早上，渡口草原上的水平靜無波，像一大片潟湖，陽光一閃一閃照耀在水面，牛津所有建築物在藍天下熠熠生輝，彷彿重新粉刷過，如果是這樣，那就很容易一路划進市中心，找到約旦學院，麥爾肯心想。可以划著船進入市區，這是何等愉悅啊，沿著運河似的街道航行，隨時把船綁在二樓窗戶就能暫時停泊，看見各種奇妙的景觀與古怪的倒影。一路上他們會找到一個地方，那兒有萊拉需要的補給品，當然還得有牛奶，因為打從麥爾肯從費內拉修女手中千鈞一髮接住那孩子以來，她只吃了一片餅乾，而且，那都是多久以前的事啦？她也得要有乾淨的東西可以喝，因為載著他們漂浮的這片水裡泡滿了淤泥與動物屍體。那些動物的鬼魂會在水底哭泣。他現在就聽見了——「哈！哈哈！哈哈哈！」

艾莉絲踢了踢他的腳踝。「麥爾肯！」她惡狠狠地壓低聲音叫道。「麥爾肯！」

「聽到了，我醒著。那是什麼？是他嗎？」

「閉嘴！」

他拉長耳朵仔細聽。錯不了的，就是那陣陰森的笑聲，不過，聲音在哪裡？雨還沒停，風還在呼嘯，一陣又一陣吹颳著周圍光禿禿的樹枝，在大自然的混亂嘈雜聲中，麥爾肯依稀辨別出某些不同而規律的聲音：船槳打得水花噴濺，槳架沒上油吱吱嘎嘎，而土狼狂笑聲最讓人受不了，彷彿正在嘲笑波奈維爾本人，嘲笑這場洪水，嘲笑麥爾肯，以及他為了讓小小獨木舟更安全所做的努力。

然後，他們聽見波奈維爾的聲音。「閉嘴，賤貨，閉上妳那張瘋爛嘴，難聽死了，把妳另一條天殺的腿也咬掉啊，咬啊，妳就啃嘛。閉嘴！不要再發出那種該死的噪音！」

聲音愈來愈近。麥爾肯摸出瑞士軍刀，靜靜打開。他會先刺那隻精靈，再刺那個男人。船槳在他腳邊，如果他用力揮船槳，也許可以把那隻精靈打落水，那個男人就孤立無援了——不過，那個男人也可能比麥爾肯早一步抓到槳……

聲音變小了。

麥爾肯聽見艾莉絲吐了一口氣，好像之前一直屏住呼吸似的。萊拉翻了翻身，睡夢中發出嚶嚶的嗚咽，立刻被艾莉絲抑止。麥爾肯當然看不見，不過，聽起來似乎是艾莉絲用手蒙住萊拉的嘴，接著那孩子心滿意足地哼了哼。麥爾肯心想，那聲音如此細微，只有在獨木舟裡的人才聽得見。

「他走了嗎？」艾莉絲低聲問。

「我想是吧。」他低聲回應。

「他船上有燈嗎？」

「我沒看見。」

「他摸黑划船？」

「嗯，他瘋了。」

「應該沒看見我們。」

「他不會放過我們的。」過了一會兒，麥爾肯這麼說。

「他也別想抓到萊拉。」艾莉絲立刻回答。

「休想。」

他仔細傾聽。沒有划槳聲，沒有其他聲音，沒有精靈的笑聲。原來，波奈維爾的船一直跟著他們朝同一個方向移動，洪水波湧的方向，順流而下；水底什麼都有，各種可能生於黑暗，渾然不可測的漩渦與激流，誰知道那傢伙會怎樣？麥爾肯渾身每一個粒子都渴望著天亮。

「拿去。」艾莉絲低聲說，他湊向前找到她的手，接過餅乾。

他小口小口地啃，等嘴裡那塊化掉了，這才咬下一口。糖分慢慢滲入他的生理系統發揮作用，讓他覺得比較有體力。他記得錫罐裡有一整袋，夠他們撐一段時間。

不過，糖分效力根本擋不住他的疲憊。他的頭晃啊晃啊往下滑，艾莉絲什麼也沒說，萊拉繼續睡她的，很快的，這三個人都睡沉了。

•

麥爾肯醒來的時候，一道灰色的微光穿透防水布。他冷死了，渾身抖得好厲害，連獨木舟都跟著晃動。至少，擂鼓似的雨聲已經停止，至少，獨木舟還好端端地停在水上。

他小心翼翼打開防水布一角，掀到剛好足夠看出去的高度。從光禿禿的樹枝望出去，原本是渡口草原的曠野，如今成了一整片的灰色洪流，從左到右，奔騰無阻；他可以看見野水盡處，遠方城市的高塔。眼前除了水，什麼也沒有，沒有地面，沒有河岸，沒有橋。水勢湍急，幾近無聲，當然也無法與之對抗。逆水行舟一路划回家……這是不可能的。

他檢查樹枝、繫船繩上的繩結，還有那棵樹。事實上，獨木舟停放得頗為巧妙。他們運氣不錯，總之，算是走運吧。他們擠在環繞著小禮拜堂的樹叢堆裡，正是麥爾肯原先預測的位置，只是，從半樹腰的地方往下看，景觀大不同。他想不起來這地方的名字，只知道它在渡口草原往南邊走的路上。洪水激流的力道在這裡被樹叢擋住，稍有緩解，因此獨木舟才沒有失速被捲走。

不過，他們必須儘快移動。麥爾肯望著這片汪洋，不禁心生膽怯；他的小船，滾滾洪流的力道……平靜的河水、停滯的死水、淺淺的運河，這些是一回事，而眼前的情況卻完全是另外一回事。

不過，該做的還是得做。他目測了一下，此刻所在位置與草原盡頭牛津街區建築物屋頂的距離，估算自己可以划著獨木舟穿過持續上漲的洪水跑多遠……隔著這汪汪大水，市區還遠著呢。

麥爾肯直起身子，把防水布往回捲，找到船槳。他的動作讓船晃了起來，同時也吵醒了艾莉絲；她躺著，萊拉趴在她胸口，兩人裹著一條溼毯子。那孩子還在睡。

「你在幹麼？」艾莉絲輕聲問。

「我們愈早出發，就可以愈早把她的問題搞定。至少，雨已經停了。」

她掀開防水布往外看。「真嚇人，」她說：「你沒辦法划船橫越啦。我們在什麼地方？」

「賓西附近吧。」

「外頭簡直像是該死的北海。」

「沒那麼大。如果到了有建築物的地方，事情就好辦多了。」

「你說了算。」她把防水布拉好。

「萊拉怎麼樣？」

「溼透了，臭死了。」

「那麼，我們最好出發吧。沒必要等到太陽出來。」他探身解開繩結。繩結的位置比之前綁的時候更接近船身，可見得水位又升高了。

「我應該做什麼？」艾莉絲問。

「能坐多穩坐多穩。船會有點搖晃，如果妳緊張害怕，情況會更糟上十倍。坐穩就對了。」

麥爾肯可以感受到她眼裡的不屑，不過她沒說什麼，只是想辦法讓自己坐得更舒服一些。整個晚上激流的拉力把單套結拽得很緊，但麥爾肯來來回回扯了幾下，也就解開了；單套結就是這樣，絕對解得開，不過，如果是半船首結，拆起來會更快，他忍不住又這麼想。好吧，就等下一次囉。

繫船索一解開，獨木舟開始搖搖擺擺地遠離樹叢。麥爾肯立刻就感到懊悔，應該要把防水布往回多捲一點！現在幾乎看不見前方有什麼。

「我要鬆開防水布，」他說：「不是全部捲起來。足夠讓我看見前面的狀況就好。」

「你應該——」

「我知道。」

她沒再往下說。麥爾肯對製作固定扣件的吉普賽工匠充滿感謝，因為它們可以不費力地輕鬆拆卸。艾莉絲伸手把炭絲防水布往自己這頭拉，這樣麥爾肯的視線就清楚多了。

他舉起槳，試探性地將獨木舟推向空曠的水面，水流立刻衝擊上來，把船身打了個轉，船尾成了船頭，麥爾肯知道自己犯了錯誤：幹啥都不能畏畏縮縮的。他使勁把槳往水裡戳，直到船頭船尾各自歸位，同時也多虧艾莉絲照著他的話去做，什麼也沒多說。麥爾肯試著在這片湍急的洪流中闖出一條水路，幾乎毫無進展。他可以看見杰里科房舍的屋頂，聖巴拿巴教堂的鐘樓，費爾通訊社的古典建築，以及牛津市中心的尖塔與塔樓，不過，它們都在遙不可及的遠方；洪水一個勁兒地要把獨木舟牽引到完全不同的方向。

好吧，專心，保持船身穩定，希望可以避開隱藏在水底的斷枝殘幹。

事實上，撞上水底任何東西都不是鬧著玩的，麥爾肯立刻把這個可怕的念頭甩開。獨木舟轉著圈往前移動，像細樹枝一樣隨波逐流，水上沒有可以著力之處。洪水帶著他們進入城裡，勢無可擋，過程並不平穩，也不順利，因為建物阻斷水流，水勢因亂流而翻騰、洶湧。麥爾肯無法保持獨木舟穩定：他能做的也只是不讓它翻覆，並且希望能在寬街與約旦學院附近找到一處較平靜的水域。一路直達倫敦的主意似乎像是一場深夜的奇思幻想：先到約旦學院、避難、確保安全——這是目前的優先順序。

渡口草原湧進的巨量河水強勢竄入杰里科的格狀窄街，往聖吉爾斯學院的林蔭大道急奔，途中匯集來自班伯里路與伍斯塔克路，幾股力道甚至更強大的水流。這會兒，麥爾肯與艾莉絲可以看見其他人與洪水拚搏，有些隨波逐流，卻死命地想讓腦袋維持在水面上，有些在小船上——平底船或救生艇——試著搶救那些快要被溺死的人，有些則緊緊攀著聖瑪利亞．瑪達肋納墓園裡的樹，有些人受到幫助，從敞開的窗戶進入貝利奧爾學院或是聖約翰學院。絕望的哭喊，鼓勵的嘶吼，以及一艘沿著小街呼嘯而過的汽船的引擎聲，全都與洪水沖擊這些古老石砌建築的聲音混在一起，麥爾肯還沒將獨木舟轉進寬街，野美人號便差一點被亂流淹沒，幾乎就要翻船。

艾莉絲嚇得大叫。麥爾肯使盡力氣把船槳打進水裡，讓小船挺住，這麼一來卻錯過轉進寬街的路口。他還來不及做出任何補救措施，他們已經到了穀物市場。

「船街！」老鷹阿斯塔大喊，麥爾肯吼著回應：「我知道——我正在努力——」他拚命要將獨木舟划向北門聖米迦勒堂的塔樓，它位於一條小街的街角，而這條小街可以直達約旦學院。

不過，路被堵死了。部分塔樓傾塌，洪水奔騰，激起浪花沖拍著橫在路口的偌大石堆。他們唯一的出路就是再次前進，並希望可以轉進市場街，不過，那裡也被擋住了：一輛載著蔬菜到室內市集的運貨馬車翻覆，狠狠撞上街角的商店。裝有甘藍菜與洋蔥的箱子在水上搖晃，拖車的馬卡在車軸之間淹死了。這裡也沒有通道出入。

洪水繼續帶著他們浮浮沉沉，往卡爾法克斯的十字路前進，麥爾肯再一次試圖讓獨木舟向左偏轉，進入當地商業街，希望能夠借道特爾街航向約旦學院。不過，這艘小船前進的力道跟一塊軟木塞差不多。洪水將他們狠狠拋過交叉路，進入聖阿爾達特街，這條街的下坡路段讓水流傾瀉而下，水速甚至更強更快。

「這樣不行啦。」艾莉絲喊著。

麥爾肯可以聽見萊拉的哭聲，不是那種恐懼的尖叫，而是以一種規律的音調抱怨渾身又冷又溼，以及獨木舟晃個沒完沒了。

「為了萊拉，我們得趕緊找個地方暫停。」他吼了回去。

周圍的建築物窗戶都碎了，要不就是牆塌了，洪水夾帶著殘破的門、連根拔起的樹飆速奔流。有人駕駛汽船，試著接近一扇位於樓上的窗戶，那兒有一位穿著睡衣的白髮婦人呼救，她的㹴犬精靈瘋狂吠叫。整座弗利橋都被沖走，泰晤士河不再是一條河，而是一片灰色亂流席捲的汪洋，野美人號面臨滅頂的威脅；不過，麥爾肯有時間因應，他使出洪荒之力把槳打入水中，總算把船穩在「航道」上，航向前方平坦的土地。

這一區多是郊區街道與小商店，鷹眼阿斯塔與班雙雙飛行在獨木舟上方，沒過多久，只聽她高聲叫著：「左邊！左邊！」

這回再沒有什麼能阻礙他們了，麥爾肯把獨木舟划進一條小街道，這裡遠離主要洪流，水勢比較平緩。

「我要想辦法划到那個綠色十字旁邊，」他吼道：「那是一間藥房。妳看看可不可以抓住——十字的托架——」

艾莉絲坐正，轉頭看了看，先把懷裡的萊拉挪到另一側，然後依照麥爾肯所說的，把手探出去。獨木舟移動速度不快，艾莉絲很快就抓緊托架，穩住船身頂住那棟建築物。麥爾肯半身探出船外，非常仔細地查看托架是怎麼固定在牆上的。

「感覺牢靠嗎？」

「感覺不會鬆動，如果你是要問這個的話。」

「好，妳放手，讓我來，我會把船綁好。」

她照著做。獨木舟在綠十字掛牌下移動，麥爾肯接手抓緊托架。為了保險起見，他還是打了單套結，畢竟太熟悉了，他想都不想就能打出來，而且，他信得過這個結。此刻，他們就在藥房二樓的窗戶旁邊。

「我要把玻璃打破，」他說：「遮住她的臉。」

他揮動船槳，玻璃哐噹噹往室內墜落，正常情況下，這聲音肯定很大，不過，水聲嘩嘩，他幾乎什麼也沒聽見。正常情況下，他想他會對這種行為產生罪惡感，不過，此時此刻，如果讓萊拉待在又冷又溼的外頭，他的罪惡感恐怕會更重。

「我進去。」他說。但艾莉絲大喊：「不要！等一下。」

麥爾肯一臉疑惑地看著她。

「先把所有玻璃都敲掉，不然你會被割得稀巴爛。」她解釋道。

麥爾肯明白其中厲害，於是將窗框邊緣的玻璃斷片都往屋裡敲落。

「裡頭是空的，」他說：「沒有家具什麼的。」

「我想他們一聽說洪水淹過來，立刻叫了搬運工。」她說。

他很高興艾莉絲這麼尖酸嘲諷。聽起來她又恢復本色了。

窗框玻璃都清除乾淨後，麥爾肯小心翼翼地站起來，兩手扶搭著框緣，一腳先跨進，跟著換另一隻，接下來，他就在屋裡了。

「把萊拉給我。」他說。

艾莉絲必須先走到獨木舟中間，這本來就不容易，再加上萊拉又扭又叫的，更是麻煩，艾莉絲花了一分鐘左右安撫協商，這才將裹著毯子的女娃兒舉高，麥爾肯伸手接過，回到空蕩蕩的屋子裡，老鷹形體的阿斯塔則叼著燕子雛鳥潘飛進去。

「要死了！萊拉妳聞起來簡直像農家養牲畜的院子。」他說：「妳真是天下第一名的臭。沒關係，我們很快就幫妳洗乾淨。」

「我們，」艾莉絲這時也進了屋裡，就在他身旁。「說得好啊，這個我們。你會去打繩結啊有的沒有的。我才是那個要幫她洗乾淨的人。」

「藥房挺不錯的，」麥爾肯說：「不過，要是有賣食物就好了。妳看，這裡有儲藏室。」

儲藏室簡直像寶庫一般，所有嬰兒護理用品應有盡有，還有各類藥品，甚至還有餅乾以及各種果汁。

「我們需要熱水。」艾莉絲一臉不為所動的樣子。

「水箱裡可能還有一些水。我去瞧瞧。」麥爾肯看見一間小小的盥洗室，突然察覺自己迫切需要解放。他發現廁所還能沖水，水龍頭運作正常，甚至還細細流淌出一股微溫的水。他衝出去告訴艾莉絲。

「好，」她說：「去找一些尿布，拋棄式的那種。我們先幫她換洗，然後再餵她吃點東西。如果你可以想辦法燒點熱水，那就更好了。別喝掉喔。」

空房間的壁爐裡有木料與引火物，麥爾肯想要找一只長柄鍋之類的東西來燒水，說來還得感謝這位有遠見的屋主，店裡的存貨如此齊全。樓下肯定有各種居家用品，只是水淹到樓梯最上一階，沒有辦法取用；他們真的太幸運了，因為屋主把備用器皿儲放在二樓，而非地下室。這兒甚至有個小廚房，裡面有煤氣爐（不能用），以及水壺。

他取出小刀，一次又一次敲擊點火器的斢片，每一次都刮出火花四射，每一次都沒能點著壁爐裡的紙張。

「你在做什麼？」艾莉絲問，順手給他扔了一盒火柴。「蠢貨。」

他嘆了口氣，擦了一根火柴，很快就點燃。他從水龍頭接了一壺冷水，用手舉著放在火上煮。

艾莉絲幫萊拉清洗、換上乾尿布，小女娃一個勁兒地哭喊，不過，那是一般生氣的嘶吼，而非出於極度不舒服。她的小精靈原本是一隻蓬毛垢面的老鼠，這會兒變成一隻微型鬥牛犬跟著吠不停，直到艾莉絲的灰狗精靈一把將他啣起，還甩了甩，那孩子才嚇了一跳，氣呼呼地閉上嘴。

「這樣好多了，」艾莉絲說：「保持安靜。等那小子燒好開水，一會兒就餵妳吃點東西。」

她抱著萊拉走進小廚房，把她放在滴水板上，麥爾肯繼續守著火苗。他得用溼毯子包住提著水壺的雙手，以免被燒傷。火上沒有可以保持平衡的置物支架。

「至少可以順便把毯子烘乾。」他對阿斯塔說。

「萬一藥房老闆來了呢？」他的精靈問。

「任誰想也知道，我們怎麼能不幫小寶寶換尿布、餵食。也許只有波奈維爾是例外吧。」

「夜裡那人是他，對不對？」

「是啊。他一定是瘋了。真的瘋了。」

「我們真的要一路帶著她去——」

「噓。」他四下環顧，艾莉絲還在另一個房間幫萊拉清洗。「沒錯，」他低聲說：「現在更是要這麼做。」

「為什麼不告訴艾莉絲？」她低聲問。

「因為她不會想跟著去。她會想留下來，或者出賣我們什麼的。而且她還會帶走萊拉。」

火勢漸漸旺起來，麥爾肯手上和臉上的熱度讓他對身體其他部位的溼、冷更加有感。他正不舒適地換著姿勢，艾莉絲的聲音突然從他背後冒出來。

「水呢？」

「噢……快滾了。」

「你最好讓它多滾幾分鐘，才能殺菌。然後擱著等涼。我想，還要一陣子才能餵她吃東西。」

「她怎麼樣？」

「她啊，味道聞起來好多了，可憐！她的小屁屁都紅腫了。」

「這裡一定有乳液之類的東西。」

「有喔。還好這裡是藥房，不是該死的五金行。別讓水溢出來。」

水滾了，他的手快被燙傷了。「幫我拿點冷水來好不好？」他說：「我得再把毯子打溼。手都快燙傷了。」

她走出去，拎著一罐水回來。她小心翼翼地把水倒在毯子上，麥爾肯的手立刻感覺更刺更痛，同時也更柔軟。他把水壺從火舌上拿開，四下張望。

「怎麼回事？」

「我想找合適一點的東西來撐住水壺。」

那東西近在眼前。爐火旁的木料堆裡有一塊木頭，靠在爐邊高度與寬度都適中，水壺放在上面，半邊凌空，半邊挨在火上。

「如果翻倒了——」

「我知道，」他說：「妳留在這裡，幫忙看著一下。」

麥爾肯起身查看萊拉，見她手裡抓著一片餅乾，躺在地板上應該還算舒適。阿斯塔舔著小狗狗潘拉蒙的腦袋，惹得萊拉吱吱咯咯說了一大串。

麥爾肯在隔壁的儲藏室發現他一直想要找的東西：鉛筆。他在樓梯間的牆上寫著：「格斯陶鱒魚旅店的麥爾肯．波斯戴將會負擔所有造成的破壞，以及取用物品的花費。」

然後他找到一疊新毛巾，抱著毛巾來到那扇破窗，探出半個身子擦拭獨木舟內部。

「我們試試讓妳保持乾爽。」他邊動手邊說。

雨停了，空氣中仍然一片溼意，而且風吹水起，浪花噴濺。水位一點也沒有消退。

「我們到這裡也才半小時嘛。」阿斯塔說。

「要是可以把船停在稍微隱蔽一點的地方就好了。如果波奈維爾從這條街的盡頭經過，他立刻就能看見這艘船。」

「不過，他從來沒有在白天見過這條獨木舟，」她指出這一點。「當時伸手不見五指。搞不好他以為我們搭的是平底船。」

「嗯。」麥爾肯說，同時把遮雨篷繫緊了。

「喂，麥爾肯，」艾莉絲叫著。「過來。」

「幹麼？」他撐著窗框直起身子，回到屋裡。

「坐在凳子上，不要動。」她說。

「為什麼？」

她帶來原本在火上的水壺，水應該是滾燙的。她一手拿著蘸溼的法蘭絨巾，騰出另一手托著麥爾肯的頭轉到這邊，又轉到那邊，手勁不粗魯，但是很強硬，同時以溼巾輕拍他的臉。艾莉絲一出手，他就明白為什麼了。

「唉呦！」

「閉嘴。那些刮傷讓你看起來好慘。而且，可能會有細菌跑進去。不要動！」

他忍著刺痛不叫出聲。艾莉絲洗淨乾掉的血漬，然後輕輕抹上一些消毒軟膏。

「不要扭來扭去。不至於這麼痛吧。」

就是有這麼痛，不過他怎麼也不會說出口。他咬著牙，硬忍。

「好了。不知道你需不需要一、兩張膏藥貼布……」

「那玩意兒一會兒就掉了。」

「隨你便。凳子還我。還得餵萊拉呢。」

她像費內拉修女那樣試試水溫，然後灑入一些奶粉，攪拌調勻。

「把瓶子給我。」她說。

麥爾肯遞過瓶子與橡皮奶嘴。

「每樣東西應該都要先消毒才對。」她說。

麥爾肯抱起那孩子。這時潘變成小麻雀，於是阿斯塔也變成一隻鳥，這回是歐金翅雀。

「妳把餅乾吃完啦？」他對萊拉說：「不想再喝牛奶了吧。那我就喝囉。」

萊拉一派精力旺盛，簡直跟隨時要爆開的豆莢似的，如果是他媽媽就會這麼形容。麥爾肯將孩子交給艾莉絲，隨即又走回窗邊，因為突然想起媽媽，不爭氣的淚水頓時湧了上來。

「怎麼了？」艾莉絲懷疑地問。

「傷口刺痛。」

他半身探出窗外，想要看看其他建築物裡是否有動靜，但是並沒有。有些窗戶拉上了窗帘，有些沒有，放眼望去，連一絲燈光也看不見，除了洪水奔流竄漲的聲音，四下並無任何聲響。

然後，他果真看見有什麼東西移動著。是阿斯塔先看見的，她倒抽一口氣，化作小貓躲進他懷裡，接著，他也看見了。那東西漂進這條街，朝他們而來，撞上房舍的前院，看起來暗暗的、軟軟的，一半淹在水裡。那是一個女人的屍體，面朝下載浮載沉，她溺水了，死透了。

「我們應該怎麼做？」阿斯塔低聲說。

「什麼也做不了。」

「我是說應該。意思不一樣。」

「我想……我們應該把她從水裡拖出來，讓她能夠平躺。就是，得懷抱敬意對待她吧。我也不知道。如果藥房老闆回來，發現店裡有個死人……」

有那麼一會兒，那個可憐的死女人似乎想要卡進店門口與獨木舟之間。麥爾肯光是想到得用船槳搆著屍體再推開……嚇都嚇死了，最後，水流帶著那女人順街而下。麥爾肯與阿斯塔不再盯著瞧，那樣感覺有失尊重。

「人死之後，精靈會怎麼樣？」阿斯塔低聲問。

「不知道……也許她的精靈個子小，像隻鳥似的，就在她的口袋，或者什麼裡頭……」

「也許他被遺留在某個地方。」

這念頭太可怕，根本不能多想。他們回頭又看了死去的女人一眼，她已經漂遠了，他們立刻試著想些其他的事情。

「多找幾家商店，」麥爾肯說：「我們應該儘可能在船上打包存糧。」

「為什麼？」艾莉絲追問。她就站在他們後面，因為萊拉的肚子得休息一會兒。麥爾肯沒注意到她在那裡。

「就怕萬一我們回不了家。」麥爾肯冷靜地回答：「妳也看見水勢有多強。就怕萬一我們被水流捲著更往下邊去，漂到沒有商店或住家的地方。」

「我們可以待在這裡。」

「如果這樣，波奈維爾會找到我們。」

艾莉絲想了想。「沒錯，」她說：「也許會吧。」她幫萊拉拍背，那孩子打了個響嗝。「他到底為什麼要抓萊拉？」

「也許，他想殺了她。報復。」

「為什麼？」

「報復她的父母。我不知道。總之……」

「總之怎樣？」

「申請庇護的事……就算我們可以到那裡，我們也進不了約旦學院，因為必須說一些拉丁文什麼的，我不知道那是啥。所以，也許……」

艾莉絲瞇起眼睛瞅著他。某些事情發生變化了。

「怎麼了？」他說。

「你從來沒打算要去約旦學院，對吧？」

「我當然想要——」

「不，你不想。我可以一眼看穿你，你這小雜種。」

她突然伸出手，從他上衣口袋拿出白色小卡片。她兩面都讀了，氣得整張臉皺起來，然後把卡片丟在地上。

艾莉絲狠狠踹他的腳。她抱著孩子，不能動手，萊拉察覺她的憤怒，看起來很害怕。麥爾肯躲到攻擊範圍之外。

「妳想太多了啦——」

「我才沒有！你心裡是這樣盤算，是不是？嗯？在獨木舟上，你以為我睡著的時候，我看到你在看這個。而且你打定主意要帶著我幫你照顧這孩子。你這小豬崽子。我居然上了你的當。」

她一次又一次地踹著麥爾肯，她的精靈咆哮著想要抓阿斯塔，阿斯塔變成小鳥，咻一下就飛得高高的。艾莉絲臉色發白，淡藍色的眼珠因為狂怒而放大。麥爾肯一直往後退，最後舉起凳子。

「你打算怎麼用這玩意兒，嗯？從我頭上砸下去？我倒想看你怎麼做。你試試，我他媽的打到你爬不起來。我會把萊拉放下來，看我扭斷你那雙爛手。看你還怎麼划你那艘爛船——噓，噓，小娃仔。別哭。艾莉絲只是被這個小雜碎給氣炸了，不是跟妳發脾氣喔，小寶貝。把那該死的凳子給我放回原處。你這噁爛鼠輩。我還要餵她喝奶。再扔一塊木頭進火裡。操他媽的給我滾遠一點。」

麥爾肯乖乖照做，等到艾莉絲坐定，把奶瓶塞回萊拉嘴裡，這才開口：「想想昨天晚上的事。我們沒得選擇。到頭來，我們還是會這麼做的。我們必須回到鱒魚，我們會發現每一扇門都上了鎖，因為他們以為我好好地待在樓上，沒有人聽得見我們敲門的聲音，我們無處可去，沒有任何地方是安全的。我們只有獨木舟了，只能坐上它——」

「閉嘴。該死的，不要再說了。我得想想現在該怎麼做。」

「我們不能留在這裡。他會找到我們。」

「閉嘴！」

有什麼從他額頭往下流進右邊的眼睛，是血，劃破的傷口又裂開了。他用手帕擦了擦，手帕就跟所有東西一樣，溼答答的，然後走回儲藏室。

「她終究會明白的。」阿斯塔低聲說。

「是啦，不過……」

「唉，我們都知道她那個脾氣。」

「嗯。」

其實，他們倆都頗受驚嚇。艾莉絲的怒火比水裡的死女人還難消受，比想到傑若德．波奈維爾還傷腦筋。

麥爾肯檢視各個儲物架，眼裡什麼也看不見。腦子裡也無法思考在獨木舟上打包存貨之類的事；他整個腦袋宛如洪水般打著旋。「我們必須解釋清楚。」他輕聲對阿斯塔說。

「你想她會聽嗎？」

「如果萊拉在她腿上，至少……」

他找到一瓶柳橙汁，順手扭開瓶蓋。

「這要幹麼？」麥爾肯把瓶子遞過去時，艾莉絲沒好氣地問。

「早餐。」

「插進你屁眼吧。」

「先聽我說。讓我解釋一下。」

她死瞪著他，沒作聲。

麥爾肯接著說：「萊拉不管在哪裡都有危險，牛津的任何地方都一樣。就算小修道院完好無損，修女們都活著，至少有兩批人馬想要抓住她。其中之一就是波奈維爾。我不知道他想要做什麼，但是，他就是要萊拉，而他又是這麼殘暴，這麼瘋狂。他毆打自己的精靈。我想是他弄斷了她的腿，所以成了三腳土狼。我們不能讓萊拉落入他手裡。另一批就是——」

「兒童保護局。」阿斯塔說。

「兒童保護局。妳聽說過的，那時候，我跟我媽說到他們，妳的精靈……」

「噢是啊，」她說：「一群混蛋。」

「當然啦，申請學術庇護也是一種選擇。昨天晚上我跟妳說過。」

「噢是啊，如果真有這回事，如果淹成這樣我們還能夠回到約旦學院。反正他們永遠不會讓我們進去。你這點子就不用再提了。」

「除此之外，還有艾塞列公爵，萊拉的父親。妳記得吧，我跟妳說過……他站在跟ＣＣＤ抗爭的那一方。而且，他顯然很愛萊拉，誰都看得出來。所以，我想我們應該把萊拉送到他那裡，因為沒有其他人會保護她。兒童保護局的人會再次拜訪小修道院，修女們會忙著清掃、重建，她們沒有辦法好好照顧萊拉，就算是班尼狄塔修女也一樣。至於波奈維爾，他……這個人嘛，他很狂野，整個失控。他隨時都可能搶走萊拉，凱特莉娜修女會雙手為他奉上……」

艾莉絲仔細想了想，然後說：「你爸媽呢？為什麼他們不能照顧她？」

「他們光是照顧酒吧就忙不過來了。而且CCD的人可能會再來。妳知道波特瑞先生吧？喬治．波特瑞？」

「他怎麼了？」

「有一天CCD的人就這麼來了，然後想要要逮捕他。當沒有人敢吭聲的時候，波特瑞挺身跟他們對嗆。不過，沒有人槓得過CCD。如果他們想要徹底搜索酒吧，他們就可以這麼幹，沒有人可以阻擋。此外還有個聖亞歷山大聯盟。只要有人告訴他們的孩子萊拉的下落，如果那孩子是聯盟成員，他就會通風報信。」

「嗯，」艾莉絲說。她放下奶瓶，幫萊拉拍背。「不過，還有她母親呢。」

「她是CCD那一邊的人，聖亞歷山大聯盟就是她發起的。」

艾莉絲起身，來來回回慢慢走著。小燕子潘拉蒙嘰嘰喳喳說了起來，萊拉加入對話，阿斯塔也跟進。艾莉絲的精靈，這時以獒犬之姿躺在爐邊，睜開一隻眼睛瞧著他們。麥爾肯一言不發，靜靜坐著。終於，艾莉絲轉身說話。

「你要怎麼找到那個艾塞列公爵？」

麥爾肯撿起卡片。「這是他的地址，」他說：「所以我才想到這個主意的。總之，吉普賽人會知道的，如果我們看到任何吉普賽人的話。再說，他是個名人，要找他應該不難。」

艾莉絲打鼻孔裡哼了一聲。「你是月痴獸啊你？」她說。

「我不知道那是什麼東西。」

「照鏡子不就得了。」

他沒說什麼，因為這樣似乎比較安全。艾莉絲走到窗邊，很快朝外面看了一眼。

「給我一條毯子。」她說。

麥爾肯找到一條，為她披在肩上。

「你為什麼不告訴我？」她問。

「因為事情發生得太快了。」

「但是，你一直有這個打算。你把東西都準備好放在獨木舟裡了。」

「我沒想過要離開，還沒想過。我沒想到洪水這麼快就來了。如果我想到了，我可能會帶費內拉修女，因為我沒辦法一邊照顧小寶寶，一邊划船——」

「費內拉修女？我剛才叫你什麼？月痴獸？你真是蠢爆頭的白痴。」

「那個，總要有人——」

「非我不可。沒第二個人了。」

「如果是這樣，妳剛才幹麼踢我？」

「因為你沒告訴我。或者拜託我，這樣說比較對。」

「昨晚我們綁在樹上的時候，我才想到這些事。」

她走回爐邊，把最後一塊木頭扔進去。「所以，現在計畫是怎樣？」她說。

「繼續往下游走。避開波奈維爾。我們自己去找艾塞列公爵。」

他必須再次把流進眼睛的血擦掉。他把沾血的手在褲子抹一把，褲子正好也快乾了。

「坐著，把萊拉抱過去，」艾莉絲說：「我要在你頭上貼塊膏藥，我才不在乎你說了什麼。你在那邊一直擠眉眨眼把血弄出去，快把我搞瘋了。」

這回她下手輕柔多了。她又遞過來一盒膏藥貼和一條消炎軟膏。

「你可以先把這些放進船裡。如果找得到的話，多放幾條毯子、幾顆枕頭。昨晚簡直要把人凍死了。還要一大堆拋棄式尿布。還要火柴。還要長柄鍋。還要把餅乾全都搜刮過來……」

她說個不停，列出許多許多東西，如果全都帶上，獨木舟恐怕就要沉了。不論她說什麼，麥爾肯都熱烈點頭如搗蒜。

「好，那就動手吧。」她說。

於是，他開始準備。他心裡自有一張重要物品清單，便依照順序收拾，所以枕頭與毯子優先，接著是萊拉需要的尿布與嬰兒奶粉。艾莉絲似乎不打算幫忙，他也不敢開口，所以每一次抱著滿手的貨物來到窗口，每一次都得探身出去，每一次都得拉近獨木舟，把東西往船裡扔，然後爬下去，儘可能排放整齊。他為艾莉絲在船頭擺了幾張毯子，好讓她坐，讓她離船身下冰冷的水遠一點，還放了幾顆枕頭，好讓她靠。

「她真的很奇怪，」他們在外頭的時候，阿斯塔低聲說：「她大可以整晚發牢騷、怨天怨地，但她什麼也沒說。」

「她要是沒踢我就好了。」

「不過，她幫你處理那些刮傷……」

「噓！」

麥爾肯看見街底有動靜，那東西漸漸可以看得清楚了，是一艘小船，上頭有兩個男人，兩人都不是波奈維爾。其中一個划船，另一個向前方張望，那人一看見麥爾肯在獨木舟裡，立刻跟同伴說了什麼，划船者也回頭查看。

「嘿！」其中一人喊道：「你在做什麼？」

麥爾肯沒有回答，反而衝著窗戶裡喊：「艾莉絲，把萊拉抱來這裡。」

「為什麼？」她問，不過，麥爾肯已經轉身了。

小船愈靠愈近，那人划得很快。等他們的船靠近到不需要大喊的距離，麥爾肯這才說：「我們有個小寶寶要照顧。我們得進這屋裡，因為她都凍僵了。」

艾莉絲走到他身邊，看見那兩個男人，這時他們已經近到伸手就能抓住獨木舟了。

「你們想幹麼？」艾莉絲問，她懷裡的萊拉快睡著了。

「只是確定一切都沒事，沒有人在做一些不該做的事。」沒划船的男人這麼說。

「你們這兒有小寶寶？」划船者問。

「是我妹妹，」艾莉絲說：「洪水淹來的時候，把我們家沖垮了，所以我們坐船逃出來。我們整晚都在外面，她從來沒挨過這麼冷的天氣，我們只好停下來，找個地方讓她吃點東西、換個尿布。如果屋裡有人，我們就會先問一聲，但這地方是空的。」

「你在船上放了什麼？」另一個人問麥爾肯。

「毯子和枕頭。我們要想辦法回家，我爸媽會擔心。不過，萬一還得留在船上過一夜——」

「為什麼不乾脆留在這裡？」

「因為我爸媽啊，」艾莉絲說：「你沒聽見嗎？他們會擔心。我們一定要儘快想辦法回家。」

「回哪裡？」

「你是警察還是什麼的？關你什麼事？」

「珊卓拉，他們只是在守護社區，」麥爾肯說：「我們住在吳爾夫寇特。昨晚一路被捲到渡口草原。我們想要穿過城市回家，為了預防中途又被困住……」

「你叫什麼名字？」

「理查．帕森斯。這是我姊姊珊卓拉。小寶寶是艾莉。」

「昨晚上你爸媽人在哪兒？」

「昨天我祖母生病，他們去探望，洪水就是他們不在的時候淹過來的。」

划船者調整船槳，保持船身穩定。他對另一個男人說：「隨他們吧。他們沒問題。」

「你知道你們的行為是偷竊吧？」另一個男人說：「打劫？」

「這不是打劫，」艾莉絲說，但是麥爾肯以壓過她的聲音說：「我們只拿了保命需要的物品，還有小寶寶要吃的東西。等洪水退了，我爸就會來這裡，所有我們拿的東西統統會付錢。」

「如果你們進了城，」划船者說：「找到市公所，知道在哪裡吧？聖阿爾達特街？」

麥爾肯點點頭。

「那裡設了一個急難救助站。因為洪水而逃的人都擠在那兒，工作人員很多。你們可以在那裡找到所有需要的東西。」

「謝了，」麥爾肯說：「我們會去的。謝謝你。」

那兩人點點頭，把船划走。

「珊卓拉？」艾莉絲的聲音裡充滿不屑。「你就不能想個好一點的名字嗎？」

「不能。」麥爾肯說。

十分鐘後，他們再度出發，珊卓拉，或艾莉絲在船頭，把自己裹得暖暖的，乾淨清爽而且吃飽飽的萊拉在她懷裡熟睡。野美人號吃水很深，比載著班尼狄塔修女到包裹收發站的時候還更深，不過，她一身新行頭，動起來挺帶勁的，她跟船槳之間的密切互動，宛如一匹駿馬回應主人撫觸的韁繩。啊，麥爾肯心想，一旦稍有閃失，情況很可能遠比現在更糟糕，然而，他們終究都還活著，而且朝著南方移動。

第十七章
朝聖者塔樓

約莫同一時間，喬治・帕帕迪米特里烏站在住處的窗邊，這裡是約旦學院的最高樓層，朝聖者塔樓的頂端。他望著塔樓外圍一片汪洋，激流不斷沖拍著學院其他建築物的窗戶。儘管在這封閉的中庭裡，水面還是被風激起了水花。天色陰沉，眼看著雨還有得下，儘管壁爐裡生了火，屋子裡還是好冷，他得穿上厚外套。

「你覺得我們什麼時候能見到他？」他問道。

「洪水淹成這樣……」納君特爵爺也走到窗邊，「誰知道呢。不過，他很能隨機應變。」

納君特前一天晚上，就在洪水席捲整座城市前一、兩個小時來到牛津。奧克立街得知萊拉有危險，他便想確認相關安全措施的調度。本來他計畫今天早上前往小修道院，洪水無阻，卻因為等待巴德・雪倫森哲，這位來自極北之地的旅行者而作罷。此人的名字曾經出現在克朗・范・特塞爾寄自烏普薩拉的密碼信中，他是出生於丹麥的外國移民後代，同時也因為訓練與性格傾向成為奧克立街的特務。他深入北方，竭盡所能調查女巫們對萊拉的了解，因為，目前關於她的故事，回溯消息來源似乎正是她們。女巫在那些高緯度的地方是一股極大的勢力，與她們結盟的代價很高，價值也很高。納君特急著想要得到她們的支持，更迫切想要阻止對手陣營搶先一步。

「我想，現存所有船隻都被當局徵用了，」帕帕迪米特里烏說：「對他們來說，維持民間秩序比什麼都重要。」

「噢，他到得了這裡的。在他到達之前，我打算——等等。那邊那位不是漢娜．瑞芙嗎？」

帕帕迪米特里烏探頭望下看，一個穿著油布雨衣的小小身影，穿過水深及腰的中庭走過來。她很快抬頭看了一眼，把黃色的防水帽往後推，塔樓上兩個男人立刻認出她。帕帕迪米特里烏揮揮手，但她沒看見，繼續涉水前進。

「我下去接她。」帕帕迪米特里烏說。

他跑下陡峭的階梯，在一樓樓梯間遇見氣喘吁吁的漢娜．瑞芙正要脫掉油布雨衣。她的精靈幫忙解釦子。

「讓我幫妳吧，」他說：「天哪，妳穿的那是什麼？」

「釣鮭魚專用防水連靴褲，」她說：「沒想到會在這裡派上用場。」

「這可真是開了我的眼界。否則，我完全無法想像妳手上握著釣竿的樣子。」說著，他為她除下雨衣。防水連靴褲直豎到她的胸部，看起來非常堅固。

「不是我的。我哥哥的，他受傷之後就不再釣魚。一腳裝著義肢要穿這玩意兒可不容易。如果我坐在階梯上，也許你可以……」

他走下一、兩級階梯，然後用力拉扯。這身行頭之下，她照樣全副穿著整齊，肯定很不舒服。

「妳真是了不起啊！」他說。

「你很忙嗎？我不想打擾，但是——」

「不會打擾。別擔心。」

「我想我應該要來一趟，跟你說些重要的事情。」

「湯姆．納君特也在。妳省著力氣爬樓梯吧，到了頂樓再告訴我們。」

他們的精靈走在前面，低聲交談。帕帕迪米特里烏有點擔心漢娜，她喘著大氣，滿臉漲得通紅。

「妳該不是一路走到這裡吧？」他問。接著又說：「抱歉，別說話。慢慢來。不急。」終於走到頂樓時她說：「我拜託一位鄰居用汽船載我一程。我不知道有沒有人可以一路走過來。你看見了嗎？往聖吉爾斯學院方向的水流得多急呀！」

納君特聽見聲音，把門打開，說：「瑞芙博士，妳真是勇氣可嘉。快坐到火邊來，讓我倒一杯喬治的白蘭地給你。」

「多謝，」她說：「我非常需要。我不會待太久，事情說完就離開。」

「妳待著吧，等身體烘乾，暖和了再說，」帕帕迪米特里烏說：「如果妳可以見到雪倫森哲就太好了。」

她從納君特爵爺手中接過酒杯，滿懷感謝地啜了一口。「誰是雪倫森哲？」

「奧克立街的一位特務，有消息要告訴我們，希望如此。」

「我來是因為小修道院出事了。」她說：「就是昨天深夜。我聽一位鄰居說的，就是汽船的主人，他帶我去看看情況，同時也想確認麥爾肯是否平安無事。不過，那裡真是……首先，門房與主建築好幾個地方都倒塌了。通往旅店的那座橋也塌了。七位修女死亡，全是淹死的，另有兩位失蹤。至於那孩子……她也失蹤了。不過，關鍵在於麥爾肯，你記得那個男孩吧，他也不知去向。他的獨木舟跟著不見，連帶還有個在小修道院幫忙照顧小寶寶的女孩。這讓麥爾肯的父母還抱著最後一線希望。」

「他們認為他可能……怎麼？救了那孩子，坐上船漂走了？」

「簡單來說，是的。他很喜歡那孩子，對她，以及跟她有關的一切事情都很關心。所以……嗯，這些就是我必須告訴你們的，就這些了。」

「那女孩是誰？」

「艾莉絲．帕斯洛。十五歲。她在旅店幫忙，同時也剛開始在小修道院幹活。不過，另一件事可能有點關聯——」

「等等。她們確定那孩子離開了？不是被埋在倒塌的建築物底下？」

「沒錯，她們確定，因為門房倒下來的時候，那孩子睡在廚房裡的木頭搖籃，由艾莉絲照顧著。搖籃還在，但所有毯子都不見了。還有一件事。幾天前，鱒魚來了一位男客人，我們在阿凱西博士家晚餐那天稍早，麥爾肯第一次跟我提到他。當時我也跟你們說了，不過，你們一下子給了我好多需要思考的事情，我也就沒再追問。他的名字是傑若德．波奈維爾。他的土狼精靈缺了一條腿，而且……」

坐在椅子上的納君特身體往前傾。

帕帕迪米特里烏說：「怎麼會牽扯上他？他打算做什麼？」

「我不知道這個人的重要性如何，」漢娜說：「不過，因為他的精靈的行為舉止，讓麥爾肯對他感到害怕。到阿凱西博士家晚餐那天，麥爾肯告訴我，他星期天晚上看見波奈維爾試圖闖進小修道院……噢，還有那個女孩艾莉絲，她跟波奈維爾說過話，她說他自稱是萊拉的父親。你們知道這個人的來歷嗎？」

「是的，我們的確知道，」納君特說：「而且我們關注他已經有一段時間。他是一位科學家，基礎粒子方面的權威，或者說，曾經是權威。他在巴黎帶領一支團隊研究魯薩可夫電場，其中關於意識的理論簡直讓教誨權威驚惶失措。他寫了一篇論文，主張必然有一種粒子與電場彼此互為關聯，並且語不驚人死不休地聲稱，『塵』就是那種粒子。就我的理解，該篇文章重點就是：萬物皆是物質，物質自身即為意識。沒有必要討論靈魂。你就明白為什麼教誨權威急著想讓他閉嘴。他這個人嘛，聰明絕頂。他居然還扯上了萊拉這檔子事？」

「他不是在牢裡嗎？」帕帕迪米特里烏說：「不是鬧上了法庭嗎？性侵案什麼的？」

「他就是這樣才一敗塗地的。至少是部分原因吧。他因為涉及侵犯年輕女孩遭到起訴。我想，瑪莉莎．考爾特多少也跟這案子有點關係，也許是做出對他不利的證明？詳情我們會調查。妳說他聲稱自己是萊拉的父親？」

漢娜說：「麥爾肯是這麼說的，他從艾莉絲那兒聽來的。而且考爾特夫人的確認識波奈維爾。」

「妳怎麼知道？」納君特問。

「她來過我家。」

「這樣啊？什麼時候？」

她告訴他那天下午的事情經過，麥爾肯如何跟考爾特夫人應答，並且轉移了她的問題。「她顯然認識波奈維爾，卻不願意承認。她想要知道那孩子的下落，卻沒說那是她的親生女兒，更別提親生父親是誰了。總之，真是一場奇妙的對話——外面是不是有人？」

話聲未歇，突然傳來一陣敲門聲。帕帕迪米特里烏去應門，熱烈地與走進屋裡的男人握手。

「巴德！你做到了，」他說：「幹得好！」

納君特起身相迎。雪倫森哲約莫三十歲，身材精瘦，頂著一頭剪得極短的金髮，神情裡有一種強烈的警覺性。他的精靈是一隻小貓頭鷹。他身上的禦寒衣物似乎溼透了。

「哈囉，」他看見漢娜，開口打招呼。「我是不是打斷了什麼？」

「沒有，我想我才是呢，」漢娜說：「我要走了。」

「不，瑞芙博士，留下來吧，」納君特說：「這很重要。巴德，漢娜是我們的人。事情原委她都知道，而且，她給了我們一些很有價值的訊息。看看，你都溼透了。過來待在火邊。」

雪倫森哲與漢娜握手，然後說：「很高興認識妳。你們剛才在討論什麼？我是不是錯過最精采的部分？」

雪倫森哲脫掉外套，在火邊坐定，納君特利用這段時間解釋目前討論的進度，漢娜聽著，不由得產生一種職業性的敬佩。這份摘要說明做得太好了，她心想，頭頭是道，條理分明，沒半句廢話，自始至終，一貫清楚明白。

納君特爵爺說話的時候，帕帕迪米特里烏煮了一壺咖啡。

「所以啦，我們剛才就談到這兒，」納君特彙整摘要後這麼說：「你又為我們帶來了什麼消息呢？」

雪倫森哲喝了一口咖啡，說：「多著呢。首先，關於那孩子，萊拉。毫無疑問，她是考爾特與艾塞列的女兒。不干其他人的事。我們聽說了跟這孩子有關的一些預言傳聞，我們也知道教誨權威對她高度關注，所以我到北方去挖更多線索。恩納拉地區的女巫們在極光中聽見聲音，這是她們的說法，我猜這是一種隱喻；總之那聲音說了，那孩子注定會帶來命運的終結。就這樣。她們不知道這是什麼意思，我一頭霧水。可能是好事，可能是壞事。前提是，她必須在不知情的狀況下執行自身的命運。總之，教誨權威透過他們自己的女巫人脈也聽說了這個預言，立刻著手尋找那孩子。就是這時候我們才明白，某個重要事件已經啟動，同時，你也開始尋找藏匿這孩子的地方。」

「沒錯，」納君特說：「請繼續。」

「第二件事：傑若德．波奈維爾。我在巴黎時跟他有一點交情，聽說他來到北方，就悄悄向我認識的大學圈裡的人打聽。他之前一直待在牢裡，不論犯行為何，總之就是性犯罪，最近剛出獄。他的學術職位被革除，使用實驗室設備與技術支援的門路都被切斷，圖書館也進不去，舉凡物理學家需要的一切都被阻絕。沒有人會雇用他。他從來都不是好相處的工作伙伴，苛求、執拗，他那隻精靈更是天殺地讓人倒胃口……三條腿是吧？我最後一次見到波奈維爾的時候，她一組兩雙，四腿俱全。我認為克朗．范．特塞爾多半知道原因。我在瑞典見到克朗——我想他跟你說過了。」

因為提到克朗．范．特塞爾，漢娜看了納君特爵爺一眼，他面無表情，神態自若地迎視回去。

「不過，波奈維爾看見重新回到圈子裡的機會，」雪倫森哲繼續說：「他知道女巫的預言，他以為他可以把孩子弄到手，然後跟教誨權威談條件：把我的實驗室還給我，包括一切所需的協助，那麼小孩就歸你，隨你處置。這就是他的圖謀。我們可知道他的下落？最近聽說什麼了嗎？」

「只是推測，」帕帕迪米特里烏說：「他很可能一路追捕照顧萊拉的男孩與女孩。他們有一艘船，我想是獨木舟，漢娜認為他們乘船逃走了。不過，漢娜，他們會去哪裡？他們想要找什麼？」

「這個嘛，」漢娜說：「前一陣子麥爾肯問我關於庇護的概念，他聽一位修女提起，於是問我學院是否仍然提供庇護給學者，我跟他說約旦學院曾經有過某種形式的……」

「目前還是有的，」帕帕迪米特里烏說：「行使學術庇護必須向院長本人提出請求。有一則拉丁文信條……」

「所以我確信麥爾肯會試著把那孩子帶到這裡，」漢娜說：「不過，我們也都看見洪水奔流的速度有多快。我不認為在這樣的激流當中，獨木舟有辦法順利行駛。他們勢必只能隨波逐流了。」

「況且，小寶寶並非學者，」帕帕迪米特里烏說：「行不通的。」

「假設，她真的得到學術庇護，她會多安全？」

「絕對的安全。這條法規幾經法院判決檢驗，屢屢證明不可動搖。不過，正如我說的——」

「你們知道嗎？」雪倫森哲突然興奮地把身體往前挪，「我在北方還聽說了另一件事，這樣兜起來就合理了。我到處打聽關於一個孩子——我沒說是女孩，當然是刻意的。我只說孩子。有沒有關於一個孩子的預言啊？有那麼一位女巫，她叫做蒂爾達．維賽拉，蒂爾達．維賽拉女王，她跟我說她曾經聽過關於一個男孩的預言，我算是挺有禮貌地聽著，其實我只對她們會提到的女孩感興趣。她說極光裡的聲音提到一個男孩，他必須把寶物帶到一個安全的地方。呃，我對男孩預言沒興趣，於是忘得一乾二淨，直到妳提起什麼安全的地方——庇護所。妳那位男孩所做的，會不會就是預言裡所說的？」

「是啊！」漢娜說：「他就是會有那樣的想法。他極其浪漫。」

「不管怎樣，他還沒把萊拉帶到這裡，」帕帕迪米特里烏說：「所以我們必須設想，如果他試著要來，失敗了，於是繼續朝下游而去。接下來，他會想要去哪裡？」

漢娜發現在場三個男人目光專注地看著她，好像一致認為她知道。也許，她真的知道。

「艾塞列公爵，」她說：「那天晚上，艾塞列公爵去了小修道院，見了小寶寶，然後麥爾肯把獨木舟借給他——這一切都讓麥爾肯對爵爺產生極佳的印象。麥爾肯會認為對萊拉而言，艾塞列就代表安全。他會試著把那孩子送到艾塞列身邊。」

「他知道怎麼找到他嗎？」帕帕迪米特里烏說。

「我不清楚。我想，倫敦……不，我不知道。」

「總之，」雪倫森哲說：「昨天晚上我在切爾西看見艾塞列。他正要再度整裝前往北方。就算妳那位麥爾肯真的到了那裡，艾塞列可能也離開了。」

「除非洪水將他困住。」納君特說著站起來。他看起來突然變得比較年輕，精力充沛，決斷力十足。「好啊，所有事情都已經釐清。我們知道該做些什麼了：我們必須迎著洪水出發，搶在波奈維爾之前找到他們。巴德，你怎麼來的？」

「我租了一艘快艇。我想船東還在附近；他說他想在牛津找些活兒幹。」

「找到他，然後就出發，」納君特說：「喬治，你認識那些吉普賽人。找門路聯絡。調兩條船，我們一人一艘。教誨權威應該也在找萊拉。CCD手上有幾艘航行內河的船隻；他們的心思會全在這件事上頭。漢娜，手上工作都擱下，利用真理探測儀尋找他們的下落。」

「我怎麼跟你們保持聯絡？」漢娜問。

「妳用不著，」納君特說：「不論我們是否成功，妳都要寫下這段歷史。回家去吧，別泡水，別淋溼，要注意安全，看著真理探測儀。我會想辦法跟妳聯絡。」

第十八章 殺人爵爺

麥爾肯從來沒想到一整條河會被洪水淹沒，更別提一整座鄉間區域。他簡直無法想像如此巨量的水究竟從何而來。那天早上，他一度伸手從船邊沾了點水送進嘴裡嘗嘗，心想說不定味道鹹鹹的，就好像是布里斯托灣的海水一路灌進倫敦。不過，水裡沒鹽分，滋味不怎麼好，但也不是海水。

「如果你划船到倫敦，」艾莉絲說：「在水位正常，沒淹水的狀況下，得花多少時間？」

他們離開藥房約莫有兩小時了，這是她第一次開口。

「哪知啊。距離約莫六十英里，也許還更長一些，因為河流過彎、轉折什麼的。不過，可以順著水勢划，所以……」

「到底要多久嘛？」

「總要幾天吧？」

艾莉絲的表情明擺著就是不爽。

「不過現在會快一點，」麥爾肯接著說：「因為水流比較強。你看我們經過那些樹的速度有多快。」

一座山丘的最高處挺立在水面上，樹叢簇擁，大部分是橡樹，光禿禿的枝幹伸向灰沉沉的天空，看起來很淒涼。野美人號移動速度超快，一轉眼，山丘已經在他們後方。

「所以，不需要那麼久的，」他說：「也許只需要一天。」

艾莉絲沒作聲，只是俯身整理萊拉身上的毯子。那孩子躺在她兩腳之間，渾身裹得密密實實，麥爾肯只看得見她的頭頂，還有停在她頭髮上，顏色鮮豔的蝴蝶潘拉蒙。

「她還好嗎？」他問。

「應該是吧。」

阿斯塔對潘的一切充滿好奇。她之前注意到，潘可以在萊拉睡著的時候變身，儘管潘自己也在睡夢中。阿斯塔是這樣想，當潘變成蝴蝶，意謂萊拉正在做夢，麥爾肯對此存疑。當然啦，他們倆根本也不知道自己睡著的時候發生什麼事；他們知道阿斯塔睡前醒後可以是不同的生物，卻誰也不記得過程中的變化。他想要跟艾莉絲說說這類的事情，不過，她輕蔑人的功力實在深不可測，想想還是算了吧。

「我敢說那就是在做夢。」阿斯塔說。

「那是誰？」艾莉絲突然問道。

她指向麥爾肯背後，眼神望向稍遠的地方。他回頭查看，在這樣潮溼陰暗的天光下，依稀看見一個男人使勁划著小船朝他們接近。

「看不清楚，」麥爾肯說：「可能是……」

「肯定是，」她說：「那隻精靈在船頭。划快一點。」

麥爾肯看得出來那艘小船不大好使，在水上行進不像野美人號這麼靈巧輕便。不過，再怎麼說，那男人有著成人的肌肉，一心一意猛搖船槳。

於是麥爾肯奮力打槳，推著獨木舟向前行。但是，他撐不了多久的，因為他的肩膀、手臂、整個上半身和腰部都在痛。

「他在幹麼？他在哪裡？」他問。

「他速度落後了。看不見人影，應該在山丘後面，快划啊！」

「我已經盡可能地快了。但我不多久就得停下來。而且……」船速改變吵醒了萊拉，她低聲哭了起來。他們待會兒得先餵她喝奶，也就是說，得把獨木舟綁好，生火，熱鍋。在這之前，必須先找到藏身之處。

麥爾肯環顧四周，手上划槳也沒停，極盡可能保持穩定。他們來到一處寬闊流域，可能是距離河床頗高之處，一片森林坡地從左側水中拔起，右側則是一座大宅，外形古典，整棟漆成白色，坐落在綠油油的山丘頂端，那兒的樹更多了。獨木舟距離兩側都有一段距離，等他們找到藏身的地點，只怕早就被小船上的男人看見了。

「那棟房子。」艾莉絲說。

麥爾肯也覺得這是個比較好的選項，於是以最快速度划著獨木舟朝房子的方向移動。等到更接近一些，麥爾肯看見許多煙囪，其中一支緩緩冒出細長的煙霧，沒多久就被風吹散了。

「那裡有人。」他說。

「很好。」艾莉絲只回了這麼一句。

「如果那裡有人出入，」阿斯塔說：「他就比較不可能會……」

「要是他已經在那裡了呢？要是他跟那些人是一夥兒的？」麥爾肯說。

「不過，後頭在船裡的傢伙是他吧？」艾莉絲說：「不是嗎？」

「也許吧。太遠了，看不清楚。」

麥爾肯突然明白自己有多累。他不知道自己划了多久，但是，隨著船速慢下來，愈來愈靠近那棟房子，他益發覺得又餓又累又冷。他的頭都快直不起來了。

前方出現一座草坡，它從洪水裡斜竄出來，以一種和緩的姿態向上延伸，直達那棟房子正前方的希臘柱與三角門楣。有人在柱子後面移動，不過光線太暗，只能察覺那人的動態，其餘什麼也看不見。煙霧是從更後面的煙囪冒出來的。

麥爾肯將獨木舟停靠在坡地的草叢上。

「那麼，我們現在應該做什麼？」艾莉絲問。

草坡不算陡，獨木舟停靠的地方離水邊還有一小段距離。

「脫掉你的鞋襪，」麥爾肯一面說，一面這麼做著。「我們把獨木舟從水裡拖出來，拖上草坡。到時候很容易可以推著它滑下來。」

房子的方向傳來一陣咆哮。一名男子從石柱之間走出來，做勢要他們離開。他又吼了起來，但他們聽不出他在說什麼。

「妳最好上去跟他說，我們要餵小寶寶，還要休息一會兒。」麥爾肯說。

「為什麼要我去？」

「因為他比較會把妳當回事。」

他們把獨木舟拖出水面，艾莉絲臭著臉走上草坡，走向那個男人；他又吼了起來。

麥爾肯把獨木舟拖離水邊，拖進草地邊緣一片參差不齊的灌木叢，然後整個人跟著癱軟在草地上。他對萊拉說：「我想妳剛睡醒，是吧？有些人怎麼樣都能睡得著。小寶寶的人生也太美妙。」

萊拉不開心。麥爾肯將她抱起來，放在腿上哄著，不理會那股意謂該換尿片的味道，不理會厚重灰暗的天空與冷風，以及稍遠處小船裡的男人，他的身影再度進入視線範圍。麥爾肯把小娃兒緊緊抱在胸前，非常自覺地親吻她的額頭。

「我們會守護妳的安全，」他說：「妳瞧，艾莉絲在上頭跟那男人說話。我們很快就可以帶妳上去，生個火，熱點牛奶。當然，如果妳媽咪在這裡……妳從來沒有媽咪，是吧？妳就是在什麼地方被人找到了。御前大臣爵爺在樹叢底下找到妳。他想啊，該死的，我沒法照顧小寶寶，最好還是把她送到格斯陶的修女們那裡。所以費內拉修女就開始照顧妳。我想妳一定記得她。她是一位好心腸的老小姐，是吧？然後，洪水就來了，我們得帶妳坐著野美人號離開，守護妳的安全。我不知道妳會不會記得什麼。也許不會吧。小娃兒時期的事情，我一件也記不得了。妳瞧，艾莉絲來了。我們聽聽她怎麼說。」

「他說我們不能待太久，」她說：「我說我們得生個火，餵小寶寶喝奶，而且我們根本不想久留。我覺得怪怪的。他的表情不大對勁。」

「那裡還有其他人嗎？」說著，麥爾肯站了起來。

「沒有。至少我沒看見。」

「抱著萊拉，我再把獨木舟往上拉一些。」說著，他把孩子遞過來。他的手臂虛弱無力地抖著。獨木舟藏妥之後，他立刻收拾萊拉需要的物品，往那棟房子走去。石柱後面的雄偉大門敞開著，在門邊徘徊的就是那男人，一臉火爆樣，穿著亂糟糟，他的獒犬精靈就近站著，一動也不動地盯著瞧。

「你們不能久留。」那男人說。

「不會待太久，不會啦。」麥爾肯順著他的意思。他一眼就看出來：這男人有點醉了。麥爾肯知道怎麼跟喝醉的人打交道。

「房子真漂亮。」他說。

「也許吧。它又不是你的。」

「是你的嗎？」

「現在是。」

「你是買來的，還是打架掙來的？」

「你耍嘴皮子嗎？」

獒犬精靈發出低吼。

「不是，」麥爾肯輕鬆地說：「只是，這場洪水讓一切都天翻地覆了，如果你得靠打架掙來，我都不出奇。所有事情都改變了。如果是你打架掙來的，那麼它就是你的，毫無疑問。」

麥爾肯望著草坡下方那片混濁的洪水。在昏暗的暮色中，看不見那個划船的男人。

「簡直像城堡一樣，」他接著說：「如果你遭到攻擊，防衛起來也很容易。」

「誰要來攻擊？」

「沒有人。我只是說說。你選得好啊，這房子。」

男人轉身，跟著他的目光望向那片洪水。

「有名字嗎？這房子？」麥爾肯說。

「幹麼？」

「它看起來有模有樣的。像是一座莊園或宮殿什麼的。你可以用自己的名字為它命名。」

那男人打鼻孔裡噴氣。可能還噗哧笑了也不一定。

「你可以在水邊貼一張告示，」麥爾肯說：「上頭寫著，生人勿近，或者擅闖者將依法處置。你有權這麼做。就像那邊那個小船上的男人。」他朝水邊點頭示意，他們的追蹤者已經出現，距離還挺遠的，槳還是划得挺賣力的。

「跟他有什麼關係？」

「沒關係，直到他下船，把這棟房從你手上搶走之前，都沒什麼關係。」

「你認得他？」

「我想，我知道他是誰。而且，他可能會幹那種事。」

「我有一把獵槍。」

「那麼，如果你拿槍恐嚇他，他就不敢下船了。」

那男人似乎陷入沉思。「我得捍衛自己的產業。」他說。

「那當然。你絕對有權這麼做。」

「不過，他到底是誰？」

「如果真是我想的那個人，那麼他的名字是波奈維爾。剛出獄不久。」

獒犬精靈隨著男人的視線遠眺，發出低吼。

「他在追你？」

「是啊。他從牛津一路跟蹤我們。」

「他要什麼呢？」

「他要那個小寶寶。」

「那是他的孩子？」那人恍惚的眼神轉悠著，最後定在麥爾肯臉上。

「不，她是我們的妹妹。他只是想得到她。」

「你不是當真的吧？」

「恐怕假不了。」麥爾肯說。

「這雜碎。」

男人的船愈來愈近，顯然朝著草坡而來，這時麥爾肯完全確定他是誰了。

「我最好進屋裡，以免讓他看見，」他說：「他不會給你惹麻煩的。我們會盡快離開。」

「別擔心，孩子，」那人說：「你叫什麼名字？」

麥爾肯得想想才記得起來。「理查，」他說：「我姊姊是珊卓拉，小寶寶是艾莉。」

「進去。別出來。交給我吧。」

「謝謝。」麥爾肯側身溜進屋裡。

那男人跟著進來，他走進大廳旁的房間，從壁櫥裡取出獵槍。

「小心，」麥爾肯說：「他可能很危險。」

「我才危險呢。」

那人歪歪倒倒地走出去。麥爾肯四下環顧。大廳灰泥內牆紋飾華麗，櫥櫃皆飾以珍貴木材、龜殼與黃金，還鎮著多尊大理石雕像。不過，巨大的壁爐架已經破損，爐床上空蕩蕩。艾莉絲應該在其他房間找到生火的設備了。

他不想嚷嚷，因此快速挨個房間找人，一面側耳傾聽是否有槍擊聲；外頭除了風呼呼地吹，洪水轟轟奔流，再無其他聲音。

他在廚房找到艾莉絲。鐵爐灶裡生了火，萊拉剛剛換了尿布，躺在一張大松木桌的正中央。

「他怎麼說？」艾莉絲追問。

「他說我們可以留在這裡，需要做什麼就做什麼。他有一把獵槍，他要對抗波奈維爾，捍衛這棟房子。」

「他來了？船上的人就是他，對唄？」

「是啊。」

麥爾肯進入廚房的時候，長柄鍋裡的水就已經滾了。艾莉絲把鍋子從爐上拿開，擱在一旁等水涼。萊拉手上的餅乾掉了，麥爾肯幫她撿起來，又塞了回去。萊拉咯咯呱呱訴說感謝之意。

「如果她的餅乾掉了，你就該告訴她掉在哪兒。」他這麼對潘拉蒙說，小傢伙立刻變成一隻嬰猴，睜著偌大的眼睛望著他，一動也不動，一聲不吭。

「妳看看潘。」麥爾肯對艾莉絲說。

她很快瞥了一眼，絲毫不感興趣。

「他怎麼知道要怎麼變成這些生物？」麥爾肯繼續說：「他倆不可能看過這種不知道是什麼的動物啊。所以他怎麼知道——」

「如果波奈維爾撂倒那個人，我們該怎麼辦？」艾莉絲的聲音嚴厲而高亢。

「躲起來。然後跑出去，逃離這裡。」

她臉上的表情顯示她對這點子有什麼看法。

「去看看情況怎麼樣，」她這麼對他說：「別讓他看見你。」

麥爾肯走出廚房，躡著腳穿過走廊進入正廳。他整個人縮著躲在門邊的陰影裡，豎起耳朵，卻什麼也沒聽見，他小心地四下探看。大廳裡空無一人。現在該怎麼做？

除了風聲、水聲，外頭再沒別的聲音，沒有任何動靜，當然更沒有槍響。也許他們在水邊說話，他心想，然後悄悄地貼著牆走過大理石地板，往大窗戶移動。

變成飛蛾的阿斯塔搶先一步到達，當她看見外面的景象，麥爾肯同時感受到一陣恐怖驚駭，接著阿斯塔墜落窗帘，摔進他的手裡。

那男人躺在草地上，頭手泡在水裡，動也不動，身旁就是波奈維爾的小船。沒有波奈維爾的蹤影，沒有獵槍的蹤影。

麥爾肯震驚之餘，不顧一切地貼近窗戶，探出頭左右查看。他只看見小船搖搖晃晃擺動著，船身綁在波奈維爾敲進草地裡的木棒，還有就是男人屍體的上半部在水裡左右搖擺。光線太昏暗，麥爾肯無法確定，不過，他認為自己看見一股猩紅色的液體從男人喉嚨汩汩流出。

他整個人貼在玻璃上，努力想要看一眼窩藏野美人號的地方，就目前所見，樹叢並未受到鼓搗翻攪。

那男人是從哪一座壁櫥取出獵槍？就在大廳另一頭的房間裡……

不過麥爾肯不知道如何填彈藥，也不知道如何開火，就算……

他跑回廚房。艾莉絲剛剛把牛奶倒進萊拉的瓶子。

「怎麼了？」

「噓。波奈維爾殺了那個男人，還奪走他的槍，我到處都沒看見他的人影。」

「什麼槍？」她問，真的嚇到了。

「他有一把獵槍。我跟妳說過，他打算捍衛這地方。現在，槍落到波奈維爾手裡，還把他給殺了。他躺在水裡……」

他四下張望，幾乎因為恐懼而喘不過氣。他看見腳邊的活板門上有個鐵環，驚慌之餘立刻將門掀開，眼前出現一段下行階梯，通往深沉的黑暗。

「蠟燭，在那邊的架子上，」艾莉絲說著一把撈起萊拉與奶瓶，四下搜尋所有可能敗露形跡的現索，太多了，根本來不及收拾。

麥爾肯衝到架子旁，還找到幾盒火柴。「你們先下去。我會把活板門關上。」他說。

艾莉絲小心翼翼地摸黑走下階梯。萊拉在她懷裡又扭又轉的，潘拉蒙像隻嚇壞了的小鳥啾啾叫。阿斯塔飛向他，棲停在萊拉的毯子上，發出咕嚕嚕溫柔的聲音。

麥爾肯還在跟活板門纏鬥。門的內側有一條繩索握把，不過絞鏈太硬，而門板又實在太重……好不容易總算把門往下拉，儘可能安靜地將它關上。

跟自己精靈相隔超過一定距離的壓力逐漸浮現。他的手開始顫抖，他的心臟痛苦地揪成一團。

「不要再往前走了。」他輕聲對艾莉絲說。

「為什麼——」

「精靈。」

她立刻懂了，往上走回一階，並在麥爾肯點火柴的時候，稍微擠蹭在他身後。麥爾肯點著蠟燭，阿斯塔也飛回他身邊，因為那朵小小的火光足以轉移萊拉的注意力。就著燭光，艾莉絲小心翼翼往下走，進入地窖。

「好啦，萊拉，別出聲喔，小姑娘。」她輕聲說，然後背貼著牆坐在冰冷的泥地板上。一陣吵鬧的吸食聲瞬間響起，艾莉絲的精靈變成烏鴉挨在小鳥潘的身邊。這小精靈焦慮的啾啾聲也停了。

麥爾肯坐在最下一層階梯，四下張望。這裡是囤放蔬菜、米袋與其他物品的儲藏室，夠乾燥，但是冷得要死。穿過一道低矮的拱道，往深裡走就是另一間地窖。

「他也不必麻煩，只要，」艾莉絲的聲音在發抖，「搬個什麼重物壓在活板門上，然後——」

「不要再想了。想這些沒有意義。待會兒我就會穿過拱道，看看能走到什麼地方。那邊一定有另一個出入口。」

「為什麼？」

「因為地窖是屋主放酒的地方。他們派管家下來拿幾瓶葡萄酒什麼的，管家可不會像我們一樣跟活板門角力，磕磕絆絆倒退走下階梯。什麼地方一定有座像樣的樓梯——」

「噓！」

他定定坐著，內心緊張又害怕，卻試著不露出恐懼的樣子。上頭有人從容地踩著步子走過地板。腳步聲在廚房盡頭停住，歇了一會兒，然後折返走。腳步聲又停了，停在接近活板門的地方。

一時之間，什麼也沒發生。然後傳來像是木椅由桌邊被拖開的聲音；但他們分不出波奈維爾是不是把椅子放在活板門上，或是他只是移動了一下椅子就出去了。

如此過了一分鐘，再一分鐘。

麥爾肯以最最小心的方式站起來，往下走到泥地板。他把點燃的蠟燭放在靠近艾莉絲的地上，扭著往土裡塞，直到它立穩了，然後躡手躡腳穿過低矮的拱道，走進另一座地窖。他一進去就先點亮蠟燭。這裡是第二間儲藏室，囤放著不用的家具而非食物，他迅速打量四周，繼續往前走。

這間儲藏室的盡頭是一扇厚重的木門，有著極粗大的鐵絞鏈，門鎖大得跟本書似的。鑰匙並沒有掛在周邊某處，同時，就算湊得很近，也看不出來門是否上了鎖。

然後，門的另一邊傳來輕聲的話語。是波奈維爾。變成狐猴的阿斯塔原本坐在麥爾肯的肩膀上，頓時差點暈厥，麥爾肯伸手相扶，將她攬緊。

「啊，麥爾肯，」波奈維爾說。他的聲音低沉，一副跟人說體己話的樣子。「這房間上了鎖，我們門裡門外各據一側，誰也沒鑰匙。至少我沒有，我猜你也沒有，要不然，你早就開門過來了，不是嗎？真要那樣，你可就倒大楣了。」

麥爾肯手上的蠟燭險些沒掉落，一顆心撲騰得宛如囚鳥鼓動翅膀，阿斯塔急速變身，一會兒狐猴，一會兒蝴蝶，一會兒烏鴉，最後又變回狐猴蹲在麥爾肯肩膀上，超級大眼睛緊盯著門鎖。

「一個字也別說，」她附在他耳邊低語。

「噢，我知道你在這兒，」波奈維爾說：「我可以看見你的燭光。我看見你在露台上，跟我們已故的屋主說話——對了，你知道這裡是一座島嗎？如果你的獨木舟出點意外，你們就被困住了。怎麼樣，不錯吧？」

麥爾肯依舊保持沉默。

「我知道是你，因為肯定是你，」波奈維爾繼續說。他輕聲細語，彷彿分享祕密似的，音量只恰好足以傳到門的另一邊。「不可能是其他人。那女孩在餵孩子，不可能拿著蠟燭到處逛。我知道你正聽著呢。要不了多久我們就會面對面了。你逃不掉的。對了，你看得到她們嗎？」

「看得到誰？」麥爾肯一開口就暗罵自己。「這裡沒別的人，就我一個。」他繼續說。

「噢，千萬別這麼想，麥爾肯。你永遠都不是獨自一個人。」

「呃，還有我的精靈——」

「我不是指她。你跟她本來就是同一個人，我是指除了你之外的人。」

「你指的是誰？」

「我簡直不知道從何說起。首先呢，天地之間有靈體。一旦學會怎麼觀看，你就會明白，它們無所不在。像這樣邪惡的地方，夜鬼就有好多種。你知道以前這裡發生過什麼事，麥爾肯？」

「不知道。」麥爾肯說，他一點兒也不想知道。

「沙倫爵爺一向帶著他的受害者上這兒來。」波奈維爾走近門邊，語氣輕柔而私密。「你聽過這個名字嗎？人們以前都稱他殺人爵爺。其實，也不是多久以前的事。」

麥爾肯的心跳加速，非常不舒服。「他是——」他話都說不清楚了。「他是屋主？」

「在這裡，他想做什麼都可以，」沉緩而黑暗的聲音繼續穿透那扇門。「沒有人可以阻止他，所以，他總是把小孩子帶到地窖，活活肢解。」

「他——你說什麼？」麥爾肯的聲音幾不可聞。

「把他們活活地切成一塊一塊。這是他個人的特殊興趣。那些孩子們最後終於死去，但是他們遭受的痛苦太可怕，太巨大，因此永遠無法消失。它滲入石壁，它縈繞在空氣中。地窖裡吹過的風都不乾淨，麥爾肯。現在你的每一口呼吸都是飽受折磨的孩子們從肺部擠出來的最後氣息。」

「我不想再聽下去。」麥爾肯說。

「也難怪你。我自己都不想聽了。我想堵起我的耳朵，巴望著那些東西快走開。不過，無處可逃啊，麥爾肯。此刻他們就在你身邊，那些痛苦的靈體。他們感應到你的害怕，成群朝你衝過來，搶著

把它舔乾淨。接著你會開始聽見他們，那是一種絕望的微弱耳語，再接著，你就能看見他們了。」

麥爾肯這時幾乎快昏倒。他相信波奈維爾說的每一件事，這些話語如此可信，他毫無招架之力，立刻就相信了。

一小陣氣流撲向他的燭火，火苗歪倒了好一會兒，他定定看著，視線中立刻出現那個小小的、漂浮的光線顆粒與移動路徑，這是他的北極光剛開始的模樣。他心中湧出一股微弱的解脫感，希望逐漸萌動起來。

「關於這孩子，你全搞錯了。」他說，驚訝於自己聲音之穩定。

「搞錯了？怎麼說？」

「你以為她是你的孩子，但並不是。」

「那麼，關於她，你也搞錯了。」

「這點我沒搞錯。她是艾塞列公爵與考爾特夫人的孩子。」

「你錯在以為我對她有興趣。也許我是對艾莉絲有興趣。」

阿斯塔輕聲說：「我們別受他引導，淨說些他想說的話題。」

麥爾肯點點頭。她說得對。他心跳很大聲。這時候他想起木頭橡實裡的訊息，便說：「波奈維爾先生，什麼是魯薩可夫電場？」

「你又知道些什麼？」

「一無所知，所以我才問啊。」

「你怎麼不問漢娜．瑞芙博士？」

麥爾肯沒料到這一著。他得快速回答。「我問了，」他說：「但瑞芙博士對那類事情不了解。她專攻的是思想史。」

「很適合她，我覺得。你為什麼對魯薩可夫電場感興趣？」

燦爛光環愈來愈大，就跟以往一樣。現在它像條珠寶做成的小蛇，只為了他一個人扭曲盤繞。他用穩定的聲音繼續說：

「你知道重力場處理重力，是吧？磁場就是處理那種力量，那麼，魯薩可夫電場處理什麼樣的力量？」

「沒人知道。」

「跟測不準原理有關係嗎？」

波奈維爾沉默了一會兒，然後說：「唉呀，唉呀，真是個追根究底的孩子呢。要是我面臨你現在的處境，我會想要知道一些很不一樣的事情。」

「各種各樣的事情我都想知道，但是，順序要對。魯薩可夫電場是最重要的一環，因為它跟『塵』有關……」

麥爾肯聽見背後有聲音，回頭看見艾莉絲手裡拿著蠟燭，穿過拱道走過來。他把指頭貼在唇上，然後以誇張的唇型讀出「波奈維爾」，同時指著那扇門。他用手勢比出：快走，快走！

她睜大眼睛，站定不動。

麥爾肯轉回頭：波奈維爾在說話。他在說：「……因為有些事情可以跟一個小學生解釋，有些事情則遠遠超過他能理解的範圍。這件事就是。你必須對實驗神學至少有大學程度的認識，魯薩可夫電場對你才有會有那麼一丁點意義。否則，根本沒必要開始。」

麥爾肯靜悄悄地轉身，發現艾莉絲已經離開。「儘管如此──」說著，他轉回身子。

「你剛才為什麼轉身？」

「我以為我聽見什麼了。」

「那女孩？艾莉絲？是她嗎？」

「不是，這裡只有我。」

「我以為我們剛才已經排除這個概念了，麥爾肯。那些死去的孩子——我有沒有告訴你他是怎麼對付他們的精靈的？真的非常有創意……」

麥爾肯轉身，雙手捧著蠟燭，慢慢穿過地窖，雖然他成功分散那個人的注意力，雖然他的極光在，它現在在他的視野邊緣發光，但這地方仍充斥著幾乎是肉眼可見的恐怖。他用腳尖摸索地面，試著保持平衡並儘量不讓蠟燭熄滅，波奈維爾說話的聲音不斷自門後傳來，麥爾肯頻頻對自己說：「那都不是真的！不是真的！」

他終於走到另外那個房間。艾莉絲與萊拉都不在。他幾乎是跌跌撞撞走上階梯，努力穩住自己，開始往上爬，安安靜靜的、小心的、慢慢的。

他在活板門前停下來。他聽見聲音了嗎？他有一股強烈的衝動想要把門頂開奔進乾淨的空氣裡，但他讓自己靜下來傾聽。什麼也沒有。沒有人聲，沒有腳步聲，除了他砰砰咚咚的心跳聲，什麼也沒有。

於是他背頂著活板門，慢慢往上推，往上推，過程滑順而輕鬆，突然一陣強風颳熄了他的蠟燭，不過沒關係，一道光透過廚房窗戶照進來，而且，爐火還在燒。他三兩下爬了出去，輕悄無聲地放下活板門，正準備衝向門邊，衝到外面的世界，他突然停下來。

這裡是廚房，如果廚子跟他媽媽或者費內拉修女有那麼一點共通之處，肯定有個放刀子的抽屜。他沿著桌子到處摸索，找到一個握把，順勢拉開，有了！抽屜裡躺著幾把木柄鈍刃刀具，等著讓人取用。他撫過每個握柄，相中一把不長不短，方便貼身藏著的刀，刀鋒尖銳。

他把刀插在背後的腰帶，走向大門，走到空氣清淨冰冷的戶外。

在白日最後的暮光中，他看見艾莉絲抱著萊拉，一腳高一腳低，急著穿過草地。波奈維爾的船仍然綁在木棒上，不過另一個男人的屍體已經漂走，附近並沒有波奈維爾的蹤影。

麥爾肯跑向波奈維爾的小船，拔出插在草地裡的木棒，用力把船往水流裡推。

他突然停住，橫座板底下有一只帆布背包。他腦子裡瞬間閃過一個念頭：如果我們手上有這玩意兒，可以跟他談條件。於是，麥爾肯將背包拽出來，背包很沉，他用力甩到草地上，然後再把船推離陸地。

他抓起背包跑向艾莉絲。她已經把萊拉放在草地上，開始把野美人號拖出灌木叢，於是麥爾肯把背包扔進獨木舟，並且合力拖船。

不過，他們還沒把船拉動三十公分，背後已經傳來那隻可憎的精靈「哈！哈！哈！」的喘氣聲，一回頭，只見波奈維爾把獵槍夾在胳膊彎，從容不迫地從那棟宅子的大門走下來，他的精靈挨在一旁跛著腳拖啊拖的，好像身上拴著看不見的狗繩。

麥爾肯立刻鬆開獨木舟，一把抱起萊拉，艾莉絲回頭看見那副光景，脫口說道：「噢天哪，不會吧。」

沒有時間把獨木舟推進水裡了，就算這麼做，那人手上還有槍。暮色漸深，那人的臉看不清了，不過，他渾身每個線條似乎都顯示著：他知道自己贏了。

他停在幾步遠的地方，把獵槍移到左手。他是左撇子？麥爾肯記不得了，並在內心咒罵自己如此疏忽，居然沒注意。

「好啦，你大可把那孩子交給我，」波奈維爾說：「反正你是沒有希望逃出去了。」

「你為什麼要得到她？」麥爾肯把貼在胸前的孩子抱得甚至更緊一些。

「因為他是一個死變態。」艾莉絲說。

波奈維爾溫柔地笑了。

麥爾肯的心跳得好快，快到抽痛起來。他感受到身旁艾莉絲的緊張。他迫切想要抓緊波奈維爾的目光，繼續往他們這邊看，因為這傢伙還沒注意到自己的船已經漂走了。

「你剛才在屋子裡隔著門說的話，」他說：「不是真話。」

麥爾肯把萊拉抱在左手，緊緊貼著他的胸膛。阿斯塔變成一隻老鼠，輕聲對著萊拉與潘說話。麥爾肯的右手伸到背後摸索，想要找到那把刀。但他手臂的肌肉顫抖得太厲害，他真怕刀子還沒派上用場，就被自己抖掉了；而且，他真的打算給這個人一刀子嗎？他甚至連蒼蠅都不曾刻意傷害，他只在學校操場上跟人扭打過。把野美人號的V塗改成S的男孩被他打得掉進河裡，但他立刻就把對方拉上岸。

「你怎麼知道真相是什麼？」波奈維爾說。

麥爾肯說：「人說假話的時候，聲音就變了。」

「噢，你相信這些啊？我想，你還相信人死前最後看見的東西會在視網膜上留下印記？」

麥爾肯握住刀柄，說：「不，我不相信這個。但是，你要對她做什麼？」

「她是我女兒。我想要給她良好的教育。」

「不，她不是。你得給我們更好的理由。」

「好吧。我要把她烤一烤吃掉。你知道有多美味嗎？那個——」

艾莉絲朝他吐口水。

「噢，艾莉絲，」波奈維爾說：「妳跟我本來可以變成多好的朋友啊。也許不只是朋友。我們原本幾乎變得多麼親密，瞧瞧我們之間怎麼搞成這樣啊！我們真的不應該讓這種雞毛蒜皮小事破壞了一個美麗的可能性。」

麥爾肯已經從皮帶裡抽出刀子。雖然天色很暗，而且愈來愈暗，艾莉絲還是看出他想做什麼，於是朝他站近一些。

「你還是沒有說出實話。」麥爾肯說，稍微調整萊拉在手上的重量。

波奈維爾往前走近幾步。麥爾肯把萊拉抱離胸口，好像要把她遞過去似的，波奈維爾伸出右手，一副要接過來的樣子。

麥爾肯一等他往前站得夠近，當下舉起右手，死命把刀子刺向波奈維爾的大腿。那裡是最近的攻擊點。那男人痛得鬼哭神號，身體搖搖晃晃往斜裡歪，扔掉手裡的槍抓著自己的腿。他的精靈號叫著，東倒西歪往前走，滑跤，趴倒。麥爾肯迅速轉身，把萊拉放下——

——這時突然響起一聲爆炸，聲音之大把麥爾肯都給震倒。

他的腦袋嗡嗡作響，他撐著坐起來，看見艾莉絲手裡握著槍。波奈維爾呻吟著在草地上打滾，兩手死巴著血流如注的大腿，他的精靈躺在地上抽搐，哀號、尖叫，完全站不起來：她僅存的前腳被轟爛，沒得補救了。

「快抱萊拉。」麥爾肯對艾莉絲說，爬著過去抓住獨木舟的繫船繩，將船拖下草地，直達水邊。

波奈維爾在他背後大吼大叫，想要拖著身體爬到那孩子身邊。艾莉絲把槍扔進黑沉沉的樹叢，一把抱起跟麥爾肯一起倒地的萊拉。波奈維爾伸手想抓，艾莉絲毫不費力地避開，躍過不斷哀號的精靈，只見她扭動身軀，掙扎著想用那隻幾乎不見了的腿站起來，再次跌趴倒地。

這景象真是駭人，麥爾肯必須閉上眼睛。艾莉絲爬進獨木舟，萊拉牢牢地抱在懷裡。麥爾肯把船推離草地，善體人意的獨木舟立刻回應召喚，載著他們遠離此地，繼續與洪水搏鬥。

第十九章 盜獵者

厚重的雲層緩緩堆疊，雲層之後卻是一輪滿月，隱約流瀉的月光輝映在天空。

萊拉醒著，心情挺好，還能隨著船身搖擺嘰嘰咯咯說個不停。麥爾肯僵硬的手臂與肩膀開始放鬆，獨木舟以相當快的速度在黑水中前進。那棟房子漸漸消失在他們背後，艾莉絲的目光越過麥爾肯的腦袋，依然專注地凝望那個方向。即使在這樣的昏暗中，麥爾肯還是能看見她的臉，高度警戒，焦慮而憤怒；看見她身體往前傾，調整萊拉的毯子，輕撫那孩子的臉。

「你要不要來片餅乾？」她柔聲地問。

他以為她在跟萊拉說話。然後她抬頭望著他。

「怎麼了？醒醒吧你。」她說。

「噢。我啊。好的，謝謝，我要一片餅乾。事實上我想要一整盤牛排和牛腰肉餡餅。再來一杯檸檬水。還要——」

「閉嘴，」她說：「說這種話也太蠢。我們只有餅乾。要還是不要？」

「要。」

她彎著身，遞過來幾片無花果捲心餅。麥爾肯小口小口地吃，每一口都咬到沒得再咬。

「你看得見他嗎？」五分鐘後麥爾肯這麼問。

「連房子都看不見了。我想我們甩掉他了。」

「不過他瘋了。這些瘋子，他們不知道什麼時候該收手。」

「那麼你一定也瘋了。」

對此，他不知道該說什麼。他繼續划槳，不過水流如此強大，他根本只要握著舵，保持船首朝向前方即可。

「現在，他可能已經死了。」艾莉絲說。

「我正在想這個。他流好多血。」

「我想他的腿那裡有一條動脈。那隻精靈……」

「她活不成了，肯定的。他們倆都沒辦法走動了。」

「我們最好期待這兩個傢伙真的死了。」

天上的雲有時散去，皎潔的月光穿透夜空，如此明亮懾人，麥爾肯幾乎都要舉手遮蔽這光了。艾莉絲身體坐直，凝視著船後頭那片水，眼神比之前更激狂，麥爾肯望向前方，左右梭巡，尋找可以登上陸地並休息的地方；眼前卻只見湍急的流水，以及零星露出水面的光禿矮樹叢。他覺得自己已經超越疲憊，進入一種恍神狀態。隨著時間過去，他睡眠中的軀體划著船，眼觀四方，並且操縱船舵，絲毫不受睡夢中的大腦影響。

唯一的聲音是洪水之外的風聲，除此之外，還有一種時有時無、細微的昆蟲嗡鳴。洪水一定孳生了某種不乾淨的東西，麥爾肯心想。

「最好小心一點，別讓蚊子靠近萊拉。」他說。

「什麼蚊子？天氣冷成這樣。」

「我就聽見一隻在這兒打轉。」

「那不是蚊子。」她說，口氣頗為嘲弄，然後頭點了一點，示意麥爾肯背後有東西。

他轉過身。大片大片的雲層彼此推擠，月光直瀉而下，在這片遼闊空蕩的水面上，只有一樣東西很刻意地緩緩移動，那是一艘大型汽船，尚且在他們後面很遠的地方，因為船頭探照燈的關係，麥爾肯才能看見；汽船每一分鐘都朝他們略為逼近一些。

「是他嗎？」麥爾肯說。

「不可能。這艘船太大。他沒有這種有引擎的船。」

「他們還沒看見我們。」

「何以見得？」

「因為探照燈四處打。而且，如果想要追上我們，船速會比現在快很多。不過，我們得躲起來，要是他們再靠近一點就能看見我們了。」

他彎著腰，更加使勁地划槳，雖然他身上每一根骨頭、每一塊肌肉都在痛，他累到好想哭。但他萬萬不願意在萊拉面前落淚，因為對那孩子來說，他高大而強壯，如果她看出他的恐懼，也會跟著害怕，至少他是這麼想的。

於是麥爾肯咬緊牙根，使起顫抖的肌肉，深深地把槳打進水裡，並且試著不去理會馬達嘎嘎響，那聲音不再斷斷續續，它沒停過，而且愈來愈大。

洪水將他們帶到一處山坡與林地錯落的區域，幾座山坡在一起，林地的樹木有些已經光禿禿，有些屬常綠植物。雲層飄過月亮，一切都變暗變模糊。

「我看不見他們，」艾莉絲說：「他們消失在樹林後面……不，就在那裡。」

「他們距離我們還有多遠？依妳看？」

「五分鐘之內可以追上。」

「那我就要準備靠岸了。」

「為什麼？」

「在水上，他們輕易就能撞翻我們。上了岸我們還有機會。」

「什麼機會？」

「避免死掉的機會，也許吧。」

事實上，麥爾肯嚇壞了，他嚇到幾乎無法讓獨木舟繼續前進，生怕手裡的槳掉了。左側有一道斜坡，林木森森，黑漆漆的，昏暗中看起來像是有一座石堤，當然也可能是一棟大宅院的屋頂，總之，麥爾肯把船划到那裡，這時，月亮又出來了。

那不是屋頂，只是森林前面的一塊空地。麥爾肯把野美人號划上鬆軟的土堆，艾莉絲抱起萊拉，踏出船外，動作一氣呵成。麥爾肯一躍而出，接著回頭尋找汽船的蹤影。

艾莉絲抱著萊拉，退回斜坡上，不過，空地實在不大，四周都是密密糾纏的冬青櫟樹枝，長滿尖銳的葉片。她抱緊小寶寶，害怕地看著汽船，無意識地將重心從這隻腳移到另一隻腳，她渾身發抖，呼吸急促，喉嚨發出細細的呻吟。

麥爾肯從來沒有這麼舉步維艱過，他身上每一塊肌肉都在顫抖。他抬頭看看那些樹，枝葉層層交疊，暗沉沉的常綠植物，比夜空更暗沉。月光傾瀉而下，彷彿某種殘酷的力量，卻無法穿透這片樹葉的篷蓋。他拖啊拖，拖著野美人號走上布滿石頭的土地，走進樹叢的陰影，就在這時候，探照燈從兩百碼之遙的密林後竄出來，朝他們逼近。

「別動，」麥爾肯說：「千萬別動。」

「你覺得我很笨嗎？」艾莉絲說，語氣卻是柔和的。

下一刻，燈光直接打向他們，耀眼炫目，瞬間什麼也看不見了。麥爾肯閉上眼睛，直挺挺站得跟雕像似的。他可以聽見艾莉絲輕聲細語，急切地哄著萊拉別作聲。然後，燈光移開，汽船快速駛離。

等它走遠，麥爾肯自刺傷波奈維爾以來深深壓抑的恐懼，一下子湧了上來，他必須彎下身子，必須吐出來。

「別擔心，」艾莉絲說：「一會兒就好多了。」

「會嗎？」

「會啊。待會兒你就知道。」

他從來沒有聽她用這樣的語氣說話，從來沒指望過。萊拉哭鬧起來。他擦擦嘴，把手伸進獨木舟裡摸到了手電筒，扭亮，揮舞著轉移萊拉的注意力。那孩子停止哭泣，伸手想抓手電筒。

「不行，不可以給妳，」他說：「我要去找一些木頭，生個火。妳會喜歡的。等我們身體暖和了，我們可以……」

他不知道該怎麼把話說完。他從來沒有這麼害怕。但是，為什麼要害怕呢？危險已經過了。

「艾莉絲，」他說：「妳害怕嗎？」

「嗯。但也還好。如果只有我，那肯定嚇壞了。現在並不那麼怕，因為我們有兩個人……」

麥爾肯走上小斜坡上，走向樹林。樹叢夾纏交錯，幾乎無法往前推進，他硬是擠著穿過，頭、手都被樹葉刮傷；但這真是一種紓解。只要能夠做點別的，都是紓解。地上有足夠的乾柴枝，他很快就撿了滿懷。

當他走出林子，他看見艾莉絲站在那裡，一臉焦急。

「怎麼了？」

「他們回來了——」

她往前一指。汽船朝這方向駛來，只見燈光打在水上，是探照燈——雖然還有一段距離，但是，那艘船散發著某種官方氣息，警方，CCD；那艘船正在搜尋某個東西，或某人。它來了，速度不快，但是無可阻擋，而且，很快就會看見他們了。

這時傳來樹葉悉悉索索的聲音，樹枝被撥開，一個男人走了出來。

「麥爾肯，」那男人說：「快把你的船拖到這裡。快走，把小寶寶帶上。下頭那幫人是ＣＣＤ。來吧！」

「波特瑞先生？」麥爾肯問，簡直驚呆了。

「沒錯，是我。好了，動作快。」

艾莉絲抱著萊拉匆匆走向樹叢藏身處，麥爾肯解開野美人號，並在喬治．波特瑞的幫助下把船拖上斜坡，藏在較矮的樹枝下。然後他俯身撿起波奈維爾的帆布背包，再將獨木舟翻面，以免又下雨。

這時，打著探照燈的汽船愈來愈接近。

「你怎麼知道他們是ＣＣＤ？」麥爾肯輕聲問。

「他們一直都在巡邏。別擔心。如果我們保持安靜不動，他們不會停下來的。」

「那孩子——」

「一滴酒就能讓她靜悄悄。」波特瑞遞了什麼東西給艾莉絲。

麥爾肯四下張望。除了麥爾肯先生跟滿地的陰影，沒見到半個人，很快的，月亮又躲進雲層，陰影融進更深沉的黑暗裡。打著探照燈的汽船又駛近了些。

「艾莉絲在哪裡？」麥爾肯低聲問阿斯塔。

他的精靈以幾不可聞的聲音說道：「在樹叢更深一點的地方，她正在餵萊拉喝東西。」

汽船上的人似乎看見什麼引起注意的東西。探照燈轉向岸邊，立刻亮晃晃地照進樹叢裡。麥爾肯覺得渾身每一吋都能讓人看透。

「別動，他們什麼也看不見。」喬治．波特瑞在黑暗中低聲說。

船上有個聲音說：「那是腳印嗎？」

「在哪兒？」

「草地上，就在底下，你瞧。」

探照燈咻的往下滑。說話聲又響起，這回聲音變小了一點。

「他們會不會——」麥爾肯才剛壓低聲音說話，波特瑞滿是濃濃菸味的手立刻蒙上他的嘴。

「……別費事了。」一個聲音說：「走吧。」

燈光轉向，引擎聲響起，汽船以穩定的速度開走。不多久便隨著洪流消失影蹤。

波特瑞把手放開。麥爾肯幾乎無法說話。他手腳都在發抖。他站不穩，波特瑞一把扶住他。

「你上一次吃東西或睡覺是什麼時候，嗯？」他問。

「不記得了。」

「好吧，別說了。跟我來，吃點燉菜。我們山洞裡那個燉菜啊，連你媽都會為我們感到驕傲。要不要我幫你拎那玩意兒？」

那背包很重，不過麥爾肯先搖搖頭，然後才補說「不用」，因為他突然想到，在這樣的黑暗中，對方看不見那麼細微的動作。他費力地將兩手穿過背包帶，波特瑞幫著拉一下拽一把。往前再走幾步，來到一處空地，艾莉絲坐在折倒的樹幹上，萊拉躺在她腿上，睡得很沉。她之前從酒瓶裡倒出一匙酒，小口小口餵給那孩子吃。

艾莉絲看見麥爾肯，當下站起來走到他身邊，手裡緊緊抱著萊拉。「來，萊拉給你抱。我得去尿尿……」她把孩子塞過來，飛快衝進矮樹叢。

發抖也好，不抖也罷，總之麥爾肯摟著那孩子，能抱多緊就抱多緊，聽著她安穩滿足的呼吸聲。

「早該餵妳喝酒啦，」他對萊拉說：「妳睡得像個孩子似的。」

波特瑞對他說：「五分鐘路程，小子。你還想從獨木舟上拿點什麼嗎？」

「船……安全嗎？」

「彷彿隱形一般，孩子。沒有比藏在那裡更安全的了。」

「太好了。嗯……那裡有些孩子要用的東西。艾莉絲知道放在什麼地方。」

這時艾莉絲正好回來，邊走邊撫平裙襬，聽見他們說話的內容，她去拿了不少東西回來：一顆枕頭、幾條毯子、長柄鍋、一包尿布、一盒奶粉……但是，她渾身抖得跟麥爾肯一樣厲害。

「把毯子攤開在地上，」波特瑞說，艾莉絲依言照做，他把東西往毯子中間擺，然後抓起四邊角落一收，整個包袱往肩膀後頭甩。「跟我來吧。」

「你抱著她沒問題嗎？」艾莉絲輕聲問。

「還能撐一會兒，沒事兒。她睡熟了。」

「我們早該想到餵酒的……」

「我就是這麼想。」

「不知道對她身體會有什麼影響呢。來，讓我抱她。你身上還有那玩意兒。不過，你從什麼地方拿的啊？是他的？」

「是啊，」麥爾肯說：「從他船上拿的。」

孩子換手，他是挺開心的，因為帆布背包很重。他不知道自己為什麼要帶著這玩意兒，當初以為可以用它談條件。也許這會兒派不上用場了。不過，如果波奈維爾是間諜，包包裡可能有相關證據。他非常想把它交給瑞芙博士。

這個念頭讓他喉嚨一緊。想到在那棟溫暖的房子裡度過的悠閒午後，他和博士討論書中種種，聽著思想史！而他下半輩子很可能都是一名逃犯，亡命之徒，像波特瑞先生那樣。當世界天翻地覆，隨洪水逐流的日子都很好，但是，一旦水退了，正常生活回來了……唉，事實上，再也沒有什是正常、安全的了，再也沒有。

走了幾分鐘，他們來到一處較大的空地，後面是一座拔地而起的巨巖。月亮又露臉了，就著銀色月光，他們看見半掩映在樹叢中的一座洞穴入口。洞裡飄出炊煙，以及各種肉類、湯汁的香氣，並傳來人們低聲說話的聲音。

波特瑞先生掀起垂掛在洞口的厚重帆布，並撐開一角好讓麥爾肯與艾莉絲進入。他們一踏進山洞，所有交談應聲停止。就著一盞提燈，他們看見六個人，男男女女與兩個小孩，各自散坐在地面或者木箱子上，端著錫盤吃東西。爐火旁有一個大塊頭女人，麥爾肯認出她是波特瑞太太。

她先看見艾莉絲，並且說：「艾莉絲．帕斯洛？是妳吧？我認得妳媽。你是鱒魚旅店的麥爾肯．波斯戴。唉呀呀，老天保佑。怎麼回事啊，喬治？」

喬治．波特瑞說：「洪水倖存者，他們三個。」

「你們可以叫我奧卓莉，」那女人說著站起來。「這小傢伙是誰？男的？女的？」

「女的，」麥爾肯說：「萊拉。」

「嗯，她需要一片乾淨的尿布。那裡有溫水。你們有準備她的食物嗎？沒有母乳，只能用奶粉——噢，你們有。這就行了。你們先幫她換尿布，我來燒水。你們倆自己也吃點東西。一路從牛津飄流過來？肯定累死了。快吃，然後睡一覺。」

「我們這裡是在哪兒？」麥爾肯問。

「奇爾特恩丘陵區吧，我只知道這樣了。總之，眼下是安全的。這些傢伙，都跟我們一樣。這麼說吧，同病相憐；但別追問太多，不禮貌。」

「好。」艾莉絲說。

「謝謝。」麥爾肯說，然後跟艾莉絲走到洞穴角落，離那些正在吃東西的人遠遠的。

奧卓莉．波特瑞送來一盞提燈，幫忙掛了起來。艾莉絲在這暖暖的燈光下幫萊拉脫掉溼答答的衣物，臭哄哄的一整包遞給麥爾肯。

「她身上的衣服全都……」他說。

「我們洗一洗，可以晾在樹叢或什麼地方。我先用毯子裹著她，回到獨木舟再幫她穿戴整齊。船上還有一套乾衣物，就這麼一套了。」

麥爾肯接過那包又溼又沉的東西，仔細區分哪些該扔，哪些該洗。他四處張望，正納悶他們怎麼處理垃圾，卻看見一個年紀相仿的男孩盯著他瞧。

「你想知道垃圾丟哪裡是嗎？」那男孩說：「跟我來，我帶你去。你叫什麼名字？」

「麥爾肯。你呢？」

「安祖。那是你妹妹？」

「什麼，艾莉絲？不是……」

「我是說那個小寶寶。」

「噢。我們遇見洪水，就順帶照顧了。」

「你從哪裡來？」

「牛津。你咧？」

「瓦靈福德。你看，垃圾可以扔進坑裡，就在那兒。」

男孩似乎很想幫忙，但是麥爾肯並不想聊天。他只想睡覺。不過，基於不樹敵原則，他還是跟著男孩走回洞穴，一路上交換幾個問題。

「你跟父母在一起待在這裡嗎？」麥爾肯問。

「不是，只有我阿姨。」

「你是被洪水沖出城的？」

「是啊。我們那條街好多人都淹死了。也許只有諾亞那時代吧，之後再沒見過這樣大的洪水。」

「是啊，真是這樣，我都不意外。不過，不會持續太久吧，我想。」

「四十晝夜。」

「會這麼久？噢——那個啊。」麥爾肯說，突然記起學校《聖經》課上過的內容[25]。

「小寶寶叫什麼名字？」

「萊拉。」

「萊拉……那個大女孩呢？你是不是說她叫艾莉絲？」

「她只是個朋友。謝謝你帶我去垃圾坑。晚安。」

「噢，晚安。」安祖說，聽起來有點失落。

艾莉絲正在餵萊拉，她坐在提燈下，看起來非常疲倦。奧卓莉・波特瑞端著兩只錫盤走過來，盤裡盛著燉菜與馬鈴薯，熱騰騰直冒煙。

「把她交給我，」她說：「我來餵她。你們也需要吃點東西。」

艾莉絲一言不發地把孩子交出去，然後開始吃東西，麥爾肯早就開動了。他從來沒有覺得這麼餓，從來沒有覺得那股子餓被填得這麼飽足，即使在他媽媽的廚房裡也沒有。

一吃完燉菜，他的眼睛幾乎立刻閉上。但他看見奧卓莉正在幫萊拉拍背，硬是死撐著眼皮拖回孩子，走向縮成一團，躺在地上的艾莉絲。

「拿去。」波特瑞先生遞給他一捆毯子與幾個裝有少許乾草的帆布袋。麥爾肯以最後僅剩的一絲清醒意識將帆布袋拍鬆，並排鋪在地面，讓萊拉躺在上頭，然後，他和艾莉絲分別躺在萊拉兩側，瞬間進入這輩子最深沉的睡眠。

●

這是個潮溼的黎明，灰暗的晨光照進洞穴時，是萊拉吵醒了他們。睡眼惺忪的阿斯塔輕輕咬著麥爾肯的耳朵，他彷彿浸泡在鴉片酊之湖，掙扎著想要游出湖面，然而水底有著最深刻最強烈的歡愉，水面之上除了寒冷與恐懼與責任，什麼也沒有。

萊拉在哭，阿斯塔想要安慰潘，但這小雪貂不領情，更往萊拉脖子裡鑽，惹得那孩子益發煩躁。麥爾肯眼皮都睜不開了，強迫自己支起上身，輕輕搖著小寶寶；還是沒用，只好將她抱起來。

「你整晚還挺有生產力啊，」他輕聲說：「我從來沒見過這麼大一包屎尿。我看看我能不能一個人幫你換洗啊。艾莉絲還在睡，知道吧。」

萊拉在他懷裡，心情好一點了，但也沒多好。她不卯起來哭，卻抽抽噎噎起來，潘露出腦袋往外看，讓阿斯塔舔他的鼻子。

「你在做什麼？」艾莉絲有點口齒不清，她的精靈立刻醒過來，輕聲低吼。

「沒事，」麥爾肯說：「我想幫她換洗，只是這樣。」

「不可以，」艾莉絲坐了起來。「你一定做得不對。」

「好，大概吧。」麥爾肯說，其實鬆了口氣。

「現在是什麼時候？」

25《聖經》〈創世記〉第七章中記載：「過了那七天，洪水氾濫在地上。當諾亞六百歲，二月十七日那一天，大淵的泉源，都裂開了，天上的窗戶，也敞開了。四十晝夜降大雨在地上。」

「天剛亮。」

他們以最低的聲音交談，誰也不想吵醒其他還在睡的人。艾莉絲抽了一條毯子圍在肩上，爬到火邊，在灰燼堆裡放進一段木頭，翻攪著直到看見幾點紅色餘火，然後將長柄鍋放在火上加熱。附近有一桶乾淨的水；奧卓莉說過，任何人使用過後都必須到外頭取泉水添入，因此她一邊等著鍋子加熱，一邊去外面加水。

麥爾肯抱著萊拉走來走去。他們走到洞口望著外頭的雨，雨勢很大，毫不停歇地穿過溼答答的空氣，直落而下。他們回過頭望著洞內，兩邊都有人睡，有的獨自躺著，有的相擁而眠。洞裡的人比他昨晚上看見的多；也許那些人之前就在洞裡睡沉了，也許那些人晚一點才進來。他們也許是出去盜獵。如果洪水逼得鹿、野雞跟人一樣，都得離開平時的巢穴往高處去，那麼，附近應該有不少動物可以獵捕。

他輕輕地將這一切說給萊拉聽，他來回走啊走，將懷裡的萊拉搖啊搖。然後在某一刻，阿斯塔低聲說「你看看潘」，他也這麼做了，看見那小精靈，小貓咪一隻，小小的爪子不經意地搭在麥爾肯手上做出擠壓的動作。麥爾肯如此驚訝，頓時覺得害羞，也覺得榮幸。看來，觸碰他人精靈的絕大禁忌並非本能，而是透過後天學習養成。他感到內心湧起一波對這孩子與精靈的愛，不過，這番情緒對那兩個傢伙沒有絲毫影響，因為萊拉照樣哭鬧不休，潘拉蒙一會兒就鬆開麥爾肯的手，變成一隻蟾蜍。

接著，恐懼再度襲來。他們對波奈維爾做的事令他不安……一旦那艘船上CCD的人找到受傷的精靈，以及大腿受傷的男人，他們就會多了一個理由要追捕麥爾肯和艾莉絲。那把刀還插在傷口裡？波奈維爾真的死了嗎？他不記得了。事情發生的速度之快，簡直跟噩夢一樣。

「都準備好了。」艾莉絲在他背後很小聲地說，他嚇得差點跳起來。但艾莉絲沒有笑。她似乎知道他在想什麼，並且也想著同樣的事情。他們回到火堆之前，在洞口交換了某種神色，那裡面有某種東西是麥爾肯永遠不會忘記的：它很深刻，很複雜，很親密，觸動了他渾身每一個部分，身體、精靈與魂魄。

他跪在她身邊，跟阿斯塔合力吸引萊拉的注意力，好讓艾莉絲幫她換洗、擦乾。

「雖然她還不會說話，還是可以看得出來她在思考。」他說。

「不是從這一頭吧？」艾莉絲簡短地說。

一、兩個睡覺的人開始翻身，天光漸漸亮了。麥爾肯輕手輕腳往外走，他要把手裡的垃圾丟進那男孩指給他看過的坑。

「我在山洞裡沒看見他。」阿斯塔說。

「也許他睡在其他地方。」

他們找到了垃圾坑，速去速回，因為雨勢愈來愈大。他們回到山洞時，奧卓莉抱著萊拉，萊拉雖然有些疑惑，倒也顯得挺自在，艾莉絲正在準備泡牛奶。

「她媽媽是誰？」說著，奧卓莉在火邊坐下。

「我們不知道，」麥爾肯說：「小孩是由格斯陶的修女們照顧，所以，媽媽應該是個重要人物吧。」

「噢，我知道你說的那些人，」奧卓莉說：「班尼狄塔修女。」

「是，她是總管。不過，主要是由費內拉修女照顧她。」

「後來怎麼了？」

「洪水沖垮了小修道院。我們及時把她救出來。後來我們也被沖走了。」

「所以你不知道她家人是誰？」

「不知道。」麥爾肯這麼回答。他愈來愈會說謊了。

艾莉絲已經把奶瓶準備好，奧卓莉便交還孩子。波特瑞先生從稍遠的地方站起來，伸伸懶腰，走出山洞，其他人也紛紛有了動靜。

「他們都是些什麼人啊？」麥爾肯問：「你的家人？」

「裡頭有我兒子西蒙跟他老婆，還有他們的兩個小孩。其他……就是一些其他人。」

「有一個叫安祖的男孩。我昨晚跟他說過話。」

「是，他是朵瑞思．威切爾的外甥。朵瑞思就在那塊大石頭旁邊。他們是從瓦靈福德來的。天哪，她可真是餓了，是吧？」她看著萊拉貪婪狂吸，不禁發出這樣的讚嘆。

朵瑞思．威切爾還在睡。四處不見安祖的蹤影。

「我想我們不會待太久，」麥爾肯說：「就待到雨停吧。」

「你們需要待多久就待多久。在這裡是安全的。沒有人知道這地方。我們當中有些人在這方面非得小心不可，目前為止，沒有人出過事。」

波特瑞先生從雨中走來，手裡拎著一隻死雞。「知道怎麼除雞毛嗎，麥爾肯？」他問。

麥爾肯還真的知道，他在小修道院廚房見費內拉修女做過。同時在他母親的廚房也做過一、兩次。他接過這隻瘦瘦的死雞，準備幹活去，波特瑞先生坐了下來，點著菸斗，翻攪爐火。

「我不見之後，大夥兒怎麼說，嗯？」他問：「有沒有人猜測我上哪兒去了？」

「沒有，」麥爾肯說：「大家都說你是唯一從CCD手裡逃走的人。隔天那些官員又來，問了一大堆問題，不過誰也沒多說什麼，有那麼一、兩個人說你有邪惡暗黑力量，可以讓自己隱身之類的，CCD根本別想找到你。」

波特瑞先生笑得太厲害，只能把菸斗放下。「聽見沒，奧卓莉？」他咻咻喘著氣。「隱身！」

「我倒希望你有時候可以隱『聲』。」她說。

「當然找不到啦，」他自顧自地說：「像那樣的狀況，我可是一直都有所準備。不管人在哪兒，脫逃路線不能少。一定要有那麼一條。有個風吹草動，一秒也別遲疑。是吧，奧卓莉？我們有自己的脫逃路線，那幫混蛋到鱒魚的那天晚上，我們就走人啦。」

「你直接就到了這裡？」

「可以這麼說。樹林裡到處都是隱密小路，都有可以藏身之處，整個牛津郡、格洛斯特郡、伯克郡，乃至再往下，都是如此。你可以從布里斯托一路走祕徑直達倫敦，根本沒有人會知道。」

「洪水淹來了之後呢？」

「啊，洪水改變了一切。剛開始，因為他們要船有船，要人有人，占盡好處。而我們就是一路往高處走。這裡是伯克郡陸地最高的地方了。」

「如果你們被困在高地，搜索範圍縮小，不是比較容易被發現？」

「不會，逃亡的路徑反而更多，」喬治．波特瑞說：「四周環水，看見沒。更多水路。我們知道各種捷徑，淺水路，深水路。我們總有辦法溜走，他們永遠追不上。這水啊，是站在我們這邊的，不是他們。」

「我不懂。」說著，麥爾肯將手裡的雞翻面。

「水裡的生靈啊，麥爾肯。我說的不是魚，也不是水鼠，我說的是那些老神，泰晤士老爹。我見過他幾次，戴著王冠，披著水草，握著三叉戟。他站在我們這邊。該死的CCD，他們永遠打不過泰晤士老爹，還有水底其他生靈。之前有一個也待在這兒的傢伙，他在海裡看見過美人魚。海水漲過頭，直把她沖到離海岸那麼遠的河裡，那傢伙跟我發誓，如果再讓他看見美人魚，就要跟著她走。好啦，兩天之後，那傢伙失蹤了，很可能他真的就這麼幹了。反正，我是相信的。」

「如果你說的是湯姆．西蒙斯，」奧卓莉說：「依我看，他多半是醉了，他的美人魚是條鼠海豚。」

「不是鼠海豚。他跟她說話，是吧？而且她也回應了。她的聲音比鈴聲更甜美，他說的。我跟妳賭，那傢伙跟美人魚在北海過日子呢。」

「真要這樣，他冷都冷死了，」奧卓莉說：「把雞給我吧。我來收拾。」

麥爾肯心想，雞毛也拔得差不多了，不過，讓她接手還是挺好的。他的手都凍僵了，細一點的毛就抓不住。

「那邊的箱子裡有麵包，自己拿吧，」奧卓莉這麼說：「旁邊另一箱裡有乾酪。」

箱子是鍍鋅鋼垃圾箱。第一只裡有三條半硬麵包，走味了，而且乾巴巴，一旁有刀子可以切片。麥爾肯幫自己切了厚厚一片，另一片給艾莉絲，接著再切些乾酪搭配。這時，睡在附近的朵瑞思．威切爾醒了，睡眼迷濛地四下張望。

「安祖？」她說：「安祖在哪裡？」

「早上都還沒看見他。」麥爾肯說。

她翻身坐起，晃出一身濃濃酒味。「他去哪裡啦？」

「我昨天晚上有看到他。」

「你又是誰？」

「麥爾肯．波斯戴，」他說。沒必要使用假名，因為波特瑞先生完全知道他的身分。

朵瑞思．威切爾咕噥著，又躺下來，麥爾肯把麵包、乾酪拿給艾莉絲。奧卓莉．波特瑞抱著萊拉，輕輕幫她拍背，萊拉結結實實放了個響屁。麥爾肯坐下，啃起麵包與乾酪，簡直咬不動，不過，他的牙齒很盡力，他的胃非常感恩。

一旦他能夠坐下、心情稍微放鬆，腦袋裡那些想法又冒出來，那些他一直讓他恐懼的回憶：他殺了波奈維爾，他跟艾莉絲，他倆是殺人兇手。這個嚇人的字眼烙在他腦子裡，就像印在一張紙上似的，用的還是紅色墨水。阿斯塔變成一隻蛾飛向艾莉絲的精靈，班側著頭，傾聽阿斯塔竊竊私語。波特瑞太太來回走動，讓那些剛醒過來的人瞧瞧她懷裡的萊拉，另外有人處理那隻雞，清內臟、切塊、灑上麵粉。麥爾肯試著轉移自己注意力，心想，如果洞穴裡每個人都要吃得到，大家的盤子裡恐怕沒多少肉吧。

艾莉絲湊過來，她靠得很近，低聲說話。

「那個人，什麼先生……」

「波特瑞先生。」

「你信得過他？」

「我……想是吧。是的。」

「因為我們不應該再待下去了。」

「我也是這麼想。而且那個男孩……」

他說了安祖的事，艾莉絲皺起眉頭。

「他現在不在這裡？」

「嗯。我有點擔心。」

這時，安祖的阿姨腳步不穩地走到火邊，一屁股坐下。艾莉絲瞪著她。朵瑞思・威切爾沒注意；她正為宿醉所苦，身上酒味之濃的，麥爾肯心想，她坐得離火那麼近，呼氣吐氣應該更小心一點；她的烏鴉精靈一次又一次摔倒，一次又一次爬起來。

然後她看著麥爾肯，說：「剛才誰跟我問起安祖？是你嗎？」

「是。我不知道他在哪裡。」

「你為什麼想知道？」

「因為我們昨晚聊天，他說了一些有趣的事，我想再問問他。」

「是那個什麼該死的聯盟吧？」

麥爾肯身上每一根神經都噹噹噹驚醒過來。「聖亞歷山大聯盟？他是會員？」

「是啊，那小雜種。如果我跟他說過──」

麥爾肯立刻起身，艾莉絲看出他的急切，隨即跟進。

「我們必須離開，」他說：「就是現在。」

艾莉絲奔向奧卓莉．波特瑞，她跟另一個女人在洞穴入口聊天，穩穩把萊拉抱在胸前，輕輕搖啊搖。麥爾肯四下環顧，看見喬治．波特瑞正扭著幾截樹枝做陷阱。

「波特瑞先生，抱歉打擾你，不過，我們得立刻離開，你能不能帶我們去──」

「別擔心CCD的船，」波特瑞自信滿滿地說：「他們可能──」

「不，不是他們。我們得帶著萊拉離開，以免──」

這時，他們背後傳來響亮的說話聲。麥爾肯回頭，看見艾莉絲硬要擠進波特瑞太太與一名黑衣制服男之間，另外三名男子一字排開，阻擋其他人離開洞穴。遮遮掩掩躲在他們背後，看起來既羞愧又驕傲的，正是安祖。

麥爾肯衝過去幫艾莉絲，她想要把萊拉從奧卓莉．波特瑞手裡搶過來。但這時其中一個男人揪住艾莉絲的脖子，他在大吼，麥爾肯也大吼，他不知道自己嚷了什麼。奧卓莉護著萊拉，轉身想要退回洞穴裡，波特瑞先生想幫忙，萊拉因為害怕拚命哭喊。麥爾肯撲向波特瑞太太，這一刻他的手抓住萊拉的手，正準備用力抱走，下一刻他頭上挨了重擊，四仰八岔往後癱倒，陷入半昏迷；艾莉絲朝架在自己身上的手臂亂咬一通，兩腿亂踢，嘶吼尖叫。

麥爾肯掙扎著跪起來，頭昏眼花，渾身無力，幾乎搞不清楚狀況。然而在這片喧鬧騷動中，一個聲音向他發出呼喊，清楚得不得了，那是萊拉的哭聲，於是他扯著喉嚨回應：「萊拉！萊拉！我來了！」

但是，一個重物狠砸過來，再次將他打倒。是奧卓莉．波特瑞，她手上的萊拉被黑衣男搶走，而且其中一個男人打倒了她。麥爾肯掙扎著想從她身子底下爬出來，但這很難，因為那女人也在掙扎，好不容易，麥爾肯終於雙膝頂著，跪了起來，他看見艾莉絲一動也不動地躺在地上，喬治．波特瑞也是。有人在哀號、痛哭，但並不是萊拉；遠遠的有人高聲咆哮，是個女人的聲音，憤怒、無助、語無倫次；奧卓莉發現一旁的丈夫陷入昏迷，嗚嗚哭了起來。

那群黑衣男已經走了，他們把萊拉也帶走了。

第二十章 神聖服從修女會

麥爾肯試著邁出步子，但眼前的洞穴天旋地轉起來。他一腳踩空，隨即穩住，然後整個人又摔倒，差一點吐了。阿斯塔啞著聲音說：「因為你頭部遭受重擊，你還不能站起來，快躺下，不要亂動。」麥爾肯哪裡聽得進去，在極度恐懼與憤怒的驅使下，他再次掙扎著站起來。

安祖也在，露出略帶緊張的微笑，但神情中有一股自以為是的優越感。他防衛式地舉起雙手。麥爾肯刷的把那兩條膀子撥開，狠狠往他臉上揍下去，他應聲摔倒，哭著喊：「阿姨！阿姨！」

「你做了什麼？」他的阿姨說，但麥爾肯不確定這句話是衝著他或者安祖問的。也許那女人自己也不知道吧。

麥爾肯踹那男孩一腳，他縮著滾開，像隻土鱉般。

「那些人是誰？」麥爾肯大吼：「他們去了哪裡？」

「不關你的——唉呦喂呀！」安祖哭喊，因為麥爾肯又踢了他一下。

朵瑞思．威切爾終於搞清楚狀況，硬把麥爾肯拉開。

「他們是誰？」麥爾肯咆哮著，拚命想甩開身上那雙肥滋滋的手臂與嗆死人的酒味。「他們把萊拉帶到哪裡去了？」

安祖滾得遠遠的，試著想要站起來，充分利用每一處剛才挨打的部位，做作地抽搐著、一瘸一拐，伸出纖細的手指頭輕撫著臉頰。「我想你打斷我的下巴了——」

麥爾肯用力踩朵瑞思一腳，這時艾莉絲也來了，她劈頭給了那男孩一巴掌，又抓又扯，一轉身拽住朵瑞思抖個不停的雙手，因為她還想制止麥爾肯呢，麥爾肯擺脫糾纏，衝過去堵住安祖，把他壓在洞穴的岩壁上。那男孩的老鼠精靈尖聲大叫，瑟縮著躲在他腳後。

「停下來！不要打我！」

「告訴我他們是誰。」

「CCD！」

「騙子。制服不對。他們是誰？」

「我不知道！我以為他們是CCD——」

「你上哪裡找到他們的？」

這時有些大人已經圍過來觀看，幫兩邊助陣加油的都有。那些男人來的時候，洞裡有些人還沒睡醒，因此需要同伴解釋，喬治．波特瑞此時仍昏迷不醒，奧卓莉跪在一旁焦慮地哭喊他的名字，洞穴裡一片騷亂。

安祖抽抽噎噎的。麥爾肯嫌惡地轉過身，不支跪倒，但是，變成貓的阿斯塔一躍而起，撲向安祖的老鼠精靈，咻的將她拖到地面。還有班，他渾身的毛都豎了起來，以鬥牛犬的狠勁對著男孩狂吠。

艾莉絲攙著麥爾肯，幫忙他站起來，於是他別過臉，有那麼一會兒不去看那些精靈。

「你聽聽，」她說：「聽這男人的說法。」

那是個短小精悍的男人，一頭黑髮，他的精靈是一隻雌狐。「我曾經看過這種制服，」他說：「他們不是CCD。他們好像叫做什麼聖靈戒護會之類的吧。他們守衛宗教場所、神學院、女子修道院、學校，這類地方。他們可能來自瓦靈福德，從那裡的小修道院來的。」

「小修道院？」麥爾肯說：「裡面住的是修士還是修女？」

「修女，」另一人回答，是個女人，麥爾肯看不見她在哪裡。「院名是神聖服從修女會。」

「妳怎麼知道？」那個男人問。

「我曾經幫她們幹活，」她說著，一邊從陰影處走出來，走進洞口附近的暗淡光線中。「就是幫那些修女。以前我負責打掃，還有照顧雞、羊。」

「她們在哪裡？那地方在哪裡？」麥爾肯問。

「瓦靈福德再往南，」她說：「你絕對不會錯過。好大一棟白色石材建築。」

「那些修女是什麼來歷啊？她們都做些什麼？」艾莉絲的臉色發白，眼睛裡冒著火。

「她們祈禱。她們教書。她們照顧小孩。我不知道……她們很狠。」

「狠？怎麼說？」麥爾肯問。

「嚴厲。非常嚴厲而且殘酷。我受不了，就離開了。」那女人說。

「我看過她們的警衛逮到逃走的小孩，」那個男人說：「他們當街把那孩子揍到昏倒。插手過問是沒用的，所有該有的權力，她們都掌握在手上。」

「這就是你幹的好事？」麥爾肯說著轉向安祖：「你跑到她們那裡，說出我們跟那小寶寶的事？」

安祖啜泣著，把鼻涕抹在袖子上。

「告訴他們吧，孩子，」他阿姨說：「不要哭哭啼啼的。」

「我不想讓他再打我。」安祖說。

「我不會打你。只要告訴我們你做了什麼。」

「我在聯盟裡啊。我得做正確的事情。」

「別管聯盟了。你做了什麼？」

「你怎麼可以照顧一個不是你的孩子，我知道這絕對是不應該的。那孩子可能是你偷來，或者什麼的。所以我就跟兒童保護所說了。他們到學校來，跟我們解釋為什麼向他們報告那些事情是正確的。我完全不知道什麼聖靈戒護會，聽都沒聽過。從頭到尾只有兒童保護所。」

「他們在哪裡？」

「小修道院。」

「那裡難道沒有淹水嗎？」

「沒有，因為它在一座山丘上。」

「誰負責管理？」

「院長嬤嬤。」

「所以，你就跑去跟她說了，是不是？」

「兒童保護所的人帶我去見她。這麼做是對的。」他的聲音在顫抖，然後號啕大哭起來。他的阿姨打了他一下，他吸吸鼻子猛咳嗽，哭聲暫歇。

「那位院長嬤嬤怎麼說？」麥爾肯追問。

「她想要知道那孩子是誰？我們躲在哪裡？就這些問題。我把我知道的全都說出來。我必須這麼做。」

「然後呢？」

「我們唸了一段禱詞，然後她讓我在床上睡了一下，然後我就帶他們回到這裡。」

洞穴裡幾乎每一張臉全露出敵意與不屑，安祖癱倒在地，縮成一團哭了起來。之所以說「幾乎每一張臉」，是因為喬治．波特瑞依舊昏迷不醒，這時奧卓莉也愈來愈害怕。她跪在他身旁，揉著他的手，輕撫他的頭，叫喚他的名，對四周每一個人露出求救的眼神。

艾莉絲見她這樣，便跟著跪下來看看能否幫上忙，麥爾肯則繼續質問安祖。

「那座小修道院在哪裡？離這兒有多遠？」

「不知道……」

「你是走路來回？還是坐船？」

「我沒船。」

「其實不遠，」曾經在那裡工作過的女人說：「小修道院在山丘頂上。你一定會看見。」

「她們那裡有很多小孩嗎？」麥爾肯問她。

「是啊，各個年紀的孩子。我想，從小寶寶到十六歲都有吧。」

「她們做什麼呢？教導孩子們，或者讓他們做工，還是怎樣？」

「教導孩子們，也算是啦……就是培訓他們成為僕傭，做那類的工作。」

「男孩女孩都有？」

「對，都有，不過，超過十歲就得分開生活。」

「小寶寶呢？也跟其他較大的孩子們分開嗎？」

「有一間育兒室專門照顧小小孩，沒錯。」

「她們那兒有多少小寶寶？」

「噢，天哪，我不知道……我在的時候大概有十五、六個……」

「都是孤兒嗎？」

「不。有時候如果孩子的行為真的很糟糕，她們也會收留。進來的孩子們十六歲之前不准離開。永遠不會再見到他們的父母。」

「那麼，總共有多少孩子呢？小寶寶加上那些年紀比較大的？」

「可能有一百個吧……」

「他們沒試過要逃出去嗎？」

「可能逃過，不過，總會被逮到，然後，從此再也不敢嘗試。」

「所以，那些修女很殘忍是吧？」

「你無法相信她們有多殘忍。你無法相信。」

「安祖，你，」麥爾肯說：「你有沒有密告其他孩子，讓他們被抓進那裡？」

「我不說。」那男孩咕噥著。

「說實話，你這小爛貨。」他的阿姨說。

「沒有，我沒有啦！」

「從來沒有？」麥爾肯問。

「不關你的——」

他的阿姨甩了他一巴掌。他鬼哭神號起來。「好吧，也許有吧！」他大喊。

「賊小子屎爛貨。」她說。

「你密告的時候都是跟誰說的？」麥爾肯問，拚命想要保持專注。他的頭抽痛著，噁心想吐的感覺不時湧上來。「你昨天去哪裡？你跟誰說了？」

「彼得兄弟。我不應該告訴你這些的。」

「我才不管你應該說什麼。誰是彼得兄弟？你上哪兒去找他？」

「他是瓦靈福德區兒童保護所的所長。他們在小修道院有一間辦公室。」

「你之前去過，所以他認識你？」

安祖沒回答，他把頭埋進手裡，號啕大哭。

麥爾肯背後傳來說話聲，充滿興奮，而且如釋重負的感覺，他回頭看，一陣巨痛與噁心頓時襲來，強烈到像是又挨了重擊。他定住不動，知道即使是最細微的頭部動作都可能引發劇烈的噁心。

艾莉絲在他身旁，扶著他的手臂。「靠著我，」她說：「到這兒來。」

他照著她說的做。「萊拉。」他喃喃地說。

「我們知道她在哪裡，而且，她也不會去其他任何地方。你現在不能移動，否則會噁心想吐。過來這兒坐著。」

她的聲音輕而溫柔，麥爾爾實在太意外了，他任她牽引，任由她照顧。

「波特瑞先生醒了，」她說：「他腦袋挨了一記，跟你一樣，只是更嚴重些。奧卓莉以為他死了，但他沒有。你就這樣別動。」

「拿去，」一個女人的聲音說：「讓他喝點這個。」

「謝謝，」艾莉絲說：「來，麥爾，稍微坐起來一點，喝這個。小心，燙。」

麥爾！她從來沒有叫過他麥爾。沒有人這樣叫過他。除了艾莉絲，他不會再讓任何人這樣叫他。那杯飲料熱到燙口，他只能啜飲一小口。嘗起來像檸檬，像是媽媽會給他喝的那種感冒藥水，不過，這裡頭還多了一味。

「我加了一點薑在裡面，」那女人說：「可以讓你不再覺得噁心。如果沒效果的話，這杯也就只是止痛藥而已。」

「謝謝，」他吶吶地說。他不知道自己剛剛怎麼有力氣質問安祖，也不過就是一分鐘之前的事。

他又喝了一小口，瞬間入睡。

●

他醒來的時候，天色又暗了。他覺得溫暖，身上蓋著厚重的東西，有一股動物的氣味，聞著像是狗。他稍微移動，腦袋沒有因此受折騰，於是他再移動一下，然後坐起來。

「麥爾，」艾莉絲在他身邊，立刻作聲。「你還好嗎？」

「是啊，我想是吧。」他說。

「待在這兒。我去幫你拿一些麵包跟乾酪。」

她翻身站起，這動作讓他知道，她一直躺在自己身旁。她真是愈來愈讓人驚訝了。他躺在那裡，慢慢醒過來，讓前一天日裡與夜裡的記憶也慢慢醒過來。最後他想起萊拉出了什麼事，於是抽筋般震驚地坐起來。艾莉絲正伸手遞給他什麼東西。

「給你，」她說，把一大塊麵包放進他手裡。「這麵包很硬，不過至少沒有發霉。你要吃蛋嗎？想要的話，我可以幫你煎一顆。」

「謝謝，不用了。艾莉絲，我們是不是真的……」他悄聲說，無法把話講完。

「波奈維爾？」她低聲說：「是啊。我們真的做了。不過，別提這件事，什麼也別說。一切都結束了。」

麥爾肯試著從那塊麵包咬下一口，真的好硬，對他的牙齒著實是一大挑戰，同時也讓他的頭更痛。但是，他硬撐著。艾莉絲帶著一杯又濃又鹹的東西回來。

「那是什麼？」

「某種高湯塊吧。我不知道。反正對你有好處。」

「謝謝，」他接過來，喝了一口。「天已經暗下來很久了嗎？」

「沒有。有人還在外頭盜獵什麼的。才入夜一會兒。」

「安祖呢？」

「有他阿姨看著。他沒辦法再跑出去了。」

「我們得——」他試著吞下一塊麵包，實在不行，又嚼了嚼，再吞一次，然後啞著聲音說：「我們得去救萊拉。」

「是啊，我一直在想這件事。」

「我們必須先到小修道院找找。」

「而且，」她說：「一定要搞清楚安祖到底跟他們說了我們什麼。」

「你認為他會告訴我們實話嗎？」

「我可以讓他說實話。」

「他靠不住。只要能不挨打，他什麼都說得出口。」

「反正怎麼樣我都要揍他。」

他又咬了滿嘴麵包。「我想問問在那裡工作過的那位女士，」他說：「包括院裡所有的隔間動線，育嬰室在哪裡，怎麼走，這類事情。」

「我去叫她過來。」

她很快站起來，衝到火邊，一群人坐在那裡喝東西、聊天，偶爾攪動那一大鍋燉菜。

麥爾肯費力地撐起身體，稍微坐直一些，這才察覺頭痛雖然減緩，渾身好幾處地方卻爭先恐後似地疼了起來。他咬了一口乾酪，心思專注在食物上頭。

這時，艾莉絲跟之前主動提供資訊的那個女人一起回來。她的精靈是一頭雪貂，坐在她肩頭不斷啃著什麼東西。

「這位是席姆金太太。」艾莉絲說。

「哈囉，席姆金太太。」麥爾肯打著招呼，同時想要嚥下嘴裡的乾酪，卻得喝一口熱湯才能讓它軟化。「我們想知道所有關於小修道院的事情。」

「你們該不是想要溜進去救那孩子吧？」她就近坐下，她的精靈非常緊張，只見她不停地以手輕撫安慰。

「嗯，是的，」麥爾肯說：「我們非去不可。這是一定要的。」

「沒辦法啦，」她說：「那地方跟堡壘似的。你們不可能進得去。」

「這樣啊，沒關係。但是一旦真的進去之後，那裡頭是什麼樣子？她們把孩子們安置在哪裡？」

「有一間育嬰室，小寶寶們在那裡睡覺，有專人照顧，育嬰室在二樓，靠近修女們的巢室。」

「巢室？」艾莉絲問。

「她們這樣稱呼自己的臥房，」麥爾肯解釋著。「你可以畫一張平面圖嗎？」他對那女人說。

女人頓時顯得非常猶豫、不自在，他頓時明白，女人無法讀寫，對於地圖或平面圖什麼的也毫無基本概念。麥爾肯對自己提出這樣要求感到不好意思，於是很快地又說：

「那裡有幾座樓梯？」

「正門一座，很大的那種，後頭有小樓梯給清潔工與僕人使用，就是像我這類的人。另外還有一座，但我從來沒看過。有時候會有訪客，也有男訪客，如果跟修女們混進混出，那就不對了，也不能跟僕人混在一起，所以有訪客專用樓梯間。不過，樓梯直達客房，跟院裡其他地方都是隔離的。」

「了解。如果妳從僕人專用樓梯間走上去，二樓有什麼呢？」

女人的精靈跟她咬耳朵。她聽著，然後說：「他剛剛提醒我。走上二樓先有個小平台，還有一道門，門後頭是一條走廊，育嬰室就在這裡。」

「走廊另一邊還有什麼？」

「育嬰室對面有兩間巢室。值班照顧小寶寶的修女就睡在那兒。」

「育嬰室長什麼樣子？」

「一個大房間，有多少呢……我不知道。床鋪、搖籃大概有二十張吧。」

「一直都有這麼多小小孩？」

「也不是。總會空下一、兩張床位，以免臨時來了新孩子。」

「那裡的孩子都有多大年紀？」

「最大的有四歲吧，我想。然後就會被送到主院區。育嬰室在廚房區，約莫就在一樓廚房的正上方。」

「那條走廊除了育嬰室還有什麼嗎？」

「兩間浴室，都在右側，再過去才是育嬰室。噢，還有一間放毯子什麼的烘櫃。」

「巢室在左側？」

「對。」

「所以，只有兩位修女照顧那些孩子？」

「還有一個睡在育嬰房裡面。」

女人的老鼠精靈再度跟她咬耳朵。

「別忘了，」那女人說：「她們要做敬拜，都起得非常早。」

「噢是啊。我記得。她們在格斯陶也是這樣。」

麥爾肯心想，就算他進得去，也沒有多少時間找到萊拉再出來。而且，只要哪個容易緊張的孩子因為育嬰室裡出現陌生人而哭起來……他們就完蛋了。

他又問女人有關房門與廚房窗戶的位置，以及所有他想得到的問題。他聽得愈多，計畫難度似乎跟著升高，他也益發沮喪起來。

「好吧，謝謝妳，」他說：「這些訊息真的非常有用。」

那女人點點頭，回到火邊。

「接下來該怎麼做？」艾莉絲輕聲問。

「進去救她。不過，要是裡頭有二十個差不多年紀的小孩統統睡在一起，我們要怎麼找到她？」

「這個嘛，我認得出來。她就是不一樣，不會認錯的。」

「她醒著的時候，是這樣啦。潘會認得阿斯塔，也會認得班。不過，如果她睡著了……我們又不能把孩子們都叫醒。」

「我不會認錯。事實上，你也不會。」

「好吧。現在是什麼時候？天剛黑，還是夜深了？」

「我只知道天黑了。」

「我們現在就去。」

「你身體吃得消？」

「是。我覺得好多了。」

其實，麥爾肯依舊渾身疼痛，還有一點頭暈，但是想到自己歪躺著的同時，萊拉還在別人手裡，這念頭太可怕，簡直無法多想。他慢慢站起來，朝洞口走了一、兩步，他放慢步伐，也沒作聲，不惹人注意。艾莉絲在收拾他們的隨身物品，學波特瑞用毯子把它們包起來。

當他們走到洞外，他輕輕問艾莉絲：「她喜歡的那些餅乾還在獨木舟裡嗎？」

「嗯，我們沒帶過來。肯定還在船上。」

「我們可以給她一片，讓她保持安靜。」

「是啊，如果……」

「要提防安祖。」

「你還記得怎麼走到獨木舟那裡嗎？」

「一直往下走，總會到的。」

總之，他希望是這樣。就算喬治．波特瑞完全復原，請他帶路恐怕也不是個好主意，更何況，這一時三刻他也好不了。他肯定會想知道他們要去哪裡，打算做什麼，然後會勸他們別這麼做。

他不去想這些了。他發現自己有一種新能力：凡是不願意多想的，他就可以不去想。沿著月光照耀的小路往下走，他突然醒悟自己如果經常使用這種能力。他的母親與父親會有多揪心啊，他們至今不知道他的下落，不知道他是否還活著，能不能逆流而上，找到回家的路……他把這些念頭拋到腦後。此刻，他再度施展斷絕念頭的能力。冬青櫟樹掩映，樹下一片幽暗，此時就算他露出痛苦的表情也沒有關係。只要再一下下，就連這種表情也能喊停。

「前面就是水邊了。」艾莉絲說。

「我們得小心前進。可能有另一艘船在附近監看……」

他們在樹影暗處站了一會兒，眼觀四面，耳聽八方。前方寬闊的水面清晰可見，只聽見河水沖刷草地與樹叢的聲音。

麥爾肯努力回想自己究竟把船留在小路的左側，還是右側。

「妳記得……」

「就在那兒，瞧。」她說。

艾莉絲指向左側，麥爾肯順勢望去，果然看見了。獨木舟幾乎毫無遮掩地晾在那裡，然而，前一刻麥爾肯根本看不見它的存在，月光如此明亮，樹下的一切都籠罩在迷亂的陰影中。

「妳眼力比我好。」說著，他將船拖離草地，上上下下檢視起來，並且把她翻正。他對她如此溫柔，撫過她的船身，檢查所有弧圈托架都釘得牢牢的，清點放在船裡的弧圈數目，確認防水布折好、收妥。一切都井然有序，船身外殼毫無損傷，只是吉普賽人的粉刷有點剝落。

他將船推進水裡，再一次感到這艘無生命的物體簡直如魚得水似的，興高采烈地活了過來。

他扶住舷牆讓艾莉絲上船，然後將帆布背包遞過去，那背包是從死去的波奈維爾那兒拿來的。

「要命，很重耶，」她說：「裝了什麼東西啊？」

「還沒有時間看。等我們搶回萊拉，找到可以安全停留的地方，再打開瞧瞧吧。準備好了嗎？」

「好了，走吧。」

麥爾肯開始划槳，她在單薄的肩上圍了一條毯子，凝望著後方。月光皎潔，水面彷彿一片快速流動的玻璃。儘管麥爾肯身上都是瘀青，再次撐船划槳的感覺還是很棒，他穩穩地划向洪流，挺進水中央。他唯一能感覺到速度的是吹在臉上的冷風，還有偶爾水底深處某個障礙物激起微微波動時，船身會輕輕搖晃。

他心裡有千百個疑慮。如果錯過那座小修道院，在水流如此湍急的情況下，他們永遠無法逆流折返。如果他們到了那裡，卻發現層層警戒？或者根本不可能進入院內？無數的假設湧現。不過，他把這些念頭都甩開。

他們加速前進。月光繼續閃耀。艾莉絲繼續監看著流水後方與兩側，不時極目梭巡地平線的盡頭；不過，她沒看見其他船隻，就連一點生命活動的跡象也沒有。他們很少交談。自從跟波奈維爾的那場打鬥之後，他們之間的關係產生某種極大的變化，並不只是她開始叫他麥爾而已。敵意之牆已經崩垮，消失。他們現在是朋友了，可以很自在地並肩而坐。

前方有什麼閃閃發光，在地平線那一頭，距離還挺遠的。

「那是燈光嗎？妳覺得呢？」他指向前方。

她轉過頭來看。「可能是。不過，看起來更像是某種白色的東西，只是月光照在上面。」

這時，它又出現了：那只燦爛圓環，他個人獨享的北極光。它的存在如此熟悉，儘管因此阻擋視線，無法清楚視物，麥爾肯幾乎是歡迎它的到來。那美麗空靈的弧線愈來愈大，裡頭正是艾莉絲剛才提到的東西：一棟宏偉的白色建築，在月光下熠熠生輝。

他們前進的速度如此之快，遠方的景物很快就清楚映入眼簾，艾莉絲說得沒錯，那確實是一棟偌大的建築物，有點像矗立在山丘上的城堡；但畢竟不是，因為坐落在建築物正中央的並不是要塞，而是禮拜堂的尖塔。

「就是它！」麥爾肯說。

「該死的，還真是有夠大。」她說。

他們迅速地朝位於左側的建築物接近。整棟以淺色石材建造，月光照耀下簡直如同白雪輝映，石牆、屋瓦與拱壁錯落環繞，中心是一座細長的尖塔，黑色的窗戶彷彿從平滑的白色懸崖上洞穿而出，月影偶爾閃過牆面，獨木舟隨波逐流。那棟建築白得鮮豔，黑得深沉，一如燦爛圓環之星光閃耀。話說這燦爛圓環直逼眼前，差一點就要穿過他，衝到他身後，幾乎快要看不見了。這棟建築物的窗戶位置不夠低，沒有辦法爬窗進去，根本沒有門，沒有階梯，整片白色巨石拔地而起，平滑無比，所有打破平滑表面的東西都遠遠高出從水面可以搆到的距離。它像一座堡壘，似乎專為抵制一切入侵意圖而建造。

麥爾肯開始控制獨木舟前進，努力與洪水巨大的力量抗衡，野美人號的表現很帶勁。她幾乎是在水上漫舞，麥爾肯心想，他懷抱愛意輕撫甲板邊緣。

「有沒有看見可以進去的路？」艾莉絲輕聲問。

「還沒。反正我們也不打算走正門。」

「我想也是……真的有夠大。一眼看不完。」

麥爾肯掉轉獨木舟，朝左側前進，想看看這棟建築物的橫向到底有多寬。他們離開月光照耀之處，進入牆邊一大片的陰影處，明知月光無法散發溫暖，他也一直都覺得冷，此刻仍然感到一陣寒意。他們離開了這一區的主水流，因此可以將獨木舟划近，仔細檢查高聳的外牆，看看是不是有辦法溜進去；似乎是不可能。

「那是什麼？」艾莉絲問。

「什麼？」

「你聽。」

他一動也不動地聽著，聽見不遠處傳來輕柔的、不斷拍擊牆腳的水聲。那裡看起來像一座大型石製拱壁，跟整座牆差不多高，上頭豎著好幾支煙囪，月光灑在上面。他心想，院裡肯定有座廚房，也許就是這裡……然後，他看見造成水花噴濺的原因。接近煙囪的那面牆腳下有一塊方形洞孔，洞口鬆鬆卡著鐵格柵，一股水不斷從洞裡往外噴墜，形成穩定的弧狀水流。

「廁所排水。」艾莉絲說。

「不，我想不是。水滿乾淨的，妳看，而且也不臭……一定是有什麼太滿，溢出來了。」

他把船划到下一個轉角，動作慢慢的、靜悄悄的。他們仍然在月亮的陰影裡，但是他也知道，稍有動靜就會引來注目，這裡可沒有矮樹叢或蘆葦叢可以躲藏，放眼望去就只有溜溜的水與禿禿的石頭。他們很容易就會被看見。麥爾肯極盡小心之能事，悄悄推進獨木舟，繞過宏偉建築的角落，前面看去應該就是正門入口處。

艾莉絲抓緊舷牆，就著迷濛的光線，緊盯四方動靜。麥爾肯側轉船身，這麼一來，任何人從那個方向看過來，也只能看見小小的剪影。通往正門的途中有一排寬廣的階梯，四周環繞著柱廊，古典希臘石柱上搭建著山形牆飾……石柱之間是不是有個人影？

艾莉絲扭轉身子，向後張望。然後她低聲說：「有一個男人——兩個男人——你看，他們有船……」一艘汽船綁在階梯底端，而且她說得沒錯，是有兩個男人。麥爾肯看著他們懶洋洋地從石柱之間走出來，邊走邊聊。他們肩膀上扛著步槍，正在抽菸。

麥爾肯甚至比剛才更加小心翼翼，他倒著將獨木舟划過角落，遠離那兩個人的視線範圍。

「洞穴裡那個男人怎麼稱呼他們？」他低聲說：「聖靈戒護會，他們守衛女子與男子修道院，還有……算了，我們沒辦法從那裡進去。」

他再次抬頭看看煙囪，腦子裡閃過一個念頭。「如果這裡是廚房……是吧？就在這堵牆裡面，因為有這些煙囪——妳知道小修道院的內部格局吧？就是格斯陶啊？」他突然興奮起來，繼續說：「裡面有個老房間，她們稱做碗碟儲藏室的地方？」

「我從來沒進去過。」

「嗯，老房子了嘛，屋裡有那種老式排水管，水是從一處泉水來的，沿著地板上某種石溝流，從另一側出來——直接流進河裡。費內拉修女有時候把洗碗水往裡頭倒——」

「你認為這是類似那樣的玩意兒？」

「嗯，可能是。這水是乾淨的。」

「洞口卡著這麼大一個鐵格柵。」

「給妳，船槳握好，把船往裡推……」

艾莉絲穩住船身，麥爾肯站起來，抓緊鐵格柵一扯，它應聲脫落，大片石頭粉塵、灰泥直往下掉，撲喇喇落入獨木舟與圍牆中間，濺起好大的水花。

「哎呀呀！」他說，一面穩住身子。

「我們不能進去！」

「為什麼不能？」

「首先，我們沒辦法出來。此外，這裡沒有東西可以把船綁上。而且，要是另一頭還有個鐵格柵呢？不管那一頭是廚房、碗碟儲藏室，還是什麼的。總之，我們渾身都會溼透。天氣又這麼冷。」

「我總得試試。妳必須留在這裡，守著獨木舟。妳只要穩住船身，保持身體暖和，然後等待。」

「你不可以——」她才開口，隨即忍住。「你會淹死，麥爾。」

「如果苗頭不對，我就回來，我們再想其他辦法。貼緊這堵牆，離煙囪管近一點。我會儘快的。」

他輕撫獨木舟的舷牆，心想：野美人號，好好照顧她。

然後，他站起來，搆著排水孔，抓緊邊緣。排出的水量不大，但是很冰冷，而且源源不絕，等到他終於半身蹬上洞口，已經渾身溼透。此時阿斯塔成了水獺先鑽進排水口，咬著他的袖子又拉又扯，好不容易，他們倆喘吁吁地躺在排水管裡面，儘可能挨向一側，避開不斷排出的水流。

「起來，」她說：「你可以用爬的，這裡高度還夠……」

他的小腿被刮傷了，他的手指甲斷了。他小心地跪起來，發現果真如阿斯塔所說，這裡有足夠的空間可以爬行。阿斯塔變成某種夜行性動物，瞪大眼睛巴在麥爾肯背上，善用每一丁點閃爍的微光。不久，連微光也隱沒，他們在全然的黑暗中往上爬；麥爾肯開始感到害怕，非常害怕。他想著頭上巨大沉重的石塊；他想要站起來；他想要把手伸到頭頂上，他想擁有比此時此刻更大更多的空間……他幾乎要恐慌了，但阿斯塔輕輕說：

「沒多遠了，真的，我可以看見廚房的燈光，只要再往前一點點——」

「假設——」

「什麼也別假設。深呼吸就好。」

「我渾身抖得停不下來——」

「是啊，不過，繼續往前。這麼大的地方，廚房裡肯定有個爐灶整晚燒著。再一會兒你就可以暖暖身子了。把那些雜念都甩開，我們早就學會怎麼做了。撐下去——這就對了……」

他的手腳冷到沒知覺，卻又沒有麻木到無法感受這份麻木之下的疼痛。

「我們要怎麼把萊拉帶到這下面來——」

「總有辦法的。一定有一個辦法，只是我們還不知道。現在，先別停下來……」

又一個絕望的片刻過去，他的眼睛看見了什麼，那是他始終不相信阿斯塔可以看見的東西：隧道溼漉漉的側面閃爍著一道微光。

「你瞧，我早就說了嘛。」她說。

「是啊，希望入口別像——」

「別像出口那樣也卡著鐵格柵」，他本來打算這麼說。但是，當然有啊。如果有東西掉進排水管，廚房僕役們不會希望那東西就這麼人間蒸發。這時，他幾乎是絕望了。深色的鐵桿硬沉沉地堵在眼前，後面就是昏暗的碗碟儲藏室。沒有辦法穿越。他硬生生地把含在嘴裡的嗚咽吞回去。

「別哭，等一下，」阿斯塔說。她現在是一隻老鼠，正跳上鐵格柵仔細檢查。「他們有時候得清洗排水管，必須把刷子之類的工具伸到這底下……」

麥爾肯打起精神。再哭一聲就好，因為還是好冷，好絕望啊，他挺了挺胸膛，然後說：「是，沒錯。也許……」

他摸著那些鐵桿，搖一搖，感覺它們的晃動。鐵桿只是稍微前後搖晃。

「鐵格柵上面，頂端有沒有——」

「絞鏈，有了！」

「那麼，底下也……」

麥爾肯把手穿過鐵格柵，到處摸一圈，輕輕鬆鬆在鐵桿之間找到一塊沉重的鐵栓，剛好浮在水面上，栓頭深深插進石塊上的洞眼。栓頭上了油，毫不費力就能抽出來，鐵格柵向外擺開，麥爾肯麻木顫抖的手摸到一個握把，緊緊將它撐住。

不一會兒，他鑽出地底，進入房間，正如他所料，這裡是碗碟儲藏室，裡頭有幾個洗碗槽，還有晾陶器的架子。歷經排水管裡的黑暗，他的眼睛開心地接收昏暗的光線，足以看見房裡的一切。就跟格斯陶一樣，排水溝橫跨廚房地板，排水溝周邊圍有磚塊。而且，最最謝天謝地的是，這兒有一座爐灶，火勢微弱，但還在燃燒，上頭擱著架子，架子上晾著幾條洗好的毛巾，烤得暖呼呼的。他脫掉毛衣與襯衫，抓起一條大毛巾圍在肩膀上，整個人擠在灶邊，前前後後地晃動著，身上的寒意也漸漸消退。

「我這身體永遠也暖不起來了，」麥爾肯說：「如果繼續這麼抖下去，我在育嬰室裡也沒辦法安安靜靜地找萊拉。妳確定我們認得出她？小寶寶都長得一個樣，不是嗎？」

「我認得出潘，他也認得出我。」

「既然妳這麼說……我們不能在這裡耽擱太久。」他想到艾莉絲。她待在外面，在水上，無處可躲藏，這肯定讓人非常焦慮不安。他穿上襯衫與毛衣，溼得跟什麼似的，渾身又猛烈地顫抖起來。

「走吧，」阿斯塔說：「噢你看！那個箱子……」

這時，她變成一隻貓。她說的那只木箱，之前大概是用來裝蘋果的。

「那又怎樣……噢對啊！太好了！」

那箱子大小正好適合萊拉。如果鋪上毛巾，讓他拖著箱子走過排水管，也許萊拉就不會浸得渾身溼答答。他隨手從架上抽了幾條毛巾，鋪進箱子裡，預做準備。

「那麼，我們走吧。」他說。

他打開碗碟儲藏室的門，側耳傾聽。寂靜無聲。然後，從遠遠的高處傳來三聲鐘響。他踮著腳走在石板長廊上，心裡盼著這是通往後門樓梯間的方向。石灰白的牆上掛著昏暗的琥珀電氣燈，除此之外再無其他裝飾，左右兩側都有門。

這時，鐘聲又響了，比之前更大聲，他聽見唱詩班的歌聲，就像小禮拜堂或祈禱室門打開了。他四下張望，無處可躲藏。歌聲愈來愈大，他驚恐地發現，一列修女從轉角處冒出來，人人雙手交疊，低眉垂眼，朝他逼近。顯然這裡跟格斯陶一樣，她們夜裡隨時都會起床唱詩、禱告。這下他被活逮了。他無計可施，只能低頭站著，渾身直發抖。

有人停在他面前。他繼續垂著頭，因此只能看見她穿著綁腳鞋的腳和長袍的衣襬。

「你是誰，孩子？你在這裡做什麼？」

「我尿床了，小姐。修女。然後我就迷路了。」

他試著讓自己聽起來可憐兮兮的樣子，事實上這也不難。他吸著鼻子，把鼻涕擦在袖子上，接著就是一記響亮的巴掌甩在他頭上，打得他站不住腳，直往牆上歪倒。

「齷齪小鬼。先到樓上浴室洗一洗，再到烘櫃拿一條油布跟乾淨毯子，然後回床上去。早上再看看怎麼處罰你。」

「對不起，修女……」

「不要在那裡哀哀叫。照我說的去做，別吵吵嚷嚷的。」

「我不知道浴室在哪裡——」

「你當然知道。走上後門樓梯，沿著走廊就是。保持安靜。」

「好的，修女。」

他拖著腳步走向她指出的方向，努力讓自己看起來一臉誠心悔改的樣子。

「很好！很好！」阿斯塔在他肩膀上低聲說。她很想變成某種可以撕咬，並且具威脅性的動物，但她克制衝動，乖乖維持著知更鳥的樣子。

「你當然好啦。又不是你的腦袋挨打。不過，油布倒是能派上用場。可以墊在木箱裡。」

「毯子也是啊……」

他很快就找到樓梯。那裡亮著燈，跟其他地方一樣，都是昏暗的琥珀電氣燈泡，這倒讓他納悶起來，心想這裡怎麼還有電力。

「洪水來襲，第一個斷絕供應的應該是電力吧？」他說。

「她們一定有發電機。」

他們幾乎以耳語交談。樓梯頂端是一條死氣沉沉，往前延伸的走廊，地板上鋪著粗糙的椰子纖維墊蓆。這裡的燈光甚至更微弱。麥爾肯回想洞穴裡的女人告訴他的話，數著牆上的幾扇門：左邊是修女們的巢室，右邊頭兩間是浴室，再來就是育嬰室。

「烘櫃在哪裡？」他低聲問。

「那裡，兩間浴室之間。」

他打開烘櫃的小門，一股帶有霉味的熱氣撲面而來。熱水槽上頭有好幾個架子，裡面都是摺好的毯子。

「油布在那兒。」阿斯塔說。

一捆捆油布放在最頂端的架子上。他取下一捆，另外拿了兩條毯子。

「不能再拿了，還要抱萊拉，已經夠困難的了。」

他小心地關上櫥櫃門，接著，阿斯塔變成老鼠，豎起耳朵靠在育嬰室外頭仔細聽。一陣細微的鼾聲，可能是值班修女打呼，一點點抽鼻子的聲音，一點點小小的嗚咽，就這樣，沒別的了。

「沒必要再等了。」麥爾肯小聲說。

他轉動門把，試著做到無聲無息，卻還是發出極小的吱呀聲，聽在他耳裡簡直像是拿棍子敲水桶。那也沒辦法，就是這樣了。他溜進房間裡，把門關上，然後一動也不動地站著，打量、評估這個地方。

一間長形房間，兩端各有一盞微弱的琥珀電氣燈。一列搖籃挨著牆邊排排站，一組小床挨著另一面牆排開，靠近門邊的地方有一張大床，上頭睡著的修女正輕輕打呼，就像他在門外聽見的那樣。

地板鋪著死氣沉沉的油布地氈，牆上一片空蕩蕩。他想起修女們在格斯陶為萊拉布置的育嬰室，那麼小巧，那麼美麗，於是他握緊了拳頭。

「專心，」阿斯塔小聲說：「她就躺在其中一張搖籃裡。」

只要稍有閃失，許多事情都可能出錯，這樣的想法縈繞在麥爾肯心頭，幾乎揮之不去。他躡手躡腳走近第一張搖籃，往裡頭瞧，阿斯塔變成某種夜鳥停在搖籃邊往下看。

一個滿頭黑髮的胖大寶寶：不是，他們搖搖頭。

下一個：太小了。

下一個：頭太圓了。

下一個：皮膚太白。

下一個：太大了。

下一個——這時，睡在床上的修女從他們身後傳出動靜，她在睡夢中咕噥著說了什麼。麥爾肯立刻站定，屏住呼吸。過了一會兒，那女人重重嘆了口氣，然後又安靜下來。

「繼續。」阿斯塔說。

下一個孩子的身材與膚色都符合，但她不是萊拉。麥爾肯很驚訝，原來，很容易就能辨別。

他們往下一張搖籃移動，這時，有人轉動門把。

麥爾肯想也不想地衝向對面牆邊，最靠近自己的一張床，他鑽到床底下，手裡緊緊攢著毯子與油布。

房間的另一頭傳來兩個人說話的聲音，語調輕緩而私密，其中一個是男人。

麥爾肯本來就渾身發冷，現在更是直打哆嗦。「快幫我止住這股顫抖！」他急切地想著，阿斯塔立刻變成雪貂，緊緊環住他的脖子。

腳步聲漸漸接近。說話聲還是壓得低低的。

「你確定？」女人說。

「非常確定。那孩子是艾塞列公爵的女兒。」

「但是，她怎麼會流落到樹林子的洞穴裡，跟一群盜獵者、雞鳴狗盜的傢伙混在一起？沒道理啊。」

「我不知道怎麼回事，修女。恐怕永遠不得而知。等到我們派人回去審問那幫人，他們恐怕早就逃走了。我必須說，這整件事簡直——」

「你小聲一點，神父。」

這兩個人聽起來都挺暴躁的。

「哪一個是那女娃？」那位神父問道。

麥爾肯抬起頭，看見修女帶著他走到倒數第六張搖籃。

神父彎腰凝視她。「一早我就帶著她離開。」他說。

「很抱歉，約瑟夫神父，但你不能。她現在歸我們照顧，以後也是。這是我們會裡的規矩。」

「我的職權高於你們會裡的規矩。不管怎麼說，神聖服從修女會該做的正是服從。一早我就會帶著這孩子離開，沒什麼好說的了。」

他轉身走到房間盡頭，走出房門。在他經過的時候，一、兩個睡著的孩子喃喃說著夢話，或者輕輕抽噎，床上的修女發出輕顫的鼾聲，轉身繼續睡。

剛才走進來的修女在萊拉的搖籃前停留一會兒，然後慢慢往外走。麥爾肯在床下可以從房間這頭直看到門外，就著走廊照過來的微弱燈光，他看見修女的長袍下襬，以及穿著綁腳鞋的腳停下來。修女轉身，回頭看，就這麼站了一會兒，麥爾肯心想，她看見我了嗎？她打算怎麼做？

終於，她轉身離開，關上房門。

麥爾肯想到艾莉絲，忠實地守候在寒冷的外頭，完全不知道裡面怎麼回事。他跟萊拉多幸運啊，有像艾莉絲這樣的人可以依靠！不過，他還可以在這裡躺多久？沒辦法太久。他冷得渾身發痛。

他慢慢地、小心翼翼地，從床下爬出來。阿斯塔變成貓，豎起耳朵，四下察看。他站直身子後，她立刻變成一隻鶺鴒飛上他的肩膀。

「她走到走廊另一頭了，」阿斯塔低聲說：「快來！」

麥爾肯抖得好厲害，踮著腳走向第六張搖籃。他正要伸手抱起那孩子，阿斯塔說：「等一下——」

他退後一步，四下張望，但阿斯塔說：「不是，你看看她！」

那睡著的孩子有一頭濃密的黑色鬈髮。

「這不是萊拉，」他蠢兮兮地說著：「但是，她說——」

「看看其他搖籃！」

他看看左邊，再看看右邊。右邊的搖籃是空的，但是左邊那個——

「是她嗎？」

他滿心困惑，甚至沒辦法猜上一猜。這孩子看起來像是萊拉，不過那位修女態度那麼確定……

阿斯塔無聲地飛到枕頭上。她低頭檢視縮在孩子脖子上熟睡的小精靈，溫柔地頂了他一下。那孩子翻個身，嘆口氣。

「是嗎？」麥爾肯問，口氣更急了。

「是。是潘。不過，我不知道，好像有什麼不大對勁……」

她托起那頭小雪貂精靈的腦袋，一鬆手，小腦袋立刻往下滑。

「他們早該醒了。」麥爾肯說。

「他們被下藥了。我聞到她嘴唇上有甜甜的味道。」

這樣也好，至少我們行動更方便一些，他想：「你百分百確定是她？」

「自己看看吧。難道你還不確定？」

光線非常微弱，但是，當他靠近凝視，看著那孩子的臉，當下再無疑問，這就是他心愛的萊拉。

「沒錯，是她。當然是她。好，我們走吧。」

阿斯塔溫柔地啣起熟睡中的潘，麥爾肯將手上的毯子攤在地板上，俯身抱起那孩子，對她的結實稍感意外。她既沒翻身也沒嘟嘟囔囔，在麥爾肯臂彎裡睡得可沉了。

他將她放在毯子上，包捆得密密實實。這時阿斯塔變成一隻貛，嘴裡叼著潘，他們默默地走在整排搖籃與整排小床之間，走過睡在床上，兀自輕輕打呼的修女，然後打開房門。

四下無聲。麥爾肯一溜煙走出來，阿斯塔尾隨在後，他們關上門，踮著腳走回樓梯。

他們正要踏下第一級階梯，鐘聲響起，麥爾肯嚇一跳，懷裡的笨重包袱險些沒掉在地上；還好只是報時，沒事。他們繼續走過廚房，走進碗碟儲藏室，找到他們預留在那裡的小木箱。

麥爾肯把萊拉放在桌上，先在箱子裡襯了一層油布，再把孩子跟毯子放進去。阿斯塔把那隻軟綿綿的精靈放在萊拉的脖子上，然後，麥爾肯說：「準備好了嗎？」

「我先走。」阿斯塔說。

麥爾肯抖得好厲害，他想他恐怕是抱不住這箱子了，但是，他畢竟做到了，他倒著鑽進排水管，再把箱子往裡拖。來到格柵底下，他舉手鬆開勾環。他無法阻止格柵落下時，匡噹噹好大一聲響，早知道剛才要是不鬆開勾環就好了，但是，也沒辦法了。

他倒退著爬，一路爬下排水管，冷得不住發出呻吟，腦袋不時挨撞，膝蓋都磨破了，失足滑倒，臉撞了又撞，硬撐著再跪起來，直往黑暗裡去；終於，阿斯塔說：「到了！我們快要到了！」

他可以看見溼漉漉的牆上閃著微弱的光，他可以聞到新鮮的空氣，他可以聽見水流拍擊牆面的聲音。

「小心，不要太快——」

「她在那裡嗎？」

「當然在啊。艾莉絲，艾莉絲，靠近一點……」

「搞什麼，你倒是慢慢晃，是吧？」底下傳來她的聲音。「這裡，一隻腳先下來，這就對了，好，我抓住了，換另一隻——」

他感受到腳下獨木舟的晃動，然後讓全身的重量踩在上面。但是，他不知道該怎麼處理木箱，他又累又怕又冷，整個人都傻了，沒法思考了。

「我穩著船呢，別急，」她說：「你小心地，慢慢地把箱子挪下來。別急。抱穩了？慢慢來。轉過來。好，我接住了，我接住了，她一路都這樣睡著？懶鬼小丫頭。過來，甜心，到艾莉絲這兒來。麥爾，你也來，坐下，披上毯子。老天啊，快把自己弄暖和吧。把這個吃了，拿去，我從洞穴那會兒就留著。如果你肚子先墊點東西，身體就會暖得比較快。」

她把一塊凝脂三明治塞進他手裡，他立刻狂咬下去。

「把槳給我。」他含糊地說，滿嘴都是凝脂三明治，於是，毯子圍在肩上，船槳握在手上，他將獨木舟推離牆邊，推離那座宏偉的白色小修道院，帶著這位忠誠的伙伴再度航行於洪水之上。

第二十一章 魔幻島

麥爾肯一邊吃凝脂三明治，一邊划槳，並趁著空檔告訴艾莉絲事情經過。

「所以那個神父想把萊拉帶走，」她說：「而那個修女給他指認了別的小孩？你想，會不會她自己也不知道哪個才是萊拉？」

「不，我想她知道。她就是想要糊弄他，本來也許會成功的。嗯，說不定還是行得通，直到他發現之前，至少可以再矇個一會兒吧。然後，那個修女也會發現，真正的萊拉不見了。」

「不過，他怎麼知道那是艾塞列公爵的女兒？」

「一定是因為安祖。我必須使用真名，因為波特瑞先生知道我們是誰，但我應該用別的名字喊萊拉的。世界上叫萊拉的人一定不多。」

「這也不能怪你，我也很信任他們。那個小壞蛋。」

「但我不懂，如果神父帶走錯的孩子，那些修女打算拿萊拉怎麼辦。我的意思是，她們又不可能一直藏著她。說不定那個修女的盤算比那個神父更惡劣。」

「我倒很想看看，一早事情會怎麼發展。只可惜我們沒辦法把他們全都救出來。可憐的小東西。」

他把凝脂三明治吃完了。他只想倒頭大睡。他覺得自己渴望睡眠到快死了，而且現在他身不由己地閉上了眼睛。

「要不要換我划一小段？」艾莉絲把他叫醒時，他嚇了一跳。剛才麥爾肯手裡的槳差點掉了。

「你睡著好長一段時間。」

「不用，」他說：「我還好。不過，等我們找到……」

「是啊。那邊那座山丘怎麼樣？」

她轉身一指。山丘頂端自水中拔起，樹林茂密，自成一座小島，月亮低低地橫掛半空，四下一片明亮。空氣很溫暖，很柔和，幾乎帶著一股香氣。

麥爾肯朝山丘前進，還是處於半夢半醒狀態，將野美人號推離主水流，輕輕停靠在山丘側邊，小渦流轉著圈，獨木舟東搖西晃，上下抖動，直到艾莉絲抓住一把樹枝，這才穩住陣腳。

「再往前一點點，你看，那裡有個像是河灘的地方——」她說，麥爾肯推槳前進，讓船頭穩穩地頂靠著一片草地。月色正好，他看見一段堅固的樹枝可以套住繫船索，然後他就地倒進獨木舟，閉上眼睛，陷入昏睡。

•

他肯定睡了幾個小時。當他再次醒來，他覺得一整個季節都過了，因為他身子暖洋洋的，透過樹葉灑落的光線閃閃發亮。樹葉！現在不可能已經有樹葉了啊！他眨眨眼，揉揉眼睛，但它們還在：樹葉，也有小花呢。他必須舉手遮住這光。但是，畢竟不敵這片亮晃晃，它就在他的眼睛裡，扭轉著，閃爍著，像是一個……

如今，它都像是一個老朋友了。它肯定是什麼事情的預兆。麥爾肯直挺挺躺在他倒下來的位置，渾身痠痛，他讓自己慢慢恢復思考，同時等待燦爛光環慢慢擴大，愈飄愈近、愈飄愈近，直到從眼角經過，消失無蹤。

有人在附近說話。是艾莉絲，另一個女人應答著，那個女人的聲音低沉而甜美。她們正說著關於小寶寶的事情。他是不是也聽見萊拉的聲音，正咿哩哇啦瞎說一通？可能是喔，也可能是水花拍擊的聲音，現在聽起來像是溪流，不是大洪水。還有鳥叫聲！他可以聽見一隻畫眉，幾隻麻雀，還有一隻雲雀，他想，這根本就是春天啊。

有一種甜美的氣味，像是某種盛開的花朵。還有一種溫暖的味道——是咖啡嗎？烤吐司？還是兩個都有？不論哪一種都不可能是真的。兩者皆無法想像。但它就在那裡，那香氣，而且愈來愈濃烈。

「我想，他醒了。」一個女人的聲音說。

「理查？」艾莉絲很快地喊了一聲。

他立刻提高警覺。

他聽見輕盈的腳步聲，感覺艾莉絲的手搭在自己的手上，他得用點勁才能把眼睛睜開。

「理查，過來喝點咖啡，」她說：「咖啡耶！想不到吧！」

「我們在哪裡？」他含糊地說。

「不知道，不過，這位女士，她……來吧。醒醒吧！」

他打了個呵欠，伸伸懶腰，然後坐了起來。「我睡了多久？」

「很久很久。」

「還好嗎，那個——」

「艾莉是嗎？」她立刻搶著說：「她很好。一切都還好。」

「是誰——」他低聲問。

「那位女士，這是她的地盤，就這樣，」她低聲回答：「她人真好。但是……」

他揉揉眼睛，不大情願地踏出獨木舟。他睡得太沉，甚至不記得有夢，除非在白色小修道院那段遭遇就是一場夢，這也不是不可能，總之，當時的片段漸漸回到他的腦海。

因為睡太久，麥爾肯整個人還是沉沉的、昏昏的，他跟著艾莉絲（不對！她的名字是什麼來著？是什麼？珊卓拉！珊卓拉！）走上草坡，看見萊拉，或艾莉躺在草地上，潘大聲笑著，身旁環繞著一大群，總有十來隻藍色大蝴蝶，飛來舞去。其中一隻也許是那女人的精靈。

那女人……

她很年輕，依麥爾肯看來，約莫二十多歲，陽光照耀著她金髮與淡綠色連身裙；她非常漂亮。她跪在萊拉前面，呵她癢，時而把某種花瓣撒落在她臉上，時而俯身讓那孩子把玩她脖子上的長項鍊；只是，萊拉一次也沒抓著，她的手老是就這麼穿過去，彷彿項鍊並不存在。

「小姐，」艾莉絲說：「這位是理查。」

那女人靈巧而優雅地站起來。「哈囉，理查，」她說：「你睡得好嗎？」

「很好，謝謝妳。現在是早上還是下午？」

「早上，快中午了。如果珊卓拉不用杯子了，你可以喝一點咖啡。想喝嗎？」

「好，請給我一點。」

銅壺掛在火堆上，艾莉絲為他斟滿咖啡，火勢在石塊圍成的圈圈裡燒得嗶剝響。

「謝謝。妳住在這裡？」他說。

「也不是一直都這樣。環境合適了，我才會留下來。你住哪兒？」

「牛津。河上游……」

她似乎聽得很專注，卻未必是在聽他說話。她整個人就是美麗、溫柔又仁慈，但是，麥爾肯總覺得不自在。

「你們打算拿小艾莉怎麼辦呢？」她問。

「我們要把她送到她父親那裡。在倫敦。」

「路途很遠喔。」說著，她坐回草地，輕撫那孩子的頭髮。這時，潘自己也變成蝴蝶，掙扎著想要跟那群藍色大蝴蝶一起飛，牠們翩翩圍繞，鼓勵著，幫忙著，拉抬著，不過，潘無法飛離萊拉太遠，很快就落在她身邊的草地上，輕飄飄宛如一片葉子。接著他變成老鼠，竄回她脖子旁邊。

「嗯，是啊，是很遠。」麥爾肯說。

「你想在這裡休息多久都可以。」

「謝謝……」

艾莉絲在火邊忙著。「給你。」她說，並且遞出一個盤子，裡面盛著兩個煎蛋和一支叉子。

「噢，謝謝！」他說，突然明白自己有多餓，三兩口就把蛋吃完。

萊拉大聲地笑。那女人將她抱起來，舉得高高的，仰起頭跟著哈哈笑。潘又變成蝴蝶，純白無瑕，跟著一整群藍色大蝴蝶在空中飛舞，這回他可成功了，麥爾肯突然想：該不會這一整群蝴蝶都是她的精靈，並非只是其中一隻？

這個想法讓他戰慄不已。

艾莉絲給了他一片麵包。新鮮又柔軟，不像洞穴裡那種，硬得像磚塊似的，他心想，他從來沒嘗過比這個更美味的東西了。

「小姐，」吃完麵包之後，他說：「妳叫什麼名字？」

「黛安妮亞。」她說。

「黛安娜？」

「不，是黛安妮亞。」

「噢。這個嘛，嗯……這兒距離倫敦有多遠？」

「噢，很遠很遠。」

「去倫敦比去牛津近一些嗎？」

「看你怎麼走。如果走陸路，是的，可能倫敦近一些。不過，現在阿爾比翁[26]所有的路全都被淹沒。水路的話，一切都不一樣了。如果從空中前進，我想我們正好在倫敦跟牛津的中間。」

麥爾肯望向艾莉絲。她臉上看不出什麼表情。

「從空中前進？」他對黛安妮亞說：「妳該不會有齊柏林飛船，或者自轉旋翼機吧？」

「齊柏林飛船！自轉旋翼機！」她大笑，並且把萊拉往上拋，逗得那孩子也大笑。「誰需要齊柏林飛船啊？吵死人的東西。」

「但妳不能……我是說……」

「你知道，理查，從你睡醒之後算起，我也才認識你半個小時，不過，我已經看得出來，你這孩子，還真不是普通的實心眼。」

「我不知道這是什麼意思。」

「老實，一板一眼。這樣懂了嗎？」

他不想跟她唱反調，畢竟，很可能她並沒有說錯。他對自己還不是很了解，而黛安妮亞已經是個大人了。

「那樣很不好嗎？」他謹慎地問。

「比如對技術工匠來說，並沒有什麼不好。如果你是個技術工匠，這甚至是件好事。」

「嗯，我倒是挺樂意成為技術工匠。」

「那不就結了。」

26 Albion，阿爾比翁，英國舊稱。

艾莉絲專注地看著這兩個人對話。她微微蹙起眉頭，眼睛瞇起來。

「我要去檢查一下獨木舟。」麥爾肯說。

野美人號在水上自在地晃動，水勢已經不像前幾天那麼湍急洶湧，這時流速穩定，比渡口草原那一段的泰晤士河快，卻也沒有快多少。看起來似乎穩定下來，直到地老天荒都會是這樣的速度。

麥爾肯從頭到尾，細細檢查獨木舟，他的手撫過船身，不疾不徐，不趕時間，不放過每一吋細節，如此安撫了他的不自在。每個配備都狀況良好，船裡每一樣東西都保持乾燥、無破損，波奈維爾的帆布背包還塞在座位底下。

那只帆布背包……

他把它抽出來。

「你要打開了嗎？」阿斯塔問。

「妳覺得呢？」

「我想它可能會成為證據什麼的，要是他們發現了他的屍體。」她說。

「證明我們……」

「沒錯。不過我又想，我們也可能會在任何地方撿到這個背包啊。我們可以說，就在岸邊發現的。」

「是啊。這包包挺重的。」

「裡面可能有金條。打開吧。」

這是一只老舊破爛的綠色帆布包，周邊與四個角落都有皮革補丁。褪色的黃銅帶釦暗沉無光。麥爾肯打開帶釦，將背包蓋往後掀。首先映入眼簾的是一件海軍藍羊毛套衫，充滿燃油與菸葉的味道。

「我們應該把它丟掉的。」他說。

「這個嘛，現在我們知道有這東西了……繼續吧。」

他把套衫放在草地上，再往包包裡看。裡頭有五個褪了色的硬紙板卷宗，角邊都壓歪、磨損了，每一個都裝滿了文件。

「怪不得這麼重。」他說。

他取出第一個卷宗，打開它。文件上布滿黑色墨水字跡，潦草扭曲，很難辨讀；似乎是關於數學運算的冗長論證，全以法文書寫。

「有一張地圖。」阿斯塔說。

文件裡夾了一張看起來像是建築物藍圖的東西。房間、走廊、出入口……說明文字也是法文，但是筆跡不一樣。他一個字也看不懂。除了這一張，陸續還有更多藍圖，看起來似乎是同一棟建築裡的更多樓層。

他把文件歸位，取出另一個卷宗。

「這個是用英文寫的。」他說。

「他是英國人，不是嗎？」

「波奈維爾？我以為他可能是法國人。嘿，你看！」

第一頁是打字稿，標題頁，上頭寫著：魯薩可夫電場之哲學蘊涵分析，作者：傑若德・波奈維爾博士。

「魯薩可夫電場！」麥爾肯說：「我們想得沒錯！他確實知道！」

「他有博士學位耶，你看，就跟瑞芙博士一樣。我們應該要把這些帶給她看。」

「是啊，」他說：「如果我們有辦法……」

「卷宗裡還有什麼？」

他快速翻閱密密麻麻的打字稿，字句中穿插由各種前所未見的符號組成的方程式；他根本不可能看得懂。他讀起這篇論文的第一段。

自從發現了魯薩可夫電場，繼之而來令人駭異卻無庸置疑地揭露了意識之為物，它不再被認為是人類大腦特有的功能，自此，一群研究者與機構致力尋找與此電場息息相關的某種粒子，迄今尚未有任何成功的跡象。在這篇報告中，我提出一項方法論……

「待會兒再看，」麥爾肯說：「不過，我想內容一定很有趣。」

「接下來還有些什麼？」

第三、第四、第五個卷宗裡都是一些不知所云的文件。混雜了字母、數字、符號，不像是麥爾肯見過的任何一種語言。

「肯定是密碼，」他說：「又是一些可以交給瑞芙博士與奧克立街的資料。」

帆布背包最底下還有東西，這玩意兒也很重。是一個捆著油布的包裹，油布裡墊著一張軟厚的皮革，皮革裡則是一層黑色絲絨，如此層層剝開，出現一只方形木盒，約莫成年男子的手掌大小，鑲嵌著繁複的異國紋飾。

「妳看看！」他讚嘆著如此精工手藝。「這肯定得花好幾年才能完成！」

「要怎麼打開？」阿斯塔問，她這時是隻老鼠的樣子。

他上上下下檢視木盒，沒有看見絞鏈、勾環、鎖孔，沒有任何可以打開盒蓋的裝置。

「嗯，」他說：「如果沒有鉸鏈……」

「盒蓋可以直接扳開嗎？」

他試了一下，不行。

「如果你是個技術工匠——」她話還沒說完，麥爾肯一把將她掃落甲板邊緣。她在落水之前變成蝴蝶飛起來，停在他的頭髮上。

他慢慢翻轉木盒。觸壓每一個地方，尋找祕藏的勾釦。

「盒蓋邊緣，看見沒？」他的精靈以蝴蝶的聲音說：「有點綠綠的那裡。」

「看見了，怎麼了嗎？」

「從側邊壓看看。」

他照做，下手很輕，然後稍微用力一些，感覺有東西移動。有一條細長的嵌板稍微往側邊滑開，距離差不多就跟他的拇指指甲那麼長。

「啊，」他說：「有點苗頭了。」

他把嵌板推回原位，再讓它滑開，希望可以觸摸到其他鬆動的位置，也許可以找出下一步該按哪裡。過了一會兒果真讓他發現了：對側盒緣往下滑動，距離也是指甲長短。

「有進展了。」他說。

第一條嵌板再往前滑動一格，對側盒緣等距下滑，他又如法炮製第三次。但也就是這樣了。他可以把嵌板推回原始狀態，然後再往外滑，但它們就只能分成三階段移動，木盒還是沒打開。

他翻來覆去地看，上下左右地摸索，然後他「啊」了一聲，說：「我知道了……」

當側邊盒緣降到底，頂蓋就可以滑出來了。就這麼簡單。

「噢！」阿斯塔說：「這是不是……」

盒底的黑絲絨襯墊上躺著一只金色儀器，看起來像是一只大錶或羅盤。這是麥爾肯與他的精靈見過最美麗的東西了。它就像瑞芙博士形容的那樣，只是比他所能想像的更精緻。刻度盤上的三十六個圖案微小而清晰，三支指針和一支細針均以某種銀灰色金屬細膩鑄造，刻度盤中央坐鎮著一個金色的陽光四射圖紋。

「這就是那個東西。」他說，並發現自己壓低了聲音說話。

「把它藏起來。立刻放回原位，」阿斯塔說：「晚一點再看，等我們到了其他地方再說。」

「對。對。妳說得對。」

他深深著迷於探測儀之美，但他完全依照阿斯塔的話去做，立刻將它放回盒子裡，層層包好，塞進帆布背包底層。

「他從哪裡得到這玩意的？」她輕聲說。

「偷來的。我是這麼想。」

他扣好背包釦帶，放回原本的地方，塞進船裡的橫梁座位底下。

「瑞芙博士說原本一共有六個，記得吧，」他說：「其中一個不見了，他們知道另外五個的下落，獨獨這第六個……肯定就是它了。」

稍遠就是那片生著火堆的林間草地，這時靜悄悄的，麥爾肯走近了才發現為什麼：萊拉在草地上睡著了，那女人忙著幫艾莉絲編頭髮。艾莉絲背對那女人跪著，那女人半彎著身子，舞動靈巧的手指將她的頭髮編成繁複的辮子，同時將花朵絞纏進去。那群蝴蝶還在。一、兩隻棲息在熟睡的潘身上，有些在那女人的肩膀與脖子停留；還有幾隻蝴蝶飛繞著想在班的身上安頓，班趴在離艾莉絲很近的地方，腦袋擱在爪子上；不過，每次牠們一停下來，他就發出柔軟而深沉的低吼，蝴蝶立刻飛走。

艾莉絲的神情很奇怪。她顯得很尷尬，同時既羞怯又開心，而且帶著一種堅決的姿態，好像那個女人想要讓她變得多漂亮，她就非要變得那麼漂亮不可。她望著麥爾肯的眼神幾乎是凶猛的，好像在說，有膽你給我笑笑看，或翻白眼看看，卻也帶著某種懇求的意味。自從殺了波奈維爾，他們彼此一直很親近，麥爾肯恐怕不曾對任何人有過這麼親近的感覺。這時，她的樣貌被人梳理得不一樣了，不同於那個壞脾氣、臉型瘦削，永遠掛著嘲諷冷笑，眉頭隨時要皺起來的女孩。現在，她是他最親近的朋友。這時，她幾乎是變得漂亮了。麥爾肯覺得好奇怪，他看得出來，艾莉絲也覺得如此。

他別開眼睛，望向其他地方。

那女人低聲對艾莉絲說話，麥爾肯努力不支起耳朵聽。他再往前走，往草地上一躺。白日裡天氣暖和，他睏了。他閉上眼睛。

●

有人搖著他的肩膀。是艾莉絲。

「起來！麥爾，我們不能留在這裡。快醒醒！」

她輕聲耳語，但他每個字都聽得明白。「為什麼不能留在這裡？」他輕聲回問。

「你過來看看她在做什麼。」

他翻個身，揉揉眼睛，然後坐起來。「她在做什麼？她在哪裡？」

「在火邊。你安安靜靜跟我來就對了。千萬別出聲。」

麥爾肯站起身，因為剛睡醒，還是有點頭昏眼花。他差點摔倒，還好艾莉絲及時扶住。

「沒事吧？」她問。

「只是有點暈。她在做什麼？」

「我不知道該怎麼說……自己過來看吧。」

她牽著他的手，往上走一小段路，來到火邊。這時已經是下午，接近黃昏，對麥爾肯來說，這似乎是幾個月來第一次看見落日。西南方的天空一片清澈，落日餘暉從樹縫中篩落，紅澄澄，暖洋洋，絢爛奪目。他回過神，轉頭望向獨木舟，船還在，帆布背包也還在座位底下。艾莉絲拽了拽他的手，她不想停下來。

這片小小的林間草地非常明亮，黛安妮亞坐在正中央，裸著肩，裸著胸，萊拉非常帶勁地吸著她的右乳頭。那女人抬頭望著他們，露出如此詭異的微笑，她看起來幾乎不是人類。

「妳在做什麼？」麥爾肯問。

「怎麼，餵小孩吃奶啊！這還用說！給她好奶喝喝。瞧她吸得這麼起勁！」她驕傲地往下看。乳頭從萊拉嘴裡滑出來，那女人將她抱起，靠在自己肩膀上，輕輕為她拍背。萊拉乖乖地打了嗝，那女人立刻將她橫抱在左胸前，那孩子的小嘴還沒找到乳頭，已經一開一闔動個不停。然後她閉上眼睛，猛烈地吸了起來。

麥爾肯心想，萊拉從來沒有吸奶瓶吸成這樣。阿斯塔輕聲說：「這女人想要偷走萊拉。」

麥爾肯拉拉艾莉絲的手，他們一起離開那片草地，折回獨木舟。

「她不安好心！」阿斯塔激動地說。

「對，不安好心。」艾莉絲的精靈說。

「她並沒有傷害到萊拉。」話一出口，麥爾肯自己就知道這不是真的。

「她那麼做是為了讓萊拉歸她所有，」艾莉絲說：「她不正常，麥爾。她不是真正的人類。看見那些蝴蝶了吧？怎樣，哪一隻是她的精靈？」

「我想，牠們全部都是。」

「那麼，牠們現在在哪裡？」

「我……牠們不在那裡啊。」

「牠們都在。全都圍在潘的身邊，幾乎都快看不見潘了。那女人不知是施了魔法還是什麼的，我敢發誓。你知道故事裡那種妖精吧？他們啊，專偷人類小孩。」

「不是真的吧？」麥爾肯說：「那只發生在故事裡。」

「但是，一個個故事、一首首歌曲，都相繼訴說發生了這樣的事情。妖精偷走小孩，從此再沒有人見到這些孩子。都是真的。」她說。

「唉呀，正常情況下……」麥爾肯說。

「這一點也不正常！」阿斯塔說：「沒有什麼是正常的。洪水之後，一切都變了。」

阿斯塔說得沒錯，再也沒有什麼是正常的了。

「我們得把她帶回來，」他說。

「我們直接去找她要人，」艾莉絲說：「一翻兩瞪眼。」

「我們得做好準備，隨時離開。如果再待下來，她會趁我們睡覺的時候偷走萊拉。」

「對，」艾莉絲說：「不過，我們沒辦法打包東西卻不讓她看見。不可能。」

「我有一個辦法。」麥爾肯說。

阿斯塔立刻飛離他的肩膀，開始尋找大小合適的石頭，麥爾肯則從獨木舟裡取出那只帆布背包。

「你要做什麼？」艾莉絲問：「那是什麼？」

他打開盒子，給她看真理探測儀。她的眼睛都瞪大了。

「這裡有一個，」阿斯塔從稍遠處說著：「但我沒辦法……」

艾莉絲幫她從土裡挖出那塊石頭，浸在水裡洗了洗。這時，麥爾肯把真理探測儀用絲絨與皮革包起來塞進背包。他把石頭放進木盒，關上盒蓋時，艾莉絲的眼睛閃著讚許的光芒。

「待會再多告訴妳一些。」他說。

如此，木盒與真理探測儀分開放在他肩上的背包裡，他們走回林子裡的草地。那女人還在餵萊拉，他們一走近，她將孩子從胸口抱開。萊拉都快睡著了，一副吃飽喝足的模樣。

「她從來沒喝過這樣的奶。」那女人說。

「的確沒喝過，謝謝妳餵她，」麥爾肯說：「不過，我們現在要走了。」

「不再多留一晚嗎？」

「不了。我們得走了。妳真好心，願意讓我們留下來，不過，該是繼續趕路的時候了。」

「好啊，如果非走不可，你們就走吧。」

「我們要帶著艾莉一起走。」

「不，你不能。她是我的。」

麥爾肯心跳如此劇烈，他差一點站不穩。艾莉絲握住他的手。

「我們會帶著她，」艾莉絲說：「因為她是我們的。我們知道該怎麼照顧她。」

「她是我的，她喝了我的奶。看她在我懷裡多麼快樂！她要留在我身邊。」

「妳怎麼會認為自己可以這樣做？」麥爾肯說。

「因為我想要，而且我有這樣的力量。如果她會說話，她也會說想要留下來。」

「妳打算怎麼對待她？」

「當然是撫養她長大，成為我的族人。」

「但是，她不是妳的族人。」

「她喝過我的奶，她現在是了。你無法改變這一點。」

「但是，妳說的族人是指什麼？」

「這裡住著最古老的一群人。阿爾比翁最早的居民。她將成為公主。她將成為我們的人。」

「妳看，」說著，麥爾肯將帆布背包甩到草地上，「我用一件寶物來跟妳交換。」

「什麼樣的寶物？」

「一件適合女王的寶物。妳是女王，是吧？」

「當然。」

「妳是妖精嗎？」

「寶物在哪裡？」

麥爾肯取出木盒。

「讓我看看。」她說。

「讓我抱著艾莉，這樣妳可以看個仔細。」艾莉絲說。

但是，黛安妮亞把孩子攬得更緊，她橫了一眼，那眼神讓艾莉絲感到害怕。

「妳覺得我很笨嗎？你們想得到每一個花招，我都見過、聽過一千次了。像你們這樣兩個孩子，手上怎麼可能握有寶物？沒道理啊。沒有人會把寶物交給你們守護。」

「那麼，為什麼我們守護著一個小寶寶？」艾莉絲問。

「這可就容易解釋多了。」她說。

麥爾肯等的就是這一刻。「如果妳能說出個道理，」他說：「那麼妳就可以留下那孩子，還有寶物。」

那女人看著他，把萊拉抱得更緊些，來來回回輕晃著。「如果我能說出個道理……」

「如果妳能說出我跟珊卓拉怎麼會攬上照顧艾莉的差事，那麼，她就留下來陪妳。」

那女人陷入思索。「有幾次機會？」她說：「至少要一次以上。」

「妳可以有三次機會。」

「三次。好。第一次：她是你們的妹妹，你們的父母死了。留下這孩子讓你們照顧。」

「錯，」麥爾肯說：「還有兩次機會。」

「好吧……第二次：你們從搖籃裡把她偷走，你們要把她帶到倫敦賣掉。」

「又錯了。只剩一次機會。」

「只剩一次……只剩一次……非常好。讓我想想。我知道了！她本來是由修女照顧，後來洪水來了，你跟珊卓拉把她從搖籃裡救出來，帶著她上了你的獨木舟，你們被洪水捲著走，而且有一個男人一路追著你們，然後你們殺了他，然後，那孩子被神聖服從修女會帶走，你們把她救出來，帶著她來到這裡。」

「誰做了這些事？」

「你們。理查與珊卓拉。」

「把誰帶到這裡來？」

「當然是艾莉啊！」

「啊，妳第三次也錯了，」麥爾肯說：「因為，她是艾莉絲，不是珊卓拉，我是麥爾肯，不是理查，而那孩子不是艾莉，她是萊拉。妳輸了。」

那女人張開嘴，號啕痛哭，哭聲之大、之恐怖，讓麥爾肯必須摀住耳朵。她張開雙臂，萊拉順勢往下掉，如果不是艾莉絲衝向前一把接住，早就摔在地上了。那女人抱頭哀號，眼淚汩汩湧出，她整個人撲倒在草地上，極盡激情地哭泣哀叫，聲聲撞擊著麥爾肯的心，他感到恐懼。

但是，他收拾起他們的毯子、他們裝在錫罐裡的餅乾，然後從背包裡取出木盒。「我承諾給妳一件寶物，」他說：「吶，就在這裡。」

那女人激動啜泣，無法自已，哽咽著大口吸氣，渾身隨之劇烈起伏。

「拿去。」他又說了一次，將木盒放在草地上。

那女人翻過身來，躺在地上，腦袋左右猛搖。「我的寶寶！」她大喊：「你們搶走了我的寶寶！」

「不，她不是妳的寶寶。」麥爾肯說。

「我等了一千年，才把一個寶寶貼在我的乳房上！她喝了我的奶！她是我的！」

「我們要走了。看著喔，我把寶物放在這裡了。」

她坐起身，哭得太厲害幾乎無法保持平衡。她一手抹去滿臉奔流的淚水，一手在地上摸索著找到那只木盒。

「這是什麼？」

「我說過了。寶物。我們要走了。謝謝妳讓我們待了一會兒。」

那女人跪站起來，然後撲向艾莉絲，緊緊抱著她的雙腳。艾莉絲一臉驚恐，連忙將萊拉舉高，不讓那女人搆著。

「他不懂，他永遠不會懂，男人怎麼會懂？但是妳——」

「不。」艾莉絲說。

「我幫妳整理頭髮之後，妳照過鏡子嗎？」

「照過……」

「妳喜歡嗎？」

「喜歡。但是……」

「我可以讓妳變漂亮。我可以讓妳的臉蛋如此甜美，所有男人都會成為妳的奴隸。我可以那麼做！我有那樣的力量！」

艾莉絲的嘴唇緊緊抿著。麥爾肯只能無助地看著她。不知怎麼，他感覺得出來艾莉絲不滿意自己的容貌。他現在能讀懂她臉上的表情了，他看見一波波的情緒翻湧而過，然而，有些對他來說還是太難了，根本無以名之，他甚至不知道那是什麼。最後，那些複雜的表情漸漸消退，她臉上回復了慣有的，帶著嘲諷的不屑。

「妳這騙子，」她說：「放開我的腳。」

那女人鬆手，又往後一躺，嗚嗚哭了起來，這次哭聲裡沒有半點期待與希望。麥爾肯真心為她感到難過。

但是，他們能怎麼辦？

他把木盒放在她可以拿到的地方，安靜地走開。艾莉絲跟著他一起走，萊拉在她懷裡靜悄悄地熟睡。

他再度轉身，看到女人坐起來，在手裡把木盒翻來覆去地看。

「她打開盒子之後會做什麼？」艾莉絲輕聲問。

「她永遠打不開。」

「你怎麼知道？」

「因為她不是技術工匠。」

獨木舟安好無損；他一直很擔心這件事。他扶穩船身，先讓艾莉絲與那孩子在船頭安頓下來，然後把帆布背包塞回橫梁座下，接著，他自己也上了船，握起船槳，划著野美人號，遠離這座魔幻島。

第二十二章
松香

洪水氾濫，繼之而來的是新聞氾濫。各種關於建築物倒塌、英勇救援、溺斃與失蹤的新聞紛來沓至，包括牛津附近一處宗教社區因為多位修女罹難而陷入震驚哀慟，至於那間建於中世紀的門房遭到徹底毀壞，只能算是次要訊息。其他許多地方與社區的受災狀況甚至更嚴重。對教會風紀法庭或者奧克立街來說，要在這片巨量資訊中找到彼此相關的真實線索並不容易；不過，奧克立街稍微占了點優勢，這得歸功於漢娜博士，他們才能搶先對手陣營，著手搜尋一對帶著小寶寶搭乘獨木舟的男孩與女孩。

不過，ＣＣＤ的實力比較雄厚。奧克立街手上有三艘船，巴德·雪倫森哲在提伯利租的一艘，另有兩艘吉普賽運河船，各自搭載了納君特與帕帕迪米特里烏，ＣＣＤ則掌握七艘，其中包括四艘汽艇。不過，奧克立街的船都由經驗豐富，熟悉各條水路的嚮導掌舵，而且他們的吉普賽資訊網四通八達。ＣＣＤ這方面的關係幾乎沒有，他們所能仰賴的，不外是透過慣用的強勢詢問手段製造恐懼。

於是，兩派人馬各自出動搜尋野美人號，以及她的船員與乘客，奧克立街的船隻由牛津出發，ＣＣＤ船隊則自不同定點朝下游前進。

偏偏天氣不配合，洪流滾滾，兩派人馬一般苦惱，各自傷腦筋。納君特爵爺很快就發現自己對此次氾濫心生疑慮，不確定它是否純屬自然現象。就他與他的吉普賽旅伴看來，這場大洪水的起因似乎不僅僅是天氣使然，因為它已經讓他們看見幻象，甚至言行舉止也逐漸有些偏離常情。有一次，他們放眼不見任何陸地，自認可能根本就是在海上漂流。又一次，納君特確定自己看見一隻像是鱷魚的野獸，體積至少有船那麼大，明明一路尾隨不放，卻宛如神隱，不見影蹤；有一天晚上還出現交響樂團的演奏，如此樂音，他們從來不曾聽聞。

沒多久，納君特得知他的吉普賽旅伴們如何形容這種現象，他沒聽過這種說法。他們稱這場洪水以及它帶來的影響皆為「祕密聯邦」的一部分。他問他們這是什麼意思，但他們不願意多談。

於是，他們繼續航行，仍舊不見野美人號的蹤影。

●

洪水緩緩流動，像是亞馬遜，或者尼羅那樣的長河，麥爾肯在書上讀過：它們承載著無法想像的巨大水量流啊流，沒有斷枝，沒有岩塊，沒有淺灘，沒有嚴酷的強風，或是暴風雨在河面掀起浪濤。

太陽下山，月亮升起。麥爾肯與艾莉絲沒有說話，萊拉還在睡。有好一會兒，麥爾肯以為艾莉絲也睡著了。

然後她開口說：「你餓不餓？」

「不餓。」

「我也是。我以為我們應該要餓了，都已經幾個小時沒吃東西……」

「萊拉也是啊。」

「妖精奶，」她說：「不知道會不會……會不會讓她從此有了妖精血統。」

「我們也吃了妖精食物。」

「那些蛋。是啊，我想是吧。」

他們在燦爛的月光下漂流，彷彿分享著同樣的夢境。

「麥爾。」她說。

「怎麼了？」

「你怎麼知道可以那樣騙過她？我一直以為不可能成功的，不過，一旦她搞清楚，原來是名字出錯……」

「我記起了侏儒妖[27]的故事，於是我想，名字對妖精來說一定很重要，那麼，這招也許行得通吧。不過，如果妳一開始沒有使用那些假名，我們就算想試試也沒辦法。」

又過了安靜的一分鐘，麥爾肯說：「艾莉絲，我們是殺人犯嗎？」

她想了一下，終於說：「也許他沒有死。我們不能確定。我們並不想殺他。完全沒有安這個心。我們只是想保護萊拉。這樣不對嗎？」

「我就是讓自己這麼想的。不過，我們是小偷，毫無疑問。」

「因為那只帆布背包？沒道理把它留在那裡啊。總有人會撿了去。而且，如果我們沒有那個木盒子……麥爾，那一招真聰明。我永遠想不到這樣的點子。你救了我們，你還把萊拉帶離開那座超大的白色修道院……」

「我心裡還是很難受。」

「因為波奈維爾嗎？」

「是啊。」

---

27 侏儒妖（Rumpelstiltskin），是收錄在《格林童話》中的一則故事：一名小矮人幫助女孩成為王后，代價是交出女孩生下的第一個孩子。王后當然反悔，死纏爛打，磨得小矮人開出「三天內猜出我的名字，不用交出孩子」的條件。最後王后施計，得知小矮人叫做Rumpelstiltskin，當她喊出這個名字，小矮人氣得把自己撕成兩截。

「我想……唯一能做的……」

「你會對他覺得過意不去嗎？」

「會。不過，我又想到他是怎麼對待凱特莉娜修女。而且，他對我說過的話……我從來沒有告訴你，對吧？」

「他什麼時候說的？」

「我第一次見到他那天晚上。在杰里科。」

「沒有……」

「我也沒說過他做了什麼。」

「他做了什麼？」

「他買了炸魚薯條給我，然後說，我們到草原那兒走走。我心想可以啊，他看起來人滿好的……」

「當時是晚上，不是嗎？他為什麼要去那裡散步？」

「嗯，他……他想要……」

麥爾肯突然覺得自己好蠢。「噢，是喔，」他說：「我，呃，抱歉。」

「別擔心。沒有多少男孩子想跟我怎麼樣。可能是被我嚇跑了吧。但是，他是個男人，真正的大人，我無法抗拒。我們沿著沃爾頓威爾路往下走，一路過了橋，然後他吻了我，跟我說我很美。就只有這樣。我有好多感受，但我無法告訴你，麥爾。」

她臉頰上有東西閃閃發亮，他非常驚訝地看見眼淚從她眼睛不斷滑落。她接著又說了起來，聲音有一點不穩定。

「我老是想，如果有一天這種事真的發生了，是啊，如果真的發生在我身上，那麼，對方的精靈應該……應該也會對我的精靈很好吧。故事裡頭都是這樣寫的。人們都是這麼說的。但是，班，他……」

她的精靈，此時是一頭灰色獵犬，把頭頂到她的手掌底下。她把玩著他的耳朵。麥爾肯靜靜看著，什麼也沒說。

「那該死的土狼，」她繼續說，這時卻啜泣起來，「那該死的、殘暴的……真的好可怕……不可能的，那傢伙永遠不可能存著好心眼。他倒是對我很好，波奈維爾，他想要吻我，但我沒辦法，那土狼在一旁又吼又咬，還……還撒尿，她撒尿的樣子像是在使弄武器似的……」

「我看過她那個樣子。」麥爾肯說。

「所以我只好告訴他，我沒辦法，到此為止，他只是大笑，然後把我推開。我們本來可能會……我還以為這應該是一件最棒的事了……最後，竟只有嘲笑與憎恨。但是，我好糾結喔，麥爾，因為他對我那麼溫柔、那麼甜蜜……他說了兩次，說我很美。沒有人這樣跟我說過，我還以為永遠都不會有人這麼說了。」

她從口袋裡抽出一條皺巴巴的手帕，擦擦眼睛。

「那個妖精女人幫我編頭髮，還纏了花朵什麼的，然後讓我照鏡子，我想……嗯，也許，當時我就閃過那樣的念頭。」

「妳是很漂亮，」麥爾肯說：「我是這麼認為啦。」

他試著讓自己聽起來一片赤忱。他的確有這種感覺。但是艾莉絲發出短促而苦澀的笑聲，再次擦擦眼淚，什麼也沒說。

「我第一次在小修道院花園見到他，」他說：「我嚇死了。他從暗處走出來，一聲不吭，而那隻土狼就這麼站著，在小路上撒尿。當天稍晚他來到鱒魚，我爸得招呼他。他又沒做錯事情，那個波奈維爾，至少在酒吧沒做什麼，但是，其他客人都坐得遠遠的，他們都不喜歡這個人，就好像他們早就摸透他的底。後來，我進了店裡，他那麼友善，我想我肯定是搞錯了，我看錯了也想錯了，他人真的很好。但是，他一路追著萊拉……」

「凱特莉娜修女沒有這樣的機會，」艾莉絲說：「她只能任他擺布。他根本予取予求。」

「他幾乎得逞了。如果不是洪水沖來的話……」

「你認為他真的想要殺死萊拉？」她問。

「看起來是這樣。我想不出他還想做什麼。也許是綁架。」

「也許……」

「我們必須保護她。」

「當然。」

他知道他們必須這麼做，別無選擇。對此，他非常確定。

「你從木盒裡拿出來的是什麼東西？」又過了一會兒，艾莉絲問。

「真理探測儀。至少我是這麼認為啦，我從來沒見過。總之，一共有六個，他們知道其中五個的下落，但是，有一個失蹤了很多年。我想，這玩意兒可能就是失蹤的那一個。」

「他會怎麼處理呢？」

「把它賣掉，也許吧。或者他想要試著自己解讀，不過，這需要很多年的訓練……他可能會把它當成某種談判的籌碼吧。他是間諜。」

「你怎麼知道？」

「帆布背包裡的文件，很多都是用密碼寫的。我會把文件交給瑞芙博士，如果我們回得去的話……」

「你認為我們可能回不去了？」

「不是。我當然認為我們可以回去。但現在發生的事情……我們被洪水帶著走——有一點……我不知道怎麼才能說清楚。就像是介於兩個時空之間。像是夢境之類的。」

「這些事都發生在我們腦袋裡面？不是真的？」

「不，不是那樣。這一切要多真實就有多真實。只是，似乎超過了我的理解。不只是我們現在看得見的這些。」

他想要告訴她關於燦爛光環這件事，卻也明白，一旦說出口，它的意義就會崩解，然後失落。他必須等到自己更確定一點再說。

「不過，我們距離倫敦跟艾塞列公爵愈來愈近，」他說：「到時候洪水也退了，我們就可以回到牛津。我就可見到我——」

他本來要說**我媽我爸**，但他無法說出這幾個字，因為一團令他幾欲落淚的情緒卡在他的喉嚨，接著又是一團，記憶中的景象不斷湧上腦海：他母親的廚房，她總愛嘲弄人卻又那麼溫暖，牧羊人派與烤蘋果奶酥，冒著蒸氣，暖呼呼的，還有他父親的笑聲，說著故事，讀著報上的足球戰績，聽著麥爾肯告訴他這個理論，或者那個發現，並且以他為榮；他忍不住嗚嗚哭起來，彷彿心都碎了，彷彿整個世界都被洪水淹沒，而他的命運就是無盡的漂流，愈漂愈遠，遠離一切可以稱之為家的所在，他的父母永遠不會知道他的下落。

僅僅是一、兩天之前，他寧可扯斷右臂也不願意在艾莉絲面前哭泣。這簡直就像在她面前赤身裸體，奇怪的是，現在似乎也沒關係了，因為艾莉絲自己也在哭。如果不是各自在船頭、船尾，中間還隔著熟睡的萊拉，麥爾肯覺得他們倆可能會抱在一起掉眼淚。

他們各自哭了一會兒，這場小風暴漸漸地、悄悄地趨於緩和。獨木舟繼續漂流，萊拉繼續熟睡，他們還是不覺得餓。

●

他們仍然沒有看見可以靠岸休息的地方。麥爾肯心想，此刻洪水水位應該達到最高，水面上雖然偶爾會出現幾叢樹木，卻完全見不到陸地的影子，沒有他們之前待過的那種小島，沒有山丘，沒有房舍屋頂，沒有岩石。這裡也可能是亞馬遜河，麥爾肯在書上讀過，那條河如此遼闊，你在河中央甚至看不見兩岸。

一個小小的問題第一次閃過麥爾肯腦海：假設他們終於到了倫敦，而且倫敦沒有被這場洪水毀滅，他們要怎麼找到艾塞列公爵？他那麼輕鬆地告訴艾莉絲，要找到爵爺很簡單；但是，果真如此？他累得要死，但他不敢閉上眼睛，害怕會讓野美人號撞上危險障礙物，不過，他也不覺得睏就是了，因為他已經累到一個境界，睏過頭了，就像他已經餓過頭一樣。也許，在妖精島上睡了一覺，意謂這輩子都不用再睡了。

萊拉還在睡，寧靜無聲，一動也不動。

●

一整個鐘頭，他們都靜靜的沒做聲，然後麥爾肯注意到水底有新的動靜。寬廣的水面下有一波暗流，不是很大，就一小股在水底竄動著，感覺似乎有針對性。他們被困住了。等到剛開始，暗流的速度只比洪水稍微快一點，很可能竄動好一陣子了，只是他們都沒有留意。等到麥爾肯察覺，暗流已經像是洪水裡又岔出一條小河。他不確定是否應該將獨木舟划出來，重返平緩如鏡的主水流，不過，當他這麼做的時候，他發現野美人號移動船頭，幾乎像是刻意地跟隨較快的暗流，等他想要撐槳划開，水勢已經太強，無法抗衡。如果他們有兩把槳，如果艾莉絲是醒著的——但是，以上皆非。他把槳打橫靠在膝蓋上，試著想要看清楚小船前進的方向。

不過，艾莉絲醒了。「怎麼回事？」她問。

「水底有暗流。沒事。它還是把我們捲在正確的方向上。」

她坐起來，並沒有很驚慌，只是好奇。「你確定？」她說。

「我想是吧。」

月亮幾乎西沉；這是夜裡最黑暗的時刻。幾顆星星閃耀，銀色星光倒映在烏沉沉的水上，波來影搖，波去影碎。麥爾肯極目望向水平線那端，沒有看見一座島，一棵樹，或者一片崖壁；但是，前方難道不是有個什麼東西，乍看之下，顏色比四周更沉更黑一些？

「你在看什麼？」艾莉絲問。

「正前方……有東西……」

她側身回頭細看。「沒錯，有喔。我們要直接朝它接近？你不能划離這道暗流？」

「我試過。流速太強。」

「那是一座島。」

「是……可能是……肯定是座荒島。上頭沒有半點光。」

「我們就要撞上去了！」

「水流會牽引我們從這一側，或者另一側繞過去，」說是這麼說，其實他也無法確定。看起來，他們似乎是朝著那座島直線前進，隨著距離愈來愈近，麥爾肯聽見某種非常不妙的聲音。艾莉絲也聽見了。

「是瀑布，」她說：「你聽見了嗎？」

「是啊。我們得抓緊船緣。不過，還挺遠的……」

是還挺遠的，不過，也愈來愈近了。他試著用力往右邊划，他這一邊的肌肉比較有力；儘管他使盡全力撐動船槳，拚命加快速度，情況卻仍毫無改變。

關於瀑布的聲音，還有一點頗令人介意：它似乎發自那座島的「體內」，某個地底深處。他在內心咒罵自己，怎麼沒有早一點發現暗流，怎麼沒有趁著流速尚弱的時候把船划開。

「把頭低下來！」他大喊，因為他們幾乎擦過島上草木繁盛的背光側，這時暗流的速度也愈來愈快。

然後刷的一聲，小船撞上低處的枝葉樹枒，他只來得及舉手遮臉，下一刻，他們已經進入一座隧道，伸手不見五指，四周嘈雜喧鬧，嘩嘩嘩水流湍急，快要貼到頭頂的石壁上傳來轟隆隆的響聲。

他差一點就大吼：「抱緊萊拉！」但他知道，他不需要提醒艾莉絲。他左手勾著帆布背包的肩帶，船槳牢牢地卡在腳底下，死命握緊兩側船緣——

瀑布噴落的聲音幾乎是劈頭蓋臉，接著它就來了，獨木舟猛烈往前栽入，麥爾肯渾身溼透，水冷冰冰的，他被猛甩了一下，艾莉絲恐懼驚呼，麥爾肯大喊：「抓緊！抓緊！」

這時，那孩子竟然爆發一陣快樂的笑聲。萊拉整個失控地歡欣鼓舞起來。這世界上所有她曾經看過、聽過的事物，沒有一樣比得上在黑透了的黑暗中瘋狂墜入瀑布……沒有比這個更讓她開心的了。

她在艾莉絲的懷裡，但是，艾莉絲是否平安無事？

麥爾肯又喊，他少年的聲音高亢而恐懼，壓過了狂暴的水聲：「艾莉絲——艾莉絲——艾莉絲——」

突然間，一道光乍現，獨木舟被沖出洞穴，遠離瀑布，遠離黑暗，船身漂流在溫和的水流上，平緩起伏，兩岸綠樹成蔭，掛滿了成千點燃的提燈，四周一片明亮。

「艾莉絲！」

她失去意識躺在船上，懷裡還抱著萊拉。班躺在她身旁，一動也不動。

麥爾肯顫抖著拿起船槳，迅速將獨木舟靠向左岸，那裡有一個小小的浮動碼頭，岸邊是一片柔軟的綠地。沒多久他就把船停好，阿斯塔叼著潘走上岸，麥爾肯將萊拉從艾莉絲懷裡抱起來，放在草地上，那孩子兀自開心地咿哩哇啦說不停。

然後，他彎著腰跨進獨木舟，極盡輕柔地移動艾莉絲的頭。因為船身搖晃太厲害，她的頭撞上船緣，但是，她的身體開始動了，而且沒有流血。

「噢，艾莉絲！妳聽得見我嗎？」

他笨拙地抱了她一下，艾莉絲掙扎著要坐起來，他鬆手往後。

「萊拉在哪裡？」她問。

「在草地上。她沒事。」

「小兔崽子。她以為這很好玩。」

「她現在還是這麼想啊。」

艾莉絲在麥爾肯的幫忙下，腳步蹣跚地跨出獨木舟，走上浮動碼頭，班小心翼翼地跟在後面。阿斯塔急著想去照顧潘，於是，他們走上草地，在萊拉身旁坐下，大家都累壞了，冷得直打哆嗦，一面四處張望。

他們發現自己置身在一座宏偉的花園，大片大片的柔軟草地上有許多小徑與花床，提燈光芒的照射下，草地瑩瑩閃著綠光。不過，那真的是提燈嗎？它們似乎是盛開在每棵樹上的大花朵，閃耀著溫暖的光芒；這裡樹好多，到處可見光線撒落在地面，樹的上方什麼也沒有，只見天鵝絨似的柔亮漆黑向上延伸，也許有百萬英里之遙，也許不過六英尺之間。

草地緩升成坡，通往一座華麗的宅邸，每一扇窗戶都光彩耀眼，宅邸裡的人們（距離太遠，人影小小的，看不清楚）移來動去，彷彿是舞會或者招待貴客的宴會。他們在窗戶後面跳著舞，他們站在露台上聊天，他們在花園裡的噴泉與花叢間遊走。大型交響樂團演奏著華爾滋，樂曲聲間或流瀉出來，傳到草地上那些旅人的耳裡，談話聲亦然；那些人來回走著、聊著。

小河的對岸……什麼也看不見。河岸後方全部籠罩在厚厚的一層霧裡。偶爾，似乎有什麼讓濃霧打起旋來，好像要散開了，卻始終沒有。就算河彼岸跟這一側一樣，文明優雅，美麗富裕，又或者根本是荒蕪之境，他們無從辨別。

於是，麥爾肯與艾莉絲坐在那哩，讚嘆著有花園的河岸這一側，不時指著這個，驚嘆著那個，一座絢麗的噴泉，一株結滿金色梨子的果樹，水中躍出一群彩虹色澤的魚，動作整齊畫一，咻的轉過頭，瞪著凸魚眼睛望著他們。

麥爾肯站起來，渾身僵硬且痛苦，艾莉絲說：「你要去哪裡？」

「我只是去舀乾獨木舟裡的水。把東西拿出來晾乾。」

其實是這裡怪異的感覺讓他頭暈，他希望藉著做一些無聊、技術性的事情，重新平衡一下。

他取出一整袋萊拉的東西，把她溼透的衣服攤平，晾在浮動碼頭的木板上，然後檢查裝餅乾的錫罐，餅乾都震碎了，但還是乾的，接著他把炭絲防水布鋪開晾乾。裝有珍貴貨品的帆布背包一直掛在他肩膀上，只有外層溼掉；帆布夠結實，文件絲毫未受損，真理探測儀妥妥當當地包在油布裡。

他把所有東西都小心地安置在小碼頭上，然後回到同伴身邊。艾莉絲正在跟萊拉玩，她扶著萊拉站直，兩腳觸地，好像在走路的樣子。那孩子仍舊是興高采烈的，班變成了畫眉鳥，幫著潘拉蒙在一棵亮晶晶的樹下學飛，他總也飛不高，連最矮的枝子也搆不著。

「你想做什麼？」麥爾肯回來之後，艾莉絲這麼問。

「去看看那棟房子。看看有沒有人能告訴我們，艾塞列公爵住在哪裡。說不定真能問到一些線索。他們個個看起來都像是爵爺、貴婦。」

「那就走吧。你先抱她一會兒。」

「說不定可以找到一些吃的東西。還能有個地方幫她換尿布。」

萊拉比帆布背包輕，不過，抱起來卡手卡腳的，麥爾肯很快就明白啦，因為背包的重量都在肩上，但是，他得騰出雙手才能抱著萊拉。而且，這孩子身上可不好聞。艾莉絲開心地接過帆布背包，麥爾肯跟在一旁，萊拉在他懷裡扭來扭去，發出不滿意的咿嗚聲。

「不行，妳不能老是跟著艾莉絲，」他這麼告訴她。「妳只能將就著，就我啦。一等我們到了山丘上那棟漂亮房子，看見了嗎？一片亮晃晃的，我們就會幫妳換尿布，餵妳吃東西。都是妳想要的喔。不用再多久了……」

不過，所需的時間比他們預期的更久。通往宅邸的小徑一路穿過幾座花園，掛著提燈的小樹林，行經玫瑰、百合花，以及其他花叢，走過一座噴出閃亮水柱的噴泉，另一座則噴出有氣泡的水，第三座則噴出類似古龍水的玩意兒。儘管如此，這幫旅行者似乎並沒有朝山丘上的建築物接近一哩半碼。他們可以看見每一扇窗戶、每一根石柱，每一級通往華美大門的階梯，還有輝煌奪目的室內空間，他們可以看見人們在高大的窗戶後面移動，他們甚至可以聽見音樂的聲音，彷彿舞會還在進行中；但是，他們與那座宅邸的距離，就跟剛出發的時候一樣遠。

「這條路的規畫，肯定是像那種該死迷宮。」艾莉絲說。

「我們直接穿過草皮吧，」麥爾肯說：「如果房子就在我們正前方，不可能會走錯。」所以他們就這麼做了。如果遇到小徑，他們就越過它。如果遇到噴泉，他們就繞過它，再繼續直走。如果遇到花圃，他們就直接穿過它。然而他們還是沒有靠得更近。

「搞屁啊，」艾莉絲說著，將背包往草地上一扔。「這也太讓人火大了。」

「這不是真的，」麥爾肯說：「總之，不正常。」

「有人過來了。我們問問看吧。」

兩男兩女漫步著朝他們走來，麥爾肯把萊拉放在草地上；她大哭起來，艾莉絲只好困倦地將她抱起。麥爾肯在小路上等那些人走近。他們年輕又優雅，為了舞會精心打扮，女人都穿長禮服，裸著雙肩與手臂，男人則是黑白雙色夜宴裝，他們手上都拿著酒杯。他們笑著，以一種輕鬆愉悅的姿態交談，那樣的神情，麥爾肯曾經在情人們身上看過，他們的精靈都是小鳥，或者鼓著翅膀在周圍飛繞，或者停在他們肩膀上。

「抱歉，」他們走近時他說：「請問……」

他們不理他，走得更近了些。麥爾肯一步堵在他們面前。

「不好意思打擾了，請問你們是否知道該怎麼——」

他們壓根沒在聽。簡直就像他不存在似的，充其量不過是路上一顆絆腳石。兩個人邊聊邊笑地從他身邊繞過，還有兩個手牽手繞另一邊，挨著彼此耳朵說小聲話。阿斯塔變成小鳥往上飛，想跟他們的精靈說話。

「他們不聽啊！他們好像根本看不見我們！」她說。

「不好意思！哈囉！」麥爾肯提高音量，追上去，衝到他們前面。「我們必須知道怎麼走到山坡上那棟房子，不知道它是什麼來頭啦。你們能不能……」

他們再一次繞過他，視若無睹。簡直就像他是肉眼看不見的，說話沒人聽得到的，連肉體觸摸不著的。他從地上撿起一顆小石頭扔過去，打中其中一個男人的後腦勺，感覺大概就像被空氣裡一枚分子砸到而已吧。

麥爾肯回頭看看艾莉絲，雙手一攤。她皺起眉頭。

「沒教養的爛人。」她說。

萊拉這時哭得有模有樣的。麥爾肯說：「我來生火。至少可以先熱點水給她用。」

「獨木舟在哪裡？我們找得到回去的路嗎？還是會像現在這樣，傻瓜似地繞來繞去？」

「船就在那兒，你看，」他說，指著約莫五十碼之外的地方。「我們走了半天，根本沒走到什麼地方。也許是魔法。該死的，完全不合理嘛。」

他發現走沒幾步就回到停放獨木舟的地方。不知怎麼，這也並不令人意外。他收拾了孩子需要的用品，回到艾莉絲身旁。他就近摘了一些小樹枝，折碎了鋪在地上，準備生火。火很快就點燃。他把較長的樹枝折成一截一截，它們入手即斷，就像經過處理，方便讓人折成同樣的長度，而且足夠乾燥，可以燃燒，隨手現摘現用。

「我們在這裡生火好像沒關係。只不過是不太能接近那棟房子。我去拿點水回來。」

噴泉比他原先想的更近一些，水又鮮又甜，他把長柄鍋裝滿。他們先前從藥房拿了幾瓶瓶裝水——感覺那已經是很久以前的事了——他把這些瓶子也裝滿。

「除了那棟房子跟那些人，其他一切都挺順利的。」阿斯塔說。

好幾個人從火堆旁經過，沒有人停下來問一聲，也沒有人斥責他們。麥爾肯把火生在草地上，距離主要通道只有幾英尺，然而，不論是人是火，似乎都是隱形的。各種各樣的賓客走來走去，有年輕的情侶、老先生與老太太、滿頭漂亮灰髮，看起來像政治人物的角色、穿著老式禮服的祖母輩、似乎大權在握的中年人；在場的也不只有賓客，捧著開胃菜或者酒杯托盤的服務生穿梭其中。麥爾肯從經過的服務生手上拿了一碟子，遞給艾莉絲。

「我先幫她換尿布，」她塞了滿嘴的燻鮭魚三明治。「這樣她會舒服一點。然後再餵她喝奶。」

「還需要一點水嗎？鍋裡的剛燒好，太燙了。」

但是，水溫剛好適合幫萊拉清洗。艾莉絲打開她身上裹著的衣物，幫她擦拭乾淨，空氣很溫暖，小孩身上很快就乾了。然後，她四處找地方扔髒尿布，麥爾肯陪那孩子玩耍，還餵她吃了一點燻鮭魚。萊拉呸呸呸吐掉，惹得麥爾肯大笑，她緊緊閉上嘴巴。

艾莉絲回來之後，說：「有沒有看見垃圾桶？」

「沒有。」

「我也沒有。不過，我才想著要有，突然眼前就冒出一個。」

只是又多了一個謎團罷了。鍋裡的水滾了，水溫正好夠涼，可以裝進萊拉的奶瓶，於是艾莉絲將水裝滿，餵起小孩。麥爾肯在草地上閒晃，看看開滿閃亮花朵的小樹，聽聽樹枝間飛竄的小鳥鳴唱，好聽得像夜鶯啾啾叫。

阿斯塔飛向牠們，很快又飛了回來。「牠們就像你在小路上遇見的那些人！」她說：「牠們好像看不見我！」

「牠們是幼鳥？還是成鳥？」

「成鳥吧？我想。怎麼了呢？」

「嗯，目前為止，我們看見的都是成年人。」

「但是，這裡像是在舉辦豪華雞尾酒會之類的，或者舞會什麼的。本來就不會有小孩子跑來跑去。」

「說是這麼說啦。」麥爾肯如此回答。

他們回到艾莉絲那兒。

「吶，你來吧。」她說。

他接手抱過萊拉，不等那孩子抱怨，他立刻將奶瓶塞回她嘴裡。艾莉絲四仰八岔躺在草地上。班與阿斯塔跟著躺下來，這會兒都變成蛇，各自使勁地想變得更長。

「他從來不習慣瞎胡鬧。」艾莉絲說的是她的精靈。

「阿斯塔總是瞎胡鬧。」

「是啊。但願……」她的聲音不太穩定。

「什麼？」過了一會兒他問。

她看著班，看到他很專心在應付阿斯塔，於是輕聲說：「但願我知道他什麼時候會停止變身，穩定下來。」

「等他們不再變身，妳想那會是什麼情況？」

「什麼意思？」

「我是說，他們是有一天突然就不再變身了，或者是次數漸漸減少？」

「不知道。我媽總是說別擔心，時候到了自然就會那樣。」

「妳希望他定下來之後是什麼？」

「某種有毒的動物。」她肯定地說。

他點點頭。更多人經過，各種人都有，其中有些臉孔是他記得的，不過，也可能是鱒魚旅店的客人，或者他在夢裡見過的人。他們可能是他學校裡的朋友，只是都長大了，這時都成了中年人，這樣就能解釋為什麼這些人看著眼熟，卻又陌生。其中有一個年輕人看起來像極了泰普浩司先生，只是減了五十歲，麥爾肯差點沒有跳起來問候他。

艾莉絲側躺著看人來人往。

「有沒有看見認識的人？」

「有喔。我以為我睡著了。」

「是不是變老的年輕人，或是變年輕的老人？」

「對。其中有幾個已經死了。」

「死了？」

「我剛才看見我祖母。」

「妳想，我們是不是死了？」。」

艾莉絲好一陣子沒說話，然後她說：「希望不是。」

「我也希望。不知道他們在這裡做什麼。還有那些我們不認得的人，不知道都是些什麼人。」

「也許是未來我們會認識的人。」

「或者……也許那位妖精小姐就是來自這個世界。也許這裡的人都跟她一樣。感覺有點像

「是啊，」她說：「是有點像。就是那樣吧。只是她看得見我們，這些傢伙看不見……」

「不過，那時候她在我們的世界裡，所以我們的形體比較實在。現在到了這裡，我們可能就隱形了。」

「是啊。可能就這麼回事。總之，我們還是小心為妙。」她打了個呵欠，翻身躺平。

萊拉不甘冷落，跟著也打了個呵欠。潘拉蒙也想像其他兩位伙伴一樣變成蛇，沒兩下就放棄，變成一隻老鼠窩在萊拉脖子上。沒多久萊拉睡著了，班變回灰色獵犬，伸直了挨在艾莉絲身邊，艾莉絲也睡著了。

麥爾肯還搞不清楚怎麼回事呢，卻已經跪在睡著的艾莉絲身旁，望著她的臉。他對這張臉很熟，卻從來不曾這麼仔細地看，因為她肯定會將他一把推開；趁她沒知覺的時候這麼做，麥爾肯覺得有點罪惡感，這時，獵犬班往艾莉絲更蹭近了一點。

麥爾肯充滿好奇。她兩眉之間小小的皺紋不見了；這張臉變得柔和許多；她的嘴部線條放鬆，神情複雜而幽微。這張臉有一種仁慈的況味，有一股慵懶的愉悅——這是他尋遍腦海找出的堪用字句。她的眼睛四周有一抹淡淡的、嘲弄的笑意。她的嘴唇，醒著的時候抿得薄薄的、緊緊的，睡著了卻顯得放鬆而豐潤，而且幾乎是微笑的、就像她沉睡的雙眼。他的皮膚也是——或是套用女士們的說法：她的膚質？——細緻而柔滑，彷彿因為熱，她的雙頰微微泛紅，又彷彿是在夢中臉紅了。

靠得太近了。他覺得自己正在做不對的事情。他坐起來，別開目光。萊拉翻身，嘟囔了幾句，他輕撫她的額頭，入手是熱的，像艾莉絲的臉。他但願自己可以摸摸艾莉絲的臉頰，但是，這樣的畫面太讓人不安。他站起來，走了一小段路來到浮動碼頭，野美人號輕輕地在水上晃盪。

他一點兒也不覺得睏，他滿腦子無法控制地想著艾莉絲的臉，想著如果輕撫它，或者親吻它會是什麼感覺。他甩開這念頭，試著想點別的。

於是他跪下來查看獨木舟，赫然一驚，因為獨木舟裡居然積了一英寸的水，但是，他明明已經舀乾了。

他解開繫船繩，將野美人號拖上草地，整個倒扣，讓水流出來。正如他所害怕的，船身有一條裂縫。

「是我們穿過瀑布的時候。」阿斯塔說。

「一定是撞上岩石了。可惡。」

他跪在草地上仔細檢查。獨木舟外層的一片板子裂開，周圍的油漆脫落。裂縫看起來不是很嚴重，不過，麥爾肯知道，只要獨木舟移動，外層就會收縮，除非修補，否則就會繼續進水。

「需要什麼材料？」阿斯塔問，這時是隻貓的樣子。

「另一片板子，那就再好不過了。要不然就是帆布跟膠水。但我們手邊都沒有。」

「那個背包是帆布做的。」

「嗯。是啊。我想我可以裁切一塊背包蓋……」

「你看那邊。」她說。

她指著一棵高大的雪松，是這裡少有的針葉木。樹幹略高的地方，離地面挺近的，有一截樹枝斷落，破口處流出金色的松香。

「這就行了，」他說：「我們來剪一塊帆布吧。」

背包蓋相當長，很容易裁切出大小合適的一塊。麥爾肯不確定是否需要帆布，因為真的能夠起防水作用的是松香，但他想到艾莉絲與萊拉，想到水慢慢淹進來，想到自己到時又得急著找靠岸的地方……所以，他應該盡可能把裂縫修補好，像泰普浩司先生會做的一樣。他取出小刀，裁切這塊又厚又硬的布料，取下一塊，尺寸比船身裂縫稍長。這差事真的不容易。

「沒想到帆布這麼硬，」他說：「早知道就應該磨刀。」

阿斯塔這時變成鳥的模樣，坐在她能飛得上的最高枝，四下警戒張望。她飛落在他的肩膀上。

「別耽擱太久。」她悄聲說。

「有什麼不對嗎？」

「有點動靜，我看不見。也不至於不對勁，只是……快點拿了松香，就可以走人。」

他割斷最後幾綹帆布，然後起身往前走。阿斯塔變成老鷹向前飛衝一小段，趕在麥爾肯之前到達雪松。松香滴口的位置太高，麥爾肯得爬上樹才能取得，不過，他很樂意這麼做，粗大的樹枝壓得低低的橫在草地上方，感覺安全無虞。他把那一小片帆布壓進松香，讓它盡量多吸一點。

他從枝葉間望出去，望向那片大草地與花床，極目遠眺，看見露台，以及它後頭的宅邸：豪奢又舒適，華美而豐饒。他想，有一天他會名正言順重返此地，他會受到歡迎，他會漫步在花園間，身邊有歡樂的伴侶陪同，他會從容以對生與死。

然後，他望向另一頭，小河的對岸。他在樹上，足以居高臨下，俯瞰迷霧河堤，他發現那霧只向上延伸數英尺；霧的後方是一片廢墟，荒蕪的破敗建築、燒毀的房舍、成堆的粗瓦礫，碎裂膠合板與瀝青油布搭出來的簡陋小屋、整捆整捆的有刺鐵絲網、滿地髒兮兮的水窪，化學廢棄物的有毒物質浮在表層，螢螢發亮，一條狗被綁在柱子上，手腳長瘡的孩子們朝著牠扔石頭。

他忍不住失聲大喊。阿斯塔也是，她飛落在他的肩膀，說：「波奈維爾！是他！就在露台上——」

他轉頭查看。距離太遠看不真切，但是那裡出現騷動，人們奔向某個人，那人坐在椅子上——或者某種推車——是輪椅——

「他們在做什麼？」他問。

他清楚感受到阿斯塔的專注，那股直勾勾的目光，就像從她明亮的眼睛裡射出的長矛。他以顫抖的手指抽出浸在松香中的帆布。

「他們朝這裡看過來了——他們指向艾莉絲所在的位置，指向獨木舟——他們往階梯方向接近——」

現在他可以清楚看見，位於這陣騷動中心的傢伙，顯然正是傑若德．波奈維爾。他正在發號施令。人們抬起他的輪椅，走下露台階梯。

「拿著，」麥爾肯說，並遞出帆布片。黏答答的非常噁心。阿斯塔把它叼過來啣在嘴裡，麥爾肯往下爬，她就近在樹旁盤旋。麥爾肯一落地，立刻拔腿死命奔向獨木舟，阿斯塔俯衝而下，依指示將浸透松香的帆布片貼在定點。

「這樣就會自動黏緊了嗎？」她問

「我會打幾個地毯釘。不容易就是了，我的指頭黏糊糊的。」

艾莉絲聽見他們說話，睏兮兮地睜開眼睛。「你在做什麼？」她問。

「補破洞。然後我們得趕緊離開。波奈維爾在上面，就在那棟房子旁邊。妳可不可以幫忙打開工具箱？從菸葉罐裡拿一支地毯釘給我？要快一點。」

她爬著起身，依言照做。他黏答答地接過手，對準帆布的一角。鐵鎚輕敲，鐵釘就定位，然後再一鎚打落底，如此這般，又打了五根釘子進去。

「好，把船身翻正。」他著手進行的時候，艾莉絲踮著腳尖看著露台上的動靜，麥爾肯突然發現自己正盯著她瘦而緊實的腿、纖細的腰身，還有微微隆起的臀。他胸口發出無聲的呻吟，然後轉開目光。他這是怎麼了？不過現在沒時間想這些了。他把心思拉回來，接著把船推滑進水裡。阿斯塔還是老鷹的樣子，以自身所能容忍的極限高度在他頭上盤旋，眼睛緊緊地盯著露台。

「他們在做什麼？」麥爾肯問，這時艾莉絲正忙著將毯子扔進獨木舟。萊拉醒了，對周遭充滿興味，潘變成一隻蜜蜂，嗡嗡嗡繞著她的頭打轉。

「他們扛著他沿著小徑走……」阿斯塔在空中說：「我看不清楚……現在有一大群人圍著他，還有更多人往他們那兒移動……」

「我們該怎麼辦？」艾莉絲問，她坐進船頭，萊拉躺在她腿上。

「只有一條路可走，」麥爾肯說：「沒辦法划上瀑布。就得到另一頭看看怎麼回事。」他將獨木舟撐離浮動碼頭，以極度好奇的心態看著松香修補的那塊地方。

野美人號在水上快速漂移，麥爾肯用力把槳往水裡插，阿斯塔飛落在船緣。艾莉絲的班也變成一隻鳥，安全地棲停在她肩膀上。

「噓，寶貝，」艾莉絲這麼說。因為萊拉開始不情願了。「很快就要離開了。噓，別鬧喔。」

他們經過一片沒有樹木的草地，麥爾肯覺得行蹤簡直完全暴露。他們跟那棟房子之間毫無遮蔽物，他眼睛往上一瞥就能看見那群人朝他們走下來，人群中間有什麼東西，是一輛小拖車，人群對著他們指指點點，遠遠傳來一陣笑聲：「哈哈，哈，哈哈哈！哈哈，哈哈哈！」

「噢天哪。」艾莉絲小聲地說。

「就快到了。」麥爾肯說，他們接近一片樹叢，視線被擋住，看不見身後的房子與花園。兩岸草木密密疊疊，隨著小船漸行漸遠，樹上掛燈的光線很快消隱，放眼望去，幾乎全是黑漆漆的。

幾乎。不過，空中尚有餘光足以讓麥爾肯看見前方有兩扇大門，四邊封著鐵皮，看起來很重，而且歷史悠久，上頭纏滿了青苔與水草，像水閘門似地從溪流中冒出來，完全阻斷他們的脫逃之路。水路是行不通了。

第二十三章 老之又老

艾莉絲不知道他們為什麼突然停下來，因此扭過頭來看。

「啊呀。」她嘆息著，完全莫可奈何。

「也許可以打得開。一定有什麼方法。」麥爾肯這麼說，但是，當他湊近細瞧，從右至左巡一圈，除了擠成一團的灌木叢、水草、橫掛在低處的紫杉枝幹，上頭什麼也沒有。他們已經遠離來自樹上的光源，周圍的黑暗似乎是一種具體的存在，不僅僅是沒有光而已，是某種從植物與溼氣中散發出來的東西。

麥爾肯凝神細聽。只有水聲，滴答，啪答，輕輕的嘩啦啦聲響，也許古老的大門泡爛的地方有了縫隙，而這就是河水穿流而過的聲音，又或者是，四下水滴無止境墜落於樹葉上的聲音。他們身後，一片寂然。

他將獨木舟划向前，頂住大門，小心翼翼站起來，感受這兩片門板到底有多高。總之，實在太高了，他看不見頂，也搆不著邊。同時也看不出來它們究竟是往兩側打開，或者各自逆著水流，慢慢繞圈子轉開，甚或是整片向上升起。河水仍是逆流，可見是從門板下方流過，如果有什麼開關機制，應該是從岸邊操控。

麥爾肯維持站姿，雙手搭在冰冷、黏膩的木頭門板上，然後朝右邊河岸望去——

突然，他嚇得往後退了幾步，差點失去平衡，獨木舟因此傾斜，艾莉絲驚聲大叫。

「怎麼了？怎麼了？」她說。

她攬緊萊拉，試著望穿這片黑暗，麥爾肯顫抖著坐下。

「那裡。」說著，指向他看見的那個東西。

東西？那是一顆人頭，不過非常大，從水邊的蘆葦叢中浮現。他一定是個巨人吧。他的頭髮跟水草纏成一團，看起來像是從一頂鏽蝕的王冠裡長出來的；他的皮膚泛綠，長鬍竄過喉嚨，直浸入水中。他神情溫和地看著他們，帶著一股和善的興味。他站起來的時候，他們看見他左手握著一個什麼東西的柄，是什麼呢？長矛？不對，是三叉戟，麥爾肯抬頭，朝黑暗裡望去，三個尖頭反射出朦朧的亮光。

他看著巨人的臉，他認為自己在其中看見一抹淡淡的善意。

「先生，」他說：「麻煩你，我們想要通過這扇門，因為我們必須逃離某個追趕我們的傢伙。能不能請你幫忙開門？」

「噢，不行，我不能這麼做。」巨人這麼說。

「但是，它們是為了要打開而製造的，而我們必須要通過！」

「啊，我不能這麼做，我從來沒這麼做過。這道門幾千年沒打開了。它們只有在人間鬧旱災的時候才會打開。」

「如果我們可以通過的話，真的會是萬幸——只需要幾秒鐘就好！」

「你不知道這道門杵得有多深啊，孩子。對你來說可能只是幾秒，不過，就這幾秒之間流洩出來的水量，那可是無法估算。」

「洪水淹成這樣，情況也沒法更糟了。求求你，先生——」

「你旁邊那是什麼？是個小小的娃兒嗎？」

「是啊，是萊拉公主，」艾莉絲說：「我們要把她送到她父王那裡，敵人正在追捕我們。」

「哪裡的王？什麼國王？」

「英格蘭國王。」

「英格蘭？」

「阿爾比翁。」麥爾肯情急之下脫口說出。他忽然想到那個妖精女子曾經提到的某個名詞。

「噢，阿爾比翁。」巨人說：「怎麼不早點說？」

「那麼，可以幫我們開門了嗎？」

「不行。我得遵守工作指示，沒得商量。」

「誰給你的指示？」

「泰晤士老爹他本人。」

麥爾肯覺得自己聽見了那隻土狼的笑聲，而且，從艾莉絲瞪大的眼睛看來，他知道她也聽見了。

「反正，」他說：「我根本不應該開口求你，也許你力氣根本不夠吧。」

「你這是什麼意思？」那巨人說：「我當然打得開這道門。我都做過幾千次了。」

「要怎樣你才會再做一次？」

「命令。需要命令。」

「這樣啊，」麥爾肯顫抖的手伸進帆布背包裡一陣摸索，「我們有來自國王派駐牛津使節的命令，有點像是護照，所以我們可以安全通行。你看。」

他從厚紙板卷宗裡抽出一張紙，舉得高高的給巨人看。上頭寫滿數學方程式。巨人低頭細看。

「再舉高一點，」他說：「顛倒了啦。轉過來。」

文件並沒有顛倒，不過麥爾肯還是照著他的話做。這會兒巨人貼得很近，麥爾肯可以聞到他身上的味道，那是混雜著爛泥巴、魚，還有水草的味道。巨人又探近一些，嘴形蠕動著，彷彿邊看邊讀，煞有介事地點點頭。

「是，我明白了，」他說：「命令顯然是真的。對此我毫無異議。讓我看看那個小小娃兒。」

麥爾肯將文件塞回背包，接著從艾莉絲手中抱過萊拉並高高舉起，好讓巨人可以看見。萊拉莊嚴地仰望著他。

「噢，」巨人說：「我看得出來，她是公主沒錯，願上天賜福。我可以抱抱她嗎？」他伸出非常大的左手。

「麥爾，」艾莉絲輕聲說：「小心。」

但麥爾肯信任他。他把萊拉放在巨無霸手掌中，萊拉以極度自信的眼神凝望著巨人，潘拉蒙夜鶯似地鳴唱。

巨人在自己的右食指印下一吻，並以此輕觸萊拉的額頭，然後極其謹慎輕巧地將她交還麥爾肯。

「現在，我們可以過去了嗎？」麥爾肯說，他又聽見土狼的聲音，比剛才更接近了。

「好，既然你們都讓我抱了公主，我就為你們開門。」

「然後關起來，不讓任何人通過？」

「除非他們擁有像你那樣的命令。」

「在你開門之前，」麥爾肯說：「我想問問，後面是什麼地方啊？我是說那座花園。」

「那裡是人們遺忘時的去處。看見另一邊的霧了嗎？」

「是的。我也看見了霧後頭的景象。」

「那團霧遮蔽了所有人們應該要記得的事情。如果哪一天霧散了，他們就得盤點儲存在自己腦袋裡的記憶，到時候也不能再留在花園裡了。退後一點，給我一些空間。」

麥爾肯把萊拉交給艾莉絲，將獨木舟往後撐了幾英尺，這時巨人將三叉戟插在岸邊爛泥堆，然後深深吸了口氣，沉入水裡。不一會兒，兩扇門開始轉動，嘎吱嘎吱作響，泥水滴答往下滑，然後慢慢地、慢慢地，逆著水打開了，水面一陣翻攪掀騰。等到門縫夠寬，麥爾肯划著野美人號咻的穿過，進入門後的黑暗。他們最後聽見來自那座地底花園的，是土狼遙遠的笑聲，隨著大門關上，那笑聲漸漸弱了，歇了。

●

通往外面世界的隧道約需划行五分鐘，但是伸手不見五指，因此麥爾肯速度放得很慢，在岩壁間碰撞前進。終於，他們看見一大片垂掛而下的植物，聞到外面世界的新鮮氣息，經過一番短暫的奮鬥，終於通過隧道，進入夜間的野外。

「我不懂。」艾莉絲說。

「什麼？」

「我們跟著急流一路往下，進了隧道，那麼，按理應該要往上走才能離開啊。但是，我們現在卻還在相同的水平面上。」

「儘管如此，」麥爾肯說：「我們出來了。」

「是啊。應該是吧。不過，他是誰啊？」

「不知道。也許是某條小支流的河神吧，也許就像泰晤士老爹是主流之神吧。這可是說得通喔。喬治．波特瑞說他看過泰晤士老爹。」

「你剛說萊拉的爸爸是哪裡的國王？」

「阿爾比翁。那個妖精女人說過這地方。」

「還好那時候你想起這個字。」

他在月光下划船。夜裡很安靜，洪水一望無際，連接著地平線。漸漸的，漸漸的，艾莉絲睡著了，麥爾肯看著，考慮把毯子拉高，圍住艾莉絲的肩膀，雖然現在其實不冷。

約莫半小時之後，他看見前方的小島；只是一處低平的土地，看過去沒有樹，也沒有屋，沒有懸崖，沒有灌木叢，甚至連一枝草也沒有。他停止划槳，讓獨木舟輕柔地漂向那座小島。也許，他可以把船綁在這裡，躺下來休息，雖然這樣簡直是無所遁形。如果岸邊有草木叢，獨木舟只要蓋上遮雨篷就妥當了，但這樣靠在光禿禿的岩石邊，幾英里之外都能看得見。

不過，也沒有其他辦法了。他好想睡，想到渾身發痛。他將野美人號移向岸邊，在岩石間找到一小塊平整的土地。他把船頭往土裡頂，獨木舟穩穩停住。艾莉絲與萊拉兀自睡得香甜。

麥爾肯放下船槳，四肢僵硬地爬下船。直到這時候他才想起船身的破洞，那片松香補丁，然後滿心焦慮地俯身查看：船裡是乾的，船身也無礙，那片補丁牢牢地黏著。

「船很安全。」他背後一個聲音說道。

他嚇得險些沒摔倒。他立刻轉身，進入戰鬥模式，貓形阿斯塔卻瞬間躍入他懷裡，顯得極度驚恐。盯著他們瞧的，是一位他們見過最奇怪的女人。就著月光看來，她大概跟萊拉的母親差不多年紀，頭上戴著一頂小小的花環頭飾。她的頭髮又長又黑，穿著也是一身黑，或者說，半身黑，因為她似乎只是披著一圈圈的黑絲緞帶，此外幾乎沒穿什麼了。她看著他，好像早就在這兒等著，然後，他突然明白這個女人少了什麼東西：她沒有精靈。她身旁的地上有一段松枝，難道，她的精靈可能是這種形態嗎？他覺得背脊抽了一股子涼。

「妳是誰？」他問。

「我的名字是蒂爾達．維賽拉，我是奧拿嘉區女巫部族的女王。」

「我不知道那是哪裡。」

「在北方。」

「一秒之前妳人還不在這裡。妳從哪裡來？」

「從天空。」

他從眼角捕捉到一個細微的動靜，於是轉頭望向獨木舟，看見一隻白鳥正在跟艾莉絲的精靈班咬耳朵。那是女巫的精靈，女巫畢竟還是有精靈啊。

「她們整個晚上都會沉睡，」蒂爾達．維賽拉說：「船上那些人不會看見你們的。」

她指向麥爾肯背後，這時，麥爾肯正好看見她眼底映照出一道不同的光線。他轉過身，看見一艘船的探照燈，如果不是之前差一點逮到他們的CCD汽艇，就是類似的船型。它正以穩定速度逼近小島，麥爾肯得很努力才能讓自己站穩，因為他太想要撲倒在地，趕緊躲在什麼東西後頭，什麼都好：一塊岩石、獨木舟，或者女巫。那艘船愈來愈近，探照燈左右掃射，眼看著就要撞上小島，卻在最後關頭稍微向右側掉轉，然後繼續前進。在汽艇逼近的那一刻，燈光益發熾烈，益發明亮，他看見女巫的臉，相當平靜，幾乎帶著笑意，而且全然無懼。

「為什麼他們看不見我們？」船離開之後，他這麼問。

「我們可以讓自己隱形。他們的視線會略過我們，以及附近所有東西。你們很安全。他們甚至看不見這座島。」

「妳知道他們是誰？」

「不。」

「他們想要抓那個小寶寶，我不知道他們抓了要幹麼。也許殺了她吧。」

她順著他手指的方向，望著熟睡的萊拉和熟睡的艾莉絲。

「她是那孩子的母親？」

「不，不是，」麥爾肯說：「只是……我們只是……照顧她。不過，如果船上那些人看不見這座島，為什麼一靠近卻又掉頭？」

「他們自己並不知道為什麼。無關緊要。他們走了。你們要去哪裡？」

「去找小寶寶的父親。」

「你們要怎麼找？」

「我只知道地址，但不知道要怎麼找到那地方。不過，我們非去不可。」

白鳥飛上她的肩膀。麥爾肯不認得這種鳥，身體與翅膀都是白色，頭是黑色的。

「妳的精靈是哪一種鳥？」阿斯塔問。

「北極燕鷗，」她說：「女巫的精靈都是鳥類。」

麥爾肯說：「為什麼妳會在這裡，離北方這麼遠？」

「我在找一樣東西。我找到了，應該要回家了。」

「噢，這樣啊，謝謝妳把我藏起來。」

月光依舊照在她的臉上。他原本以為她很年輕，年紀可能不會比考爾特夫人大，而他估計那位夫人大約三十歲吧；女巫的身體纖細而輕盈，臉上沒有皺紋或細紋，頭髮烏黑豐厚，一絲白髮也沒有；但不知怎麼的，這女巫的神情讓他覺得，她肯定老之又老，老到言語無法形容，也許跟水底的巨人一樣老。她看起來冷靜，甚至友善，同時卻也殘酷無情。她對他感到好奇，他對她也是。有那麼一會兒，他們懷抱全然的坦率，望進彼此的眼睛。

女巫轉身，彎腰拾起放在身旁地上的松枝。她回頭看了他一眼，麥爾肯再次感受到那股徹底的坦誠，好像他們相知相熟，彼此沒有祕密。接著，她左手握著松枝竄向空中，她的精靈低飛掠過麥爾肯與阿斯塔，彷彿與他們道別；然後，他們就離開了。許久許久，麥爾肯望著她黑色的身影飛向星辰，愈來愈小，愈來愈小。終於，再也沒有半點能顯示她曾經來過這裡的痕跡。

他蹲在獨木舟旁邊，將毯子拉上艾莉絲的肩膀，塞在萊拉的頭旁邊，並確認不妨礙她的呼吸。潘像一隻榛睡鼠蜷在班的貓爪子中間，貓與鼠都睡沉了。

「妳累嗎？」他對阿斯塔說。

「算是吧，比累更累，已經累過頭了。」

「我也是。」

這座島大概有兩座網球場並排那麼大，浮出洪水的部分不及麥爾肯半身的高度。島上光禿禿的，只有亂七八糟的岩石，連一片草皮也看不見，沒有樹，沒有灌木叢，也沒有青苔或地衣。就算說是月球的一部分也不無可能。麥爾肯與阿斯塔繞島一圈只花了一分鐘多一點，而且這還是放慢了腳步走。

「我也沒看見其他陸地，」他說：「就像在海中央。」

「差別只在於，水一直在流動。畢竟是洪水嘛。」

他們坐在岩石上看著洪水流過，頭頂是一大片布滿星星的黑色玻璃，天上水裡都有月亮閃閃發光。

「我喜歡那位女巫，」麥爾肯說：「我想，我們恐怕不會有機會再見到一位女巫了。她有弓跟箭呢。」

「她說她已經找到要找的東西了，你想那是指我們嗎？」

「什麼意思？她大老遠來到這裡只為了找我們？不，她一定有更重要的事情要做。她是女王。如果她能待久一點就好了。我們可以問她各種事情。」

他們坐了一會兒，麥爾肯的眼睛漸漸闔起來。夜裡很安靜，世界很平靜，他意識到不管他剛剛和阿斯塔互相說了什麼，自己這輩子從來沒有這麼疲倦過，現在，他最最想要做的就是失去意識。

「我們最好進獨木舟裡。」阿斯塔說。

他們在船上找到地方安頓，確認艾莉絲與萊拉都平安、舒適；他們一下子就睡著了。

那個晚上，他又夢到那群野狗，口鼻沾著血，耳朵裂了，齒牙斷了，狂野的眼睛，淌著口水的下巴，側腹全是傷疤，牠們繞著他狂奔，狂吠，狂號，跳起來舔他的臉，頂竄他的手，在他腿上磨蹭，他內心深處激盪著猛犬的狂暴，騷動混亂，卻在化為貓形的阿斯塔面前，謙卑臣服；就跟以往一樣，他毫無所懼，除了野蠻的興奮、無邊的愉悅，再沒有其他感受。

第二十四章

陵墓

他們又累又餓，又冷又髒，無論走到哪裡，身後都有一個暗影一路尾隨。雲層再度遮蔽天空。隔天，麥爾肯在整片灰色的水域划了一整天的船，萊拉在船頭焦躁地哭泣，艾莉絲漠不關心地躺在一旁。只要看見有浮出水面的小山丘或者屋頂，麥爾肯就停下來，把船綁好，生火，兩人當中總有一個負責幫萊拉換洗。有時候，麥爾肯根本不知道幹活的是自己或者艾莉絲。

不論他們去到任何地方，總有東西跟著，在他們後面，在視線邊緣快要看不見的地方，總有什麼快閃即逝，然後在他們望向別處的時候又冒出來。他們都看見了。他們只討論這東西，兩人都無法看清它的全貌。

「如果現在是晚上，」麥爾肯說：「那就是夜魅了。」

「但現在就不是啊。我是說，不是晚上。」

「希望天色暗下來的時候，它已經不見了。」

「閉嘴。我不想去想像。謝謝喔，你還真是幫了大忙啊。」

她聽起來又像是以前的艾莉絲了，說起話來既輕蔑又刻薄。麥爾肯真希望那個艾莉絲永遠消失，不過，她又出現了，皺著眉歪躺在那裡，一臉不屑；反正呢，他現在也不能一直盯著她，否則體內會產生強烈的緊張感，他隱隱明白原因，隱隱為此感到歡愉，同時也隱隱感到恐懼。他無法跟阿斯塔討論，因為所有人都擠在獨木舟裡；不論如何，他感覺得到，他的精靈也受到這種魔性力量的束縛——

不論那是什麼。

他們順著大洪水繼續南下，前進倫敦，沿途景觀漸漸改變。各種殘破荒廢的景象映入眼簾：房屋只剩下骨架，屋頂掉落，家具、衣物四處散落，或者掛在灌木叢和樹上；至於那些樹，枝離葉散，有些樹皮都沒了，光禿禿、死沉沉地孤立在灰色天空下；一間小禮拜堂，整座橫躺在溼濘的地上，青銅吊鐘散落一旁，鐘口塞滿爛泥與樹葉。

自始至終，他們從來沒有忘記，也從來沒有清楚看見……那個暗影。

麥爾肯試著突然向左轉，或者向右轉，想要逮它個正著，但永遠晚一步，永遠只看見它竄離時的瞬間動靜。阿斯塔從後面監看，情況也一樣：任何時候，只要她一留神，它就移開。

「如果它感覺是友善的，就沒有關係。」麥爾肯低聲對她說。

但並非如此。感覺起來，它像是在追捕他們。

他們各自坐著，艾莉絲在船頭，回頭凝望船尾，她比麥爾肯更清楚地察覺，的確有些什麼跟在他們後面，白天裡有兩、三次，她還看見了其他令人憂心的東西。

「是他們嗎？」當時她這麼問。「CCD？那是他們的船？」

麥爾肯試著回頭查看，但是他因為之前划船太使勁，導致渾身僵硬，身體稍微一扭就痛，況且，上有陰沉的天空，四周是灰暗的浪花激流，實在也很難看出個所以然。他一度以為自己可以辨認代表CCD的海軍藍與赭黃色，阿斯塔變成一頭小狼，無意識地發出細聲號叫，就算真的是CCD吧，那艘船也很快隱沒在陰暗的濃霧中。

接近傍晚，雲層變暗，他們聽見一陣雷響。要下雨了。

「等一下看見陸地時，我們最好停下來。」麥爾肯說：「得把遮雨篷架起來。」

「是啊，」艾莉絲聽起來很疲倦。然後她又警覺地說：「看，他們又來了。」

這次麥爾肯轉身時，看到一股探照燈的光束，襯著昏暗的天空顯得非常亮，正由左往右掃過去。

「他們剛打開燈，」艾莉絲說：「他們隨時都會看到我們，他們接近的速度很快。」

麥爾肯用累到發抖的手臂把船槳插進水裡。跟CCD的船比速度根本是想都不用想的事：他們必須躲起來，而放眼看去，唯一的陸地是一座長滿樹木的山丘，水邊有一片過度茂密的草地。麥爾肯使勁加速，因為天黑得很快，第一波豆大的雨滴已經落在他的頭上與手上。

「不要停在這裡，」艾莉絲說：「我討厭這個地方。我不知道那是什麼，總之很可怕。」

「我們別無選擇啊！」

「對，我知道。但這裡好可怕。」

麥爾肯讓獨木舟滑上一棵紫杉樹下溼漉漉的長草叢，匆匆把繫船繩綁在最靠近的樹枝上，然後趕緊將弧圈固定在托架上。萊拉感覺雨滴落在臉上，立刻醒了，並且開始抗議，不過艾莉絲不理她，忙著依照麥爾肯的指示，將弧圈上的炭絲拉開、綁緊。引擎的聲音愈來愈大、愈來愈近。

他們固定好遮雨篷，一動也不動地坐著，艾莉絲緊緊抱著萊拉，不住輕聲安撫，讓她保持安靜，麥爾肯大氣都不敢喘一下。探照燈穿透薄薄的炭絲，照亮了他們與世隔絕的小小空間，以及每個角落，麥爾肯想像著獨木舟的外觀，熱切期盼這艘形狀規律的綠色小船，不會在這片歪七扭八的暗影中洩露形跡。萊拉神色莊嚴地四下環顧，他們的三隻精靈互相依偎著靠在橫梁座。探照燈直接掃入，停留在他們身上，度秒如分，然後光線搖晃隱退，舵手加足馬力，引擎聲變得不一樣了，船隻順著洪水，漸漸駛遠。傾盆大雨砸在遮雨篷上，麥爾肯幾乎聽不見那艘船的聲音了。

艾莉絲睜開眼睛，吁出一口氣。「要是停在別處就好了，」她說：「你知道這是什麼地方嗎？」

「什麼地方？」

「墳場。這裡有一間埋死人的小房子。」

「是陵墓。」麥爾肯說，他看過這兩字，現實生活中卻從來沒有聽人說過，之前他一直以為是「靈墓」這兩個字。

「這就叫陵墓？總之，我不喜歡。」

「我也不喜歡。但沒有別的選擇了。反正我們沒事就待在獨木舟裡，然後儘快離開。」

大雨狂瀉，狠狠砸在遮雨篷上。除非真的想要渾身溼透，外加冷進骨子裡，他們最好留在原地。

「那麼，我們要怎麼餵她？」艾莉絲說：「或者幫她換洗？你打算在船裡生火？」

「我們得用冷水幫她清洗，然後——」

「別蠢了。不可以那麼做。再說，她一定要有熱牛奶。」

「怎麼了？妳為什麼火氣這麼大？」

「每件事都讓我生氣。不然咧？」

他聳聳肩，這樣他可就沒轍了。他不想起爭執。他想要探照燈離開，永遠不再回來。他想要跟她討論那座地底花園，一起為它的意義傷腦筋；他想要告訴她他在有霧的那一側河岸看見什麼。他想要告訴她關於女巫與野狗的事情，一起為它們的意義想破頭。他想要討論那個他們感覺到緊跟在後的暗影，然後認定那玩意兒根本沒什麼，大笑著不當一回事兒。他想要她的讚美，誇他修補了船身的裂縫。他想要她叫他麥爾。他想要萊拉覺得溫暖、乾淨、快樂，而且吃飽喝足。但是，沒有一件可以實現。

雨水打在炭絲上，雨勢一波比一波激烈。雨聲超大，他甚至沒有注意到萊拉在哭，直到艾莉絲俯身將她抱起。就算她跟他發脾氣，卻總是對萊拉很有耐心，他這麼想著。

也許樹下會有一些乾木頭。如果他現在出去，可以在木頭被淋得太溼之前回到船上。也許這場雨很快就會停。

這時又是一陣雷響，不過，聲音聽起來比較遙遠，不多久，雨勢沒那麼狠了；漸漸終於停歇，殘雨從樹枝間落下，滴滴答答打在遮雨篷上。

麥爾肯掀起遮雨篷的一角。四周還是滴水不斷，空氣很潮，宛如浸溼的海綿般，充滿植物陰冷潮溼的味道，充滿腐爛的味道，還有爬滿蠕蟲的泥土味道。這裡只有土、水與空氣，而火才是他唯一想要的。

「我想要去找一些木頭。」他說。

「不要走太遠！」艾莉絲立刻警覺起來。

「不會。如果想要生火，一定要有木頭。」

「不要離開我的視線範圍就對了，好嗎？你帶著手電筒嗎？」

「有。不過電池快用完了。我不能一直亮著它。」

月亮還很大，風暴之後，雲層被吹開，薄薄地飄浮在天空，所以透出一些天光；不過，紫杉樹下非常黑暗。麥爾肯不止一次被半陷在土裡的墓碑絆倒，有些根本全部隱沒在草叢堆裡，他一直注意著那棟小石屋，那裡面放著沒有入土，任憑腐爛的屍體。

不管是因為雨水，或者露水，或者殘餘的洪水，所有東西都溼透了；凡是入手碰到的，全都又沉又溼，而且都腐爛了。麥爾肯的心也像這樣。無論是什麼，他永遠沒辦法點得著。

就著手電筒微弱的光線，他在陵墓後面發現一堆老舊的籬笆木樁。木樁全都溼透，不過，當他頂著膝蓋折斷一支（頗費一番工夫），竟發現裡頭是乾的。他可以刮一些木片當火種，再說，多得是波奈維爾的筆記，總共有五卷。

「別想做這種事。」阿斯塔輕聲說。她變成一隻狐猴站在他肩膀上，眼睛好大。

「那些紙很好燒耶。」

但他知道自己不會這麼做，就算再怎麼絕望也不會。

他撿了六支木樁，帶著它們繞回陵墓前面，腦子裡突然閃過一個想法。他舉起手電筒往門上照：上頭門著一把掛鎖。「妳覺得呢？」他低聲對阿斯塔說：「乾木頭……」

「如果他們死了，就傷害不了我們。」她悄聲回應。

掛鎖看起來不是很堅固，很容易就能把木樁的一端卡進去，然後用力往下拽。掛鎖應聲斷開，掉下來。只消輕輕一推，門就打開了。

麥爾肯小心翼翼往裡頭看。一股時間久遠的味道撲上來，混雜著東西腐爛又乾掉，以及某種潮溼的氣味，只是這樣，並沒有特別噁心。手電筒的光線微弱而閃爍，他們看見好幾排架子，架子上整整齊齊地排放著棺材，他摸摸其中一個，發現棺材的木頭很乾，非常乾。

「對不起，」他低聲對第一個棺材裡面的居住者說：「我需要你的棺材。他們還會再幫你準備的，別擔心。」

棺材蓋鎖了螺絲釘，不過因為是黃銅螺絲，所以並沒有卡鏽卡得很厲害，而且他隨身帶著小刀。幾分鐘之後，他就把蓋子拆掉了，並且弄成長長一條一條的。他發現，棺材裡的骷髏並沒有讓他覺得不安，一方面是因為他有心理準備，而且，他看過樣子比這個更恐怖的。那骷髏生前應該是個女人，他心想，因為她的脖子上，或者說，很早以前脖子周圍那圈肉上面，掛著一條金色項鍊，兩隻骨伶伶的手指上戴著金戒指。

麥爾肯想了一下，溫柔地取下那些飾品，然後塞進骷髏背後脆弱的絲絨墊子底下。

「請把它們藏在安全的地方，」他輕聲說：「抱歉拆了妳的蓋子，夫人，真的很抱歉，但是我們真的非常需要。」

他把棺材蓋碎片靠在石架上，連續踢了幾腳，碎成好幾截。木頭跟那位女士的身體一樣乾，非常適合燃燒。

他關上陵墓，把破掉的掛鎖放回原位，乍看之下簡直像是什麼也沒發生過。他走回獨木舟，閃了一下手電筒，好讓艾莉絲知道他在哪裡，這時，他看見那個暗影。

看起來像是一個男人，他只瞄見了一秒，暗影就跳開了。但是，他立刻知道，那根本不是什麼暗影，那是波奈維爾。暗影一直蹲在船邊，不可能是別人。這一驚非同小可，當下他覺得自己甚至比原本更脆弱，連它跑到什麼地方都不知道。

「妳看見了嗎——」他輕聲問。

「看見了！」

他快速穿過墓碑橫陳的草地，連摔兩次，膝蓋超痛，阿斯塔變成貓在他身旁狂奔，跟著停下來幫忙，給他打氣，同時眼觀四方。

艾莉絲本來一直哼唱著童謠。她聽見麥爾肯氣喘吁吁、踉踉蹌蹌地衝過來，於是不唱了，拉高聲音喊著：「麥爾？」

「是，是我——」

他以微弱的手電筒燈光檢查遮雨篷，接著朝黑漆漆的紫杉林、滴水不斷的樹枝、溼答答的土地上下掃射一圈。

當然沒看見暗影，也沒看見波奈維爾。

「有沒有找到木頭？」艾莉絲在獨木舟裡說話。

「有。找到一些。大概夠吧。」他的聲音在發抖，沒辦法，他壓不下來。

「怎麼回事？」說著，她掀開遮雨篷。「是不是看見什麼了？」

她嚇壞了，她非常清楚他看見了什麼，而他也知道。

「不是。我看錯了。」他說。

他又朝四周看了看，這需要一些勇氣，因為那個暗影，就是波奈維爾，可能就躲在樹下任何一道黑暗中，或者陵墓入口那四根柱子其中一根的後面，或者變成某種身形瘦小的東西，藏在哪一座墓碑後頭。他的土狼精靈在哪裡？不，他一定是在想像。他們不能直接划船離開，因為這是他們看見的唯一一片土地，而且天色很黑，水上又有ＣＣＤ的船，而萊拉現在就需要食物和溫暖。麥爾肯深呼吸，試著停止顫抖。

「我就在這裡生火。」他說。

他以小刀從碎木板刨下一些火種，在草地上生火。他的手勉強還能幹活。還好，火立刻就點著了，他們很快取出一瓶水倒在長柄鍋裡加熱；存水就快用完，沒剩幾瓶了。

他試著頭也不抬地緊盯著火焰。閃爍的火光讓周圍的黑暗更顯得深沉，也讓每一道陰影搖曳不定。萊拉不停地哭，她不開心，是那種溫和的悲傷。艾莉絲幫她解開衣物時，她甚至也不掙扎。阿斯塔與班試著安撫潘拉蒙，但他扭著掙開；他只想跟那個蒼白的、只會嚶嚶哭泣的小傢伙在一起。

棺材蓋很好燒，木料足夠幫萊拉熱牛奶，但也只是剛好夠用。等到艾莉絲幫她穿好衣服，餵了牛奶，最後一塊木片竄出一道黃色火光，跟著就熄滅了，麥爾肯踢散灰燼，懷著慶幸的心情跨進獨木舟。他的手臂很痛，他的背很痛，他的心很痛；一想到又要出發，在無情的水面上漂流，就讓他覺得恐怖，即使沒有ＣＣＤ的船在搜捕他們也是一樣。他的身體、心靈和精靈都渴望無知無覺的睡眠。

「還有蠟燭嗎？」艾莉絲問。

「還有一些吧，我想。」

很久以前從藥房帶走的儲物籃裡堆滿東西，麥爾肯在裡頭摸索半天，找到一截拇指長短的蠟燭。他點燃，讓融化的燭油聚在燭芯周圍，傾斜倒在橫梁座上，最後立上蠟燭。

那麼，他還是有能力做這些日常瑣事。他也沒有失去活在當下的能力，即使可以在暖黃燭光照耀的獨木舟裡引以為樂。

萊拉在艾莉絲懷裡扭來扭去，盯著蠟燭猛瞧。她把拇指塞進嘴裡，神態莊嚴地望著那撮小小的黃色火光。

「你看見什麼了？」艾莉絲輕聲問。

「沒什麼。」

「是他，對不對？」

「有可能……不。只有那麼一剎那看起來像是他。」

「然後呢？」

「然後什麼事也沒有。它不在那裡。根本沒有東西。」

「我們當時應該要確認的。就是上次啊，他差一點逮到我們的時候，我們應該讓他死透才對。」

「人們死掉的時候……」他說。

「怎樣？」

「他們的精靈呢？」

「就消失了。」

「不要說這個！」阿斯塔說，艾莉絲的㹴犬精靈班也跟著說：「對啊，不要說這種事情。」

「如果真有鬼，或者夜魅，」麥爾肯不理會他們，「那就是死人的精靈囉？」

「不知道。但是，如果人們的精靈死了，那個人還能到處走動嗎？」

「不會有人沒有精靈的。不可能，因為——」

「閉嘴！」班大喊。

「——因為硬生生跟精靈分離，太痛了。」

「不過，我聽說有些地方，可能有些人是沒有精靈的。也許那些人只是行屍走肉。不過，也許——」

「別說了！不要說這個！」阿斯塔大喊，她跟班一樣也變成狽犬，齊聲咆哮。但是，她的聲音裡充滿驚恐。

接著，萊拉也不開心了。艾莉絲轉身安撫她。「聽著，小寶貝，妳的牛奶全喝完了。現在是特別優待喔，知道嗎？我有一整袋的防水布。」她把手伸進袋子，抓出一小塊吐司，上頭本來有一顆鵪鶉蛋。「你先吃吐司，我來找那顆小蛋蛋。小小一顆小蛋蛋。你會喜歡的。」

萊拉欣然接過吐司，拿了就往嘴裡塞。

「妳從花園那裡帶過來的？」麥爾肯傻傻地問。

「服務生走過來走過去，我順手拿了一堆。他們根本沒注意。夠我們吃的。這個給你。」她俯身向前，拿出一個跟萊拉手掌差不多大的東西，棕褐色，壓得扁扁的，是一塊迷你魚餅。

「我想，」他滿口食物地說：「如果她有足夠的吐司什麼的可吃，牛奶喝完了也沒關——」

他突然聽見船外有什麼聲音。但是，那並不是「什麼」，不止是個抽象的、沒有意義的聲音。那聲音喚著「艾莉絲」這個名字，而且是以波奈維爾的聲音，耳語似地說出來。

艾莉絲瞬間凍結。同一時間，麥爾肯忍不住看著她，就像班級裡的孩子忍不住看著被老師點名的學生，因為那聲調意謂闖禍與懲罰。他直覺地想要看看她的反應，卻立刻就後悔了。她嚇得不知所措。她的臉上全無血色，她的眼睛睜得好大，她咬著自己的嘴唇。而他直勾勾地盯著她，像是那個躲過懲罰的孩子。他好討厭自己。

「妳不需要——」他輕聲說。

「閉嘴！安靜！」

他們側耳傾聽，像雕像一樣坐著，使勁想要聽得更清楚。萊拉又吸又咬，繼續吃她的吐司，渾然不覺得有異狀。

四下無聲，只有風吹過紫杉林間，偶爾傳來波浪拍打船身，撲達撲達作響。

蠟燭怪怪的。燭火還在燒，燭光還在亮，卻出現一道陰影。探照燈又折了回來。

艾莉絲倒抽一口氣，伸手摀住自己的嘴巴，卻又立刻鬆開，轉而輕輕貼著萊拉的嘴，不讓她哭出聲。麥爾肯能清清楚楚地看見這些，因為冷酷而刺眼的強光穿透遮雨篷直落下來，他也能聽見轟轟的引擎聲。又過了一會兒，主要光束全面撤離，附近卻還有一些燈光，彷彿搜索人員沿著水岸邊的墓園，益發放慢搜尋的速度。

「換手吧，」艾莉絲說：「你抱著萊拉，因為我快要昏倒了。」

她小心翼翼地避開蠟燭，把小孩遞過來。萊拉有了吐司就很開心，乖乖接受換手。艾莉絲臉色蒼白，但不像是要昏倒的樣子；他想，如果真的快昏倒了，恐怕沒辦法說話吧。她只會癱坐下來，陷入無意識狀態。

艾莉絲把裝滿食物的袋子交給他。麥爾肯細看她的一舉一動。嚇到她的不光是探照燈的光，還有波奈維爾輕喚她名字的聲音。她看起來已經在恐慌的邊緣了。她又坐了下去，突然身體轉向左邊，就是接近岸邊的一側。她豎起耳朵在聽。麥爾肯聽見一個輕得像耳語的聲音。她的眼睛瞪得更大了，眼底的不知是驚恐或嫌惡，總之都更深了，她似乎完全無感於麥爾肯或者萊拉的存在，只聽見穿過炭絲傳進來的，不間斷的耳語聲。

「艾莉絲——」他又開口，迫切想要幫忙。

「閉嘴！」

她用手摀住耳朵。變成獴犬的班前腳搭在船邊，後腳站在她腿上，跟她一樣專心聽著耳語，這時麥爾肯也聽見了，不過無法聽清楚內容。

各種表情從艾莉絲臉上掠過，像四月清晨風捲流雲，陰影滿地飄；而這些表情都是恐懼，或是厭惡，或是驚悚，麥爾肯看著艾莉絲，他覺得自己這輩子再也看不見春日清晨的陽光了，這女孩內心的痛苦與憎惡就是這麼深。

她開始搖頭，非常無助的樣子，盈滿的淚水從雙眼奔流而出。萊拉的吐司掉了，麥爾肯下意識地把手伸進袋子，幫她再摸出一片。

然後，艾莉絲身旁的防水布輕輕波盪起來，班往後跳，然後炭絲遮雨篷被人用刀尖往下劃開，裂出一道縫，然後一個男人的手伸進來，一把掐住艾莉絲的喉嚨。

艾莉絲試著尖叫，但是她的聲音被喉嚨上的手掐得出不來，然後那隻手在她身前往下移到她腿上，一下往左、一下往右，試著找到什麼——試著找到萊拉。艾莉絲在低鳴，掙扎著要遠離那可厭的觸碰，班一口咬住那男人的手腕，不顧這一觸碰勢必帶給他嚴重的反胃感；然後，由於找不到萊拉，波奈維爾的手抓住小精靈，從裂縫將這小傢伙拉出遮雨篷，拖到船外的黑暗中，遠離艾莉絲。

「班！班！」艾莉絲哭喊著，掙扎著站起來，卻被横梁座絆倒，半身撲在船外，隨即踉蹌著起身，追了出去。麥爾肯伸手想要攔住她，卻晚了一步。土狼精靈大笑，聽起來距離麥爾肯只有幾英尺之遙，「哈哈、哈哈哈哈……」笑聲撕裂了夜色。笑聲中還夾雜著什麼，像是極度痛苦的尖叫。

萊拉被這個聲音嚇壞了，放聲大哭，麥爾肯一邊抱緊了搖著她，一邊大喊：「艾莉絲！艾莉絲！」

阿斯塔這時是一隻貓，她把前爪搭在船邊往外看，麥爾肯知道她什麼也看不見。潘變成一隻蛾飛來竄去，一會兒停在萊拉手上，一會兒又飛走，挨近燭火瞎轉圈，然後嚇得快逃，最後安頓在那孩子潮溼的頭髮上。

從陵墓的方向傳來一陣尖銳、無助的哭喊，不是尖叫，是絕望的、抗議的放聲痛哭。麥爾肯的心揪成一團。接著他只聽見懷裡的小寶寶嗚嗚哭著，洪水一波波的拍擊，以及阿斯塔輕柔的哀泣聲，她變成一條幼犬，緊緊貼在他身邊。

我還沒有長大到可以應付這些！麥爾肯這麼想，差一點就大聲喊出口。

他抱緊孩子，幫她把毯子拉高，圍得密密實實，然後把她放在靠墊堆裡。罪惡感、憤怒與恐懼在他心裡纏鬥不休。他覺得自己從來沒有這麼清醒過，他覺得自己這輩子再也不會睡覺了，他覺得這是他一生中最糟糕的夜晚。

他的腦袋裡像在打雷。他覺得他的頭蓋骨可能會啪一聲炸開。

「阿斯塔，」他喘著氣，「我必須去找艾莉絲——但是萊拉——不能丟下她——」

「去吧！」她說：「沒錯！我留下——我不會丟下她——」

「會很痛很痛——」

「但還是得做，我來守著她，我不會離開，我保證……」

熱燙的眼淚不斷從他眼睛裡流出來。他一次又一次地親吻萊拉，然後將幼犬阿斯塔抱著貼在心頭，貼在臉上，貼在唇邊。他將她放下，挨在那孩子身邊，然後阿斯塔變成一頭小豹子，如此美麗，他忍不住啜泣起來，心裡滿滿都是愛。

他是這麼小心翼翼地站起來，這麼輕手輕腳，獨木舟連一丁點搖動也沒有，然後他抓起船槳，爬出船外。

分離的深沉痛楚立刻顯現，他聽見身後的獨木舟裡傳來硬生生忍住的呻吟。這就像掙扎著爬上陡坡，他的肺騰絞著渴求空氣，他的心臟怦怦擂擊著肋骨，然而，分離比這個更慘，因為在疼痛的內部，可怕的罪惡感讓這分痛更扭曲、更深刻，更毒辣，因為他傷害了最最親愛的阿斯塔，而且傷得這麼重。她渾身因為愛與痛而顫抖，她是這麼勇敢，當他慢慢地、不可原諒地硬扯著身體離開，好像要永遠將她拋下，她卻依然望著他，眼神如此忠誠。但他必須這麼做。他強迫自己挺住，因為他知道，這痛楚同時也正無情地撕扯阿斯塔小豹子的身軀，他硬拖著自己遠離小船，爬上斜坡，走向黑暗的陵墓，因為某個東西正在對艾莉絲做某件事，讓她瘋狂反抗，號啕大哭。

那隻土狼精靈，兩條前腿都沒了，半站半躺在草地上，咧著齷齪的嘴咬住狓犬班。班扭著，踢著，又咬又吼，波奈維爾的精靈慢慢地用邪惡的牙口咬住他小小的身軀，享受著感官的愉悅，露出心醉神迷的樣子。

然後，月亮出來了。波奈維爾的姿態清晰可見，他的手抓住艾莉絲的手腕，把她壓倒在石階上。清冷的月光反射在土狼與波奈維爾的眼裡，同時也反射在艾莉絲臉頰上的淚珠。這是麥爾肯見過最惡劣的事情，他強忍著痛楚，搖搖晃晃、跌跌絆絆地走上溼滑的草地，他舉起船槳往男人的背上打，但是手勁太弱，太弱了。

波奈維爾扭轉身體，看見麥爾肯，他放聲大笑。艾莉絲哭著，拚命想把男人推開，他狠狠把她推倒，她尖叫起來。麥爾肯試著再打他。明亮的月光照著溼透的草地、長滿青苔的墓碑、搖搖欲墜的陵墓，以及那兩個掩映在石柱間卑鄙交纏的身影。

麥爾肯覺得從身體裡面生出某種力量，他無從抵抗，也無法控制，那股力量像是一群耳朵撕裂了、瞎了、口鼻淌血的野狗號叫著，咆哮著，朝他飛奔而來。

然後牠們將他團團圍住，衝來撞去，然後他再次猛揮船槳，打中土狼精靈的肩膀。

「啊……」波奈維爾叫了一聲，笨重地摔倒在地。

土狼鬼哭神號。麥爾肯又給了她一下子，正中腦門，她站不穩，整個滑倒，後腳在草地上打滑，她壓在班身上，以前胸與喉嚨支撐著全身的重量。船槳再次猛擊，班從她嘴裡掉出來，掙扎著爬向艾莉絲，波奈維爾見狀踢了一腳，班翻滾著跌到草地上。

艾莉絲痛得大叫。那群野狗咆哮狂吠，接著只見麥爾肯猛揮船槳，這次重重地砸上波奈維爾的後腦勺。

「告訴我——」麥爾肯怒火狂燒，連話都無法說完，他想要用船槳嚇退那群野狗，但是，牠們反而再次蜂擁逼近，麥爾肯使勁猛打，那形體發出斷氣前的呻吟，整個人往後倒下。

麥爾肯轉身面對那群想像中的野狗。他感覺自己的眼睛在噴火。同時他也知道，如果沒有這群狗，一秒瞬間他就會動了憐憫之心，只有靠牠們的幫助，他才能懲罰這個傷害艾莉絲的形體。不過，如果他抵擋不住牠們，他就永遠不知道波奈維爾能告訴他什麼，然而他卻不知道該問什麼；同時，如果他讓牠們後退太長時間，野狗就會離開，並且帶走所有力量。這些念頭迅速閃過他的腦子，過程不到一秒鐘。

麥爾肯轉身面對這具垂死的形體。那群狗號叫著，麥爾肯再度掄起船槳，打中那隻舉起來抵擋的手臂。他從來沒有這麼用力打過任何東西。那個形體大叫：「來吧，殺了我。你這小屎蛋！總算可以清靜了。」

那群狗又竄上來了，麥爾肯還沒出手，那男人就先嚇得往後縮。如果再給他一棒子，麥爾肯知道，他就會殺死他了，這段時間以來，椎心刺骨的分離痛讓他筋疲力竭，想到被他拋下的勇敢精靈，正守護著那個小小的孩子……他的心充滿了痛苦。

「塵……」這是波奈維爾說的最後一個字，幾乎只像是耳語。

這時，群狗無首，開始在周圍兜轉圈子。麥爾肯想著艾莉絲，想著妖精幫她編頭髮，想著她睡得暖呼呼的臉頰，想著把萊拉寶寶抱在懷裡是什麼感覺，那群狗感受到他的情緒，又折回他身邊，圍著他，跳向他，越過他……於是麥爾肯舉起船槳，一次又一次地用力揮擊，直到波奈維爾的身體動也不動，呻吟聲也停止，一切陷入沉寂，土狼精靈消失了，麥爾肯站著，俯望那具屍體，這個男人懷抱著對艾莉絲的欲望，死撐到這一刻。

連日來的划槳讓麥爾肯的手臂變得有力，此時卻又累又痛，連槳都拿不動。他索性扔下。那些狗消失了。他突然坐下來，靠在一根石柱上。波奈維爾的屍體一半在明亮耀眼的月光下，一半在陰影裡。一股鮮血緩緩往下淌，流進了還積在石階上的雨水窪。

艾莉絲的眼睛閉著。她的臉頰上有血，她的腿在滴血，她的指甲裡也有血。她在發抖。她擦擦嘴，躺回溼冷的石階，看起來像一隻殘破的小鳥。班是一隻老鼠，顫抖著縮在她脖子上。

「艾莉絲。」他輕聲說。

「阿斯塔呢？」她掀動著瘀傷的嘴唇，口齒不清地問：「你怎麼……」

「她在守護萊拉。我們必須分……分離……」

「噢，麥爾。」她說，僅僅是這樣，他覺得所有的痛楚都值得了。

他抹了一把臉。「我們應該要把他拖進水裡。」他的聲音還在發抖。

「是啊。好。慢慢來……」

麥爾肯硬忍著疼痛站起來，彎腰抓住男人的腳。他開始用力拖。艾莉絲強迫自己起身，幫忙拽著那人的一隻袖子。屍體很重，不過一路拖行順利，甚至沒撞上半埋在土裡的墓碑。

他們到了水邊，洪水湍急。ＣＣＤ的船和他們的探照燈都不見蹤影。他們笨拙地翻轉死人，直到他被水流沖走。他們站在那裡，緊緊靠著彼此，看著那具暗黑的身形，比暗黑的河水更加暗黑，它愈漂愈遠，終於消失。

獨木舟裡的蠟燭還亮著。他們發現萊拉睡得很沉，力氣即將用盡的阿斯塔躺在她身邊。麥爾肯托起他的精靈，緊緊抱著，他們兩個都哭了。

艾莉絲顫抖著躺下，班不停地舔著她，為她舔淨每一處血跡。然後，艾莉絲拖過一條毯子蓋在自己與班身上，她轉過身，閉上眼睛。

麥爾肯把孩子抱進懷裡，跟著也躺下，他們的精靈擠在懷抱之間，毯子裹住了這一大一小。麥爾肯做的最後一件事，是將蠟燭捻熄。他立刻沉沉入睡。

第二十五章 寧靜的航程

這時，洪水水位飆到最高。全面淹沒英格蘭南部的房舍與村落，大型建築物被沖走，農場動物被淹死，至於人，失蹤與死亡的數字目前尚無法估算。地方與中央當局只有一個任務，他們必須砸下財庫裡每一分錢，貢獻每一分每一秒處理這場大混亂。

儘管所有應變行動迫切而緊急，尋找麥爾肯與萊拉的兩方人馬依舊穩穩地航向下游，前進首都城市。他們密切追蹤謠言，說法來自四面八方，為數頗多；他們對各地受困者的求救置之不理；他們的眼力與心力全部用來尋找一對帶著小寶寶搭乘獨木舟的男孩與女孩，同時也留意帶著三條腿土狼精靈的男人。

如同納君特爵爺，喬治．帕帕迪米特里烏也體驗了洪水引發的怪異感與不真實感。旅程中陪同的吉普賽船主告訴他，根據吉普賽傳說，極端氣候擁有不同的心情狀態，就跟穩定氣候一樣。

「氣候怎麼會有心情狀態？」帕帕迪米特里烏說。

吉普賽人說：「你以為氣候只是外頭才有？這裡也有啊。」他敲敲自己的腦袋。

「你的意思是，氣候的心情狀態只是我們的心情狀態？」

「沒有任何事物可以用『只是』來形容。」吉普賽人只是這麼回答，不願再多說。

他們順著水勢而行，見著人就攀談，問起獨木舟，以及關於那對男孩與女孩。是的，幾天前有人看見他們，不過，不對，不是獨木舟，是一艘引擎外掛的小艇。是的，有些人看過他們，不過已經死在船上了，要不就說他們是水鬼，要不就說他們身上有配槍。而最常見，一再出現的說法是：他們是鬼魂，跟他們交談是要交惡運的，他們來自妖精國度。對於所有無稽之談，帕帕迪米特里烏抱持著嚴肅的態度，照單全收。CCD在搜尋過程中所聽見的也是同樣的謠言，重點不在於評斷它們的真實性，而是評估對手陣營的可能反應。納君特與雪倫森哲所面對的，應該是相同的問題。

隨著時間過去，他們距離倫敦愈來愈近。

●

冰冷且無情的晨光喚醒麥爾肯，如果可以，他才不願意這麼早起來呢。他渾身的肌肉都在痛，回想起昨天晚上的情景，他的心也痛著，他掙扎著坐起來，整理並集中自己的意識。

艾莉絲還在睡，他懷裡暖呼呼的孩子也是。他真希望自己沒醒過來；他知道必須叫醒她們，但若能讓她們繼續熟睡的話該有多好。他從遮雨篷底下往外瞧，墳場這時看起來比晚上更荒涼，夜裡至少有月光，照著一片銀閃閃。在清晨殘酷的天光下，它看起來骯髒凌亂，無人照管，雜草叢生，更糟糕的是，那座小陵墓的石階上沾有血跡，很大一片。

有那麼一會兒，麥爾肯覺得噁心，他閉上眼睛，保持鎮定。然後，那股感覺過了。他極緩慢地行動，以免吵醒萊拉，他將她放在毯子上，接著爬出獨木舟，站在溼透的草地上打哆嗦，他把阿斯塔抱在懷裡。儘管她貼得這麼近，這麼緊，麥爾肯卻覺得更慌亂，更悲傷，罪惡感更深，彷彿一下子老了好幾歲。阿斯塔的貓臉擠貼在他的脖子上。他們分離那段時間，她也承受著痛楚；也許有一天，他們終於可以討論這件事；此刻，他對自己造成的傷害只感到滿心的憂傷與悔恨。如果阿斯塔感受的痛楚就像麥爾肯的那樣深，那麼，這股痛應該占據了她全身每一個原子。

「我們別無選擇。」她輕聲說。

「我們必須這麼做。」

「沒錯。我們必須。」

他能不能把血跡沖掉？那些石階可能洗得乾淨嗎？他整個人像是洩了氣。

「麥爾？你在哪裡？」

艾莉絲的聲音很微弱。他彎下腰往船裡看，她的臉上睡意猶濃，並且殘留著昨天晚上的血跡。他回到船上，翻出一條皺巴巴的毛巾，往草地上磨蹭沾溼。她默默地接過來，輕輕擦了擦眼睛與臉頰。接著她也爬出船外，渾身發痛又發抖，牙齒直打顫，然後俯身抱起萊拉。

那孩子迫切需要換尿布。她也是愛睏兮兮的樣子；她不開心地哭鬧著，不像平常那樣活潑的嘰呱嘰呱。老鼠潘拉蒙軟綿綿地靠在她的脖子上。

「她的臉頰紅紅的。」麥爾肯說。

「也許感冒了。我們只剩下一片尿布。我不認為我們還能撐多久。」

「嗯……」

「我們得生火，麥爾。我們得先幫她換洗，而且我們得要餵她。」

「我再去撿一些柴火。」

他拿起船槳，想要先洗掉上面的血跡，卻發現一個災難。

「噢天啊！」

「怎麼了？」

船槳斷了。昨天晚上他那麼一陣揮打，折斷了手柄。槳板與握把還連在一起，但也僅是相連，任何施力，哪怕只是輕輕地撥過水面，勢必會完全斷掉。麥爾肯把槳倒著拿在手上，說不出有沮喪。

「麥爾？怎麼回事？」艾莉絲接著又說：「噢天啊，怎麼會這樣？」

「槳壞了。一划水就會斷掉。早知道……早知道我就……如果當時……」他都快哭了。

「可以修得好嗎？」

「我可以修得好，如果手邊有工作間跟工具的話。」

她環顧四周。「事情總有輕重緩急，」她說：「我們必須先生火。」

「我可以把這個燒了。」他憤憤地說。

「不。別這麼做。去撿些柴火。試著把火生起來，麥爾。這真的很重要。」

他看著她懷裡沒精打采的小娃兒，那隻悶悶不樂的精靈緊貼著她的脖子，她的眼睛半閉著，看起來像是生病了，而且很虛弱。

他小心翼翼地把船槳放進獨木舟。「別碰那個，」他說：「如果解體了就更難修理。我去找點什麼回來燒。」

他慢慢地、百般不情願地走上斜坡，走向那座陵墓，避開仍然溼漉漉的血跡，打開門。他滿懷敬意地看著自己昨天晚上打開的棺木，嘴裡唸唸有詞：「早安，再次抱歉，各位女士各位先生。我會這麼做，實在因為我們真的有迫切的需要。」

另一塊棺材蓋，另一具需要道歉的骷髏，另一團待生的火。幾分鐘之後，最後一點乾淨的水幾乎全倒進長柄鍋裡加熱，他又去了一趟堆放籬笆木樁的地方，找找有什麼可以修補船槳。

問題不在於找到可以綁在槳上的木料，而是找到可以綁住木料的東西。麻繩、絲帶……什麼樣的軟線都好，但是，這附近什麼也沒有。他找到一大段生鏽的鐵絲，只能將就著用。

他將鐵絲從整堆籬笆木樁裡拉出來，使勁地拽，直到固定的另一端被扯落，然後開始修補船槳。鐵絲又緊又硬，他沒辦法纏得很緊，但也只能這樣，畢竟這是手上僅有的材料。還好鐵絲夠長，可以纏繞好幾圈，所以就算槳片整個斷開，還是可以留在線圈裡。

他的手被劃破、磨傷，沾滿了血紅色的鏽。他把手泡進洪水裡清洗，突然注意到獨木舟不再隨波漂動，而是停靠在水面下的草地。

「水在退了。」他說。

「該死的，也是時候了吧。」

他等不及想離開，她也是。等萊拉喝夠了牛奶，他們回到獨木舟裡，儘可能把艾莉絲與萊拉安頓得舒舒服服，然後重返洪水漂流之旅。

•

接下來，整天都在寒冷陰沉的天空下航行，平靜而枯燥，不過，麥爾肯估計，他們往前推進了相當一段距離。水位逐漸下降，他們經過的陸地也愈來愈像都會。兩岸都有房舍，可以看見道路與商店，甚至有人在走動，涉水穿越街道。

船槳使起來鬆垮垮、軟趴趴的，不過，反正也不需要逆流划船了。他主要用它來操控方向，而且儘可能在不發生危險的情況下貼近岸邊。他跟艾莉絲只是專注地盯著經過的地方，因為，不需要多說，他們都知道萊拉現在的狀況。

「從那裡轉進去！」艾莉絲突然大喊，指著水邊的一條街，街上有幾家小商店，街道與河流成直角相接。這時要把獨木舟掉頭折返可得費一番工夫，麥爾肯胳臂上每一條神經都清楚知道船槳承受了多大的壓力；好不容易，他總算安全地划進那一窪死水區（之前是一條街），獨木舟辛苦地沿著店家門口前進。

「在那裡。」艾莉絲指著一家藥房。

店門關著，店裡黑漆漆的，這也理所當然，不過，裡頭有人走動。麥爾肯暗自希望可別是趁火打劫的人。他把獨木舟停在店門旁邊，然後輕輕敲著玻璃窗。

「把她舉高，那個人才能看見。」他這麼告訴艾莉絲。

店裡的男人走到門邊往外看。不是一張不友善的臉孔，麥爾肯心想，只是顯得有些焦慮，似乎想什麼想得很入神。

「我們需要一些藥品！」他大吼，並指著懶洋洋躺在艾莉絲懷裡的萊拉。

男人凝視著萊拉，然後點點頭。他做了個手勢，意思是「繞到後門來」。他的店與隔壁的店之間有一條小巷，巷底有一扇開著的門，室內積水高度跟戶外差不多，約莫淹到麥爾肯的大腿，他跨出獨木舟時發現這一點，隨即把船綁在排水管上。水好冷，冷到他的心臟都打起哆嗦。

「妳最好一起來，」他對艾莉絲說：「妳可以解釋我們需要什麼。」

他抱過萊拉，讓艾莉絲下船，冰冷的水讓艾莉絲倒抽一口氣。他抱緊孩子，走進那家藥房。

「希望我們需要的東西不是放在下層貨架。」他說。

一進門就是一間小廚房，男人在那裡等他們。「你們有什麼事？」他問，口氣並非不和善。

「是我們的小妹，」麥爾肯說：「她生病了。我們被洪水沖走，我們一路都盡力照顧她。不過……」

那男人拉開萊拉的毯子，看看她的臉，然後反手把手指貼在她的額頭上。「她多大了？」他問。

「八個月，」艾莉絲說：「我們的奶粉用完了，沒有東西可以給她吃。而且我們還需要尿布，那種用完可以丟掉的。其實，就是所有小寶寶需要的東西啦。還有藥品。」

「你們要去哪裡？」

「我們被洪水沖走之後就一直沒辦法回家，我們住在牛津，」麥爾肯解釋：「所以我們想要去切爾西，她爸爸住在那裡。」

「她是你妹妹？」

「是。她是艾莉，我是理查，她是珊卓拉。」

「切爾西的什麼地方？」

男人似乎有些焦躁不安，好像除了麥爾肯的回答，還想聽見其他一些什麼。

「馬區路，」麥爾肯還沒能開口，艾莉絲倒先說了。「你可不可以給我們一些她需要的東西？我們沒有錢。拜託。我們好擔心她。」

男人約莫是麥爾肯父親的年紀。看起來有可能也當爸爸了。「走吧，我們看看能找到什麼。」他說得很大聲，好像刻意表現得很愉快。

他們涉水走到商店前面的販賣區，四處亂成一團，瓶子管子漂來漂去，堆著的硬紙板箱全都泡溼了。

「我不知道我們還能不能開店做生意，」他說：「多少存貨都泡湯了……好吧，得先給她喝一匙這個。」他伸手從架子最上方取下一小瓶藥跟一支湯匙。

「這是什麼？」麥爾肯問著。

「這會讓她舒服一點。每兩個小時餵一匙。她的牙齒怎麼樣？開始長牙了沒？」

「長了兩顆，」艾莉絲說：「我覺得她的牙齦在發疼。可能有更多牙要長出來了。」

「讓她咬這個。」那位藥劑師說，他從另一個架上拿了一盒脆餅乾，位置正好高過淹水。「還需要什麼？」

「奶粉。」

「噢，對。運氣不錯。拿去吧。」

「這跟我們之前用的牌子不一樣。成分一樣嗎？」

「成分都一樣。你們怎麼燒開水？」

「我們生火。我們有一把長柄鍋。幫她換洗的水也是這樣燒出來的。」

「真有辦法。我很佩服。還需要什麼嗎？」

「尿布？」

「噢，對。尿布放在最下層，全都不能用了。我去看看後面還有沒有。」

麥爾肯倒了一些藥在湯匙裡。「把她抱高一點好嗎？」他對艾莉絲說，下一句則壓低聲音，「還有其他人在這裡。他出去跟他們說話。」

「希望這藥不難喝，否則她會吐出來。」艾莉絲說，下一句也壓低聲音，「我看見一個女人。她躲起來了。」

「好啦，萊拉，」麥爾肯說：「坐起來。聽話，親愛的。張開嘴。」

他點了一滴粉紅色液體在她唇間。萊拉醒過來，開始鬧脾氣，突然嘗到怪怪的東西，咂巴著嘴。

「滋味不錯吧？再來一滴。」麥爾肯說。

艾莉絲專注盯著藥櫃玻璃櫥窗上的倒影。「我看得見他們。他在跟她咬耳朵……她走出去了，」艾莉絲小聲說：「這些混蛋。我們最好快點走。」

店東回來了。「這些給你們，」他說：「我就知道，後頭確實還剩下幾包。還需要什麼嗎？」

「我可不可以拿一捆透氣繃帶？」麥爾肯問。

「貼OK繃比較舒服，不是嗎？」

「我是要用來修補東西的。」

「拿去吧。」

「你人真好，先生。非常感謝。」

「你們吃什麼呢？」

「我們有些餅乾之類的。」麥爾肯說，他等不及想要離開；跟艾莉絲一樣。

「不如我到隔壁去，看看能不能在那家雜貨鋪裡幫你們找點吃的，我相信他不會介意的。在這兒等一會兒。這樣吧，你們上樓，別泡在水裡，讓身子暖和一點。」

「真是非常感謝，但是我們得走了。」艾莉絲說。

「噢，別這樣，讓這小傢伙在這兒多待一會兒，少受點凍吧。你們看起來都需要好好休息。」

「不了，謝謝。」麥爾肯說：「我們要走了。非常謝謝你給我們這些東西。我們不想再停留了。」

店東試著繼續挽留，他們逕自往外走，回到獨木舟，渾身又溼又冷，撐著船速速離開。

「他一心想把我們留在那裡，他老婆已經去通知警察了，」艾莉絲低聲說，麥爾肯正努力把船划回主流，她望著麥爾肯背後，望向那男人。「或者CCD。」

一離開死水區，麥爾肯拆掉生鏽的鐵絲，死命將整捆透氣綳帶纏在船槳上。綳帶比鐵絲好上手，但是材質本身不堅固，撐不了太久；不過，也許他們不需要再往前划多遠了，他是這麼告訴艾莉絲的。

「走著瞧吧。」她說。

●

幾個世紀以來，倫敦法團的工程師與建築商多多少少學會了如何讓泰晤士河湧出的水與潮汐帶來的急漲和平共處。當潮汐湧入，整條上游直到泰丁敦的水位跟著上升，潮汐退去，水位隨之下降，然而，也只有那些船隻頻繁往來水域，並使用倫敦碼頭區的船長與貨船主才會留意這種情形。

不過，洪水改變了一切。潮汐一天從河口湧入兩次，洪水挾其驚人的力量與海水衝撞，並試圖逼退它；直到潮汐轉向，然後退出。兩股巨量的水彼此角力，激盪翻騰，波濤狂湧。

這時，除了背負最迫切任務的船隻，各種行船都停止了。有些貨船與駁船早早把船停靠妥當，只是，許多船隻都被洪水沖走，被帶往上游或下游，撞上堤岸，撞進了碼頭或者大橋的橋墩，或者在浪潮中翻覆，或者一路被捲出海，失去影蹤。

好幾座橋嚴重受損。只有倫敦塔橋與西敏寺橋依舊矗立，完好如初。黑衣修士橋、巴特西橋與南華克橋全部崩塌，殘磚破石落入水中，掀起更多翻騰騷動。巴德・雪倫森哲搭乘雇來的小汽船奔馳在惡水之上，他凝視前方，無視周圍的狂亂，極力安撫船主的恐懼。

「水裡有太多斷橋殘骸！」那人吼著。「太危險了！可能把船身撞斷！」

「切爾西在哪裡？」雪倫森哲在船頭吼回去，他半身傾在船外，試著不讓雨水直往眼裡扎。

「還要再往前，」船主大喊：「我們得找個地方停靠，把船綁牢。這太瘋狂了。」

「還不行。切爾西在左岸還是右岸？」

船主吼著「左岸」，接著是一疊連聲的咒罵。船繼續顛撲前進。雪倫森哲極目望去，兩側堤岸都淹在幾英尺深的水底，右側是一座浸在水裡的公園，沿線拉出一整排光禿禿的大樹，左側有好幾棟宏偉的房子與造型優雅的公寓大樓，沉寂荒涼，沒有人煙。

「速度放慢一點，」巴德喊著，隨即走進船尾的駕駛艙。「你聽過十月屋沒有？」

「再往下游去，一棟白色大宅子——搞什麼鬼啊！那個笨蛋！」

一艘引擎強勁的大船乘浪而來，通體海軍藍與赭黃雙色，正從他們的右舷方向節節逼近。一名手持船竿的甲板水手探出半截身子想要攻擊雪倫森哲，他往後一閃，船竿揮空掃過。那水手幾乎失去平衡，只見他抓緊圍欄，順勢挑回船竿，準備再次出擊。雪倫森哲拔槍朝大船上開火，瞎矇著居然射中船竿，船竿應聲從那人手中掉落。

「你不可以這麼做！」巴德的船主發出哀號，一面死命減速。大船全速前進，似乎撞上水底某種阻礙物，因此向後稍退。巴德可以看見舵手奮力轉動舵輪，試著向右舷掉轉，不過，顯然有東西卡住螺桿。引擎發出尖銳的聲音，大船無法控制航向，也不過就幾秒鐘的時間，已經被拋在他們後面，徒勞地繞著圈子。

「你他媽的搞什麼啊……」巴德的舵手幾乎連話都說不清楚了。「你沒看見船的顏色嗎？你知道他們是什麼來頭？」

「CCD，」巴德說：「我們必須搶在他們之前趕到十月屋。」

「瘋了！」男人的荷蘭毛獅犬精靈縮在他腳邊，渾身發抖。

船主搖搖頭，然後將油門調節器往前推一格。巴德抹去淋到眼睛裡的雨水，環顧四周。水面又是雨又是浪，噴濺翻騰，漂浮著許多東西，其中究竟哪一個才是載著男孩女孩與小嬰孩的獨木舟……根本無從分辨。

●

下游半英里處，納君特爵爺的船啪的撞上一座浮棧橋，橋邊連著一大片草坡，坡上是一棟古典風格的白色建築。浮棧橋在水面下，這當然不在話下，船身靠在橋邊，沒有地方可以繫繩；納君特很快爬下船，半身浸在冰冷的水裡，涉水前進，努力在強勁的水勢中保持平衡，草地左前側有一棟看起來像是大型船屋的建物，面向高漲的河水，散放出琥珀電氣燈的光芒。即使外頭颳著風暴，洪水嘩嘩奔竄，屋裡傳出的聲音仍然清晰可聞：錘擊、打鑽，以及類似渦輪轟轟響的聲音。

納君特走到門口，水深及膝，他握住靠陸地那側的門把，用力拉開，逕自走入。泛光燈照得室內通亮，門外發電機噠噠作響，無疑是供電來源，納君特看見六名男子圍著一艘窄而長的船正在工作。他看不見那些人在做什麼，他一雙眼睛只盯著蹲在前甲板、正在使用焊槍的男人。

「艾塞列！」他大喊，沿著臨時搭建的甲板快速走向船邊。

艾塞列把臉上的面罩往上一掀，站起來，滿臉驚訝。「納君特？是你嗎？你在這裡做什麼？」
「這艘船可以下水了嗎？」
「可以，不過——」
「如果你想要救你的女兒，立刻啟航。我跟你一起走，路上解釋。一秒鐘也別浪費。」

●

野美人號隨波逐流，一路南下倫敦，水流速度愈來愈快，這時潮汐幾乎漲到最高，對小小獨木舟的影響愈來愈嚴重。船身被推到這邊，又被推到那邊，飽受水浪與亂流沖擊，麥爾肯奮力撐持，小船努力穩住航向，然而，她在惡水上每晃一次，他就聽見啪的一聲響，好像她的骨架正在散裂。要是他們可以停下來……

但是他們不能。他們找不到地方停下來。彷彿潮汐衝擊尚且不足，這時又颳起風，捲起鑲滾白色泡沫的波濤，新浪吞噬了舊浪；他們頭頂的天空，一整天都灰灰的，冷冷的，暗暗的，持續遭到雨氣飽滿的雷雨雲全面攻占。麥爾肯不停地左右張望，尋找一個可以靠岸的地方，才能檢查那個可怕的啪啪聲，這會兒都比風聲還響了，而且他已經可以感覺到隨著聲音產生的震動。他想過，可能是結構鬆了，但純屬猜測，漸漸的，船身愈來愈傾斜，最後簡直是歪躺著在水上沉浮，他的猜測轉為恐懼，他都快吐了。

「麥爾——」艾莉絲大叫。
「我知道。抓穩了。」

他們被洪水捲著往前漂，經過一座花園，庭院深深的盡頭處有一座大宅邸，雨勢太大，他們什麼也看不清楚，他們經過有著優雅磚造房舍的街道，經過一座美麗的禮拜堂；每次他以為自己看見可以避難的地方，他就拚命把船槳往深處划，試著朝目標前進，卻總是白費力氣；這時，槳板又鬆開了，完全是雪上加霜。

儘管前方一片黑暗，他依稀辨認出南方岸邊有四支巨大的煙囪，矗立在一棟峭壁似的宏偉建築物上的四個角。他們接近切爾西了嗎？果真如此，他們要怎麼停下來？

艾莉絲緊緊抱著萊拉。麥爾肯心中奔竄著對這兩個人的愛，深深的愛，以及無盡的悔恨，他拖著她們經歷這一切；但是，他不能陷溺在悔恨裡，因為出現了一個新的聲音，穿透狂風暴雨……是汽笛，警報笛聲在他們背後發出尖銳的鳴叫，像被狂亂氣流拋擲亂甩的海鳥哀鳴。艾莉絲拉長脖子往他身後猛看，她一手將萊拉摟在胸前，一手遮眉擋雨，就在這時候，麥爾肯聽見正前方噹噹噹響起一陣鐘聲。

狂風吹個不停，同時傳入他們耳裡的還有引擎咆哮的聲音、大量木頭猛烈撞擊斷碎聲，以及人們的喊叫。麥爾肯沒有餘力注意這些。他光是擔心野美人號都快瘋了——她是不是要解體了？

突然有東西從後面猛烈撞上來，是一艘汽艇，麥爾肯聽見引擎轟轟作響，並且看見螺旋槳浮出水面，他也聽見艾莉絲發出尖叫，螺旋槳再次沒入水中，推動船身頂撞小小的獨木舟，麥爾肯感覺到一陣猛推，繼而一陣狂晃。

「這些人在做什麼？」艾莉絲大吼著，她說出來的話語像紙片一樣被風捲走，船身漆著海軍藍與赭黃的汽船再度頂撞，把獨木舟撞得往側邊歪，野美人號斜立起來，激起周邊一片水波，然後又翻正了。

這時麥爾肯使盡渾身每一分力氣，拚命把槳往水深處划，半彎著身子狠狠擊槳，大口喘氣——還得小心照顧破損的地方，這時，它終於徹底斷裂。他扯掉無用的槳板，順手往後扔，槳板咻咻咻在空中打轉。後面傳來了砸破玻璃的聲音嗎？有人氣急敗壞地叫囂嗎？

無論是什麼聲音，反正也不可能聽清楚，因為另一艘汽船正從右邊轟隆隆地駛來，引擎聲更為高亢，直接往第一艘汽船猛撞。麥爾肯現在什麼也看不見，傾盆大雨直往他眼珠子裡灌，四面八方混亂的聲響，以及獨木舟歪著、撞著、顛簸著、起伏著的動作……他只能仰賴這些判斷情況。

接著是一記槍響，又響了兩聲，然後，再四響，來自另一把槍，真是突如其來的驚嚇，值此同時，冰冷刺骨的河水瞬間湧入，現在，再也沒有什麼可以抵擋水勢了。

傷痕累累的獨木舟遭到另一次衝撞，這一次來自右邊。一個低沉有力的聲音吼著：「把她傳過來！」

是艾塞列公爵……

麥爾肯舉起右手抹抹眼睛，看見艾莉絲抱著萊拉，極力想躲開那雙往下伸出的手，他大喊：「艾莉絲！沒關係！送她上去！」

艾莉絲狂亂地回望，他使勁地猛點頭，「把她傳過來！」那個嚴厲低沉的聲音再次吼著，艾莉絲終於把孩子往上推送，萊拉尖叫，那雙手一把捉住她，刷的往上撈，然後，艾莉絲還來不及移動，那雙手也抓住她一隻手腕，立刻將她往上提，彷彿她跟小寶寶差不多重。班這時是一隻小猴子，緊摟著她的腰。

第一艘船又盪了回來，並且再次撞上獨木舟，這次是致命的一擊，這艘英勇的小船終於像一顆蛋被徹底敲開。麥爾肯與阿斯塔失聲大叫，聲音裡滿是對小船的深愛。

「該你了，孩子！」又是那個宏亮的聲音。

水已經漲到膝蓋深了，麥爾肯站穩腳步，把帆布背包往上甩。包包太沉，很難單手支撐，上頭那雙手把包包推開，說：「該你上來！你這笨蛋！」

「先拿這個！」麥爾肯大叫，艾莉絲也叫：「拿呀，快拿呀！」

包包從他手裡被抽走，然後消失在視線之外，接著他站上持續下沉的獨木舟，阿斯塔變成一條蛇緊緊纏在他腿上，一隻鋼鐵般堅硬的手握住他的右臂，將他甩高，再把他重重摔在木頭甲板上，麥爾肯痛得差點喘不過氣。他往下看，眼睜睜看著小小的野美人號碎成木屑斷片。她就這麼死了，永遠被這片惡水奪走了，他凝望不止的眼睛盈滿了雨水和淚水。

除了風雨聲，四周只剩下汽船在水面上不住發出的轟隆巨響。麥爾肯拖過帆布背包，翻滾著爬到艾莉絲身旁，他們緊緊挨著彼此坐著，孩子夾在兩人中間，三人的精靈也緊緊相依，突然間，所有晃動都停住，引擎瞬間無聲，下一刻，他們已經在一座大棚子裡，琥珀電氣燈亮晃晃照在身上。

麥爾肯感覺一股疲倦從腳底慢慢湧上來，直淹上腦門。

艾塞列咆哮著：「你他媽的以為自己在玩什麼把戲啊？」

麥爾肯想要硬撐著挺起腰桿，回答問題，但他渾身力氣已經用盡。倒是艾莉絲掙扎著站起來，她緊緊攢著拳頭，面對艾塞列公爵，她的精靈班變成一隻狼，齜牙咧嘴站在一旁，因為進入對抗模式，渾身的毛都豎了起來。艾莉絲的聲音像鞭子般狠辣。

「玩把戲？你以為我們在**玩**嗎？麥爾說我們要這麼做，我們會保護萊拉，把她安全送到你手上，因為她在其他任何地方都不安全。我本來不同意，因為我覺得不可能，但是他比我堅強，如果他說他打算做什麼，他就真的去幹了。你屁都不知道還問這種蠢問題，玩！你敢這樣想試試看。如果我跟你說他為了讓我們好好活著都做了些什麼，哪怕只說一半，你都不會相信那是真的。你做夢都想不到。不論麥爾說什麼，我都相信。所以，去你的，把你臉上的笑容給我收起來。」

麥爾肯此時幾乎失去意識。他以為自己正在做夢。但是，艾塞列公爵臉上的表情，溫暖中帶著一些興味，以及對艾莉絲的讚許，這一切都太真實，不可能是想像出來的。麥爾肯力抗疲憊，硬撐著站起來，沙啞地說：「學術庇護。我們想要把她帶到約旦學院，請求學術庇護，但是洪水太強了，而且

LA BELLE SAUVAGE

我不懂那些句子，那些拉丁文句子。所以我們想，也許你……」他以顫抖的手指舉起一張白色小卡片，之前掉落在獨木舟裡的那一張。

萊拉哭得可厲害了。麥爾肯再次試著讓自己站穩，但是太難了。昏倒前，他聽見有人說：「這孩子在流血，他中槍了……」

●

他清醒時發現自己在另一個地方，又小又熱、緊貼在旋翼機轟隆隆的引擎旁邊，儀表板發出的光照亮小小的空間。他的左臂痛得像火在燒。這傷是怎麼來的？

有人捏捏他的右手。是艾莉絲。

「萊拉在哪裡？」他勉強說出這幾個字。

她指著地板。萊拉躺在那裡，渾身裹得像木乃伊，沉沉地睡著了，潘是一條小綠蛇，繞在她的脖子上。

阿斯塔現在是一隻貓，躺在麥爾肯的腿上。他試著以左手撫摸她，卻讓整隻手臂抽痛得更厲害。她站起來，臉挨著他的臉輕輕摩著。

「我們在哪裡？」他輕聲問。

「在一架旋翼機裡。他在駕駛。」

「我們要去哪裡？」

「他沒說。」

「帆布背包呢？」

「在你腿後面。」

他右手摸索著，找到了，收得妥妥當當的。他極小心地觸碰著自己的左手，發現上臂纏著粗粗的繃帶。

「這是怎麼了？」他問。

「你中槍了。」艾莉絲說。

旋翼機又晃又震，但是艾莉絲很冷靜，所以麥爾肯決定不操這個心。反正，引擎好大聲，又好近，很難聽清楚對方說話。他往後靠回硬邦邦的座位，再度沉睡。

艾莉絲調整了麥爾肯的睡姿，以免醒來時落枕。在砰砰的引擎聲中，她聽見艾塞列公爵嚷了些什麼，而且感覺還聽見了自己的名字。她傾身向前，吼了回去：「你說什麼？我聽不見。」

副駕駛座還有另一名男子，好像是僕人吧。他轉過身子，遞給她一副耳機，示範該如何戴上，如何把麥克風轉到嘴巴前面。艾塞列公爵的聲音頓時變得又大又清楚。

「仔細聽著，別插嘴。我要離開了，而且，有一段時間不會回來。回來的時候，我希望看見那孩子安然無恙，而妳可以確保這個結果的最佳方法就是，讓自己跟麥爾肯保持安靜、別引人注目。妳明白我的意思嗎？」

「你覺得我很笨嗎？」

「不，我覺得妳很年輕。回鱒魚旅店去。我知道妳在那裡工作，我見過妳。回去那裡，繼續過妳的日子。別跟任何人提起這段經歷。喔，當然啦，妳可以跟麥爾肯聊，不過，除了約旦學院的院長，一個字都別跟人說。他是個好人，你可以信賴他。不過，等洪水消退，會有各式各樣的危險等著撲上來。」

「什麼玩意兒？你是指教誨權威？他們為什麼要搶她？」

「我沒有時間解釋。不過，他們會盯緊妳，也會盯緊麥爾肯，所以，這段時間你們先離她遠一點。

我本來會帶著她到極北之地，那地方的危險至少都是正面攻擊，顯而易見，不過某個原因讓我打消了帶她走的念頭。」

「什麼原因？」

「那就是，她似乎已經找到幾位非常好的守護者。她運氣肯定不錯。」

他沒再說話。艾莉絲取下耳機。她俯身輕輕觸碰萊拉的額頭，這孩子睡得很沉，沒發燒了。灰狗班舔了舔潘拉蒙翠綠色的蛇腦袋，艾莉絲握著麥爾肯的右手，閉上眼睛。

●

似乎就這麼一瞬間，他們開始降落了。麥爾肯覺得胃裡一陣翻攪，於是繃緊肌肉與之抗衡；不舒服的感覺只持續一小會兒，飛行器就降落地面。引擎的聲音變了，變得安靜一些，然後完全停止。麥爾肯的耳朵還在嗡嗡響，不過，他確實聽見雨敲打在旋翼機身上的聲音，同時也聽見艾塞列公爵的聲音壓過這一切。

「索羅德，留下來守著飛機。我十分鐘就回來。」

然後他轉頭，對著後面說：「出來吧，跟著我。帶上那孩子，還有你那個該死的帆布背包。」

艾莉絲在靠近自己這一側發現一扇門，她抱起萊拉，往外爬。麥爾肯拖著帆布背包，也從同一扇門出去，外頭寒風刺骨，大雨直落。

「往這裡。」艾塞列公爵說，逕自匆匆走開。

一道閃電竄過，麥爾肯在閃電的光中看見一棟宏偉的圓頂建築、綿延的石牆、高塔與濃密的樹梢。

「這裡是……」艾莉絲說。

「牛津？我想，這裡是拉德克利夫廣場——」

艾塞列公爵在窄巷的入口處等他們，一盞煤氣燈閃閃爍爍。雨水讓所有東西都蒙上一層銀亮。艾塞列的黑髮像石頭一樣發著光。「讓我抱那孩子。」他說。

艾莉絲小心翼翼地把孩子遞過去。艾塞列公爵的精靈是一隻威風凜凜的雪豹，她想看萊拉，於是艾塞列公爵蹲下來，讓她把臉湊近熟睡的孩子。麥爾肯笨拙地調整背包，這時，他突然想到一個點子。他始終沒能把自己親手做的玩具送給萊拉，也許……

「這裡是約旦學院嗎？」他問。

「是啊，遵從了你的提議啊。走吧。」

他走進小巷，前進約莫一百碼，他從口袋取出一把鑰匙，打開右邊牆上的一扇門。

他們跟著他穿過一座大花園，花園被兩側高聳的建築物圍住。其中一棟建築鑲著大片哥德式窗戶，窗裡有光，可以看見一櫃櫃滿滿的古書。艾塞列公爵直接走向花園角落，沿著高大的石牆邊有一條窄窄的小路，牆上閃爍的黃色燈光照在路面，就跟外面那條巷子一樣。

他走到兩扇典雅凸窗之間的大門，站定，然後大聲敲門。麥爾肯也不管左臂痛得厲害，伸進帆布背包裡翻找，摸到了裹在黑絲絨裡的真理探測儀。他取出來的時候，絲絨布攤開了，儀器上的金質在昏暗的燈光下閃閃發亮。

「那是什麼？」艾塞列問。

「給她的禮物。」說著，麥爾肯將它塞進裹在萊拉身上的毯子裡。

他們聽見鑰匙轉動的聲音，然後門閂往後滑開，這時雷聲轟然響起，門也正好打開，門內是一位手持提燈，看起來十分高貴的男人。他滿臉驚訝地看著他們。

「艾塞列？是你嗎？」他說：「進來，快點。」

「放下提燈吧，院長，擱在桌上——這樣可以了。」

「這到底……」

校長一轉回身，還來不及反對或拒絕，艾塞列公爵已經把孩子塞進他懷裡。

「Secundum legem de refugio scholasticorum, protectionem tegimentumque huius collegii pro filia mea Lyra nomine reposco。[28]」艾塞列說：「照顧她。」

「學術庇護？給這孩子？」

「給我的女兒萊拉，正如我在申請宣言中所說。」

「她不是學者！」

「那麼，你就必須培養她成為學者，不是嗎？」

「這兩位又該怎麼處理？」

艾塞列轉身望著麥爾肯與艾莉絲，他們渾身溼透，直打哆嗦，髒兮兮的，疲憊不堪，一頭一臉的血跡。

「你必須珍惜並愛護他們。」他說。

然後，他就離開了。

這可不妙啊。麥爾肯再也站不住了，艾莉絲扶住他，讓他在土耳其地毯上躺下。院長把門關上。

在這片突然降臨的寂靜中，萊拉哭了起來。

●

降帆致敬吧，歡樂的水手們；
因為我們即將進入一段寧靜的航程，
我們必須讓一些乘客上岸，

好讓困頓的行船減輕負擔。
她將在此稍事安歇，
直到疲憊消解，體力修復，
直到需求獲得滿足。然後可以再度駛向異域，
朝向漫長的旅程航去。
願她平安順風，終能得其所願。

愛德蒙·史賓賽[29]，《仙后》，第一卷，第十二章，第四十二節

（《塵之書》第一部完）

28 這段拉丁文的大意是：根據學術庇護法律，謹以吾女萊拉之名，向這所學院提出保護申請。
29 愛德蒙·史賓賽（Edmund Spenser, 1552-1599）英國著名詩人。以向英女王伊莉莎白一世致敬的《仙后》在英國文學史上留名。

作者專訪

菲力普・普曼談寫作與其他

「塵之書三部曲」和「黑暗元素三部曲」不僅充滿撼動人心的冒險情節，也明顯可見作者在字裡行間埋下對知識、對宗教的省思。《塵之書三部曲Ｉ：野美人號》在台問世之際，麥田編輯部很幸運獲得作者菲力普・普曼允諾受訪，進一步深談有關本書、有關寫作，以及身為「說故事的人」對世界的看法。

1. 普曼先生您好，自「黑暗元素三部曲」之後，讀者等待十七年，終於等到的《塵之書》首部曲果然不負眾望，在全球再創閱讀風潮。我們很好奇，《野美人號》問世以來，迄今為止您聽到過哪些令人印象深刻的讀後感想呢？

普曼：我想最令我欣喜的消息，是讀者喜歡新角色麥爾肯。我知道，大家可能會期待「黑暗元素三部曲」主角萊拉能在新書中再次扮演核心角色，而新的故事改用麥爾肯當主角的風險，在於他可能無法取代萊拉。但我認為讀者看到麥爾肯對待小嬰兒萊拉的態度，就能認同他，會想和他站在同一陣線，希望他能完成護送萊拉前往安全之地這個重大的任務。

2. 「黑暗元素三部曲」關注的其中一個主題顯然是孩童的天真可能在變為成人之際逐漸失落，您也在書中提到過伊甸園中亞當和夏娃受蛇誘惑前後的變化。而無論是「黑暗元素三部曲」的萊拉和威爾，或是這部《野美人號》的麥爾肯和艾利絲，都剛好處於即將從孩童蛻變為成人的青少年時期。是否您認為目前人類社會應當更加重視孩童的天真創造力，而非把他們當作幼稚的、該被形塑管教？在亞洲文化中，在家庭教養和學校教育裡，確實兒童是較受保護與束縛。能否請您談談此方面的看法？

普曼：這個問題很有意思！我認為「理想的童年」結合了兩點：需要保護時就能獲得保護，以及，需要自由時就能享有自由。有一點很值得在此一提：本書在法國的出版方告訴我，她覺得書中描述麥爾肯生活的片段，正是所謂的「理想的童年」。我認為對孩童來說很重要的一點，是能自由自在、無拘無束地漫遊玩耍，可能是獨自一人或和友伴一起，但無論如何必須不受大人的監督看管。當然，麥爾肯住在平靜的鄉村地區，不會受到網路和毒品等現代社會的各種誘惑所吸引。在繁忙的城市裡，孩童需要的照顧方式不太一樣，但那就會是一本完全不同類型的書了。

3. 《野美人號》中對於特定宗教組織控制言論、排除異己，甚至深入校園操控人心的手段描述得非常寫實，但同時也有格斯陶修道院裡那群全心全意保護萊拉的虔誠修女，麥爾肯就因此感到困惑。宗教對人類社會的影響極為深遠，但想要親近宗教信仰，就無可避免會接觸「體制化宗教」，甚至需要加入體制成為其中的一員，想請您聊聊對於宗教信仰和體制化宗教的看法，也想請您談談小說中在此方面的刻畫，是希望引發什麼樣的省思和討論？

普曼：我對宗教的態度是很複雜的。大家信什麼，我都不在意；如果有人相信什麼是我覺得很荒謬無稽的，我也不會反對；如果什麼都不信，我也不在意。我了解宗教能夠帶來一些益處，像是加入社群可以帶來歸屬感，可以接收社群內共享並不斷傳承的故事、神話和道德觀念等等。宗教無疑具有一些好的面向，但當宗教取得政治權力，問題就來了，例如歐洲宗教改革運動之後，宗教戰爭期間所發生的事。所謂「宗教取得政治權力」，我指的是宗教有權力命令人民該做什麼，例如該怎麼生活、該怎麼穿著，該吃什麼、該信什麼，如果有人不從，宗教也有權力予以懲罰。政府具有類似的權力，但是現代的自由民主政府，人民可以投票換掉的，而民主政府施行權力是以合理的法律為依據。但宗教的政治權力，是以信奉某個神的神職人員宣稱具有的絕對權力為依據，不容質疑論辯，也不可能由人民投票換掉。事實上，這種權力完全不需要信奉某個神，也能以同樣方式運作：例如蘇聯即使明確宣稱擁護無神論，但卻是名副其實的神權國家。我批評的並非宗教，而是取得政治權力之後可能帶來危害的宗教。

4. **您在二〇一七年倫敦格蘭菲塔火災之後，參與了公益拍賣，將一位受災者的名字寫入《塵之書》第二部中，在作品中也讀得到您對社會階級、宗教強權壓迫議題的關注，是否您認為「寫作」是一種社會參與？整體而言您認為身為知識分子、身為作家、身為知識的傳承者，對於社會有什麼樣的責任？**

普曼：啊，說到作家的責任！我寫過一篇文章談作家的責任，就收錄在我的文集《普曼的文學講堂》（*Daemon Voices*，書名暫譯，麥田即將出版）。簡而言之，我認為我們同時是公民和作家，而我們該負起所有身為公民應負的責任，也就是參與各種民主活動，像是投票、獲徵召時擔任陪審員、遵守法律等等。但我身為作家，對於自己從事的工作另外負有一份特別的責任。如果我的工作是寫故事，我就必須盡全力做到最好，因為我是故事的僕人，不是故事的主人。在作家同行遭到法律、出版社或國家不公平的對待時，我也有責任要挺身聲援。此外，我也有責任照顧好語言……如果想了解我的想法，你得讀完整篇文章才行。

5. **讀者跟著您的書長大、變老，從二十世紀跨越二十一世紀，在這之間，出版模式和媒體型態也開始推陳出新，是否有什麼變化影響了對您看待世界、看待知識、看待書本的方式呢？**

普曼：是的，很多事物正在急速改變，也讓我這一代人曾抱持的想法有所鬆動——像是我們過去以為事物總是恆常不變，或至少在我們這輩子還不會有什麼變化，現在我們卻必須顧慮到，成百上千的事物都已經和從前非常不一樣。特別是大自然和氣候，以前看似恆常不變，實則不然。我看待世界的方式當然也在改變，無可避免也會反映在我的故事情節之中。但我認為，說故事和聽故事（無論透過任何現有媒介）的基本概念，與我們心念思維之間的關聯，是無比深刻而密切的，這一點不至於出現太大的改變，至少在我有生之年還不會消失。

謝謝普曼先生！能有機會出版您的書，是我們的榮幸。

（採訪：麥田編輯部　翻譯：王翎）

hit 塵之書三部曲 I

野美人號

暢／小說

089

●原著書名：*THE BOOK OF DUST: LA BELLE SAUVAGE*●作者：菲力普．普曼（Philip Pullman）●翻譯：蔡宜容●內文插圖：克里斯．沃梅爾（Chris Wormell）●美術設計：許晉維●協力編輯：聞若婷●責任編輯：徐凡●國際版權：吳玲緯、郭哲維●行銷：蘇莞婷、黃俊傑●業務：李再星、陳紫晴、陳美燕、馮逸華●副總編輯：巫維珍●編輯總監：劉麗真●總經理：陳逸瑛●發行人：凃玉雲●出版社：麥田出版／城邦文化事業股份有限公司／104台北市中山區民生東路二段141號5樓／電話：(02) 25007696／傳真：(02) 25001966、發行：英屬蓋曼群島商家庭傳媒股份有限公司城邦分公司／台北市中山區民生東路二段141號11樓／書虫客戶服務專線：(02) 25007718；25007719／24小時傳真服務：(02) 25001990；25001991／讀者服務信箱：service@readingclub.com.tw／劃撥帳號：19863813／戶名：書虫股份有限公司●香港發行所：城邦（香港）出版集團有限公司／香港灣仔駱克道193號東超商業中心1樓／電話：(852) 25086231／傳真：(852) 25789337●馬新發行所／城邦（馬新）出版集團【Cite(M) Sdn. Bhd.】／41-3, Jalan Radin Anum, Bandar Baru Sri Petaling, 57000 Kuala Lumpur, Malaysia.／電話：+603-9056-3833／傳真：+603-9057-6622／讀者服務信箱：services@cite.my●印刷：漾格科技股份有限公司●2019年（民108）7月初版●定價550元

國家圖書館出版品預行編目資料

塵之書三部曲I：野美人號／菲力普．普曼（Philip Pullman）著；蔡宜容譯．-- 初版．-- 臺北市：麥田出版：家庭傳媒城邦分公司發行, 民108.07

面；　公分．--（暢小說；RQ7089）

譯自：THE BOOK OF DUST: LA BELLE SAUVAGE

ISBN 978-986-344-664-4（平裝）

873.57　　108007907

城邦讀書花園

www.cite.com.tw

This edition is published by arrangement with
United Agents LLP,
through Andrew Nurnberg Associates International Limited.